Greta Hansen
Eine Liebe in der Normandie

W0290893

PIPER

Zu diesem Buch

Es ist der Sommer nach dem Ersten Weltkrieg. Ein Sommer, den die schöne Fischerstochter Mathilde so schnell nicht vergessen wird. Denn an der rauen Küste der Normandie führt das Schicksal sie und den Pariser Maler Roger zusammen, der aus der Hauptstadt ans Meer gereist ist. Inmitten dieser prachtvollen Natur, wo unter jedem Stein ein Geheimnis lauert, erwacht zwischen den beiden eine große Liebe. Er eröffnet ihr neue Welten, sie wird seine Muse. Als schließlich das Ende seines Aufenthalts naht, malt Roger »Mathilde mit Rosen« – sein bislang bestes Gemälde. Es zeigt die schöne Mathilde vor einem rosenumrankten Fenster im Kutscherhaus ihres Vaters. Fast wirkt es wie ein Versprechen auf eine gemeinsame Zukunft. Doch als Roger zu den Herbstausstellungen nach Paris zurückkehren muss, wartet dort eine Neiderin darauf, das junge Glück mit allen Mitteln zu zerstören ...

Greta Hansen ist das Pseudonym der Autorin Tania Schlie. Sie wurde 1961 in Hamburg geboren und verbrachte ihre frühe Kindheit an der Ostsee. Nach dem Studium der Germanistik und Politikwissenschaft in Hamburg und Paris arbeitete sie als Lektorin für verschiedene Verlage. Seit zehn Jahren ist sie freie Autorin und lebt mit ihrer Familie in Schleswig-Holstein. Nach »Zwischen uns der Ozean« erschien bei Piper zuletzt »Auf der Suche nach dir«.

Greta Hansen

Eine Liebe in der Normandie

Roman

Piper München Zürich

Mehr über unsere Autoren und Bücher:
www.piper.de

Von Greta Hansen liegen bei Piper vor:
Zwischen uns der Ozean
Auf der Suche nach dir
Eine Liebe in der Normandie

FSC
www.fsc.org
MIX
Papier aus verantwortungsvollen Quellen
FSC® C014496

Originalausgabe
August 2013
© 2013 Piper Verlag GmbH, München
Umschlaggestaltung: Cornelia Niere, München
Umschlagfoto: Issaque Fujita/Getty Images
Satz: Kösel Krugzell
Gesetzt aus der Scala
Papier: Munken Print von Arctic Paper Munkedals AB, Schweden
Druck und Bindung: GGP Media GmbH, Pößneck
Printed in Germany ISBN 978-3-492-30291-3

Teil 1
Mathilde mit Rosen

I

Endlich, dachte Mathilde Martinet, als sie an diesem Morgen im März 1919 erwachte und die hellen Strahlen sah, die durch die Eisblumen an der Scheibe hindurch in ihr Zimmer fielen. Endlich scheint die Sonne wieder!

Es war der kälteste Frühling seit Menschengedenken. Als hätten die Menschen im vergangenen Krieg nicht schon genug gelitten, lag ganz Frankreich unter einer Schneedecke begraben. Und dabei stand doch Ostern vor der Tür.

Mathilde schlug die Bettdecke zurück, und die Kälte, die im Zimmer herrschte, überfiel sie. Die Sonne brachte Licht, aber noch lange keine Wärme. Sie schauderte, als ihre nackten Füße den eiskalten Dielenboden berührten, und streifte die dicken Strümpfe über, die sie bis über die Knie hinaufzog. Dann trat sie ans Fenster. Sie hauchte das eisüberzogene Glas an, um ein kleines Loch in das Eis zu schmelzen, und stieß einen Schrei des Entzückens aus. Sie kniff die Augen gegen das blendende Sonnenlicht zusammen und betrachtete die Eiskristalle, deren filigrane Verästelungen sich unter ihrem warmen Atem auflösten.

Über Nacht hatte es erneut geschneit, aber an diesem Morgen war endlich die Sonne herausgekommen. Die Landschaft vor ihrem Fenster glänzte in ihrem Licht. Der Schnee lag auf den Ästen der Apfelbäume der Obstwiese, die sich hinter dem Haus erstreckte, und ließ sie leuchten, als seien sie mit Diamanten besetzt. Oder als stünden sie schon in voller Blüte.

Sie riss das Fenster auf und beugte sich weit hinaus, um nach rechts zu den Klippen hinüberzusehen, obwohl die eiskalte Luft sie vor Kälte mit den Zähnen klappern ließ. Weil Ebbe war, konnte sie ein Stückchen Strand erkennen, das ebenfalls mit einer Schneeschicht bedeckt war und noch weißer erschien als die senkrecht aufragenden Kreideklippen an der Steilküste von Bonneville.

Mathilde schloss das Fenster wieder und schlüpfte in ihren Wollrock. Dann zog sie die selbst gestrickte Jacke mit dem doppelten Zopfmuster über die Bluse und verließ ihr Zimmer.

Als sie in die Küche kam – der einzige Raum im Haus, der am Morgen geheizt war –, sah sie sofort, dass der Platz ihrer Tante Marie-Anne verwaist war. Ihre Eltern und ihre beiden Schwestern saßen bereits am Tisch, und an ihrem eigenen Platz standen ein Teller sowie ein Becher mit Tee bereit, aber Marie-Annes Platz am Kopfende war nicht gedeckt. An den betretenen Gesichtern der anderen erkannte Mathilde, dass etwas nicht in Ordnung war. Ein ungutes Gefühl beschlich sie.

»Wo ist denn Tante Marie?«, fragte sie.

Sie folgte dem Blick ihrer Schwester Pauline und sah zum Fenster hinaus. Draußen entdeckte Mathilde ihre Tante, die sich mit raschen Schritten vom Haus entfernte und schon fast das Ende des Hofes erreicht hatte. Rechts ging es zur Steilküste und zum Meer, links begann der Weg nach Bonneville. Mathilde konnte sehen, dass Marie-Anne ihr Sonntagskleid trug und über die Schultern das dicke wollene Tuch gelegt hatte. Sie trug schwer an dem braunen Familienkoffer, den eigentlich nie jemand benutzte, denn in der Familie Martinet verreiste man nicht. Nicht einmal als Mathildes Onkel François – der Bruder von Papa und Marie-Anne – in den Krieg gezogen war, hatte er ihn mitgenommen. Sonst wäre der Koffer auch verloren gewesen, denn François war von den Schlachtfeldern des Großen Krieges bisher nicht zurückgekehrt.

Mathilde wusste sofort, was das alles zu bedeuten hatte. Ihr Magen fühlte sich an, als hätte jemand heftig hineingeboxt. Nun war also herausgekommen, dass Marie-Anne sich regelmäßig mit diesem Mann getroffen hatte, einem englischen Soldaten. Mathilde hatte Bescheid gewusst, und wenn sie nur rechtzeitig etwas gesagt hätte, dann hätte ihr Vater diese Treffen vielleicht verboten. Vielleicht wäre Marie-Anne dann noch hier. Der Gedanke, dass ihre geliebte Tante ging, ohne sich von ihr zu verabschieden, war unerträglich. Ohne zu überlegen, drehte sie sich um, um ihr nachzueilen, doch ihr Vater hielt sie zurück.

»Du bleibst hier!«, befahl Georges Martinet barsch.

Mathilde hielt in ihrer Bewegung inne und blickte die anderen an: Ihre Schwestern starrten auf die Teller vor sich und sagten nichts, ihre Mutter Henriette sah sie aus feuchten Augen an.

Eine hilflose Wut stieg in ihr auf. Sie merkte, dass auch ihr die Tränen kamen.

»Aber was ist denn passiert? Wohin geht Tante Marie?«

»Setz dich!«, donnerte ihr Vater. »Sofort!«

Doch Mathilde blieb stehen und schüttelte den Kopf. »Erst wenn ihr mir sagt, was los ist.« Dabei warf sie ihrem Vater, der die Ellenbogen aufgestützt hatte, einen wütenden Blick zu und musterte ihn.

Er trug seine Seemannskluft, was bedeutete, dass er heute noch hinausfahren würde: dunkle Hosen, darüber kniehohe Lederstiefel, die, um wasserfest zu sein, so dick und schwer waren, dass Mathilde sie als Kind kaum hatte anheben können. Außerdem trug er ein dunkles Hemd, darüber einen grob gestrickten Pullover und selbstverständlich das dunkle Halstuch, das aus der kragenlosen Jacke ragte, die er zusätzlich gegen die Kälte anhatte. Seine Kapitänsmütze lag neben ihm auf dem Tisch, ebenso die Pfeife, die er fast immer im Mund hatte, außer wenn er schlief oder aß.

Als ihr Vater weiterhin schwieg, antwortete schließlich ihre

Mutter mit trauriger Stimme: »Deine Tante hat dieses Haus verlassen.«

Mathilde verstand nicht. »Sie hat unser Haus verlassen? Aber warum? Wohin geht sie denn? Und wann kommt sie zurück?«

»Sie gehört nicht länger zu unserer Familie.« Georges Martinets Stimme klang gefährlich ruhig. »Und ich möchte ihren Namen in meinem Haus nie wieder hören.« Er faltete die Hände zum Gebet, und das war das Zeichen, dass nicht mehr gesprochen werden durfte.

Mathilde setzte sich an ihren Platz. In ihrem Kopf rasten die Gedanken. Mit zitternden Händen griff sie nach ihrer Teetasse, konnte aber keinen Schluck hinunterbringen.

Marie-Anne Martinet war ganz anders als ihr Bruder Georges. Vielleicht lag es an dem großen Altersunterschied, der viele glauben ließ, die beiden seien Vater und Tochter und nicht Geschwister. Georges war dreiundfünfzig Jahre alt, Marie-Anne gerade siebenundzwanzig geworden. Die beiden hatten noch fünf weitere Geschwister gehabt. Vier waren bereits als Säuglinge gestorben, der fünfte war François gewesen, der im Krieg geblieben war.

Marie-Anne war eine fröhliche junge Frau, die gern lachte und dem Leben die besten Seiten abzugewinnen versuchte. Für die achtzehnjährige Mathilde war sie wie eine große Schwester, die manchmal seltsame Ideen hatte. Sie erinnerte sich noch gut daran, wie Marie-Anne die Türen und Fenster des Hauses in einem leuchtenden Blau hatte streichen wollen.

»Warum?«, hatte ihr Vater sie gefragt.

»Warum nicht?«, hatte sie zurückgefragt.

»Es bringt nichts. Es kostet Geld.«

»Es macht unser Haus schöner, es bringt Farbe hinein.«

»Wozu Farbe?«

So hatten sie stundenlang gestritten, bis Marie-Anne schließlich aufgegeben hatte. Aber nur fast: Den Rahmen der hölzernen Eingangstür hatte sie schlussendlich doch blau gestrichen.

Mathilde konnte sich nicht vorstellen, wie ihr Leben ohne Marie-Anne aussehen würde. Sie vermisste sie bereits jetzt.

Sobald ihr Vater nach dem Frühstück zu seinem Boot gegangen war, wandte sie sich an ihre Mutter.

»Maman, sag mir, was passiert ist.«

Henriette Martinet drehte sich zu ihr um. »Marie-Anne erwartet ein Kind.«

Mathilde erstarrte. Wieder kam ihr der Gedanke, dass sie das alles hätte verhindern können, wenn sie rechtzeitig von diesem Mann erzählt hätte. Aber Marie-Anne war so glücklich mit ihm gewesen! Und nun war ihr das Schlimmste passiert, was einer unverheirateten Frau in Bonneville passieren konnte. Sie war schwanger.

»Aber wohin geht sie denn?«, rief sie. »Sie hat doch nur uns!«

Ihre Mutter nickte. »Dein Vater hat sich immer verantwortlich für sie gefühlt, so als wäre sie seine vierte Tochter, neben dir, Mélanie und Pauline. Aber das mit der Schwangerschaft kann er ihr leider nicht vergeben.«

»Aber wo soll Tante Marie denn jetzt hin, bei dieser Kälte?«

»Ich habe ihr ein wenig Geld zugesteckt. Mehr konnte ich nicht für sie tun.« Ihre Mutter wandte den Blick ab.

Am 28. April, eine Woche nach Ostern, begann es erneut zu schneien. Jetzt hatte Mathilde nicht einmal mehr Freude an den Eisblumen vor ihrem Fenster. Sie fror ständig, und wenn sie an die Arbeit dachte, die ihr heute bevorstand, schüttelte sie das Grauen.

Es war der letzte Tag der Karawane. So wurden die zwei Wochen genannt, in denen das Fischereiministerium die Schleppjagd auf die wilden Austernbänke erlaubte. Die Männer fuhren in ihren robusten Dreimastern zu den Austernbänken hinaus und zogen Netze über den Meeresboden, um die Austern abzuschaben. Die vollen Netze wurden mit Winschen an Bord gehievt, entleert und dann erneut ausgesetzt. Jeden Abend kamen die Männer völlig durchnässt und halb erfroren in den Hafen zurück. Vielleicht lag es an der kalten Witterung, dass die Jagd in diesem Jahr nicht sehr erfolgreich war. Georges Martinet hatte sein Boot am vergangenen Tag nicht einmal halb voll nach Hause gebracht. Statt der üblichen viertausend Austern hatten er und seine Mannschaft nur knapp eineinhalbtausend gefangen.

Mit den anderen Frauen von Bonneville stand Mathilde oben an den Klippen und hielt Ausschau nach den Booten. Der Kanonenschuss, der die Boote zurückrief, war bereits ertönt, es konnte also nicht mehr lange dauern, bis sie in Sicht kamen.

Bonneville lag auf halber Strecke zwischen Honfleur und Trouville und bot weit und breit den einzigen sicheren Hafen für die Fischer an der felsigen Steilküste. Wobei Hafen zu viel gesagt war, denn Bonneville verfügte über kein befestigtes Hafenbecken, weshalb die Fischer mit ihren flachen Booten fast bis auf den Strand hinauffuhren. Wenn die Tide ungünstig war, wurden sie über Seilwinden hinaufgezogen.

»Heute müssen sie mehr Glück haben, sonst weiß ich nicht, wie wir über die Runden kommen sollen. Wenn wir keine Austern einsetzen, was sollen wir dann in zwei Jahren verkaufen? Das ist ja genauso schlecht wie zu Kriegszeiten«, murmelte die alte Yvonne, deren Mann in diesem Jahr zum letzten Mal hinausfuhr. Sie bekreuzigte sich, als sie die *Jeune Marie* erkannte, das Boot ihres Mannes. Ihr Sohn Bienaimé winkte ihr vom Schiff aus zu, und sie bekreuzigte sich noch einmal. Bienaimé war der Idiot des Dorfes, er hatte tief liegende Augen unter schwarzen dicken Brauen und einen schiefen Gang, war schwerfällig, dabei aber äußerst gutmütig. Er hatte nicht in den Krieg gemusst, was man im Dorf als eine Art Entschädigung dafür betrachtete, wie viele Scherereien seine Mutter ansonsten mit ihm hatte.

Die Umstehenden nickten zustimmend.

»Wir hätten im letzten Jahr dem Meer huldigen sollen, vielleicht wäre der Fang dann heute besser«, murmelte Ernestine Galoppeau, die Frommste unter den Frauen.

Zwar nickten einige der Frauen zustimmend, doch die meisten winkten ab.

In Bonneville gab es jedes Jahr ein Fest zu Ehren des Meeres mit einem feierlichen Gottesdienst und einer anschließenden Prozession hinunter zum Strand, um Beistand für die Männer draußen auf See und einen guten Fang zu erbitten. Im letzten Jahr des Krieges war das Fest jedoch ausgefallen, denn die Frauen hatten andere Sorgen gehabt. Vor dem Krieg hatte es gut vierzig Boote in Bonneville gegeben, heute waren es nur noch halb so viele. Viele Männer waren nicht aus dem Krieg zurückgekehrt, ihre Schiffe waren verkauft oder während der Kämpfe zerstört worden.

»Wie hätten wir mitten im Krieg, ohne Männer, die Prozession auf die Beine stellen sollen? Wir hatten ja nicht mal einen Pfarrer!«, wagte Pauline einzuwenden, und die Frauen stimmten zu.

Mathilde dachte in diesem Moment an etwas ganz anderes, nämlich an das Tanzvergnügen, das es wie in jedem Jahr am Ende der Austernkarawane geben würde.

Aber vorher mussten sie noch die Austern sortieren, was eine ziemliche Plackerei war.

Sie entdeckte die *Bonnefoi*, das Boot ihres Vaters, das wie die anderen Segler jetzt auf Bonneville zusteuerte. Die Boote mussten alle denselben Wind nutzen und fuhren deshalb eins nach dem anderen hinaus zu den Austernbänken und wieder zurück. Wie Kamele in der Wüste. Daher der Name Karawane.

Mathilde machte sich mit den anderen Frauen und den

älteren Kindern, die ebenfalls mitarbeiten mussten, auf den Weg hinunter zum Strand. Der Pfad schlängelte sich in halsbrecherischen Windungen die sandige und von Baumwurzeln durchzogene Steilküste hinab. Hin und wieder hatte man grobe Betonschwellen in den Sand eingelassen, um den Abstieg zu erleichtern. Doch sie mussten alle paar Jahre neu verlegt werden, weil sie durch die Gezeiten und die Winde untergraben oder vom wandernden Sand verschluckt wurden.

Gleichzeitig mit den Frauen erreichten auch die ersten Boote den Strand. Mathilde wusste, wie sehr ihr Vater und die anderen Männer jedes Mal Gott dankten, wenn sie Land in Sicht hatten. Bonneville war für seine kühnen Seefahrer bekannt, aber auch für die vielen Schiffbrüche. Es verging kaum ein Jahr, in dem nicht eines der Boote vom Meer verschluckt wurde.

Mathilde stellte sich das Bild vor, das sich den Männern bot, wenn sie sich dem Land näherten. Sie konnten die Häuser oben an der Steilküste schon von Weitem sehen. Hinter dem Ort, im Landesinneren jenseits der Straße von Le Havre nach Deauville, erhob sich der bewaldete Hügel. An der Steilküste, die zum Teil aus Kreidefelsen, zum Teil aus Sand bestand, ließen sich die Pfade hinunter ans Meer ausmachen, und die Männer konnten mitverfolgen, welchen Strandzugang ihre Frauen nahmen, um ihnen beim Ausladen zu helfen. Am Fuß der Steilküste lag der Strand, der von Prielen durchzogen und von großen schwarzen Felsen, den Roches Noires, bedeckt war.

Die Männer hatten ihre Boote etwa dreißig Meter vom Strand entfernt mit hölzernen Bohlen, die back- und steuerbord in den Sand gerammt worden waren, festgemacht und waren bereits dabei, die Austern mit großen Schaufeln über Bord zu schaffen. An den Gesichtern der Männer und an ihren etwas lahmen Bewegungen konnte jeder erkennen, dass auch der letzte Tag nicht besonders erfolgreich gewesen war.

Mathilde suchte die Wasserlinie ab, um abzuschätzen, wie lange es dauern würde, bis sie die Austernhaufen bei Niedrigwasser erreichen konnten. Eine knappe halbe Stunde noch. Das Wasser kam und ging hier an der Küste der Normandie so schnell, wie ein Pferd galoppiert, so lautete ein alter Spruch. Erst bei Ebbe begann die Arbeit der Frauen. Die Austern mussten nach Größe sortiert und von Algen befreit, die zusammengewachsenen voneinander getrennt werden. Die kleinen waren besonders wertvoll. Sie wurden in spezielle Körbe gelegt und später zu den Austernbänken gebracht, die einen guten Kilometer westlich vom Ort in Strandnähe lagen. Dort würden sie noch zwei oder drei Jahre lang wachsen, bis sie groß genug für die Märkte in Paris und Deauville waren.

Mathilde trat von einem Bein auf das andere. Ihre Füße in den Stiefeln waren schon ganz taub vor Kälte, der Saum ihres Rocks war durchnässt und schwer, schon jetzt war jeder Schritt ein Kraftakt, und dabei hatte die eigentliche Arbeit noch nicht einmal begonnen. Ihre Finger waren von der Arbeit der vergangenen Tage rot und rissig, denn die Schalen der Austern waren tückisch scharf. Sie wehrten sich. Manchmal fühlte sich Mathilde wie in einem Zweikampf mit den Tieren, die um ihr Leben rangen. Aber sie empfand kein Mitleid mit den Kreaturen. Ihr oder wir, dachte sie oft, wenn sie sich die Haut an einer Schale aufritzte und ein Blutstropfen herausquoll.

Den anderen Frauen war auch anzumerken, dass sie froren. Die Lust an Witzen und Sprüchen war ihnen vergangen, spätestens als sie die langen Gesichter ihrer Männer, Väter und Brüder gesehen hatten. Und dennoch hätte ein unaufmerksamer Beobachter aus der Ferne glauben können, sie würden tanzen, weil sie alle versuchten, in hüpfenden Bewegungen warm zu bleiben.

Mathilde erkannte in der Ferne ihre Mutter Henriette. Sie näherte sich mit flinken kleinen Schritten, die wenig zu ihrer drallen Figur passten. Mathilde wusste, dass ihre Mutter zu Hause noch eine Suppe für den Abend auf den Herd gestellt hatte und auf die Minute genau losgegangen war, um rechtzeitig zum Austernsortieren zur Stelle zu sein. Sie war es auch, die die Verhandlungen mit den Käufern führte. Das konnte sie besser als jeder andere, sie war eine harte Feilscherin und eine ausgezeichnete Rechnerin, die eher die Kunden übers Ohr haute, als selbst den Kürzeren zu ziehen.

»Na, wie weit seid ihr?«, rief sie, als sie ihre Töchter erreicht hatte. »Jetzt aber los, bald wird es dunkel. Lasst uns anfangen. Meine Güte, ist das kalt!«

Sie wateten durch das Wasser, das ihnen immer noch bis zu den Knöcheln reichte, zum Boot von Georges Martinet. Henriette wechselte ein paar kurze Worte mit ihrem Mann, um über den Fang zu sprechen.

Als die Austern endlich halbwegs im Trockenen lagen, stellte Mathilde sich neben ihre Schwestern, die sich bereits an einem der Austernhaufen zu schaffen machten. Mathilde bemerkte die Blicke, die zwischen ihrer Schwester Pauline und dem jungen Jean-Pierre hin und her gingen. Jeder wusste, dass die beiden ineinander verliebt waren, schon seit dem letzten Herbst, als Jean-Pierre von der Front zurückgekommen war. Jean-Pierre arbeitete für ihren Vater als Schlepper, und wenn sie nach der Austernsaison ab Oktober auf Heringsfang gingen, war er der Einsalzer an Bord. Mathilde fand Jean-Pierre blass und uninteressant und konnte nicht verstehen, warum ihre Schwester sich in ihn verliebt hatte.

»Mathilde, du sollst hier nicht Maulaffen feilhalten!«, ertönte streng die Stimme ihrer Mutter.

Mathilde schnaufte unwillig, bückte sich, griff sich die Austern und warf sie in wütenden Bewegungen zwischen ihren Beinen hindurch nach hinten. Nach kurzer Zeit begann ihr Rücken zu schmerzen. Ihr Rock, dessen Saum sie in den

Bund gesteckt hatte, um mehr Beinfreiheit zu haben, löste sich und fiel mit einem klatschenden Geräusch auf den nassen Sand. Sie fluchte leise und raffte ihn wieder hoch. Dabei fing sie den Blick eines Mannes im mittleren Alter auf, der ihr leicht spöttisch zulächelte. Er gehörte zu den Austerneinkäufern. Die Männer, die aus Rouen und sogar Paris kamen, waren in dicke Mäntel gekleidet und gingen von Austernhaufen zu Austernhaufen, um die Ware zu begutachten. Sie nahmen sie in die Hand und drehten sie nach allen Seiten. Sie öffneten einzelne Schalen, rochen daran und schluckten den glibberigen Inhalt, wobei sie den Kopf in einer ruckartigen Bewegung nach hinten warfen. Mathilde hatte noch nie erlebt, dass einer von ihnen die Austern gelobt hätte. Sie taten immer so, als hätten sie gerade eine bittere Kröte geschluckt, und feilschten um die Preise. Mathilde funkelte den Mann böse an und bückte sich erneut. Doch da sie nicht aufgepasst hatte, lief eiskaltes Wasser in ihren Stiefel. Die salzigen Tropfen durchdrangen augenblicklich die Wollstrümpfe, und es begann an ihren Beinen zu jucken, was Mathilde mehr hasste als alles andere. Wenn sie jetzt nachgab und mit der Hand in die Stiefel fuhr, um zu kratzen, würde sie nicht mehr damit aufhören können.

Resigniert nahm sie sich die nächsten Muscheln vor. Ihr blieb ja doch nichts anderes übrig. Aus den Augenwinkeln heraus sah sie, dass noch zwei weitere knapp mannshohe Haufen zum Fang ihres Vaters gehörten, die abgetragen werden mussten. Georges Martinet hatte seine Beute mit einem farbigen Wimpel gekennzeichnet. Es kam immer mal wieder vor, dass die Fischer die Austernhaufen verwechselten, deshalb achtete jeder darauf, seine zu markieren.

Ihr Vater und seine Männer hatten inzwischen das Boot verlassen und einen der Karren herbeigewinkt, die von Eseln gezogen wurden. Sie gehörten dem alten Maurice, der nicht mehr zur See fuhr, seitdem er in Verdun einen Arm verloren hatte, und jetzt Eselkarren vermietete. Immer zu zweit nahmen sie einen mit Austern gefüllten Korb hoch und hoben ihn mit Schwung auf die Ladefläche, wobei sie darauf achteten, die bereits verkauften Austern und die anderen, die für die Zucht bestimmt waren, nicht durcheinanderzubringen.

Gegen acht Uhr abends war es zu dunkel, um weiterzuarbeiten. Mittlerweile hatte es begonnen zu regnen, was Mathilde auch schon fast egal war. Sie raffte ihr Brusttuch zusammen und arbeitete weiter, bis ihre Mutter das Kommando zum Aufhören gab. Anschließend breiteten sie große Netze über jene Austern aus, die noch nicht fortgeschafft worden waren. Über Nacht würden Wachen darauf achten, dass nichts gestohlen wurde. Und sobald die nächste Ebbe da war, würde die Plackerei weitergehen.

In östlicher Richtung waren jetzt, wo die Ebbe ihren tiefsten Stand hatte, auch die Roches Noires aus dem Meer aufgetaucht, die ihre schwarze Farbe von den Muscheln hatten, die auf ihnen lebten. Rund um die Felsen sammelte sich das Wasser in seichten Lachen, dort versuchten kleinere Fische und Krabben bis zur nächsten Flut zu überleben. Wenn sie nicht mit den Austern beschäftigt waren, suchten die Frauen und Kinder von Bonneville diese Felsen ab, um etwas Essbares zu ergattern.

Mathilde kannte es nicht anders: Ständig war sie dabei, etwas zu sammeln oder zu ernten. Das Jahr teilte sich in die Zeiten auf, in denen entweder die Austern oder die Heringe, der Holunder, die Brombeeren, die Pilze und natürlich die Äpfel reif waren und geerntet werden mussten.

Sie streckte den schmerzenden Rücken durch. Dann machte sie sich gemeinsam mit ihren Schwestern auf den Rückweg den Hügel hinauf bis zum Haus. Die nassen Strümpfe in den Stiefeln reizten die Haut. Sie freute sich auf eine warme Suppe und etwas Schweineschmalz für die schmerzenden Hände, und dann wollte sie nur noch schlafen.

2

Zwei Tage später war es immer noch kalt. Es war Wochenende, und die Karawane war vorüber, weshalb nun wie in jedem Jahr ein Fest im Dorf stattfand. Dort aß man traditionell an langen Tischen gebratene Sardinen und natürlich Austern, Austern in allen Variationen, roh oder gratiniert, die großen, die bis zu einem Kilogramm schwer waren und wegen ihrer Form Pieds de Cheval, Pferdehufe, genannt wurden und besonders begehrt waren, und die kleinen Fines de Claire. Dazu trank man Wein oder noch besser Cidre und Calvados, für den die Gegend berühmt war. Spätabends wurde dann auf groben Holzdielen getanzt.

In diesem Jahr waren die Gaukler zum ersten Mal seit Kriegsbeginn wiedergekommen, mit der Schiffschaukel und Hau den Lukas, mit Zuckerwatte und gebrannten Mandeln. In den letzten Jahren waren sie ausgeblieben, weil auch die Artisten im Krieg gewesen waren. Doch in diesem Jahr waren die bunten Wagen und die abenteuerlich aussehenden Männer und Frauen zur Freude der Dorfbewohner wieder da.

Am Sonntag nach dem Nachmittagsgottesdienst fanden sich alle am Festplatz ein. Das Gelände oberhalb der Straße am Ortsausgang glänzte weißlich im Abendlicht, denn der Boden war von Tausenden von zerbrochenen Austernschalen bedeckt. Seit Generationen wurden die Schalen der Tiere, die für das Fest ausgelöst und gegessen wurden, hier verteilt, so wie man andernorts Kieselsteine auslegt.

Am Eingang zum Festplatz stand ein kleiner hölzerner Zirkuswagen, der in knallbunten Farben gestrichen war. Auf den Stufen, die zu ihm hinaufführten, saß eine ältere Frau, die ihr rötliches Haar mit einem giftgrünen Schleier bedeckt hatte.

»Von ihr kannst du dir voraussagen lassen, ob es mit dir und Jean-Pierre etwas wird«, sagte Mélanie zu Pauline und schubste sie in Richtung des Wagens.

»Ich weiß gar nicht, was du meinst«, gab Pauline ärgerlich zurück. »Da kannst du sie ja ebenso gut über Mathilde und Albert ausfragen.«

Mathilde brauste auf. »Albert ist viel zu alt für mich.«

»Aber er ist verliebt in dich, das sieht selbst ein Blinder«, wandte Mélanie gutmütig ein.

Die Frau hatte ihren Wortwechsel verfolgt, erhob sich und eilte ihnen leichtfüßig hinterher.

Ohne dass Mathilde etwas dagegen tun konnte, ergriff die Zigeunerin ihre Hand und hielt sie fest. Ihre Schwestern blieben mit ihr stehen, sodass die vier Frauen nun einen Kreis bildeten.

»Was soll das?«, fragte Mathilde und versuchte ihre Hand freizubekommen. »Nehmen Sie doch meine Schwester! *Die* will sich verloben.«

Doch die Wahrsagerin drehte die Innenfläche von Mathildes Hand nach oben, hielt sie sich dicht vor ihre kurzsichtigen Augen und begann etwas zu murmeln. Mathilde nahm einen strengen Geruch nach ungewaschenem Haar wahr.

»Ich sehe eine große Liebe für dich«, sagte die Alte lispelnd, denn ihr fehlten die oberen Schneidezähne, »und sie wird schon sehr bald kommen.« Sie lachte keckernd. »Was für ein schöner Mann, und mit einer glänzenden Zukunft.«

»Ist er von hier?«, fragte Mélanie atemlos dazwischen.

Die Alte sah nicht auf, als sie den Kopf schüttelte und sagte: »Nein. Er kommt von weit her. Aber er wird dir das Herz brechen.« Dabei sah sie Mathilde ins Gesicht. Dann fuhr sie mit ihrem dreckstarrenden Zeigefinger eine Linie in Mathildes Handfläche nach und hielt inne. »Oh, da ist ja noch ein anderer Mann. Er ist ganz anders als der andere. Auch er liebt dich, aber … er wird nicht lange bei dir bleiben.« Die Wahrsagerin pustete in Mathildes Hand und machte eine Bewegung, als würde sie die Schrift auf einer Tafel auswischen. »Du hast kein Glück im Leben, Mädchen.« Sie ließ Mathildes Hand los.

Mathilde nutzte die Gelegenheit und wischte sich ihre Hand am Rock ab, bevor sie sie rasch in die Tasche ihres Rocks steckte, wie um sie zu verbergen.

Mélanie lachte sie aus. »Lass die Frau nur reden. Das ist alles Humbug! Ich glaube ihr kein Wort.« In einer blitzschnellen Bewegung ergriff die Alte Mélanies Hand und untersuchte sie murmelnd. »Du! Sei nicht so vorlaut. Du hast nicht mehr lange zu leben!«, giftete sie plötzlich.

Mathilde spürte, wie jede Kraft aus Mélanie wich.

»Was reden Sie denn da?«, fragte Pauline empört.

»Ich will mein Geld«, sagte die Frau, deren Blick mit einem Mal etwas Bedrohliches bekam.

»Aber …«

»Mein Geld! Meine Voraussagen haben ihren Wert. Und umsonst ist der Tod.« Sie betonte das letzte Wort in einem Tonfall, der die drei Schwestern erschauern ließ.

Mélanie hatte bereits eine Münze aus ihrer Tasche geholt und warf sie der Frau hin, wie man einem bissigen Hund einen Knochen zuwirft, damit er von einem ablässt. »Da!«

Die Frau prüfte die Echtheit der Münze mit den Zähnen und ließ sie in der Tasche ihres Rocks verschwinden.

Die drei nutzten die Gelegenheit, um sich schnell davonzumachen.

»Ihr werdet noch an meine Worte denken«, rief die Zigeunerin ihnen höhnisch hinterher.

»Geschwätz«, stieß Pauline zwischen den Zähnen hervor. »Das weiß man doch, dass diese Leute das Blaue vom Himmel herunterlügen.« Sie klang jedoch nicht sehr zuversichtlich.

Je näher die Schwestern dem Tanzboden kamen, um so lauter wurde die Musik.

Quer über den Platz über ihren Köpfen hatte man zwischen zwei Bäumen ein Seil gespannt, auf dem eine junge Frau balancierte. Sie hielt einen goldenen Schirm über ihrem Kopf und lief in graziösen Schritten und Hüpfern über das Seil. Jetzt betrat ein Mann das andere Ende des Seils, und die beiden gingen aufeinander zu. Mathilde hielt wie alle anderen den Atem an, als der Mann plötzlich eine Rolle machte und die junge Frau im selben Moment über ihn hinwegsprang und sicher hinter ihm wieder auf dem Seil landete. Ein Tusch der Kapelle erklang, die beiden verneigten sich und sprangen mit einem Salto auf den Boden.

»Das war aber eine schöne Vorführung«, meinte Bienaimé, der auf einmal neben Mathilde stand. Dabei lachte er auf die ihm eigene abgehackte, meckernde Art. »Dahinten ist die stärkste Frau der Welt. Die ist toll! Ein Mann sitzt auf einem Stuhl, und sie hebt ihn am ausgestreckten Arm hoch. Kommst du mit?«

Mathilde verneinte und wandte sich ab. Eigentlich mochte sie Bienaimé. Manchmal folgte er ihr, wenn sie über die Steilklippen ging, und half ihr beim Beerensammeln. Aber heute Abend wollte sie ihn nicht um sich haben.

Direkt neben Mathilde ertönte plötzlich eine schrille Glocke, weil jemand den Lukas gehauen hatte. Sie zuckte vor Schreck zusammen.

Mélanie lachte. »Na, die Zigeunerin hat uns ja ordentlich Bange gemacht. Komm, wir kaufen uns Zuckerwatte«, sagte sie und wies mit dem Kopf in die andere Richtung, aus der sich Jean-Pierre näherte.

Pauline hatte ihn auch entdeckt und fing sogleich an, nervös an ihrem Tuch herumzuzupfen.

»Ich komme mit euch«, rief sie, doch Mélanie sagte: »Du kannst doch nachkommen«, und schubste Pauline in seine Richtung. Dann eilten sie und Mathilde davon.

Am Stand, wo die Zuckerwatte verkauft wurde, die mit Johannisbeersirup rot gefärbt war, hatte sich eine lange Schlange gebildet, und sie mussten anstehen. Über dem Durcheinander der vielen Menschen, über dem Gelächter, der Musik und der verwirrenden Vielfalt von Düften vergaßen sie allmählich das unbehagliche Gefühl, das die Worte der Wahrsagerin hinterlassen hatten. Jeder Einwohner von Bonneville, der zwei Beine hatte, war unterwegs. Niemand ließ sich freiwillig das größte Amüsement entgehen, das das Jahr zu bieten hatte.

Als sie an der Reihe waren und ihre Bestellung aufgaben, sah Mathilde, dass es der Seiltänzer von vorhin war, der die Naschereien verkaufte. Er lächelte sie breit an und hielt ihr eine besonders große Zuckerwatte hin, was Mélanie nicht entging.

»Da hast du wohl eine Eroberung gemacht. Sieht so aus, als hättest du Schlag bei den Gauklern.«

Mathilde freute sich über die Aufmerksamkeit des jungen Mannes. Denn heute hatte sie sich schon über ihr Aussehen ärgern müssen, weil sie wegen des immer noch viel zu kalten Wetters nicht ihr neues Sommerkleid hatte anziehen können. Jedes Jahr zum Ende der Karawane bekamen sie und ihre Schwestern ein neues Kleid, das sie üblicherweise auf dem Fest zum ersten Mal trugen. Heute jedoch hatte sie stattdessen das braune Wollkleid angezogen, das schon ein wenig abgetragen und kein bisschen fröhlich aussah. Aber ihr dunkles, beinahe schwarzes Haar fiel ihr in weichen Wellen um das Gesicht, das ebenmäßig und fein geschnitten war. Sie hatte volle Lippen, die verheißungsvoll glänzten und die Männer anzogen.

Auch ein paar der Einkäufer aus Paris und Caen waren noch in Bonneville und besuchten das Fest. In ihren feinen Kleidern waren sie von den Dorfbewohnern schnell zu unterscheiden, ganz abgesehen davon, dass jeder sie als Fremde erkannte, denn hier kannte jeder jeden.

Einer von ihnen, ein jüngerer Mann, der ihr bereits am Strand Blicke zugeworfen hatte, lächelte Mathilde an und kam auf sie zu. Als er vor ihr stand, zog er den Hut vor ihr.

»Darf ich um einen Tanz bitten?«

»Meine Tochter tanzt nicht mit Fremden, mein Herr!«, ertönte unvermittelt die Stimme ihrer Mutter hinter ihnen. Henriette musste zufällig vorbeigekommen sein, oder sie war die ganze Zeit schon in der Nähe gewesen, um auf ihre Töchter aufzupassen. »Schlimmer als ein Sack Flöhe!«, stöhnte sie oft.

»Aber Madame, ein Tänzchen in Ehren werden Sie mir doch nicht verwehren«, verteidigte sich der junge Mann.

Doch Henriette blieb unerbittlich. »Mit einem Tänzchen fängt es an, und dann sind Sie wieder in Paris, und meine Tochter weint sich die Augen aus.«

»Aber Maman!«, protestierte nun auch Mathilde.

Der Mann lachte. »Man hört ja viel davon, dass mit den Austernfischerinnen nicht zu spaßen ist. Aber dass es so schlimm ist …« Mit diesen Worten drehte er sich um und ging kopfschüttelnd davon.

Henriette schob Mathilde am Ellenbogen vor sich her.

»Dieser Mann ist nicht ehrlich. Er hat versucht, mich mit den Austern übers Ohr zu hauen. Mit so einem tanzt du nicht, und basta! Wir haben doch gerade erlebt, wie schnell eine Frau in ihr Unglück rennen kann.«

Natürlich meinte sie Marie-Anne.

Der Gedanke an ihre Tante machte Mathilde traurig. Wieder spürte sie ihr schlechtes Gewissen. Als sei es ihre Schuld, dass Marie-Anne nicht mehr da war!

Auf einmal hatte sie keinen Spaß mehr an den Lichtern und an der Musik. Die Zuckerwatte in ihrer Hand schmeckte ihr mit einem Mal nicht mehr, und sie ließ die Arme sinken. Der Zucker hinterließ klebrige Spuren auf ihrem Kleid. Ihre Tante fehlte ihr, mit ihr hätte dieser Abend garantiert noch mehr Spaß gemacht. Sie hätte sich auch nicht von der Wahrsagerin ins Bockshorn jagen lassen.

Im Nachhinein machte Mathilde sich bittere Vorwürfe, weil sie ihren Eltern nichts von diesem englischen Soldaten erzählt hatte. Vielleicht hätte sie damit das Schlimmste verhindern können. Aber ihre Tante und der Soldat waren so glücklich gewesen, und nie hätte sie für möglich gehalten, dass Marie-Anne so weit gehen würde, dass sie schwanger werden könnte. Mathilde war die einzige der Schwestern gewesen, der Marie-Anne verraten hatte, dass sie verliebt war, in einen Engländer. Richard Morrow war als Soldat gekommen, um gemeinsam mit den französischen Soldaten die Deutschen aus Frankreich zu vertreiben, und schon deshalb war er Mathilde sympathisch. Er sah gut aus, war groß und brünett, sein Gesicht war mit Sommersprossen übersät. In seiner Uniform machte er eine sehr gute Figur, und er hatte Geld, mit dem er Marie-Anne und Mathilde manchmal heiße Maroni kaufte.

Eigentlich war es ein Wunder gewesen, dass er und Marie-Anne sich begegnet waren, denn die Engländer waren in Le Havre stationiert. Aber Richard hatte sich in die normannische Küstenlandschaft verliebt, und immer wenn er einen freien Tag gehabt hatte, hatte er mit dem Fahrrad die Gegend erkundet. Bei einem seiner Ausflüge war er nach Bonneville gekommen, wo er eine Reifenpanne gehabt hatte. Marie-Anne hatte ihn entdeckt, wie er gerade ziemlich verloren an der Straße gestanden hatte, und hatte ihn zu Bienaimé gebracht, der alles Mögliche reparieren konnte. Während Bienaimé den Reifen geflickt hatte, hatten Richard und Marie-Anne sich unterhalten, so gut das möglich war. Er sprach ein paar Brocken Französisch und sie ein wenig Englisch, weil sie das Lehrerinnenseminar absolviert hatte.

Am Wochenende darauf war er wiedergekommen, als sei es das Selbstverständlichste auf der Welt. Und dann immer wieder.

Mathilde hatte den beiden mehr als einmal ein Alibi gegeben. Ein junger Mann und eine junge Frau allein, das war verboten, weil es gegen die guten Sitten verstieß. Und dann auch noch ein Ausländer! Zum Glück gab es viele einsame Ecken an der Küste, und die Gefühle, die Marie-Anne und Richard füreinander hatten, machten sie erfinderisch. Mathilde kannte die Liebe noch nicht, und deshalb konnte sie sich nicht vorstellen, was Marie-Anne dazu getrieben hatte, weiter zu gehen, als schicklich war.

Im Februar war Richard mit seiner Einheit nach Hause zurückgekehrt, und Marie-Anne hatte tagelang ein verweintes Gesicht gehabt. Mathilde wusste, dass sie sich heimlich Briefe schrieben, die über Odile Levasseur liefen, Marie-Annes beste Freundin, die mit ihrer Mutter im Nachbarhaus wohnte.

Und dann hatte Marie-Anne entdeckt, dass sie ein Kind von Richard erwartete. In ihrer Verzweiflung hatte sie es gebeichtet, woraufhin ihr Bruder sie aus dem Haus gewiesen hatte.

Seit vier Wochen war sie nun weg, und es verging kaum ein Tag, an dem Mathilde sich nicht sorgenvoll fragte, was wohl aus ihr geworden war und wo sie jetzt gerade war.

Ihre Mutter hielt Mathilde immer noch am Arm. Sie steuerte die Tanzfläche an, die auf einem Holzpodest errichtet war. Eine kleine Kapelle spielte Seemannslieder und ab und zu einen modernen Schlager.

»Jetzt kannst du tanzen«, sagte Henriette und ließ sich neben ihre Freundin Yvonne auf eine Bank fallen. »Hier habe ich dich im Blick.«

Bienaimé, der neben seiner Mutter saß, stand auf und bat sie um den Tanz. Damit war er schneller als Albert Pennickx, der ein paar Tische entfernt saß und sich ebenfalls erhoben hatte. Er zuckte bedauernd die Schultern und setzte sich wieder. »Später«, formten seine Lippen.

Mathilde drehte sich in Bienaimés Armen zur Musik. Er war ein guter Tänzer, seine Unbeholfenheit fiel von ihm ab, wenn er sich im Klang der Musik bewegte. Er summte leise die Melodie mit und führte Mathilde sanft über den Tanzboden. Eine Bewegung ließ sie aufmerken. Sie erkannte aus dem Augenwinkel Odile Levasseur. Sie stand am Rand des Festplatzes, dort, wohin der Schein der bunten Lichter nicht mehr reichte, und gab Mathilde verstohlen Zeichen.

»Entschuldige mich«, sagte Mathilde und ließ Bienaimé etwas abrupt stehen, um zu Odile hinüberzugehen.

»Ich habe Nachricht von Marie-Anne«, flüsterte Odile und zog Mathilde noch ein Stückchen weiter mit sich in die Dunkelheit. Sie zog ein Papier so weit aus der Tasche, dass Mathilde erkennen konnte, dass es sich um einen Brief handelte.

3

Endlich ein freier Tag! Und endlich schien die Sonne so warm, dass Mathilde ein paar Stunden draußen verbringen konnte.

Wie üblich, wenn sie allein sein wollte, nahm sie den Weg die Steilküste entlang. Hier gab es einen ausgetretenen schmalen Weg hinüber nach Veillefonte, einem kleinen Weiler, in dem nur ein paar Bauern wohnten. Er führte an einigen Stellen sehr dicht an der Abbruchkante entlang. Mathilde setzte ihre Schritte vorsichtig, denn der harte Winter hatte der Küste stark zugesetzt, und nur wenige Schritte entfernt war der Kreidefelsen auf einer Länge von ungefähr dreißig Metern abgebrochen. Der grasgepolsterte Weg brach dort jäh ab. Wer nicht aufpasste, fiel in die Tiefe. Immer wieder stürzten Felsbrocken hinunter, und immer wieder kam jemand dabei zu Tode – weil er mitgerissen oder aber unten am Strand von herabfallenden Brocken erschlagen wurde. Mathilde wandte sich nach rechts, um die Abbruchstelle weiträumig zu umgehen.

Eine plötzliche Windböe zerrte heftig an ihrem Rock, und ein paar Möwen wurden in ihre Richtung getragen und kreischten lautstark über ihr.

»Verschwindet!«, rief sie ihnen zu und versuchte sie mit den Armen zu verscheuchen.

Sie ging mit schnellen Schritten weiter. Sie genoss diesen ersten Spaziergang in der Frühlingswärme wie schon lange nichts mehr. Über den Winter und sogar den größten Teil des kalten Frühjahrs war sie im Haus festgesessen. Schnee, Regen und Kälte hatte den Aufenthalt im Freien sehr unangenehm gemacht. Aber Mathilde brauchte diese einsamen Wanderungen in der Natur. Sie fühlte sich wohl in der abwechslungsreichen Landschaft, und sie konnte die raue Poesie der normannischen Küste spüren. Sie kannte die Gegend rund um Bonneville genauso gut wie diesen Weg entlang der Steilküste. Als Kind hatte sie hier stundenlang mit ihren Schwestern gespielt. Hier oben oder am Fuß der Steilküste. Sie hatten Treibgut gesammelt und sich mit Quallen beworfen.

Mathilde wusste, wo die großen Menhire, übermannshohe, schmale Findlinge aus der Steinzeit, standen, auf denen sich oft giftige Kreuzottern und kleine Echsen sonnten und in deren Nähe sie schon häufig Werkzeuge aus poliertem Stein gefunden hatte, die aus früheren Zeiten stammten.

Ihre Großmutter hatte ihr alle Legenden erzählt, die sich um diese wilde Küste rankten, wo unter jedem Stein ein Geheimnis verborgen zu sein schien. Die Legenden, von denen niemand so genau wusste, was an ihnen wahr und was erfunden oder hinzugedichtet war, erzählten von unglücklichen Seeleuten, die mit ihren Schiffen hier umgekommen waren und seitdem in Nebelnächten die Küste heimsuchten und jeden aufs Meer hinauszogen, der ihnen begegnete; von der Jungfrau, die seit Jahrhunderten nachts mit einer Kerze am Meeresufer entlanggging, um auf ihren Verlobten zu warten, der doch nie zurückkehren würde; von den Feen, die bei Vollmond ihre Lieder sangen und verirrte Matrosen in Katzen verwandelten, die fortan dazu verdammt waren, ihr klagendes Miauen von den Klippen zu schicken; von den Piraten und Plünderern, die es früher an der normannischen Küste gegeben hatte und die große Feuer angezündet hatten, damit die Schiffe die Orientierung verloren.

Mathilde kannte die Stellen, wo im Sommer köstliche Brombeeren und im Herbst Steinpilze wuchsen. Weil sie es ständig betrachtete, kannte sie das Meer ganz genau, die unterschiedlichen Färbungen, die es je nach Färbung des Himmels annahm. Von hier oben konnte sie genau beobachten, wie sich die Bucht bei Flut mit Wasser füllte, welche Sandbank als Erste und welche als Letzte überflutet wurde. Die Gezeiten waren hier tückisch, obwohl der Abschnitt Blumenküste hieß. Der kleine Fluss Ficelle, eigentlich nicht viel mehr als ein Bach, der unweit von Bonneville ins Meer führte, war der Grund für besonders starke Strömungen und Gezeitenunterschiede. Bei Ebbe konnte man ihn problemlos trockenen Fußes durchqueren, doch bei Flut füllte sich das schmale Bachbett rasend schnell mit Wasser.

Nach ein paar Minuten erreichte Mathilde einen ihrer Lieblingsplätze: Eine windzerzauste Kiefer wuchs hier mehr in die Waagerechte als in den Himmel. Der stetig wehende Wind vom Meer her hatte den Stamm auf Hüfthöhe seitlich wachsen lassen. Die Krone des kleinen Baumes war mit den Händen zu erreichen. Mathilde lehnte sich an den Stamm und genoss die ungewohnte Wärme der Sonne auf ihrem Gesicht. Rund um den Baum wuchs ein Gewirr aus Heckenrosen und Flieder. Die Blüten waren nach dem harten Winter alle auf einmal aufgegangen, als wüssten sie, wie wenig Zeit ihnen noch blieb. Der Duft war ungewöhnlich stark und betörend. Mathilde atmete tief ein, dann legte sie die Hand über die Augen, um besser auf das Meer hinuntersehen zu können. Das Wasser zog sich zurück, bald würde der tiefste Stand erreicht sein. Lediglich die Ausläufer der Ficelle waren noch voll Wasser. Aber bereits jetzt tauchten die Austernbänke von Bonneville aus dem Wasser auf. Die, die dem Ufer am nächsten lagen, ragten bereits aus dem Wasser, die anderen würden bald folgen. Noch vier Tage, dann würde die Springflut einsetzen, dann würde das Wasser sich weit genug zurückziehen und die Austernbänke ihres Vaters lange genug trockenlegen, damit sie bearbeitet werden konnten. Aber das war erst in vier Tagen, heute hatte sie frei! Mathilde breitete übermütig die Arme aus, um den warmen Wind besser auf ihrem Körper spüren zu können, und schloss die Augen.

Roger Goulec war wütend. Er tunkte den Pinsel so heftig in den blauen Farbklecks auf seiner Palette, dass sie ihm aus der Hand rutschte und mit der Farbseite nach unten auf dem Boden landete.

»Verdammt!«

Er ließ den Pinsel vor der Leinwand schweben, während er mit der anderen Hand durch sein Haar fuhr, das fast ebenso störrisch war wie sein Dachshaarpinsel.

Weil er immer noch nicht wusste, wie er das Meer vor ihm wiedergeben sollte, übermalte er in einem Anfall von verzweifelter Wut das ganze Bild mit zornigen Strichen.

Mutlos ließ er sich auf den kleinen Schemel sinken. Er schaffte es einfach nicht. Es wollte ihm nicht gelingen, das Meer, das doch direkt vor ihm lag und auf das er seit Stunden starrte, in einem Bild zu bannen. Kaum meinte er, den richtigen Farbton, die Bewegung einer Welle getroffen zu haben, hatte sich das Wasser bereits wieder verändert, und seine Arbeit erschien ihm falsch. Dass das Wasser unablässig kam und ging, vor ihm davonwich und ihm hinterherlief, sodass er dauernd den Standort wechseln musste, wollte er nicht nasse Füße bekommen oder zu weit entfernt von ihm sein, machte die Sache nicht einfacher. Manchmal fragte er sich, ob er als Stadtmensch einfach nicht dafür geschaffen war, das Meer zu malen.

Roger seufzte aus tiefstem Herzen.

Seit drei Wochen war er jetzt hier in der Normandie, um endlich im Freien zu malen. Seine Freunde und sein ehemaliger Lehrer an der Akademie hatten ihm dringend geraten, nach der Natur zu malen, um seine Ausbildung zu vollenden. »Wenn du das Meer malen kannst, dann kannst du alles malen«, hatte Maître Leblanc, sein Lehrer, zu ihm gesagt. Und seit drei Wochen saß er nun hier, gab mehr Geld aus, als er hatte, und brachte nichts zustande. Es war zum Verrücktwerden!

Roger warf einen weiteren prüfenden Blick auf sein Bild, das er soeben zerstört hatte. Nein, so ging es wirklich nicht. Wie gut, dass er wenigstens die Leinwand übermalen konnte. Leinwände waren teuer, Pinsel und Farben ebenso.

Er bückte sich, um die Palette aufzuheben. Algen und Sand klebten an den Farben, und das Blau, mit dem er den ganzen Vormittag gekämpft hatte, war definitiv nicht zu retten. Er klopfte den Schmutz ab, so gut es ging, und sammelte die heruntergefallenen Farbtuben ein. Dabei achtete er darauf, sie sorgfältig zu verschließen. Pinsel und Spatel wischte er an seiner Hose ab und verschnürte sie mit einem Stück Band, um keinen zu verlieren. Er steckte alles in seinen Rucksack, der noch aus Armeebeständen stammte, klappte die Staffelei zusammen und nahm die Leinwand unter den Arm, wobei es ihm egal war, dass die feuchten Farben seine graue Jacke beschmierten. Mit der freien Hand griff er nach einem Bein des kleinen Hockers, den er immer zum Malen mitnahm, und machte sich auf den Rückweg in die Pension.

Sein Blick wanderte über den nassen Sand vor ihm und dann hinauf zur Steilküste. An eine einzelne Kiefer gelehnt sah er dort eine junge Frau stehen. Sie hatte die Arme seitlich ausgebreitet und schien die Umgebung und die Sonne zu genießen. Ihre Selbstvergessenheit berührte ihn, und wie sie dort stand, gab sie der Landschaft plötzlich eine Bedeutung.

Mit einem Ruck blieb er stehen. Ohne den Blick von ihr zu wenden, ließ er den Hocker zu Boden gleiten und klappte die Staffelei auseinander. Es war nicht nur die Natürlichkeit der Frau, die ihn inspirierte, sondern auch die ungewohnte Perspektive, die ihm die Steilklippen von unten zeigte, mit dem Rand der Abbruchstelle, die wie eine offene Wunde vor ihm lag. Doch in dem Augenblick, als er die Leinwand auf die Staffelei stellte, schien die Frau dort oben zu sich zu kommen. Sie nahm die Arme herunter, richtete sich auf und machte einige Schritte, sodass sie aus seinem Blickfeld verschwand. Sie hatte ihn nicht einmal bemerkt.

Roger Goulec war immer noch schlecht gelaunt, als er sein Zimmer im Haus der Witwe Maillot betrat. Er stellte die Staffelei etwas zu heftig in die Ecke hinter der Tür und lehnte die verhunzte Leinwand dagegen.

Er sah sich in dem kleinen Zimmer um. Die Decke war so niedrig, dass er kaum wagen durfte, so etwas wie einen Hüpfer oder einen Tanzschritt zu machen. Er hätte riskiert, sich den Kopf an dem Balken zu stoßen, der von der Tür zum gegenüberliegenden Fenster führte. Links stand ein schmales Bett, am Fußende ein Waschtisch. Vor dem Fenster befand sich ein kleiner Tisch, an dem er Skizzen machte und aß.

»Es war eine Schnapsidee, hierherzukommen. Ich bringe einfach nichts fertig. Diese Landschaft raubt mir den letzten Nerv! Nur grüne Wiesen, blaues Meer und weiße Kreidefelsen. Nichts, woran sich das Auge festhalten könnte, nichts, was eine Perspektive bieten würde. Und dann sehe ich diese Frau, die ein wirklich lohnendes Motiv geben würde, und schon ist sie wieder weg. Wäre ich doch bloß in Paris geblieben! Hier vergeude ich nur Zeit und Geld.« Er hieb sich wütend mit der rechten Faust in die linke Hand und setzte sich.

Vor ihm auf dem Tisch lag ein Brief aus Paris, der bereits vor zwei Tagen eingetroffen war. Er stammte von Jeanne de Barry. Jeanne war die Einzige, die an sein Talent glaubte, so schien es ihm manchmal. In ihrem Brief fragte sie nach, wie viele Bilder er bereits gemalt habe. Sie habe einen neuen Galeristen für ihn gefunden, der es kaum erwarten könne, seine Bilder zu verkaufen. Roger konnte sich ein bitteres Lachen nicht verkneifen. Jeanne hatte garantiert wieder ihre Beziehungen spielen lassen, um diesen Galeristen zu überreden, einen erfolglosen Künstler wie ihn zu vertreten. Sie hatte nicht einmal den Namen der Galerie erwähnt, aber es war sicherlich eine der großen und berühmten, die ihren Sitz in der Rue Laffitte hatten.

Jeanne glaubte immer, genau das Richtige für Roger zu tun, auch wenn sie ihn vorher gar nicht fragte, was er denn wollte. In den letzten Monaten, seit er sie näher kannte, hatte Jeanne sich in ihren hübschen Kopf gesetzt, die Frau eines berühmten Malers zu werden, und mit der finanziellen Unterstützung und den Verbindungen ihres reichen Vaters glaubte sie das auch schaffen zu können. Roger musste Jeanne zugutehalten, dass sie wirklich an sein Talent glaubte, aber das lag vielleicht auch nur daran, dass sie für ihn schwärmte. Eine profunde Kunstkennerin war sie nicht. Aber sie war es gewohnt, das zu bekommen, was sie wollte, weil es bisher in ihrem Leben immer so gewesen war. Roger sah sie vor sich, das offene Gesicht, das immer noch etwas Kindliches an sich hatte, mit den großen Augen unter dem kurzen Pony und der kecken Nase. Sie war hübsch und amüsant, und er ging gern mit ihr aus. Ihre Bewunderung schmeichelte ihm, schließlich stammte sie aus einer der reichsten Familien von Paris.

Er seufzte. Von hier aus konnte er ohnehin nichts tun, und sie richtete ja wohl keinen größeren Schaden an, wenn sie in Paris für ihn warb. Roger ging davon aus, dass ihre naive Verliebtheit ohnehin über kurz oder lang nachlassen würde. Für größere Gefühle war Jeanne zu jung und zu oberflächlich. Ihr vorheriger Günstling war ein Balletttänzer gewesen. Sie hatte ihm ein Engagement in New York verschafft, dann hatte sie das Interesse an ihm verloren. Ein ähnliches Schicksal sah Roger auch für sich selbst voraus.

Er fragte sich, wie Flavius die Nachricht von der neuen Galerie aufnehmen würde. Flavius hatte ihn bisher vertreten. Im letzten Jahr hatte er allerdings nicht ein einziges seiner Bilder verkaufen können. Er hatte Roger wie zahlreiche andere brotlose Künstler unter seine Fittiche genommen, vielleicht aus Mitleid, vielleicht glaubte er tatsächlich an sie.

In jedem Fall hatte er bisher an Roger noch keinen Sou verdient. Deshalb war er ja unter anderem hier. Flavius hatte ihm geraten, ihm beinahe befohlen, sich endlich ein neues Motiv zu suchen, und ihn an diese Küste geschickt. »Dort wirst du malen, viele, viele Bilder. Du wirst schöne Landschaften malen, die die Kunden glücklich machen und die sie sich gern über den Kamin hängen. Im Herbst wirst du nach Paris zurückkehren, und ich werde alle deine Bilder verkaufen.«

Ein Klopfen an der Tür unterbrach seine Gedanken.

»Sie sind ja schon zurück. Und dabei ist doch heute das Wetter nach langer Zeit endlich mal schön.« Mit diesen Worten betrat seine Vermieterin das Zimmer. Dass sie nach dem Klopfen, ohne eine Antwort abzuwarten, einfach hereinkam, war auch so eine Sache, die er an der Witwe Maillot nicht mochte. Die andere war ihre Stimme, deren Klang irgendwo zwischen kehlig und piepsig lag. Wenn sie lauter sprach, raubte sie ihm den letzten Nerv.

»Madame?«, fragte er und gab sich Mühe, höflich zu wirken.

»Ich wollte Sie fragen, ob Sie nicht draußen unter den Apfelbäumen essen wollen, wie gesagt, das schöne Wetter ...« Sie machte einen weiteren Schritt ins Zimmer hinein und wartete auf seine Antwort, wobei sie versuchte, einen Blick auf den Brief zu erhaschen, den er gerade gelesen hatte und der jetzt offen auf dem Schreibtisch lag.

Plötzlich kehrte ein Anflug von Rogers guter Laune zurück. »Warum eigentlich nicht?«, fragte er und schenkte ihr ein entwaffnendes Lächeln. Wie unbeabsichtigt legte er den Ellenbogen auf den Brief. »Was haben Sie denn heute wieder Gutes zubereitet?«, fragte er, obwohl er die Antwort bereits kannte.

Die Witwe rieb sich die Hände. »Ich habe uns eine gute Fischsuppe gekocht. Unter hinterher gibt es Garnelen.«

Was sonst, dachte Roger verbittert. Seit er hier war, gab es jeden Tag Fisch in irgendeiner Form und Garnelen, die kleinen, an denen noch Reste der Schale hingen.

»Ist gut«, gab er zurück. »Ich bin dann gleich da.«

Er stand auf und machte einen Schritt auf sie zu, sodass sie rückwärts aus dem Zimmer treten musste. Er wollte vermeiden, dass sie auf die ausstehende Miete zu sprechen kam.

Er wischte sich gerade den Mund mit der Serviette ab, als er Ferdinand Fichet um die Ecke des Hauses auf sich zukommen sah. Fichet war ein Freund, ein Kollege aus Paris, der ebenfalls den Sommer zum Malen auf dem Land verbrachte. Jeder nannte ihn nur bei seinem Nachnamen.

Roger bestellte bei der Witwe Maillot eine weitere Portion Garnelen und mehr Cidre, der in großen irdenen Krügen serviert wurde, und erzählte Fichet von seinen missglückten Malversuchen.

Darauf hatte sein Freund nur gewartet.

»Warum sitzt du auch hier in diesem Nest?«, rief er aus. »Hier ist doch nichts! Komm zu uns nach Deauville. Georges ist da und Linus. Und für nächste Woche hat sich sogar Michel angesagt. Wir werden viel Spaß haben.« Georges Penasse, Linus Malaussec und Michel Dudemer waren allesamt Maler aus Paris. Sie hatten gemeinsam mit ihm die Akademie besucht. Roger mochte sie, besonders Michel Dudemer, mit dem ihn eine tiefe Freundschaft verband und mit dem er sich auf dem Montmartre seit dem Krieg ein Atelier teilte.

»Michel kommt?«, fragte er. »Er wollte doch den Sommer über in Paris bleiben, um die Porträts fertigzustellen.« Dudemer hatte einen Auftrag für die Porträts dreier Schwestern ergattert, der ihm genügend Geld für ein halbes Jahr in die Kasse spülen würde.

Fichet schüttelte nachdenklich den Kopf. »Es geht ihm nicht gut. Er hustet, und außerdem zieht er sein Bein so komisch nach. Der Arzt hat ihm zu einer Luftveränderung geraten.«

Roger musste unwillkürlich lachen. Wenn zwei Dinge nicht zueinander passten, dann ärztliche Ratschläge und sein Freund Michel. Dudemer war ein Bär von einem Mann, mit einem mächtigen Bart im Gesicht, der Menschen verabscheute, die sich ständig selbst im Blick hatten und sich um alles Sorgen machten. Er lebte in den Tag hinein und weigerte sich, über seine Zukunft, die keineswegs gesichert war, nachzudenken. Und ausgerechnet Dudemer sollte nun den Rat eines Arztes befolgen! Dann musste es ihm wohl ernstlich schlecht gehen.

»Hast du ihn gesehen?«, fragte er Fichet, nun doch ein wenig beunruhigt.

»Ja, letzte Woche in Paris. Er sieht nicht gut aus, der alte Junge. Aber ein paar Wochen an der frischen Luft werden ihn schon wieder aufpäppeln. Und wenn er hier ist, musst du auch dabei sein!«, fing er wieder an. »Komm nach Deauville.«

»Ich habe keine Zeit, um mich zu amüsieren. Und Geld auch nicht. Ich bin hier, um zu malen.«

»Jetzt sei doch nicht so. Wir arbeiten auch. Jeden Tag ziehen wir los.«

Roger schüttelte unwillig den Kopf. »Nein. Ich muss es *hier* schaffen. Ich muss das verdammte Meer hinkriegen. Manchmal hasse ich es geradezu. Ich bekomme es einfach nicht zu fassen.«

»Du hast immerhin noch fast drei Monate, bevor du zurückfährst. Du hast es gut.«

Die meisten seiner Pariser Malerfreunde blieben nur noch bis Ende Juli, Roger jedoch hatte beschlossen, auch noch den Spätsommer in Bonneville zu verbringen. Immer vorausgesetzt, dass sein Geld bis dahin reichte und die Witwe ihn nicht vorher hinauswarf.

»Sie haben ein paar schöne Kirchen hier in der Gegend.

Vielleicht kannst du ein paar Fenster bemalen und dir etwas Geld verdienen«, schlug Fichet vor.

Er spielte damit auf Rogers Glasmalerlehre an. Vor dem Krieg hatte er bei einem Restaurator für Kirchenfenster gearbeitet und damals ein sicheres Einkommen gehabt. Aber irgendwann hatte ihm das künstlerisch nicht mehr gereicht. Er hatte angefangen, auf Leinwand zu malen. Seine ersten Modelle waren Prostituierte gewesen. Immer und immer wieder hatte er sie porträtiert, vielleicht als Ausgleich zu den religiösen Motiven. Das alles waren für ihn aber nur Vorübungen gewesen. Dann, er war neunzehn Jahre alt gewesen, war jedoch der Krieg ausgebrochen, und er war eingezogen worden. Die Erlebnisse in den Schützengräben hatten die Kirchenmalerei so sinnlos erscheinen lassen. Er konnte selbst nicht glauben, dass er das Gemetzel überlebt hatte. Sein einziger Bruder war gefallen. Als er nach Hause zurückgekehrt war, hatte er seinen Eltern, die in einem östlichen Vorort von Paris lebten, gesagt, dass er Maler werden wolle. Sein Vater hatte sein Vorhaben missbilligt, seine Mutter hatte keine Vorstellung davon gehabt, was es bedeutete. Rogers Entschluss stand jedoch fest. Er träumte davon, große Leinwände zu bemalen, und die kleinteiligen Kirchenfenster reichten ihm nicht mehr, weil sie seinen Gestaltungswillen begrenzten.

»Du hast ja recht«, sagte Roger nachdenklich. »Ich sehe ja selbst, wie viel im Krieg kaputtgegangen ist. Aber nein, ich werde nie wieder Glas bemalen. Ich brauche große Flächen, ich will mir meine Motive selbst aussuchen, und ich kann keine Heiligen mehr sehen. Da verdinge ich mich lieber als Austernfischer!«

Ferdinand lachte. »Du und Austernfischer!«

»Dabei könnte ich wenigstens das Meer studieren.«

Und damit waren sie wieder beim Thema. Das Meer, das sich der Darstellung auf der Leinwand entzog. Das man tagelang beobachten konnte, und es sah zu jeder Stunde anders aus. Mal glänzend wie Silber, dann gründunkel und bedrohlich, mal war es flach und ohne jede Bewegung, so als sei es gar nicht da, dann wogte, brodelte und spritzte es und erinnerte daran, dass unter seiner Oberfläche unbekannte Welten lagen.

Roger bewunderte Claude Monet für seine Fähigkeit, das Meer zu malen. Er hatte die Bilder gesehen, die der Alte in Sainte-Adresse gemalt hatte, gar nicht weit entfernt von hier, auf der anderen Seite der Seinemündung. Auf seinen Bildern leuchtete das Meer so intensiv, dass man als Betrachter die Augen zukneifen musste, um nicht geblendet zu werden. Oder seine Bilder, die das Meer bei Regen zeigen, durchweht von dichten Schleiern. Aber Monet gehörte zu den Impressionisten, zu einer anderen Generation, seit dem Krieg konnte man nicht mehr so malen. Die Welt hatte sich durch die Barbarei in den Schützengräben verändert, und das musste auch in der Malerei zum Ausdruck kommen. Man konnte doch nicht so tun, als hätte es die letzten vier Jahre nicht gegeben!

In diesem Punkt waren sich Roger und seine Freunde einig. Schon Hunderte Male hatten sie darüber diskutiert. Jeder für sich waren sie auf der Suche nach dem, was nun kommen sollte, nach einer Möglichkeit, die veränderte Welt darzustellen.

»Ich würde trotz allem gern so malen können wie Monet«, sagte Roger, als sein Freund sich schließlich erhob und ging.

Oder wenigstens so wie Michel, dachte er, während er Fichet hinterhersah. Michel hatte den Mut, die Farben flächiger und vor allem unvermischt aufzutragen. Dadurch bekamen seine Bilder eine intensive Farbigkeit, auch wenn die Harmonie manchmal fehlte. Genau so, wie er lebte, so malte er auch: ungestüm, voller Kraft, unbekümmert. Michel fühlte sich am wohlsten, wenn möglichst viele Menschen um ihn herum waren, mit denen er streiten, reden, lachen konnte. Roger dagegen war ein Einzelgänger. Michel war der Einzige, den er in sein Atelier ließ. Was er auch musste, denn schließlich teilten sie sich die Miete. Aber sonst hasste er es, wenn jemand ihm beim Arbeiten zusah und womöglich Kommentare abgab. Wenn er malte, dann blieb seine Tür geschlossen. Roger bändelte auch nicht mit den Modellen an, wie die anderen es taten, und er hasste es, wenn sie mit ihm plaudern wollten, um sich die Zeit zu vertreiben, während sie über Stunden unbeweglich in einer Pose verharren mussten. Er wollte nicht einmal, dass sie ihm einen Kaffee kochten oder ihm aus einem Restaurant etwas zum Essen mitbrachten. Wenn Roger Goulec arbeitete, dann war er höchst konzentriert und vergaß die Welt darüber.

Mathilde setzte ihren Spaziergang fort. Ihr Blick ging nach Westen, dorthin, wo sie England vermutete.

Aus den Briefen, die Marie-Anne an Odile geschrieben hatte, wusste sie, dass ihre Tante dort in einem kleinen Ort namens Wornemouth untergekommen war. Nachdem sie Bonneville verlassen hatte, hatte sie den Bus nach Le Havre genommen und von dort ein Schiff nach England. Sie hatte Richard gesucht und gefunden, und er war verrückt vor Freude gewesen, sie früher als erwartet wiederzusehen.

Aber seine Eltern hatten etwas dagegen, vor vollendete Tatsachen gestellt zu werden, und waren gegen eine Heirat. Noch dazu war die Braut ihres Sohnes Französin und schwanger. Richard war zwar fest entschlossen, sie zu heiraten, musste aber vorher sein Ausscheiden aus dem Militärdienst klären.

Marie-Anne hatte Grüße an Mathilde ausrichten lassen. Am Schluss des Briefes hatte sie geschrieben, sie sollten sich keine Sorgen um sie machen. *Alles wird gut.*

Doch Mathilde machte sich Sorgen. Und sie vermisste Marie-Anne. Wenn sie sich vorstellte, dass sie ihre Tante womöglich nie mehr wiedersah oder ihr Kind niemals kennenlernen würde! Wie kam man eigentlich nach England, und wie teuer war eine Überfahrt? Mathilde nahm sich vor, sich zu erkundigen. Am meisten beunruhigte sie, dass Marie-Anne keine Adresse angegeben hatte, unter der sie ihr schreiben konnten.

Sie schickte einen Luftkuss in Richtung England und machte sich auf den Heimweg. Es wurde schon spät, und ihre Mutter mochte es nicht, wenn sie zum Abendessen nicht rechtzeitig zu Hause war.

Zumal nach Marie-Anne nun auch Mélanie das Haus verlassen hatte. Seit ein paar Tagen arbeitete sie in Deauville im Hotel *Normandy* als Zimmermädchen. Mathilde beneidete sie aufrichtig. Das Hotel war das beste Haus in Deauville, ach was, eines der besten Häuser an der ganzen Küste mit nicht weniger als dreihundert Zimmern. Mathilde hatte es noch nie gesehen, aber sie hatte viel von ihm gehört. Es stand direkt an der Promenade und war der Architektur normannischer Häuser nachempfunden: dunkles Fachwerk, dazwischen strahlend weiß getünchte Wände sowie ein Apfelgarten im Innenhof. Und Mélanie hatte von der Pracht der großen Räume berichtet, von der Eleganz des Speisesaals, von den Spiegeln an den Wänden, dem roten Samt auf den Stühlen, dem Gold der Lampen und den prunkvollen Wandverzierungen. Und von den reichen Gästen, die sich den ganzen Tag am Strand und im Kasino oder beim Pferderennen amüsierten. Die Chance hatte sich für sie ergeben, als ein anderes Mädchen aus Bonneville, das die Arbeit machen sollte, krank geworden war und ganz schnell Ersatz benötigt wurde. Der Bürgermeister und der Pfarrer hatten gemeinsam überlegt, und die Wahl war auf Mélanie gefallen, die als geschickt, vor allem aber als zuverlässig und brav galt. Sie waren zu den Martinets ins Haus gekommen, um die Sache zu besprechen.

»Das ist eine Gelegenheit für eine von uns aus Bonneville, etwas zu werden. Wer weiß, was sie uns für Dienste leisten kann, dort in Deauville. Vielleicht gelingt es ihr, Leute auch für unseren Ort zu interessieren«, gab der Bürgermeister zu bedenken.

»Und wie soll sie Leute ausgerechnet für Bonneville interessieren?«, fragte Georges unwillig.

»Lass sie nur machen, sie ist klug und verständig. Und denk doch auch an sie! Sie sieht was von der Welt. Du hast nun mal keine Söhne, die dein Boot übernehmen werden, und musst zusehen, dass deine Töchter versorgt sind. Wenn Mélanie ins Hotel geht, bist du schon mal eine Sorge los.«

»Was willst du damit sagen, Bürgermeister? Dass meine Töchter nicht schön genug sind, um einen Mann zu finden?«, brauste Georges auf.

Der Pfarrer winkte beschwichtigend ab. »So meint er es doch nicht. Aber vielleicht findet sich dort ein geeigneter Kandidat für Mélanie. Nicht wahr, so hast du es doch gemeint?«

Der Bürgermeister nickte, und die Sache war beschlossen. Dem Druck der beiden Honoratioren hatte Georges Martinet nichts entgegenzusetzen gewusst.

Mathilde spürte den leicht vorwurfsvollen Blick ihrer Mutter, als sie kurze Zeit später erhitzt das Haus betrat. Jetzt aber rasch, schien er zu sagen.

Mathilde schlüpfte auf ihren neuen Platz am Tisch. Seitdem Marie-Anne und Mélanie nicht mehr da waren, war sie aufgerückt und saß jetzt neben ihrer Mutter. Ihr Vater neigte den Kopf und sprach das Tischgebet, in das er auch Mélanie einschloss. Marie-Annes Namen erwähnte er nicht.

4

Anfang August, als nach dem viel zu kalten Sommer schon kaum mehr jemand damit gerechnet hatte, kam eine Hitzewelle über das Land. Die Luft über dem Meer flirrte, und bei Ebbe war das flache Wasser in den Prielen und rund um die Roches Noires warm wie in einer Badewanne.

Mathilde und Pauline hatten sich gemeinsam mit den anderen Frauen am späten Vormittag auf den Weg zu den Austernbänken gemacht und erreichten sie in der größten Mittagshitze. Aber die Gezeiten nahmen keine Rücksicht auf die Befindlichkeiten der Menschen. Zweimal im Monat, bei Neumond und bei Vollmond, fiel die Ebbe – und übrigens auch die Flut – besonders stark aus, und wenn die tiefste Ebbe bei Neumond auf die heiße Mittagszeit fiel, dann war das eben nicht zu ändern. Nur jetzt waren die Austernbänke von Georges Martinet zu erreichen, zu anderen Zeiten waren sie vom Wasser überspült.

Die Frauen hatten die Röcke hochgerafft und Strohhüte aufgesetzt. Schon bald war die Haut an den Unterarmen gerötet und brannte. Eine der älteren Frauen stimmte ein altes Seemannslied an, und Mathilde und Pauline sangen mit. Das ließ die Zeit schneller vergehen und gab einen Rhythmus für die Arbeit vor.

Nach gut drei Stunden richtete sich Mathilde wieder einmal auf und legte die Hand über die Augen, um nach den anderen zu sehen. Pauline stand ihr gegenüber, auf der anderen Seite der ungefähr zwei Meter breiten Betten aus Dachschindeln, auf denen die Austern siedelten. Auch die anderen Frauen standen mit gebeugten Rücken über den Austernbänken und schoben die Tiere mit kleinen Drahtharken in der Hand hin und her. Man musste sehr aufpassen, um sie richtig zu behandeln. Es war wichtig, auch den letzten Seestern abzusammeln, denn die Tiere schlüpften in die Schalen, wenn sie sich öffneten, und fraßen die Austern. Es gab auch andere Schädlinge wie die Murexschnecken, die ein Loch in die Schale der Austern bohrten und das Fleisch aussaugten. Es galt, in den Schlamm gefallene Austern wieder zurück auf die Betten zu legen. Alle Austern mussten auf Algen untersucht und gegebenenfalls von ihnen befreit werden. Und ebenso wichtig war es, die niedrigen Mauern aus aufgeschichteten Steinen in Schuss zu halten. Ständig riss das Meer Lücken in die Begrenzungen, Steine fielen herunter und mussten mühsam aus dem Schlick gesucht und wieder hinaufgelegt werden.

Die Austernzucht war kein einfaches Geschäft, und oft hatte Gott kein Einsehen mit der Mühsal der Menschen. Es kam immer wieder vor, dass eine komplette Population vernichtet wurde. Vor dem Krieg hatte es die Familie von Gaston Berger erwischt. Die Bergers waren mit den anderen wie üblich zu den Bänken gegangen, um dort zu arbeiten. Doch als sie die ersten Austern in die Hand genommen hatten, hatten sie sofort gewusst, dass sie leer waren. Das konnte bei einzelnen Tieren immer wieder einmal passieren, aber Gastons Frau und die beiden Töchter hatten beim Umdrehen der anderen Austern festgestellt, dass alle leer waren. Sie fingen an zu rufen und zu klagen, und die anderen kamen angerannt und machten sich mit daran, die Austern zu überprüfen. Es war wie verhext, alle Austern der Familie waren tot gewesen. Natürlich waren die anderen ängstlich gewesen, was mit ihren eigenen Austern los war, aber es hatte tatsächlich nur diese eine Bank getroffen. Die fromme Ernestine hatte damals hinter vorgehaltener Hand über Gastons Frau gelästert, die aus Caen stammte und nur selten in die Kirche ging. Sie war nicht die Einzige, die an eine Strafe Gottes geglaubt hatte.

Aber das war vor langer Zeit geschehen, vor dem Großen Krieg, und Mathilde konnte sich gar nicht mehr richtig an die beiden Töchter erinnern. Nachdem sie ruiniert gewesen waren, waren die Bergers nach Caen gegangen und hatten nie wieder von sich hören lassen. Seitdem hatte Mathildes Mutter aber keinen Kirchgang ausgelassen und hielt auch ihre Töchter dazu an.

Mathilde verdrehte zwei Austern gegeneinander, um sie voneinander zu trennen. Dann warf sie sie zurück auf das Bett. Ihre Fingerspitzen taten ihr weh, sie waren rau und aufgerissen. Aber sie waren fast fertig mit ihrer Arbeit, nur noch ungefähr drei Meter lagen vor ihr und Pauline.

Bevor sie gingen, überprüften sie, ob das ablaufende Wasser Fische in die kleinen Netze gespült hatte, die sie ausgelegt hatten. Mathilde fand in einem Netz einen großen Plattfisch. Sie hob das Netz an und zeigte ihrer Schwester das zappelnde Tier.

»Hast du auch etwas?«, fragte sie.

Pauline hielt das Netz auf ihrer Seite hoch. »Ich habe eine Languste und einen kleinen Schnäpper.« Der Schnäpper war zu klein, und sie warf ihn zurück ins Wasser, wo er eilig davonschwamm.

Sie näherten sich dem Ende der Austernbank. Es wurde Zeit, denn die Flut würde gleich einsetzen, und sie waren ziemlich weit draußen, fast einen Kilometer vom Ufer entfernt. Einige der anderen Frauen machten sich bereits auf den Rückweg.

»Trödelt nicht und kommt!«, rief Yvonne ihnen zu und winkte mit ihrer Harke.

»Gleich, wir müssen nur noch das Netz spannen. Noch fünf Minuten«, rief Pauline zurück. »Gut, dass wir nicht mehr gefangen haben, sonst müssten wir das jetzt auch noch schleppen«, sagte sie zu Mathilde, während sie mit großen Schritten rechts und links an der letzten Bank entlanggingen, um das Netz über die Austern zu legen. Am Ende zurrten sie es fest. »Na los, wir machen Schluss für heute.«

Mit dem Meer war nicht zu spaßen, das wusste hier jeder. Das Meer bestimmte, wann eine Arbeit anzufangen hatte und wann man sie beenden musste.

Im Dorf gab es in fast jeder Familie jemanden, den das Meer sich geholt hatte. Die meisten waren mit ihren Booten untergegangen oder bei Sturm gegen die Küste geschleudert worden. Aber einige Unvorsichtige hatten nicht auf die Gezeiten geachtet und waren von der Flut mitgerissen worden. Besonders vor den Mündungsarmen des Flusses, der hier in einem breiten Delta ins Meer strömte, war das Wasser tückisch. Dort gab es einige Sandbänke, die lange trocken blieben, während rundherum schon alles meterhoch unter Wasser lag. Es gab immer jemanden, der es eilig hatte oder verrückt genug war, und deswegen meinte, den bei Ebbe so harmlos daliegenden Fluss durchwaten zu können. Meistens war das auch möglich, aber wenn man eine halbe Stunde zu spät kam, wurde man von der Strömung aufs Meer hinausgerissen. Patrick, den Bruder von Bienaimé, hatte es dort vor drei Jahren erwischt. Er war ein gut aussehender junger Mann gewesen, Yvonnes ganze Hoffnung. So manch einer im Dorf hatte insgeheim gedacht, dass es doch lieber Bienaimé hätte treffen sollen, aber als jemand das einmal laut gegenüber Yvonne angedeutet hatte, war sie auf den Betreffenden losgegangen und sprach seitdem kein Wort mehr mit ihm.

»Monsieur, da ist Damenbesuch für Sie. Sie wissen, dass das in meinem Haus verboten ist, aber ich will mal eine Ausnahme machen, weil es sich um eine so feine Dame handelt.« Die Witwe Maillot war ganz aufgeregt. »Sie wartet in der guten Stube auf Sie.«

Als Roger in das Wohnzimmer der Witwe kam, stand dort

Jeanne de Barry, umgeben von zwei Hutschachteln und einem großen Koffer. Jeanne machte der Witwe, die schon vorausgeeilt war, gerade Komplimente für ihre Stickereien, die überall, auf den Sitzflächen der Stühle, auf Kissen und Decken, zu sehen waren. Roger musste in sich hineingrinsen. Jeanne verstand es wirklich, Leuten um den Bart zu gehen.

Sie verbrachten den Tag zusammen und machten einen langen Spaziergang, auf dem er ihr seine Malplätze zeigte. Die Witwe kochte an dem Abend zum ersten Mal etwas anderes als Fisch und machte Jeanne ein Zimmer neben dem von Roger zurecht. Das Bett benutzte Jeanne allerdings nicht, sie schlich sich in der Nacht zu ihm hinüber. An der Art, wie sie seine Skizzen betrachtete, einen Schmollmund machte und den Kopf schief legte, las er ab, dass sie sie missraten fand. Er wusste einfach nicht weiter.

»Mal lieber mich«, sagte sie, ließ die Träger ihres zarten Negligés herunterrutschen und schlüpfte mit den Armen heraus. Dann nahm sie die Arme über den Kopf, um ihren Haarknoten zu lösen. Mit den Händen kämmte sie die blonden Strähnen nach vorn über ihre Schultern. Dann saß sie mit bloßem Oberkörper auf dem Bett und lächelte ihn an. Der Tüll ihres Nachtkleids bauschte sich um ihre Hüften und Beine, und das Mondlicht, das durch das geöffnete Fenster fiel, ließ die aufgenähten Pailletten aufblitzen.

Wieder einmal musste Roger über Jeannes beinahe kindliche Schönheit staunen. Ihr Körper war schmal und biegsam, die Haut schimmerte weiß, sie duftete nach teuren Cremes und Parfum.

»Was ist denn?«, fragte sie, obwohl sie genau wusste, dass er ihre Schönheit bewunderte. »Gefalle ich dir nicht?«

Roger gab keine Antwort. Stattdessen griff er hinter sich, wo der Zeichenblock und die Kohle lagen. Ohne sie aus den Augen zu lassen, hielt er den Augenblick auf Papier fest. Ihn faszinierten vor allem die verschiedenen Abstufungen von

Weiß, die sie umgaben und die im Mondlicht silbrig glänzten. Das Bettzeug, ihr Negligé und ihre Haut. Er versuchte sie durch hellere und dunklere Schattierungen herauszuarbeiten. Er war ganz vertieft in seine Arbeit, als er sie sagen hörte: »Ich glaube, das reicht jetzt. Ich habe doch nicht den ganzen Weg aus Paris gemacht, nur damit du mich malst. Und dafür hätte ich mich auch nicht ausziehen müssen.« Sie nahm ihm das Blatt aus der Hand, um es zu betrachten. Offensichtlich gefiel sie sich, denn sie lächelte. Dann ließ sie die Zeichnung zu Boden gleiten und zog Roger zu sich heran.

Am nächsten Morgen reiste Jeanne wieder ab. Roger begleitete sie nach Deauville zum Bahnhof. Er küsste sie zum Abschied und winkte dem Zug nach, der sich dampfend und qualmend in Bewegung setzte. Er lächelte in sich hinein, als er den Weg zum Ausgang nahm. Jeanne kam manchmal wirklich auf die verrücktesten Ideen, und es gab niemanden, der sie ihr austrieb. Ihr plötzlicher Besuch hatte ihn amüsiert. Er hatte ihre Zärtlichkeiten durchaus genossen, aber wenn er ehrlich war, freute er sich darauf, sein Einsiedlerdasein wieder aufnehmen zu können. Er war schließlich zum Malen hergekommen.

Aber wo er schon einmal in der Stadt war, beschloss er, Michel Dudemer zu besuchen. Er erhoffte sich Inspiration, indem er sich ansah, was die anderen in der Zwischenzeit gemalt hatten.

Die Pension, in der Michel Dudemer und Fichet sich eingemietet hatten, lag in der Rue de l'Avenir. Roger fand sie sofort, denn sie ging vom Marktplatz ab, der nach dem Begründer der Stadt Place de Morny hieß und auf dem sich sage und schreibe acht Straßen trafen. Der Herzog von Morny war ein Halbbruder Napoleons III. gewesen und hatte um 1860 begonnen, aus der Sumpflandschaft rund um das ursprüngliche Bauerndorf ein mondänes Seebad für die Pariser Gesellschaft zu erschaffen.

Fichet saß hinter einer Zeitung in der Eingangshalle. »Bist du doch endlich gekommen!«, begrüßte er ihn. »Komm, wir gehen gleich rauf zu Michel.«

Sie stiegen eine steile Treppe hinauf. Ganz oben unter dem Dach hatte Michel Dudemer sein Zimmer. Ein Lächeln machte sich auf seinem Gesicht breit, als er Roger erkannte. Roger konnte seinen Schrecken beim Anblick des alten Freundes nur schwer verbergen. Dudemer war abgemagert, sein kantiges Gesicht war eingefallen und grau. Michel erhob sich mühsam und kam mit langsamen, vorsichtigen Schritten auf ihn zu. Es war ihm anzusehen, dass die Bewegung ihm große Schmerzen bereitete.

»Alter Freund, wie schön, dich zu sehen!«

Fichet war schon wieder auf dem Weg zur Tür hinaus. »Ich bin mit den anderen verabredet, wir sehen uns dann später im Atelier!«, rief er ihnen zu.

»Michel. Was ist mit dir?«, fragte Roger.

Michels Züge verhärteten sich für eine Sekunde. »Wieso, was soll mit mir sein? Ich habe ein bisschen viel getrunken gestern Abend, das ist alles.« Er hielt Roger die Hand zur Begrüßung hin. Als der sie ergriff, spürte er die Hitze, die von ihr ausging.

»Du hast Fieber«, stellte er fest.

Michel sah ihn böse an. »Bist du gekommen, um mir den Tag zu verderben? Mir geht es gut. Ich brauche bloß ein gutes Essen und ein bisschen Schlaf, das ist alles.«

Damit war für ihn das Thema erledigt, und er wandte sich schnell dem Fenster zu, als draußen plötzlich wildes Getrappel zu hören war.

»Komm, das musst du dir ansehen!«, rief er und winkte Roger heran.

Roger trat zum Fenster und sah hinaus. Hinter den Bäumen erkannte er die Pferderennbahn, die von hier oben zum Teil einsehbar war.

»Ist das nicht herrlich? Ich muss dir unbedingt meine Bilder von den Rennen zeigen. Ich will wissen, wie du sie findest. Komm mit.«

Ohne auf eine Antwort zu warten, eilte er die Treppe hinunter. Sie verließen das Haus und standen kurze Zeit später vor einer Halle mit großen Fenstern.

»Das war mal ein Pferdestall. Hier malen wir alle zusammen.«

Die Bilder von den Pferderennen strotzten nur so vor Kraft. Michel hatte die Tiere in vollem Galopp gemalt, wie sie auf den Betrachter zurasten. Einzelne Tiere waren kaum auszumachen, es war eher eine ungezügelte Masse, die einen schier zu zermalmen drohte. Auf anderen Skizzen waren Zuschauer zu sehen, die atemlos das Rennen beobachteten, einzelne Gesichter leuchteten vor Begeisterung auf, ein Mann hatte den Mund zum Schreien geöffnet, eine vornehme Dame hielt vor Aufregung die Hand vor den Mund gepresst. Roger sah weiße Sonnenschirme über weißen Kleidern, Männer in schwarzen Anzügen, Pferdeknechte, die Tiere am Zügel hinter sich her führten.

»Kein Wunder, dass du erschöpft bist. Du musst gearbeitet haben wie ein Verrückter!«

»Er war tagsüber auf dem Rennplatz, um Skizzen zu machen, und nachts hat er gemalt.« Roger entdeckte Fichet, der in einer Ecke des großen Raumes vor seiner Staffelei stand.

Roger konnte kaum die Augen von den explodierenden Bildern seines Freundes Michel lassen. »Großartig«, sagte er. Mehr aus Höflichkeit ging er zu Fichet hinüber, um sich anzusehen, was dieser geschaffen hatte.

Auch Fichet schien seit Paris Fortschritte gemacht zu haben. Er hatte Bilder vom Strandleben gemalt. Roger sah ganze Familien im Sand, Frauen und Kinder auf der Promenade, eine Frau im Restaurant, vor sich einen Teller mit Austern.

»Wie gefallen sie dir?«, fragte Fichet.

Roger nickte. »Deauville scheint euch gutzutun. Ich beneide euch.«

»Sag ich doch, dass du zu uns kommen sollst!«, rief Fichet aus.

Fast hätte Roger nachgegeben. Aber am Abend hatten sie sich mit den anderen, mit Penasse und Malaussec, in einem Restaurant am Hafen getroffen. Später waren noch zwei weitere Maler, die Roger nicht kannte, dazugestoßen. Sie hatten bis zum frühen Morgen getrunken, gelacht und waren fröhlich gewesen. Dann war es zum Streit über die Rechnung gekommen, weil sie nicht genügend Geld hatten. Michel hatte dem Wirt eines seiner Bilder als Bezahlung überlassen wollen, aber der hatte abgelehnt. Er wolle diese Schmierereien nicht. Schließlich hatte Malaussec mit ihm ausgehandelt, ihm ein neues Schild über der Tür zu malen, und er hatte sie grollend gehen lassen.

Als Roger am nächsten Morgen im Zimmer seines Freundes erwachte, wo er auf einer durchgelegenen Chaiselongue geschlafen hatte, hatte er rasende Kopfschmerzen und einen höllischen Durst. Er setzte sich auf und sah, dass Michel nicht da war. Er ging zum Waschtisch hinüber, spritzte sich Wasser ins Gesicht und trank gierig direkt aus dem Krug. Dann suchte er seine Kleidung zusammen und machte sich auf den Weg ins Atelier. Er wusste, dass Michel meistens nachts und am frühen Morgen malte, wenn die Eindrücke des vergangenen Tages noch frisch waren.

Dudemer stand vor einer riesigen Leinwand. Er hatte Roger noch nicht bemerkt und stand gebückt da, die Hände auf den Leib gepresst, als habe er große Schmerzen.

»Michel, was ist los?«, fragte Roger erschrocken.

Sofort hatte Dudemer sich wieder im Griff. »Wieso? Nichts«, gab er lakonisch zurück und richtete sich auf. »Bist du endlich aufgestanden? Es ist fast Mittag!«

»Genau das ist es, was mich nach Bonneville zurückzieht. Dort gibt es keine durchzechten Nächte.«

»Bist du etwa unter die Spießer gegangen?«, fragte sein Freund.

Roger war sich bewusst, dass Michel von seiner schlechten Verfassung ablenken wollte. Doch als er an die Leinwand herantrat, vergaß er, dass er sich eigentlich Sorgen machte.

Roger sah, dass Michel die Farbe unvermischt, in dicken Pinselstrichen aufgetragen hatte, nicht gemalt, sondern aufgebracht. An einigen Stellen lag sie richtig auf, man hätte sie in großen Flecken abkratzen können. Das Bild stellte wieder ein Pferderennen dar, das war unschwer zu erkennen, obwohl bisher nur das Zentrum der Leinwand bemalt war. Roger sah unter anderem grellbunte Vierecke. Als er einen Schritt zurücktrat und sich das Bild in seiner Gänze zeigte, erkannte er, dass es die Trikots der Jockeys waren. Es war großartig und ging ihm direkt ins Herz.

»Ich bin gerade bei den Beinen der Pferde. Hast du mal gesehen, wie muskulös so ein Pferd in vollem Galopp ist? Es ist ein Wunder. Sie sollen aussehen wie marschierende Soldaten.«

»Der Krieg …«, murmelte Roger.

»Ja, der verdammte Krieg, der jeden von uns verletzt hat, auch die, die äußerlich heil nach Hause gekommen sind.«

Ohne es auszusprechen, dachten beide an diejenigen ihrer Freunde und Bekannten, die nicht zurückgekommen waren. Von einigen hatten sie die Todesnachricht erhalten, andere blieben verschollen, sie waren einfach vom Erdboden verschwunden.

Michels jüngerer Bruder war in Nordafrika gefallen, ein gemeinsamer Freund war elendig an Wundbrand krepiert und vorher vor Schmerz wahnsinnig geworden, einen Dritten hatte der Typhus dahingerafft. Am schlimmsten hatte es einen ihrer ehemaligen Lehrer getroffen. Man hatte ihm nach einer Schussverletzung beide Arme amputiert, und er hatte sich vor einen Zug geworfen. Was war schon ein Maler ohne Arme?

»Wir hatten uns doch vorgenommen, das Leben zu feiern, weil wieder Frieden herrscht und wir noch leben«, sagte Roger leise.

»Das tun wir doch.«

»Aber was ist mit dir? Du bist krank, das sieht jeder.«

»Ach was, und wenn schon. Ich werde schon wieder. Hauptsache, ich kann malen.«

»Du solltest dich ausruhen, regelmäßig essen, viel schlafen. Warst du, seit du hier bist, überhaupt schon bei einem Arzt?«

Michel blickte ihn eindringlich an. »Jetzt hör mir mal zu, mir geht es gut. So gut, dass ich malen kann. Diese Pferderennbahn inspiriert mich wie schon lange nichts mehr. Ich werde hier meine Skizzen machen, dann fahre ich zurück nach Paris und male die Bilder. Und wenn ich dazwischen Zeit finde, dann gehe ich meinetwegen auch zu einem Arzt. Und jetzt möchte ich nicht mehr davon sprechen. Das ist mein Ernst.«

Er sah Roger so lange an, bis der nachgab und nickte.

Am nächsten Tag war Roger wieder mit seiner Staffelei unterwegs. Er lief weit hinaus ins Watt, bis er eine etwas erhöhte Stelle fand, wo der Sand sehr fest war. Er baute seine Staffelei auf und begann entschlossen zu malen. Die zwei Tage in Deauville hatten etwas in ihm ausgelöst. Die Arbeiten, die seine Freunde geschaffen hatten, machten ihm Mut.

Der Himmel war von leichten Wolkenschleiern bedeckt, die das scharfe Sonnenlicht abmilderten. Das Licht bot ideale Bedingungen zum Malen, obwohl die Hitze mörderisch war, auch hier draußen am Wasser. Roger hatte sich einen großen Strohhut aufgesetzt und war froh, eine Flasche Wasser mitgenommen zu haben. Aber in den letzten zwei Stunden war er so auf seine Arbeit konzentriert gewesen, dass er vergessen hatte zu trinken.

Er drückte noch mehr Blau aus der Tube auf die Palette, Grau und Braun hatte er schon aufgebracht. Er versuchte gar nicht erst, die Farben auf der Palette zu mischen, sondern begann sie in dicken Pinselstrichen aufzutragen, um die Bewegung der Wellen einzufangen. Er hatte Michels Jockeys vor Augen, deren bunte Trikots wie nebeneinandergestellte Rechtecke ausgesehen hatten. Er tauchte den Pinsel abwechselnd in die drei Farben und setzte Strich neben Strich. Ganz allmählich entstand ein Bild, das Ähnlichkeit mit dem Meer vor ihm hatte. Aber etwas fehlte. Er hob den Kopf und blickte unter dem Rand seines Hutes hervor auf das Meer, das inzwischen ein gutes Stück näher gekommen war. Die Sonne schien durch einzelne Lücken in den Wolken und legte ockerfarbene Tupfer, die wie Blei aussahen, auf das Wasser. Mit einem raschen Griff suchte er das Gelb unter den Tuben heraus und begann, winzige Pinselstriche dieser Farbe auf die Leinwand aufzutragen.

Als er die Natur vor ihm mit seinem Bild verglich, fühlte er, dass er auf dem richtigen Weg war. Und dennoch fehlte etwas. Der Rhythmus des Meeres, die Bewegung der Wellen, ihr Auf und Ab, die ab und zu entstehenden Schaumkämme, das Wogen ... Wie ein Besessener malte er weiter.

Mathilde entdeckte den Mann von der Steilküste aus. Er stand weit draußen auf der großen Sandbank, die vor der Flussmündung lag. Sie kniff die Augen zusammen, um zu erkennen, was er dort tat. Dann erkannte sie die Staffelei, und sie erinnerte sich, ihn vor ein paar Tagen schon einmal gesehen zu haben. Der Mann schien völlig in seine Tätigkeit versunken, denn er hatte bisher nicht bemerkt, dass das auflaufende Wasser sich bereits hinter ihm zu einem breiten Strom gesammelt hatte. Wenn er jetzt gleich aufbrach, würde er das Ufer noch erreichen und höchstens bis zum Knie im

Wasser waten müssen. Aber das Wasser näherte sich mit großer Geschwindigkeit, in spätestens einer halben Stunde würde die Sandbank komplett überflutet sein. Selbst dann würde das Wasser weiter steigen, und der Sog, der dann in den tieferen Prielen entstand, wäre lebensgefährlich.

Mathilde legte die Hände wie einen Trichter an den Mund und schrie, so laut sie konnte: »He! Sie da! Monsieur!«

Aber der Maler konnte sie nicht hören. Er war zu weit entfernt, und der Wind trug ihre Warnung übers Meer davon.

Mathilde wusste, dass sie sofort handeln musste. Sie stellte den Korb mit den ersten Steinpilzen, die sie gesammelt hatte, neben einen Stein, nahm ihre Röcke hoch und rannte ein Stück an der Steilküste zurück. Ungefähr hundert Meter entfernt gab es einen steilen Pfad, der auf ziemlich direktem Weg zum Strand hinunterführte. Ihn benutzten ansonsten nur verirrte Schafe oder die Kinder, wenn sie ihre Mutproben machten.

Sie rutschte und stolperte den lehmigen Pfad hinunter und hielt sich dabei an Brombeerranken fest, deren Dornen ihr die Hände zerkratzten. Außer Atem kam sie schließlich unten an. Sie lief ein Stück ins Watt hinaus und rief zwischendurch immer wieder dem Mann zu.

»Monsieur! Passen Sie auf!«

Der Maler hörte sie immer noch nicht. Mathilde sah sich um, ob noch jemand in der Nähe war, aber sie konnte niemanden entdecken. Sie überlegte keine Sekunde. Ohne sie war er verloren. Sie konzentrierte sich auf das auflaufende Wasser und schätzte ab, wie weit es noch entfernt war. Dann wusste sie, welchen Weg sie nehmen musste, um näher an ihn heranzukommen und ihn ans Ufer zu lotsen.

Halb im Laufen zog sie ihre Schuhe aus und warf sie hinter sich. Als sie noch gut zweihundert Meter von dem Mann entfernt war, ging ihr das Wasser bis zu den Knien. Wieder rief sie, doch der Mann merkte immer noch nichts. Es war zum Verrücktwerden! Sie konnte sehen, wie er den Pinsel in die Farbe auf seiner Palette tauchte und ihn dann über die Leinwand flitzen ließ. Er hatte nur Augen für sein Bild. Hätte er nur einmal den Blick gehoben, er hätte gesehen, dass das Wasser nur noch ein paar Schritte von ihm entfernt war und sich hinter ihm bereits geschlossen hatte. Er befand sich auf einer Insel.

»Sie müssen da weg! Monsieur!«

Endlich hörte er sie. Er zog seinen Hut und winkte ihr zu. Sie meinte Überraschung auf seinem Gesicht zu lesen.

Mathilde wies mit dem ausgestreckten Arm auf das Wasser vor ihm und drehte sich dann im Halbkreis, damit auch er sich umwandte.

»Sie müssen da sofort weg!«

»Was?«, rief er.

»Sie müssen da weg. Die Flut kommt. Es ist gefährlich!«

Jetzt erkannte er seine Lage. Eine erste Welle umspülte seine Füße.

»Ich komme!«, rief er und fing an, seine Malsachen einzupacken.

Jetzt wurde Mathilde wütend. »Dafür ist keine Zeit. Wir werden beide ertrinken. Jetzt kommen Sie schon.« Inzwischen hatte sie ihn erreicht. Sie keuchte vor Anstrengung. »Ich will nicht Ihretwegen sterben. Was sind Sie nur für ein Dummkopf!«

»Aber mein Bild!«

Mathilde ergriff einfach seine Hand und gab ihm einen Schubs in Richtung des offenen Meeres.

»Was machen Sie denn? Zum Strand geht es in die andere Richtung«, protestierte er.

»Ich weiß, wo die Sandbank verläuft. Wenn wir auf direktem Weg zurückgehen, schaffen wir es nie. Dort ist die Strömung am stärksten.«

Sie hatte jetzt keine Zeit für lange Erklärungen. Wenn sie nicht ertrinken wollten, dann durften sie keine Sekunde mehr verlieren. Sie lief los, so schnell es das Wasser und die immer stärker werdende Strömung zuließen. Als sie merkte, dass die Sandbank in die Tiefe abfiel, wandte sie sich nach rechts. Jetzt liefen sie parallel zum Ufer, aber das Wasser ging ihnen bereits bis zur Hüfte. Und sie hatten noch gut zweihundert Meter zu schaffen.

Roger wagte einen Blick zurück und sah mit Entsetzen, wie seine Staffelei in einem wilden Strudel aufs Meer hinaustrieb, viel schneller, als er sich das vorgestellt hätte.

»Sehen Sie!«, rief er der Frau zu, die einige Meter vor ihm gegen das Wasser ankämpfte.

»Sag ich doch«, gab sie zurück, nachdem sie sich kurz umgedreht hatte. »Wir müssen schnell machen. Wenn wir es bis zu dem Pfosten da schaffen, sind wir gerettet.«

Roger sah nach vorn. Der Pfosten, von dem sie sprach und der wohl den Schiffen als Markierung diente, ragte nur noch ein paar Zentimeter aus dem Wasser heraus. Er hatte Mühe, die Entfernung zu schätzen, aber er glaubte, er war noch etwa dreißig Meter entfernt. Plötzlich gab die Frau einen Schrei von sich und verschwand vor seinen Augen im Meer. Er kämpfte sich bis zu der Stelle vor und bekam sie zu fassen. Sie war gestolpert, und wegen der starken Strömung hatte sie Mühe, wieder auf die Beine zu kommen. Sie schnappte nach Luft und strich sich das nasse Haar aus dem Gesicht. Roger sah die Angst in ihren Augen.

»Los, weiter«, befahl sie.

Sie hielten sich an den Händen, um gemeinsam der immer reißender werdenden Strömung Herr zu werden. Das Wasser ging ihnen mittlerweile bis zur Brust und stieg immer noch.

»Können Sie schwimmen?«, fragte er.

Sie nickte. »Aber das hilft uns hier nicht. Die Strömung ist viel zu stark. Dagegen kann niemand ankommen.«

»Mein Gott«, sagte er.

Als sie den Pfosten passierten, hatte Roger das Gefühl, als würde die Strömung etwas nachlassen, aber er brauchte dennoch seine ganze Kraft, um vorwärtszukommen. Er warf einen kurzen Blick auf die Frau neben sich, die einen Kopf kleiner war als er und sich mit einer Zähigkeit vorankämpfte, die ihm Bewunderung abverlangte. Ohne dass er es wollte, kam ihm Jeanne in den Sinn. Niemals hätte sie eine derartige Anstrengung ertragen. Sie hätte sie als Zumutung empfunden und hätte es wahrscheinlich vorgezogen zu ertrinken.

»Machen Sie etwa schlapp? Noch haben wir es nicht geschafft«, hörte er die barsche Stimme der Frau.

Nach einer Zeit, die ihm wie eine Ewigkeit vorkam, erreichten sie flacheres Wasser. Das Vorankommen war nicht mehr ganz so anstrengend, und ein paar Minuten später hatten sie das sichere Ufer erreicht. Sie ließen sich in den Sand fallen, vor Erschöpfung keuchend und mit wild klopfenden Herzen.

»Wo jetzt wohl meine Staffelei ist?«, sagte Roger, weil er glaubte, irgendetwas sagen zu müssen.

»In England. Da wären Sie jetzt auch, wenn ich Sie nicht gerettet hätte.«

»Ich weiß nicht, was ich sagen soll, wie ich Ihnen danken soll ...«, begann er.

Mathilde nahm ihr langes dunkles Haar zwischen die Finger und drückte das Wasser heraus. Genauso machte sie es mit ihrem Rock.

»Meine Schuhe!«, rief sie plötzlich und sah den Strand entlang.

»Was ist mit Ihren Schuhen?«

»Ich habe sie vorhin ausgezogen, um schneller zu sein. Ich fürchte, sie sind auch schon in England.«

Er sah sie schuldbewusst an und entdeckte ein übermütiges Lächeln auf ihrem Gesicht. Plötzlich lachten sie beide laut heraus.

»Mein Gott, ich lebe noch! Sie haben Ihr Leben für mich riskiert. Und ich fürchte, Ihr Kleid ist ruiniert!« Er sah sie an und bemerkte, wie hübsch sie war. Wie alt mochte sie wohl sein? Ungefähr zwanzig, schätzte er. Und sie hatte ihm das Leben gerettet. Sie hätten beide tot sein können. Er stand auf und verbeugte sich förmlich vor ihr.

»Mein Name ist Roger Goulec. Ich komme aus Paris. Ich bin Maler. Ich verdanke Ihnen mein Leben. Sie dürfen über mich verfügen.«

Auch Mathilde erhob sich. »Ich heiße Mathilde Martinet und komme aus Bonneville. In Paris war ich noch nie.« Plötzlich fühlte sie sich unbehaglich. Das Herz klopfte ihr bis zum Hals. Was tat sie hier eigentlich? Sie sah sich vorsichtig um und war erleichtert, dass niemand aus dem Dorf zu sehen war. Das hätte ein schönes Gerede gegeben. Sie blickte an sich herunter. Ihr Kleid war klatschnass, aus den Säumen tropfte das Wasser. Sie entdeckte ein paar grüne Algenfäden, die sich am Ärmel ihrer Bluse verfangen hatten, und klaubte sie ab. Sie zog ihre Strümpfe aus, ein Wunder, dass sie sie bei der heillosen Flucht nicht verloren hatte. Jetzt war sie aber barfuß, und das gehörte sich nicht vor einem fremden Mann. Verstohlen sah sie zu ihm hinüber. Auch er war dabei, seine Kleidung einigermaßen wieder in Ordnung zu bringen. Er zog sein Jackett aus, das voller verwischter Farbflecken war, und schüttelte das Wasser heraus. Ihm schien die Situation nicht peinlich zu sein.

»Meine Staffelei ist hinüber. Und vor allem das Bild. Ich war endlich auf dem richtigen Weg, das habe ich gespürt.«

»Auf welchem Weg denn?«, fragte Mathilde, deren Neugierde erwacht war.

»Ich will seit Wochen das Meer malen, aber es wollte mir nicht gelingen. Heute hatte ich den Eindruck, dass ich es schaffen könnte.«

»Deshalb haben Sie auch nicht auf die einsetzende Flut geachtet.«

»Genau.«

»Lohnt es sich denn, für ein Bild zu sterben?«, fragte sie eine Spur kokett.

Er blickte sie eindringlich an, und sie konnte sehen, dass seine Augen blassblau waren. In den Wimpern hing noch ein glitzernder Wassertropfen. »Ja, das kann sich lohnen. Aber nicht für meine Bilder. Jedenfalls noch nicht«, fügte er hinzu. »Was machen wir denn jetzt mit Ihren Schuhen?«

»Und die Pilze, die ich gesammelt habe, stehen auch noch oben auf den Klippen.« Mathilde seufzte. Wie sollte sie das ihrer Mutter erklären? Sie durfte auf keinen Fall erfahren, was für ein Risiko sie heute eingegangen war. Mit dem Meer spielt man nicht, sagte sie immer. Und mit seiner Tugendhaftigkeit auch nicht, fügte Mathilde in Gedanken hinzu.

»Wissen Sie was, ich bringe Sie nach Hause und erkläre die ganze Sache. Ich nehme einfach alle Schuld auf mich«, sagte Roger.

»Um Gottes willen, nein!«, wehrte Mathilde ab. »Damit machen Sie alles nur noch schlimmer. Ich gehe jetzt allein nach Hause. Bevor uns noch jemand zusammen sieht.« Wieder schaute sie sich unruhig um.

»Aber Sie können doch jetzt nicht einfach so gehen! Immerhin haben Sie mir das Leben gerettet. So etwas verpflichtet!«, rief er aus.

Mathilde musste gegen ihren Willen lachen. »Wo wohnen Sie?«

»Bei der Witwe Maillot.«

»Ach, du meine Güte.«

»Das können Sie laut sagen. Sie hat Haare auf den Zähnen, wenn Sie das meinen.«

Mathilde überlegte kurz. »Ich würde gern Ihre Bilder sehen. Aber ich kann Sie nicht einfach bei der Witwe Maillot besuchen. Kennen Sie die großen Menhire oben an der Steilküste? Ungefähr auf dieser Höhe, einen Kilometer im Landesinneren.« Sie deutete mit dem Arm in die Richtung.

»Ich werde sie finden.«

»Gut. Am Sonntagnachmittag?«

»Ich kann es kaum erwarten.«

Mathilde drehte sich um und machte sich auf den Heimweg.

Roger sah der schlanken Gestalt nach, die sich mit wiegenden Hüften von ihm entfernte. Plötzlich war er guter Dinge, obwohl er seine Staffelei, kostbare Farben und sein Bild verloren hatte. Er glaubte diese schöne junge Frau schon einmal gesehen zu haben, und er spürte, dass sie ihm Glück bringen würde.

5

Am letzten Samstag im August begann die Obsternte mit dem Einbringen der Frühäpfel. Die Bäume auf der Wiese hinter dem Haus der Martinets trugen schwer an den Früchten, auch wenn sie in diesem Jahr wegen des kalten Frühjahrs kleiner waren als üblich.

Georges Martinet bückte sich nach ein paar Früchten, die ins Gras gefallen waren, und drehte sie in seinen großen Händen, in denen er bequem drei von ihnen halten konnte, hin und her. »Geben nicht so viel Saft«, brummte er.

»Weniger Austern, weniger Saft, was kommt als Nächstes?«, fragte Henriette sorgenvoll.

Ihr Mann hob einen der Äpfel zum Mund und biss hinein. Er kaute und schmeckte. Dann wiegte er den Kopf hin und her. »Aber Geschmack haben sie, schön herb. Wir mischen sie mit den Rosenäpfeln von Croncels, wenn die reif sind. Das haben wir schon früher mal gemacht.« Er legte kurz seine Hand auf Henriettes Unterarm, und sie warf ihm einen dankbaren Blick zu.

Mathilde war die Szene nicht entgangen. Ihr Vater war zwar manchmal rechthaberisch, und wie er mit Marie-Anne umgegangen war, nahm sie ihm immer noch übel. Aber sie wusste, dass ihre Mutter ihn liebte.

Sie musterte ihren Vater, der sich einen Korb auf die Schulter wuchtete und zu einem der Bäume hinüberging, um mit der Arbeit zu beginnen. Georges Martinet war ein stattlicher Mann. Sein Kopfhaar war immer noch dicht und dunkel, nur die Schläfen und die Spitzen seines Schnauzbartes waren seit einiger Zeit von grauen Strähnen durchzogen. Ihre Mutter erzählte immer wieder stolz, dass viele andere Frauen aus Bonneville ihn mit Kusshand genommen hätten. Noch heute sahen sie ihm gern nach, wenn er gut gelaunt die abschüssige Dorfstraße entlangging, und er machte sich einen Spaß daraus und grüßte charmant. Zu seiner Ehefrau hatte er jedoch Henriette Cachin gewählt, obwohl sie drei Jahre älter war als er. Aber sie war hübsch und drahtig, konnte gut arbeiten und lachte oft.

Mathilde lächelte in sich hinein. Sie sog tief den Duft der reifen Äpfel ein, während sie unter den Bäumen entlangging. Das Gras war über den Sommer als Weide genutzt worden. Agathe Levasseur, die Nachbarin, trieb ihre beiden Kühe und das Schaf regelmäßig auf die Wiese, um das Gras kurz und weich zu halten, damit die Äpfel beim Herunterfallen nicht platzten. Als Gegenleistung für das Weiderecht belieferte sie die Martinets mit Milch und Käse.

»Mélanie, komm!«, rief Mathilde und blickte sich suchend nach ihrer Schwester um.

Mélanie war zum ersten Mal nach ihrem Arbeitsantritt im Hotel *Normandy* zu Besuch in ihrem Elternhaus. Sie hatte den Schwestern schon alles erzählt, was sie in Deauville gesehen und erlebt hatte, aber Mathilde wollte alles noch einmal hören. Außerdem überlegte sie die ganze Zeit, ob sie ihrer Schwester beichten sollte, dass sie diesen Maler aus dem Wasser gerettet hatte und sich am folgenden Tag mit ihm treffen würde.

Ein Apfel traf sie am Kopf. Sie glaubte, er sei vom Baum gefallen, aber als sie in das bemüht harmlose Gesicht ihrer Schwester sah, die nun zu ihr eilte, wusste sie, dass sie ihn nach ihr geworfen hatte.

»Was träumst du die ganze Zeit vor dich hin? Man könnte meinen, du seist verliebt!«

Mathilde wurde rot. »So ein Blödsinn!«, rief sie.

Mélanie rückte dichter an Mathilde heran. »Los! Erzähl!«, sagte sie.

»Versprich, dass du schweigst wie ein Grab!«

»Versprochen.«

»Und du leihst mir dein neues Tuch!«

Die Ernte begann wie immer bei den Bäumen, die am weitesten vom Haus entfernt standen. Zuerst sammelten sie die bereits heruntergefallenen Äpfel ein. Aus ihnen wurde der Cidre gemacht, der aus leicht vergorenem Apfelsaft bestand. Später wurde er mit dem Most der süßeren Spätäpfel gemischt. Georges Martinet stellte auch immer ein Fässchen Calvados her. Er hatte das von seinem Vater gelernt. Im Keller standen noch ein paar Flaschen, die sein Vater gebrannt hatte, als er um die fünfzig war, so alt, wie Georges Martinet jetzt auch war.

Dann schüttelte ihr Vater die Äste mit einer großen Harke, sodass die meisten Äpfel herunterfielen. Die übrig gebliebenen pflückten sie mit der Hand. Das waren die schönsten. Sie wurden im Keller eingelagert für den Winter. Und an jedem Baum wurde mindestens ein Apfel hängen gelassen, als Dank für die gute Ernte. So war es Sitte.

Gegen Mittag hatten sie die Hälfte der Bäume abgeerntet, und Henriette kam mit einem großen Tablett aus dem Haus, auf dem sie Apfelpfannkuchen aufgeschichtet hatte, die mit frischer, dicker Crème Chantilly übergossen wurden.

Nach dem Essen lagen sie faul und satt im Gras, während die Hühner um sie herum nach Essbarem pickten.

Mathilde döste mit geschlossenen Augen vor sich hin und dachte an Roger Goulec. Sie versuchte sich sein Gesicht in Erinnerung zu rufen, aber ihr fielen immer nur die hellblauen Augen unter den dichten Brauen ein, aus denen das Wasser über seine Wangen tropfte. Er hatte Humor, das gefiel ihr. Und sein Beruf faszinierte sie. Wenn Maler überhaupt ein Beruf war.

Sie hatte keinen Blick mehr auf das Gemälde werfen können, an dem er gerade gearbeitet hatte, bevor das Meer es mit sich fortgerissen hatte. Aber als sie gesagt hatte, sie würde gern seine Bilder sehen, da war ihr Interesse echt gewesen. Sie liebte Farben und Muster. Als ihre Großmutter noch gelebt hatte, war im Winter im Haus gewebt worden. Grand-mère war eine wahre Künstlerin am Webstuhl gewesen. Sie hatte eigens Schafe für die Wolle gehalten, die sie mit verschiedenen Pflanzen gefärbt hatte. Doch wie sie das gemacht hatte, war ihr Geheimnis geblieben, ebenso die zum Teil komplizierten Webmuster, die sie selbst entworfen hatte. Als ihre Großmutter an einem Ostersonntag vor einigen Jahren gestorben war, hatte sie ihr Wissen mit ins Grab genommen. Aber Mathilde hatte sich das eine oder andere abgeschaut, als sie an den langen Abenden vor dem Kaminfeuer zugesehen hatte, wie ihre Großmutter Muster und Farben auf einem Stück Papier skizzierte, um sie dann auf den Stoff zu übertragen. Wie hatte sie diese Stunden geliebt! Nach dem Tod der Großmutter war der Webstuhl verschwunden, jetzt strickten die Frauen im Winter. Zwar ließen sich auch mit den Stricknadeln farbige Muster, Zöpfe und Lochstrickereien anfertigen, aber es war für Mathilde nicht dasselbe.

»Gestern habe ich Gabrielle gesehen«, sagte Mélanie und holte Mathilde damit in die Gegenwart zurück.

»Wen?«, fragte Pauline.

»Na, Coco Chanel, die Modeschneiderin. Sie hat ihr Geschäft in der Rue Gontaut-Biron, das liegt gleich zwischen dem Kasino und dem Hotel. Sie kommt häufig zu uns ins *Normandy*, um Tee zu trinken, vielleicht auch Champagner, was weiß ich. Wir dürfen uns ja nicht in den Gesellschaftsräumen und Restaurants aufhalten. Aber ich habe sie gesehen, als sie auf die Toilette ging. Sie ging so dicht an mir vorbei.« Mélanie zeigte mit Daumen und Zeigefinger den Abstand an.

»Coco Chanel?«, fragte Mathilde. Sie war plötzlich hellwach. Sie hatte in einer Modezeitschrift einmal einige ihrer Hüte gesehen und war voller Bewunderung gewesen. Sie waren so frech und praktisch und hatten vom Gesicht der Trägerin auch noch etwas freigelassen, statt es zu erdrücken.

»Hm, und als sie so an mir vorüberging, dachte ich, sie hat Ähnlichkeit mit dir.«

»Mit mir?«, fragte Mathilde.

»Ja, sie hat auch ganz dunkles, fast schwarzes Haar, obwohl ihres viel kürzer geschnitten ist als deines, und sehr dunkle Augenbrauen. Aber ihre verlaufen in einem perfekten Schwung, nicht so buschig wie deine.«

»Meine Augenbrauen sind buschig?«

»Na ja, irgendwie. Und die Chanel hatte die leuchtendste Lippenfarbe aufgetragen, die ich je gesehen habe. Richtig dramatisch sah das aus.«

»Lippenfarbe?«, fragten Pauline und Mathilde wie aus einem Mund.

»Ja, das ist Farbe, die man sich auf die Lippen schmiert.«

»Meine Güte«, sagte Henriette, die ihnen zugehört hatte, und bekreuzigte sich.

»Was hatte sie denn an?«, wollte Mathilde wissen.

»Oh, ganz flache Schuhe, das ist mir als Erstes aufgefallen. Aber trotzdem irgendwie elegant und zart, nicht so wie unsere. Und sie trug eine weite Hose, die Beine waren so weit, dass ich dachte, es wäre ein Rock, und darüber einen gestrickten Pullover, aber viel feiner gestrickt als unsere, mit ganz kleinen Maschen, die man kaum sehen konnte.«

»Du hast aber genau hingeguckt!«, stellte Pauline fest.

»Ich würde ihr auch gern mal begegnen.« Mathilde seufzte.

Am nächsten Tag auf dem Weg zur Kirche kam ihnen Roger Goulec entgegen. Er trug wieder seine farbverschmierte Jacke, aus deren Tasche Pinsel und Spatel ragten, und auf dem Rücken einen alten Tornister. Unter die Achsel hatte er sich eine große Holzplatte geklemmt, wahrscheinlich ein Ersatz für die verloren gegangene Staffelei.

Als er Mathilde mit ihren Eltern und ihren Schwestern kommen sah, lüpfte er mit der freien Hand den Hut und grüßte höflich. Mathilde stockte der Atem vor Angst. Er würde sie doch nicht etwa vor ihren Eltern ansprechen? Aber glücklicherweise ging er mit einem knappen »Einen schönen Tag auch« weiter. Mathilde drehte sich nach ihm um und meinte ein komplizenhaftes Lächeln zu erkennen.

»Kennst du diesen Mann?«, fragte ihre Mutter.

»Nein, wie kommst du denn darauf?«, log Mathilde. Gleich darauf biss sie sich auf die Lippen und fragte sich, ob sie diese Sünde würde beichten müssen.

Mélanie tat, als müsse sie ihre Strümpfe hochziehen, und fiel mit Mathilde, die auf sie wartete, ein paar Schritte zurück. »Ist er das?«, fragte sie und machte große Augen. »Er sieht gut aus, so als würde er gern leben und als hätte er Humor. Hast du sein Lächeln bemerkt?«

»Ich will doch nur seine Bilder sehen. Der Mann interessiert mich nicht«, antwortete Mathilde. Was soll ich denn mit einem Maler aus Paris?, dachte sie bei sich.

Aber dennoch flocht sie später gewissenhaft ihr dunkles Haar und steckte es sorgfältig zu einem dicken Knoten hoch. Bevor sie sich auf den Weg zu den Menhiren machte, legte sie noch Mélanies Tuch um die Schultern.

Sie nahm den üblichen Weg an der Steilküste entlang. Unten donnerten die Wellen auf den Strand. Es war ein ziemlich windiger Tag, der Himmel war wolkenverhangen, der Horizont weißlich verschwommen. Sie konnte einige Boote auf dem Wasser ausmachen, das waren die Heringsfänger, die mit der Flut ausliefen. Die Sonne streifte eines der Segel und ließ es aufleuchten. Einzelne Wasserflächen nahmen eine gelbliche oder grünliche Färbung an, je nachdem, wie die Sonne auf sie fiel. Mathilde blieb einen Augenblick stehen, um das Farbenspiel genauer zu betrachten. Sie fragte sich, wie ein Maler diese Naturerscheinungen nur wiedergeben sollte. Es musste ein schwieriges Handwerk sein.

Sie ging weiter und kam an eine Stelle, wo vor vielen Jahren ein Haus dicht an der Kante gestanden hatte. Das Meer hatte es sich geholt. Aber die riesigen Hortensienbüsche hatten die Katastrophe überlebt und schäumten über vor Blütendolden in Weiß, Rosa und Rot. Sie wuchsen auch über den Rand der Steilküste hinaus, als würde eine bunte Lawine aus Blüten den Hang hinunterrutschen. Mathilde liebte diese Stelle. Sie pflückte je eine Dolde in den verschiedenen Farben und nahm auch gleich ein dickes Büschel Frauenmantel mit, der im Schatten der Hortensien gedieh. Früher hatten hier auch die gelben Immortellen mit ihren knopfartigen kleinen Blüten gewuchert, aber sie waren zu Mathildes Leidwesen verschwunden.

Ein kaum sichtbarer Pfad führte an dieser Stelle von der Küste weg ins Landesinnere. Mathilde ging jetzt ein bisschen schneller, und ihr wurde warm in der schwülen Luft. Sie sah zum Himmel hinauf. Einzelne Wolkenberge in Dunkelgrau schoben sich vor die hellere Wolkendecke, an ihren Rändern blitzte die Sonne hervor und warf goldene Strahlen auf das Meer. Der Wind kam jetzt in kräftigen Böen. Hoffentlich gab es kein Gewitter, jedenfalls nicht, solange sie unterwegs war. Ein Sommergewitter oben an der Steilküste war kein Vergnügen. Henriette würde sich große Sorgen machen. Bei Gewitter versammelte sich die ganze Familie in der Küche, Dokumente und Schmuck wurden zurechtgelegt, um im Falle eines Blitzeinschlags schnell fliehen zu können. Mathilde erinnerte sich an so manche Nacht, die sie am Küchentisch verbracht hatte und in der sie bei jedem Donnerschlag zusammengezuckt war.

Sie überlegte kurz, ob sie lieber umkehren und nach Hause gehen sollte, dann aber siegte ihre Neugierde. Sie wischte sich einen Schweißtropfen von der Stirn, dann lief sie weiter.

Von der nächsten Biegung aus konnte sie Roger Goulec sehen. Er hatte seine Leinwand gegen einen der übermannsgroßen Steine gelehnt und malte. Von Zeit zu Zeit wandte er den Kopf nach rechts, um die Landschaft, die hier aus verwilderten Apfelbäumen und kniehohem Gras bestand, aufzunehmen und anschließend auf die Leinwand zu bannen. Er hatte Mathilde noch nicht bemerkt.

Seine Malerei muss ihm wirklich sehr wichtig sein, dachte sie, während sie stehen blieb, um ihm zuzusehen. Dann schritt sie vorsichtig näher, um auch das Gemalte erkennen zu können.

Besonders die knorrigen, verwachsenen Stämme der Bäume waren ihm gut gelungen. Braun und schief ragten sie aus dem Grün hervor. Ein großer Ast war zur Hälfte abgeknickt und zu Boden gestürzt. Mathilde sah sich um und erkannte den Baum auf der Wiese wieder. Dann blickte sie erneut auf das Bild. Auf dem gemalten Gras leuchteten weiße Tupfer wie Schneeflocken auf, es waren Gänseblümchen, wie sie jetzt sah.

»Das sieht ja fast aus wie in Wirklichkeit!«, entfuhr es ihr.

Roger Goulec drehte sich zu ihr um, und ein breites Lächeln umspielte seine Lippen.

»Da sind Sie ja! Wir hatten ja keine genaue Zeit abgemacht, deshalb bin ich schon ein bisschen länger hier und habe angefangen zu malen.«

»Sie mussten den Platz ja auch erst suchen.«

Sein Lächeln wurde noch breiter und erfasste sein ganzes Gesicht. »Nein, ich war gestern schon einmal hier. Ich wollte sichergehen, dass ich Sie nicht verpasse.«

Mathilde musste lachen.

»Und? Haben Sie Ärger bekommen?«, fragte er. »Ich meine wegen Ihrer Schuhe.«

»Ich habe es noch nicht gebeichtet«, sagte sie.

»Ich werde Ihnen selbstverständlich neue Schuhe kaufen.«

Sie wehrte ab. »Ich kann mir doch von einem wildfremden Mann keine Schuhe kaufen lassen!«

»Aber ich bin Ihnen doch nicht fremd. Ich habe mich ordnungsgemäß vorgestellt. Haben Sie meinen Namen vergessen? Soll ich ihn noch einmal wiederholen?«

»Nein, nein. Natürlich weiß ich, wie Sie heißen, Monsieur Goulec. Es ist bei uns nur nicht üblich, dass ein Mann und eine Frau allein …« Sie räusperte sich und wechselte das Thema. »Und Sie sind also Maler.«

»Ja.«

»Warum ergreift man denn einen solchen Beruf?«

»Oh, ich glaube, es ist eher umgekehrt. Der Beruf ergreift einen. Ich bin eigentlich Glasmaler und habe Kirchenfenster bemalt. Aber irgendwann reichte das nicht mehr.« Er zögerte einen Augenblick. »Und wissen Sie, wenn man den Krieg überlebt hat, dann ist das wie eine Verpflichtung. Mir ist mein Leben noch einmal geschenkt worden, und jetzt will ich es richtig leben.«

Mathilde war noch einen Schritt näher an das Bild herangetreten, um die einzelnen Pinselstriche zu studieren. Die Farbe glänzte noch feucht und roch ein bisschen wie diese Automobile, die ab und zu durch Bonneville fuhren. An den Ästen hingen winzige Früchte, erkannte sie.

»Wir sind gerade bei der Apfelernte«, sagte sie.

Roger Goulec wandte ihr in einer ruckartigen Bewegung den Kopf zu. »Das ist es!«, rief er.

»Was meinen Sie?«

»Das ist es, was fehlt. Die Menschen auf dem Bild. Was ist eine Landschaft ohne Menschen, die in ihr leben? Was ist eine Apfelplantage ohne Bauern, die sie abernten?«

Er nahm den Pinsel in die Hand und skizzierte mit raschen Strichen die Umrisse einer Frau. Neben ihr im Gras saß kurze Zeit später auf einer Decke ein Kind und spielte mit einer Katze.

Mathilde nickte begeistert. »Wir picknicken häufig unter

den Apfelbäumen, weil es dort so schön schattig ist. Außerdem duftet es gut. Viel besser als Ihre Farbe.« Sie zog ihre Nase kraus und lächelte ihn an, und er registrierte ihre schön geschwungenen Lippen.

»Ich muss Sie malen!«, rief er.

Mathilde wich erschrocken zurück. »Malen? Mich?«

»Ihre ganze Familie. Wie Sie es mir eben erzählt haben. Wenn Sie bei der Apfelernte sind.«

Am Abend in seinem Zimmer saß Roger Goulec vor einem Stück Papier und versuchte mit Kohle das Gesicht von Mathilde Martinet zu zeichnen. Besonders ihre Lippen und die scharf geschnittenen Augenbrauen forderten ihn heraus. Sie gaben dem jungen Gesicht ein harmonisches Aussehen, setzten gleichzeitig aber auf eine fast beunruhigende Art Akzente. Das Gesicht wirkte nicht lieblich, sondern ließ Entschlossenheit erahnen. Ihre Augen waren dunkelblau, das wusste er, aber sie hatten einen Stich in eine andere Farbe, war es purpur oder eher grün? Er konnte es aus der Erinnerung heraus nicht sagen, und das ärgerte ihn. Aber sie hatten sich plötzlich sehr schnell trennen müssen, weil ein Gewitter aufgezogen war und sie nach Hause gemusst hatte. Er nahm sich vor, bei ihrem nächsten Zusammentreffen genau hinzusehen. Bei dem Gedanken daran, sie wiederzusehen, lächelte er.

Die Gelegenheit dazu kam schneller, als er zu hoffen gewagt hatte, nämlich nur zwei Tage später. Roger war an diesem Tag ungewöhnlich weit in östlicher Richtung gewandert, um sich einen kleinen Fluss anzusehen, der dort ins Meer floss. Er folgte dem Fluss dann noch ein Stück weit ins Landesinnere. Die Sonne stand schon ziemlich tief. Ungefähr einen Kilometer vom Meer entfernt bildete er einen größeren See, der mit Schilf umstanden war. Er setzte sich auf eine Anhöhe, von der aus er ihn gut überblicken konnte. Plötzlich sah er am Ufer eine Frau, die aus dem Schilf hervorkam. Sie trug ein weißes Unterkleid und hob die Arme, um ihr Haar hochzustecken. Vorsichtig setzte sie ihre Schritte auf einzelne Steine, um den Schlamm zu umgehen. Als ihr das Wasser bis zur Hüfte ging, ließ sie sich hineingleiten. Über der Wasseroberfläche surrten Insekten, die Samen der Bäume und Blumen flogen umher, alles war in ein leuchtendes Gold getaucht. Die Wassertropfen, die beim Schwimmen aufstoben, funkelten wie Diamanten. Die Frau schwamm in kräftigen Zügen auf den See hinaus. Roger war wie gebannt von der Szene. Rasch holte er ein Blatt hervor und begann, sie zu zeichnen. Die Bewegungen der Schwimmerin waren elegant, gleichzeitig aber kraftvoll. Er meinte sogar das Muskelspiel ihrer Arme erkennen zu können. Als sie sich umwandte, konnte Roger ihr Profil im Gegenlicht erkennen. Es war Mathilde Martinet. Er holte ein weiteres Blatt hervor und zeichnete ihr Gesicht, das jetzt von der Sonne angestrahlt wurde. Sie schwamm mit geschlossenen Augen. Mach sie auf, dachte er, während er in schnellen Strichen zeichnete. In diesem Augenblick fing er an zu glauben, endlich seine Muse gefunden zu haben. In einem Reflex wollte er aufstehen und ihr zuwinken. Doch dann hielt er in seiner Bewegung inne. Er wollte die Harmonie zwischen ihr und der Natur nicht stören. Und er konnte sich denken, dass es ihr unangenehm wäre, wenn sie wüsste, dass jemand sie beobachtet hatte.

Er blätterte noch einmal durch seine Skizzen, dann stahl er sich davon.

Als Roger müde und verschwitzt nach Hause kam, erwartete ihn die Witwe Maillot.

»Monsieur, die Miete war schon vor drei Tagen fällig!«, fuhr sie ihn äußerst ungehalten an.

»Oh, tatsächlich? Daran habe ich nicht gedacht«, versuchte er sich herauszuwinden.

»Und heute Morgen haben Sie sich aus dem Haus geschlichen, bevor ich Sie zur Rede stellen konnte. Das habe ich gern, reichlich essen und trinken und dann nicht zahlen!«

»Liebe Madame Maillot, geben Sie mir doch ein paar Tage Zeit. Ich habe einige Bilder nach Paris geschickt, damit sie dort verkauft werden. Ich erwarte die Zahlung täglich.«

»Und was haben Sie da unter dem Arm?«

Roger hatte versucht, das Paket, so gut es ging, zu verbergen, aber ihren scharfen Augen entging nichts. »Ich musste eine neue Staffelei kaufen und Farben. Sie wissen doch, dass ich meine alte verloren habe.«

»Ach, dafür haben Sie also Geld!« Ihr Ton wurde schärfer.

»Ich bitte Sie. Wie soll ich denn malen und Geld verdienen, wenn ich keine Farben und Pinsel habe?«

»Das ist mir egal, ich muss auch leben. Entweder Sie zahlen bis morgen Abend, oder Sie müssen ausziehen!«

Sie drehte sich um und stapfte, die Hände in die Hüften gestemmt, in ihre Küche, während Roger, nun ebenfalls wütend, in sein Zimmer hinaufging. Er war so aufgebracht, weil er wusste, dass die Witwe ihn aus dem Haus haben wollte, um sein Zimmer an einen anderen Maler zu vermieten. Er hatte ein Gespräch mit angehört, das dieser widerwärtige Mensch am Vorabend mit ihr geführt hatte. Er war ihr mächtig um den Bart gegangen und hatte Vorauszahlung angeboten. Als ob es nicht genügend andere Zimmer in Bonneville zu mieten gab! Roger stellte die Staffelei ab und sah sich um. So richtig wohl hatte er sich hier ohnehin nicht gefühlt. Er würde sich etwas Neues suchen, und zwar so schnell wie möglich.

Selbstverständlich gehörte Jeanne de Barry zu den ersten Frauen, die sich rühmen konnten, ein Fläschchen von Chanel N° 5 zu besitzen. Sie hatte es sogar von Coco persönlich bekommen. Jeanne lächelte anerkennend bei dem Gedanken daran. Coco hatte wirklich immer wieder ganz außergewöhnliche Ideen, um ihre Erfindungen unter die Leute zu bringen. Im Fall von Chanel N° 5 hatte sie sich in ein exklusives Restaurant in Cannes gesetzt und den neuen Duft unbemerkt an ihrem Tisch versprüht. Sie wusste, dass im Laufe des Abends die elegantesten und modebewusstesten Frauen der Gesellschaft vorbeikommen würden. Und tatsächlich, beinahe jede blieb stehen, um zu schnuppern und nach dem Namen des Dufts zu fragen. Coco hatte geheimnisvoll und unschuldig getan und damit die Neugierde nur noch weiter geschürt. Zu Weihnachten hatte sie dann hundert Flakons herstellen lassen und sie an ausgewählte Kundinnen verschenkt. Und zu diesen gehörte Jeanne de Barry.

Jeanne saß vor ihrem Toilettentisch mit den vergoldeten Beinen und verteilte den Duft großzügig auf ihrem Handgelenk und dem Dekolleté. Wollte man der Werbung glauben, sollte er sein wie die Landschaft nördlich des Polarkreises im Licht der Mitternachtssonne, wenn die Seen und die Flüsse wie frisch erschaffen rochen. Die Idee zu dem Duft war Cocos Parfummeister gekommen, als er während des Krieges in der Nähe des Polarkreises Dienst getan hatte. Jeanne führte das Fläschchen an die Nasenspitze und schnupperte daran. Dieser Duft war etwas ganz Neues und roch zudem betörend gut. Er würde sie noch interessanter und begehrenswerter machen, als sie ohnehin schon war.

Jeanne war gerade einundzwanzig geworden und die einzige Tochter von Gérard de Barry, der unter anderem mit Immobilien und Möbeln handelte. Während des Krieges waren seine Geschäft zwar schlecht gegangen, aber die vier Jahre hatte er gut mit seinem Ersparten überbrückt, und jetzt wollte jeder nur kaufen, Verlorenes ersetzen, sich endlich wieder etwas gönnen. Für all das sorgte Gérard de Barry. Er verwaltete das Geld seiner Anleger, gründete Aktiengesellschaften, kaufte eine Eisenbahnlinie sowie ganze Straßenzüge und wurde dabei steinreich. Er arbeitete viel, und deshalb war seine Tochter oft sich selbst überlassen. Jeanne war schon als Kind kapriziös gewesen und hatte immer ihren blondgelockten Kopf durchgesetzt. Auf den vielen Reisen, die die Familie unternahm, hatte sie eine gewisse Weltgewandtheit erlangt und nicht zuletzt gelernt, wie man Dienstboten herumscheucht. Ihre Mutter hatte ja noch versucht, ihr Grenzen zu setzen, aber nach ihrem frühen Tod waren den Launen der Halbwaisen Tür und Tor geöffnet gewesen. Ihr Vater liebte sie, und ihre Einfälle und Forderungen entlockten ihm ein amüsiertes Lächeln. Sie wusste genau, dass sie ihm schmeichelte, wenn sie ihm ein Auto, einen Pelz oder ein Schmuckstück mit der Bemerkung abluchste, er könne sich das doch leisten.

Ihr neuestes Hobby war die Malerei. Nicht dass sie selbst malte, aber seit sie vor einigen Monaten auf einer Vernissage Roger Goulec getroffen und sich in seinen jungenhaften Charme verliebt hatte, war sie wild entschlossen, ihn und seine Bilder berühmt zu machen. Sie hatte sich seitdem ernsthaft mit Malerei beschäftigt, war in allen Pariser Museen gewesen und hatte zahlreiche Bücher gelesen. Sie hatte viele Freunde und Kollegen von Roger kennengelernt und sich von ihnen die Malerei erklären lassen. Jeanne war nicht dumm, und sie lernte schnell. Und sie bekam immer, was sie wollte.

Jeanne warf sich selbst ein verführerisches Lächeln im Spiegel zu. Eigentlich war es ganz angenehm, dass Roger den Sommer über in der Normandie war, um zu malen. Mit ihm an ihrer Seite wären die Tage in Roquebrune bestimmt weniger abenteuerlich gewesen. Wenn sie an die Liebesschwüre dieses italienischen Grafen dachte oder daran, wie er ihren Arm mit leidenschaftlichen Küssen bedeckt hatte … Außerdem mochte Roger die mondänen Gesellschaften nicht so sehr, sie langweilten ihn.

Natürlich konnte er ihr nicht ansatzweise den Lebensstil bieten, den sie gewohnt war, aber Jeanne fand es amüsant, das einfache Leben kennenzulernen, und Geld hatte sie schließlich selbst genug. An Roger faszinierte sie das Bohemehafte, sie zog mit ihm durch die verruchten Cafés auf dem Montmartre, immer in der Gesellschaft zweifelhafter Frauen und Männer. Ihr Vater schätzte es nicht, dass sie sich mit solchen Menschen umgab, was sie wiederum reizte. Sie tat gern Unschickliches und Verbotenes. Für eine Frau mit ihrem märchenhaften Reichtum galten die Regeln nicht. Und sie wusste, dass ihr Vater sich selbst ab und zu zweifelhafte Vergnügungen erlaubte. Und eine Nacht im einfachen Haus dieser Witwe Maillot ließ sie sich gern gefallen, wenn sie am nächsten Tag wieder ihr mondänes Leben aufnehmen konnte. Wenn sie daran dachte, unter welchen Umständen Roger bei dieser unsäglichen Witwe in der Normandie hauste!

Sie nahm das kleine Blatt hervor, das an ihrem Spiegel klemmte und auf dem er die Witwe karikiert hatte. Eine alte Frau mit einer Haube und einer Warze auf der Nase! Danach hatten sie in Rogers schmalem Bett gelegen und sich köstlich amüsiert. Später in der Nacht hatte Roger noch eine andere Skizze von ihr gemacht, die sie nun ebenfalls betrachtete. Darauf saß sie nackt auf dem Bett und blickte auf ihre Füße. Ihr verwuscheltes Haar fiel ihr über Schultern und Brüste. Jeanne liebte die Kohleskizze sehr. Sie strich versonnen über das Blatt, dann legte sie es hinter das andere und klemmte beide wieder an den Spiegel.

Roger schien es dort am Meer ganz gut zu gehen, zumindest schrieb er das in seinem letzten Brief. Ein Missgeschick war ihm passiert, er war beinahe ertrunken und hatte dabei seine Staffelei und seine Farben verloren. Und auch das Bild, an dem er gerade gemalt hatte und das ihm gelungen zu sein schien. Mein Gott, dachte sie, dann malte er es eben noch einmal! Und eine neue Staffelei konnte man ja schließlich auch kaufen.

Sie musste heute noch unbedingt mit Monsieur Davout sprechen, dem Galeristen, der Roger in Zukunft vertreten würde. Schließlich sollte Rogers erste Ausstellung im November stattfinden, bis dahin hatte er noch viel zu tun, während auf sie selbst in diesem Sommer in Paris noch zahlreiche gesellschaftliche Ereignisse warteten, die sie auf gar keinen Fall verpassen wollte. Zudem musste sie die Vernissage vorbereiten. Sie wollte die Räume der Galerie gelb streichen lassen, ihr gefiel die Beleuchtung nicht, und dann musste sie für ein ansprechendes Büfett sorgen. Außerdem hatte sie die Idee, ein kleines Orchester zu engagieren. Rogers erste Ausstellung sollte ein Ereignis werden, von dem Paris noch lange sprechen würde. Sie seufzte auf vor Vergnügen. Sie liebte es, Soireen zu organisieren, konnte Stunden über der Gästeliste verbringen, um die richtigen Leute zusammenzubringen, feilschte leidenschaftlich gern mit Weinhändlern und Köchen. Einmal hatte sie sogar Schauspieler engagiert, um einem Abend den richtigen Schwung zu verleihen. Die zwei hatten ein Paar gespielt, das in Streit geriet und sich schließlich sogar Gläser an den Kopf geworfen hatte. Die Gäste hatten die Szene für echt genommen und waren beeindruckt gewesen. Ja, etwas Ähnliches musste ihr auch für Rogers Vernissage einfallen. Der verknöcherte Davout hielt natürlich nichts von ihren Plänen, aber das war ihr egal. Sie zahlte, also bestimmte sie auch.

Sie stand auf und ging hinüber in ihr Ankleidezimmer, um zu entscheiden, welches Kleid sie an diesem Nachmittag tragen wollte. Heute fand der wöchentliche Salon einer russischen Adligen statt, die Tänzerin beim Ballett war, und da kamen immer außergewöhnliche Menschen zusammen, manche ein wenig vulgär, aber immer unterhaltsam. Ihre Finger glitten über Seide, Spitze und Brokat. Doch diese großen Roben begannen sie zu langweilen. Sie hatte keine Lust, sich in mehrere Schichten von Stoff zu hüllen und das Ganze mit einem Hut zu krönen, unter dem ihr Gesicht kaum zu sehen war. »Chanel passt zu Chanel«, sagte sie und griff zu einem einfachen Jerseykleid in Weiß. Das Kleid war provozierend einfach gehalten, wurde ohne Korsett getragen, und es ging nur bis zu den Waden. Jeanne streifte es über und drehte sich vor dem Spiegel. Das Kleid saß perfekt, und man konnte ihre Formen erahnen. Vor allem aber, und das gefiel ihr am meisten, würde es einige der Damen entsetzt nach Luft schnappen lassen. Beschwingt verließ sie das Ankleidezimmer.

6

Georges Martinet stimmte für alle überraschend zu, als Mathilde ihn fragte, ob er sich und seine Familie von Roger Goulec malen lassen würde. In den Häusern des Pfarrers und des Bürgermeisters hatte er Gemälde hängen sehen, da konnte es ja nicht falsch sein. Beim Bürgermeister hing ein Bild mit Apfelbäumen, das ihm gefallen hatte. Er erinnerte sich, wie er davor stehen geblieben war und es betrachtet hatte. Er hatte sich sogar gefragt, welche Apfelsorte auf ihm abgebildet war. Und nun würden er und seine Familie auf einem Bild verewigt werden, das war doch mal was!

Am Samstag erschien Roger Goulec frühmorgens auf dem Hof, als die Familie sich gerade bereit machte für die Apfelernte. Diesmal war die Wiese an der Reihe, die einen halben Kilometer landeinwärts lag. Hier wuchsen die Pommes Reines, die königlichen Äpfel, wie Georges sie nannte. Die Früchte hatten die Farbe von Himbeeren und rochen wie das süße Leben selbst, sagte er immer.

Am Rand der Wiese stand ein kleines Haus aus Feldsteinen, in dem Georges Martinet gelebt hatte, bevor das heutige Wohnhaus der Familie näher an der Steilküste erbaut worden war. Es bestand aus einem Raum im Erdgeschoss mit einem großen Fenster nach Norden hin und einer winzigen Schlafkammer unter dem Dach. In dieser Enge war Georges mit seinen Geschwistern und den Eltern aufgewachsen, bis sie umgezogen waren. Marie-Anne hatte auch hier die Tür hellblau angestrichen, darüber hinaus auch noch die Fensterläden, nachdem Georges ihr die Verschönerung des anderen Hauses verboten hatte. An der Ostseite wuchs eine verwilderte Kletterrose, die die gesamte Fassade einnahm und sich seit einigen Jahren auch über das Dach hermachte. Wenn sie blühte, so wie jetzt, konnte man den Eindruck haben, als wollte sie das gesamte Haus unter sich begraben. Roger staunte, als er das sah. »Was für ein Bild!«, rief er aus. »Geradezu ein Sinnbild für das pralle Leben. Wer hat das Blau ausgesucht?«, fragte er dann.

»Das war meine Tante Marie-Anne«, sagte Mathilde mit einem raschen Blick auf ihren Vater.

Roger sah sich suchend um, als erwarte er, diese Marie-Anne unter den anderen zu sehen.

»Sie lebt seit Kurzem in England.«

»Sie muss eine interessante Frau sein«, sagte er.

»Wenn Sie uns malen wollen, dann mal los!«, mischte sich Georges Martinet ein. »Wir jedenfalls müssen uns jetzt an die Arbeit machen.«

Mathilde fühlte sich ein bisschen unwohl, weil sie wusste, dass Roger Goulec sie dabei beobachtete, wie sie abwechselnd die Arme über den Kopf reckte, um die Äpfel zu pflücken, und sich bückte, um sie in den Weidenkorb zu legen. Ab und zu sah sie zu ihm hinüber. Erst dauerte es einige Zeit, bis er den richtigen Standort gefunden hatte. Er prüfte den Stand der Sonne und stellte sich mal hierhin, mal dorthin. Schließlich baute er seine Staffelei so auf, dass er auch das Haus und die umlaufende Mauer aus Feldsteinen im Blick hatte, und fing an zu malen.

Wenn jemand einen Blick auf die Leinwand werfen wollte, wehrte er ab. »Das bringt Unglück«, sagte er. »Ich zeige Ihnen das Bild, wenn es fertig ist.«

Mittags lud Henriette ihn zum Mitessen ein und wunderte sich über seinen großen Appetit.

Nach dem Essen wurde es sehr warm. Mathilde und ihre Schwestern hätten gern die Knöpfe ihrer Blusen aufgemacht, sie sogar ausgezogen, aber das war unter den Augen eines fremden Mannes natürlich unmöglich.

Gegen Abend waren sie erschöpft und verschwitzt, die Arme taten ihnen weh. Aber die Körbe standen bis oben hin mit Äpfeln gefüllt in langen Reihen neben der Mauer.

»Darf ich jetzt mal sehen?«, fragte Mathilde, als sie an ihm vorüberging.

Er drehte sich zu ihr um und stellte sich vor die Leinwand. »Ich bin noch lange nicht fertig. Sie müssen sich noch gedulden.«

Als sie nach Hause gingen, bat er um die Erlaubnis, noch bleiben zu dürfen. »Noch ist es hell genug zum Malen.«

»Von mir aus«, brummte Georges. »Sie wissen wohl nicht, wohin?«, fragte er dann. Als er Rogers überraschten Blick sah, fügte er hinzu: »Hier bleibt nichts geheim. Das ganze Dorf weiß, das Hortense Maillot Sie rausgeworfen hat.«

»Ach, du meine Güte! Wo wohnen Sie denn jetzt?«, fragte Mathilde.

Roger zuckte mit den Schultern. »Ich habe Freunde in Deauville.«

»Aber heute geht kein Bus mehr.« Dann hatte sie eine Idee. »Papa, Monsieur Goulec kann doch hier wohnen, in dem alten Haus. Wir stellen das Bett von Tante Marie-Anne hinein …«

»Ich würde nicht viel brauchen. Und ich zahle natürlich auch«, warf Roger ein, den die Vorstellung sehr lockte. Er hatte die letzte Nacht im Freien verbracht und keine große Lust, diese Erfahrung zu wiederholen. »Außerdem könnte ich dann das Bild gleich hier fertig malen, wo ich alles vor Augen habe.«

»Mathilde könnte Ihnen zu essen bringen«, meinte nun auch Henriette.

Alle sahen sich für einen Augenblick stumm an, dann

streckte Georges die Hand aus. »Einverstanden. Und anstelle der Miete geben Sie mir ein Bild von mir und meiner Familie.«

Roger ergriff seine Hand mit einem strahlenden Lächeln. »Abgemacht!«

Er hatte gemalt, bis es zu dunkel dazu geworden war, und lag jetzt auf dem Bett, das Georges Martinet auf einem Karren hergefahren hatte. Mathilde hatte ihm Bettzeug und eine Waschschüssel gebracht und ihm gezeigt, wo der Brunnen ist.

Roger verschränkte die Arme hinter dem Kopf und legte die Füße übereinander. Durch das geöffnete Fenster drangen der Duft der Rose und der würzige Geruch von Rosmarin herein, der in dicken Büscheln zwischen den Steinen der Gartenmauer wuchs. Roger war glücklich wie schon lange nicht mehr. Er genoss die abendliche Stille und ließ den Tag Revue passieren. Von seinem Bett aus konnte er die Leinwand sehen. Die Umrisse verschwammen schon in der Dämmerung, aber er kannte das Bild in- und auswendig.

Im Vordergrund wuchsen zwei knorrige Bäume, zwischen ihnen standen drei Frauen und pflückten Äpfel. Im Hintergrund hatte er Georges Martinet gemalt, der sich über eine volle Kiepe bückte und dabei war, sie sich auf den Rücken zu schwingen. Die weißen Kleider der Frauen leuchteten aus dem Grün des Laubes und des Grases heraus. Am linken Bildrand war die niedrige Gartenmauer zu sehen, dahinter eine Ecke des Hauses. Die Rose, die ihm so gut gefiel und deren schweren Duft er gerade einatmete wie einen vergänglichen Zauber, hatte er aus dem Bild verbannt. Da ihre Pracht so übermächtig war, sollte sie eine eigene Leinwand bekommen, das hatte er sich während des Tages überlegt.

Er vertiefte sich noch einmal in die Figur der Mathilde. Er hatte ihre schmale Taille eingefangen sowie die feingliedrigen und dennoch kräftigen Arme, die an Arbeit gewöhnt waren. Er hatte sie von der Seite gemalt, mit über den Kopf erhobenen Armen. Neben ihr war ihre Schwester Pauline zu sehen, wie sie die Äpfel, die sie in ihrer Schürze gesammelt hatte, in einen Korb gleiten ließ. Ihre Mutter stand neben ihr und strich sich das Haar aus dem Gesicht.

Das Bild war eine einzige Idylle. Er hatte schon die spöttischen Kommentare seiner Kollegen im Ohr. »Kitsch!«, würden sie rufen, »heile, heile Welt!« Sie hatten ja recht. Die Welt war nach diesem schrecklichen Krieg nicht heil und gut. Wusste er denn, wer auf diesem Bild alles fehlte? Ein Bruder vielleicht oder ein Onkel, der im Krieg geblieben war? Und was war mit dieser Tante, dieser Marie-Anne? Georges Martinet war sofort unwirsch geworden, als ihr Name gefallen war.

Trotz dieser Einwände wusste Roger schon jetzt, dass es ein gutes Bild werden würde. Und seinen Kritikern würde er entgegenhalten, dass gerade in schlechten Zeiten die Sehnsucht nach dem kleinen Glück bestand und dass es wichtig war, dieses Glück zu erkennen, wenn es einem begegnete. Und außerdem war er stolz auf die technische Umsetzung des Motivs. Er hatte wieder mit nebeneinandergesetzten kleinen Strichen gearbeitet, die dem Bild eine Struktur und räumliche Tiefe gaben.

Er konnte es kaum erwarten, bis der nächste Morgen kam und er weitermalen konnte. Diese Mathilde Martinet reizte seine Phantasie, immer, wenn er sie sah, wollte er sie sofort in eines seiner Bilder setzen. Er richtete sich auf, weil ihm bewusst wurde, was schon die ganze Zeit in ihm geschlummert hatte: Er musste sie malen, sie ganz allein. In seinen Gedanken setzte er sie bereits in Position. Er würde sie auf einen Stuhl platzieren, sodass ihr Profil zu sehen wäre, den Kopf in Richtung des Betrachters gewendet, den sie aus ihren großen Augen direkt ansah. Ach nein, das war es nicht. Er wollte sie lieber bei einer ihrer Tätigkeiten zeigen, weil sie alles mit so viel Anmut tat. Aber die Arbeit durfte nicht im Vordergrund stehen. Er wollte ihren intensiven Blick einfangen, in dem so viel Leben war. Vielleicht bei einer Näharbeit? Oder beim Wäschebleichen auf der Wiese? Das würde schöne Farbkontraste geben. Oder doch ganz anders?

Sein Blick fiel auf die Rose vor dem Fenster, die sich leicht im Wind wiegte. Da hatte er sein Motiv! Er würde Mathilde vor diesem Wasserfall aus Rosen malen, Mathilde mit Rosen. Er wurde ganz aufgeregt bei dem Gedanken daran und hätte am liebsten sofort sein Skizzenbuch hervorgeholt. Aber es war zu dunkel.

Aber würde sie sich überhaupt von ihm malen lassen? Und was war mit ihrem Vater? Würde Georges Martinet erlauben, dass seine Tochter Stunden mit einem fremden Mann verbrachte? Würde sie überhaupt Zeit dazu haben? Sie musste doch den ganzen Tag arbeiten. Ach was, für diese Fragen würde sich eine Lösung finden lassen! Sein Vorhaben elektrisierte ihn geradezu. Er stand auf und fing an, im Raum hin- und herzugehen. An Schlaf war nicht mehr zu denken.

Diese junge Frau berührte etwas in ihm. Sie mit Jeanne zu vergleichen war zu abwegig. Jeanne war durch und durch Frau, und sie richtete ihr Leben nach den Männern aus. Mathilde hatte ebenfalls weibliche Verführungsmacht, aber sie war viel zu unschuldig, um es darauf anzulegen. Mathilde hatte irgendwie … mehr. Sie machte ihm deutlich, dass etwas in seinem Leben fehlte. Etwas, auf das er wartete, ohne es richtig zu wissen. Wenn er sie ansah, dann fühlte er beinahe so etwas wie Schmerz. Zum zweiten Mal, seit er sie getroffen hatte, kam ihm der Gedanke, dass Mathilde Martinet sein Schicksal, zumindest seine Muse sein könnte.

Für Mathilde und ihre Schwestern gab es nichts Schöneres, als nach getaner Arbeit schwimmen zu gehen. Damit bildeten sie eine große Ausnahme im Dorf, denn nur wenige konnten überhaupt schwimmen. Unter den Fischern war es verpönt, sie sagten sich, wenn ihr Schiff unterging, dann sollte der Tod wenigstens schnell kommen.

Doch die Martinet-Schwestern waren begeisterte und gute Schwimmerinnen. Am liebsten gingen sie in der Dämmerung an den See, den der kleine Fluss bildete.

Nachdem sie mit der Apfelernte fertig waren und Mathilde noch das Bettzeug in das kleine Haus hinübergetragen hatte, machte sie sich mit Pauline auf den Weg. Nach diesem heißen Tag war eine Abkühlung genau das Richtige. Sie nahmen die Abkürzung querfeldein und waren in einer Viertelstunde angekommen. Jetzt war es bereits dunkel, und sie zogen ihre Kleider aus und ließen sich in den dünnen Unterkleidern ins Wasser gleiten.

Mathilde wusste, dass Bienaimé Lefranc ihr manchmal folgte und ihr beim Baden zusah. Sie hatte bemerkt, wie er ihnen auch heute Abend nachging, aber es störte sie nicht. Neben ihrer Schwester schwamm sie weit auf den See hinaus. Der Vollmond stand am Himmel und tauchte alles in ein silbernes Licht. Sie legten sich auf den Rücken und ließen sich treiben.

»Was ist eigentlich mit Papa los?«, fragte Pauline plötzlich.

»Ist es dir auch aufgefallen?«

Pauline nickte. »Er ist viel stiller als sonst und so umgänglich. Ich hätte nie für möglich gehalten, dass er diesem Roger Goulec erlaubt, uns zu malen. Und jetzt lässt er ihn sogar im kleinen Haus wohnen. Das hätte er früher niemals gestattet. Ein Maler! Und zu allem Überfluss will er sich jetzt auch noch ein Bild an die Wand hängen. Ich verstehe das nicht. Irgendetwas muss passiert sein.«

»Ich glaube, Maman hat mit ihm geredet. Wegen Tante Marie-Anne.«

»Du meinst, es tut ihm leid, dass er ihr die Tür gewiesen hat?«

»Ja. Ich glaube, er macht sich Sorgen um sie. Henriette hat sich bei Odile nach ihr erkundigt, aber sie erzählt ihm nicht weiter, was sie von ihr erfahren hat. Das ist wohl ihre kleine Rache.«

»Ich vermisse sie so sehr!«

»Ich auch. Ich kann es kaum erwarten, bis bei Odile der nächste Brief eintrifft. In drei Monaten bekommt sie doch ihr Kind«, sagte Mathilde.

»Stell dir vor, jetzt ist sie eine verheiratete Frau.«

»Zum Glück.«

Pauline tauchte unter Wasser, um das Haar aus dem Gesicht zu bekommen. »Und was ist mit diesem Monsieur Goulec?«, fragte sie anschließend.

»Was meinst du?«

»Er sieht ziemlich gut aus. Obwohl mir Jean-Pierres blonde Haare besser gefallen als diese dunklen Locken. Er ist aus Paris und kennt die Welt, er hat Humor …«

»Na und?«

»Er sieht dich die ganze Zeit an!«

»Das muss er doch, wenn er mich malt.«

»Ich meine die Art, wie er dich ansieht. Ganz anders als mich.«

»Ich habe ihm das Leben gerettet.«

Pauline schnappte vor Überraschung nach Luft und verschluckte sich. »Du hast – was?«, fragte sie und hustete.

Mathilde erzählte ihr, auf welch dramatische Weise sie Roger Goulec kennengelernt hatte.

»Meine Güte, hast du das Maman erzählt? Hat euch jemand gesehen?«

»Um Gottes willen, nein. Und du sagst kein Wort! Und jetzt komm mit zurück, mir wird kalt.«

Sie schwammen zurück ans Ufer.

»Bienaimé, gib mir mal die Seife aus meiner Tasche!«, rief Mathilde ihm zu, als sie ihn halb versteckt hinter einem Baum sah.

Bienaimé brachte die Seife und auch gleich ein Handtuch.

»Danke. Hältst du das Handtuch für mich? Aber dreh dich um, hörst du?«

Er nickte und setzte sich mit dem Rücken zu ihnen ans Ufer.

»Nicht gucken«, rief sie ihm zu. Plötzlich fand sie die Vorstellung erregend, dass Roger Goulec dort sitzen und sie dabei malen würde, wie sie sich wusch. Der Gedanke beschämte sie, aber sie musste dennoch insgeheim lächeln. Den ganzen Rückweg dachte sie darüber nach. Wenn Bienaimé oder Pauline etwas zu ihr sagte, antwortete sie nur knapp, denn sie wollte dieses neue Gefühl, das sich so warm anfühlte, auskosten. Die Vorstellung hatte etwas Prickelndes an sich, das sie nicht kannte. Natürlich hatte sie in manchen Nächten mit den Händen über ihren Körper gestrichen, hatte die weiche Haut am Bauch und an den Oberschenkeln gespürt und ihre Brüste berührt. Aber das hatte nie etwas mit einem Mann zu tun gehabt. Seit sie Roger Goulec kennengelernt hatte, war das anders. Sie konnte sich plötzlich vorstellen, dass er es war, der sie so berührte, und ihr wurde ganz heiß bei dieser Vorstellung, obwohl das Wasser eben noch so kalt gewesen war.

»Hat Jean-Pierre dich eigentlich schon mal geküsst?«, fragte sie unvermittelt ihre Schwester, so leise, dass Bienaimé es nicht hören konnte.

Pauline sah sie entgeistert an, dann lächelte sie.

»Und? Wie ist es?«

»Himmlisch. Aber wehe, du sagst ein Wort darüber zu irgendwem!«

Am nächsten Morgen, als Mathilde ihrem neuen Mieter das Frühstück brachte, war sie noch ganz erfüllt von den Träumen der Nacht, die sich um Roger Goulec gedreht hatten. Aber das Ganze war ihr auch peinlich.

Sie klopfte an die Tür, doch niemand bat sie herein. Sie war froh, dass er nicht da war, stellte das Tablett auf der niedrigen Mauer vor dem Haus ab und wollte sich auf den Rückweg machen. Heute waren die Austernbänke wieder dran, bald war Ebbe, sie mussten sich beeilen und sich gleich auf den Weg machen.

Dann hörte sie jedoch von der Rückseite des Hauses ein Geräusch und ging nachsehen, woher es kam.

»Oh«, entfuhr es ihr, als sie Roger Goulec am Brunnen stehen sah. Sein muskulöser Oberkörper war nackt, und er spritzte sich Wasser auf Arme und Brust. Dazu pfiff er leise vor sich hin. Mathilde machte einen Schritt zurück hinter die Hausecke, um nicht entdeckt zu werden. Aber sie blieb stehen und wagte kaum zu atmen, während sie ihm zusah. Noch nie hatte sie einen Mann ohne Hemd gesehen, nur einmal, als sie mit der Schulklasse im Museum gewesen waren, hing dort ein Bild von einem Mann mit nacktem Oberkörper. Selbst die Fischer zogen sich nie aus, wenn Frauen in der Nähe waren. Und ihr Vater achtete immer sehr darauf, dass keine seiner Töchter in der Nähe war, wenn er am Sonnabend sein Bad nahm. Deshalb sah sie jetzt genau hin und beobachtete gebannt das Muskelspiel an Roger Goulecs Rücken und die glänzende Haut der Schultern. Als er sich vorbeugte, um erneut Wasser mit den Händen zu schöpfen, konnte sie sein helles Brusthaar erkennen, das sie sehr männlich fand. Ihr gefiel ausnehmend gut, was sie sah. Sie wäre auch noch länger geblieben, aber dann machte er sich daran, seine Hose aufzuknöpfen, und sie verließ fluchtartig ihren Beobachtungsposten und stahl sich davon, ohne dass er sie bemerkt hätte.

Den ganzen Tag über war sie unaufmerksam. Ihre Mutter, die sie und Pauline an diesem Tag zu den Austernbänken begleitet hatte, war deswegen ungehalten. Mathilde hatte ein großes Loch in das Netz gerissen, das zum Schutz über die Bänke gelegt wurde. Es hatte sich an einem Dachziegel verfangen, und statt es vorsichtig zu lösen, hatte sie ungeduldig daran gezerrt, und da war das Malheur passiert.

»Jetzt muss es geflickt werden. Warum bist du denn heute nur so ungeschickt?«, schimpfte Henriette. »Und außerdem bist du viel zu langsam. Sieh nur, wie weit deine Schwester schon ist.«

Es stimmte, Pauline war schon fast am Ende der Bank angelangt, während Mathilde auf ihrer Seite erst knapp die Hälfte geschafft hatte.

Mathilde riss sich zusammen, aber sie hatte Mühe, sich auf die Austern zu konzentrieren. Das Bild von Roger Goulec am Brunnen ließ sie nicht los. Sie fieberte dem Abend entgegen, wenn hoffentlich sie es war, die ihm das Abendessen bringen würde. Sie konnte natürlich nicht darum bitten, dann wäre ihre Mutter sofort misstrauisch geworden. Sie konnte nur hoffen.

Die Sonne stand schon tief, als sie an die Tür des kleinen Hauses klopfte. Auf dem Tablett, das sie trug, standen ein Teller mit einer dicken Suppe mit Andouillette, einer Wurst aus Innereien, sowie als Nachtisch ein großes Stück normannischer Apfelkuchen mit Rahm.

Die Tür wurde fast augenblicklich nach ihrem Klopfen aufgerissen. Es kam ihr vor, als hätte Roger Goulec bereits auf sie gewartet.

»Guten Abend, das ist aber nett«, sagte er mit einem Lächeln. »Und wie das duftet!«

Er nahm ihr das Tablett aus den Händen, und dabei berührten sich ihre Finger. Es war wie eine elektrische Entladung. Beide hatten den ganzen Tag aneinander gedacht, und als sie sich jetzt nahekamen, entlud sich die Spannung in einem Funken.

Fast wäre das Tablett zu Boden gefallen. Die Suppe schwappte über, zum Glück war sie nicht mehr heiß. Roger stellte das Essen auf den Tisch, ohne Mathilde aus den Augen zu lassen. Keiner der beiden brachte ein Wort heraus.

»Wollen Sie nicht essen?«, fragte Mathilde schließlich.

»Aber ja, gewiss«, gab er zurück, wandte aber immer noch nicht den Blick von ihr.

Mathilde wurde es unter seinem intensiven Blick unbehaglich. »Ich glaube, ich gehe dann wieder«, sagte sie.

»Oh, nein, bitte nicht«, sagte er und machte einen Schritt auf sie zu. »Entschuldigen Sie, es ist unhöflich, Sie so anzustarren. Aber ich will Sie malen, nein, ich muss Sie malen! Wollen Sie mir nicht beim Essen Gesellschaft leisten?«

»Gern. Aber wie wäre es, wenn wir nach draußen gehen, der Abend ist so herrlich.«

Er nahm das Tablett wieder auf und folgte ihr in den Garten hinaus, wo ein verwitterter Tisch und zwei Stühle standen.

»Setzen Sie sich bitte dorthin«, sagte er und wies auf den Stuhl, der vor der verwilderten Rose stand. Er nahm ihr gegenüber Platz, fing aber immer noch nicht an zu essen.

Mathilde saß unter der schäumenden Blütenpracht, und ihr nachtschwarzes Haar hob sich dramatisch vor dem lachsfarbenen Hintergrund ab. Ihre zarte Haut schien dagegen beinahe mit den Blüten zu verschmelzen. Roger konnte nicht anders, als sie anzustarren. »Mein Gott, was für ein Bild«, entfuhr es ihm. »Genau hier muss ich Sie malen!«

»Bitte schön, gern«, sagte sie und musste lachen. Es gefiel ihr, von diesem Mann so angebetet zu werden. Sie fühlte sich wie etwas ganz Besonderes, das erste Mal in ihrem Leben wirklich als Frau, um genau zu sein. Unter seinem Blick richteten sich ihre Brustwarzen auf, und sie hoffte, dass er es nicht bemerkte.

Ihr Lachen löste etwas in seinem Inneren. Er stimmte mit ein und schüttelte den Kopf.

»Wissen Sie was, ich schaue jetzt nur noch auf meinen Teller und esse.« Er nahm den ersten Löffel Suppe und schloss genießerisch die Augen. »Hm, wie gut. Und endlich mal kein Fisch in der Suppe. Haben Sie sie gekocht?«

»Nein, ich kann nicht so gut kochen wie meine Mutter. Aber Sie sollten erst mal den Apfelkuchen probieren. Dafür ist sie in ganz Bonneville berühmt.«

»Möchten Sie auch?«

»Nein, danke, ich habe schon gegessen.« Sie sah ihm dabei zu, wie er Bissen für Bissen zum Mund führte. Er war mittlerweile beim Apfelkuchen angelangt und hatte einen winzigen Klecks Sahne auf der Oberlippe. Bei jedem anderen Mann hätte sie das gestört, bei ihm fand sie es anrührend und passend. Sie ertappte sich sogar bei dem Gedanken, dass sie seine Lippen schön fand, und stellte sich vor, wie es wohl wäre, sich von ihnen küssen zu lassen.

»Sie werden rot«, sagte er zwischen zwei Bissen.

Mathildes Wangen wurden glühend heiß. Verwirrt fragte sie sich, was hier eigentlich mit ihr passierte. Wie kam sie nur dazu, derart unschickliche Gedanken zu haben! Was machte dieser Mann nur mit ihr?

»Ich glaube, ich muss jetzt gehen.« Sie stand auf.

»Oh nein, jetzt habe ich es mir durch meine Frechheit mit Ihnen verdorben. Bitte bleiben Sie noch, nur ein paar Minuten. Ich möchte ein paar Skizzen von Ihnen machen. Dann kann ich mich mit Ihrem Gesicht vertraut machen und mich auf das Malen vorbereiten. Bitte!« Er sah sie so bestürzt an, dass sie erneut lachen musste. Er stand auf und rannte ins Haus. Sie hörte, wie er in seinen Sachen herumkramte, dann kam er auch schon wieder um die Hausecke, einen Skizzenblock und einen Kohlestift in der Hand. »Einfach sitzen bleiben. Erzählen Sie mir von sich. Wie ist das mit der Austernfischerei?«

»Das wollen Sie wissen?«

»Ja, ganz genau. Das interessiert mich!« Er hob den Kopf vom Blatt, um sich ein Detail ihres Gesichts einzuprägen, dann hörte sie den Stift in schnellen Strichen über das Papier gleiten. »Sehr schön, und nun … sehen Sie bitte dort hinüber. Ich möchte Ihr Profil zeichnen.« Wieder kratzte die Kohle über das Papier, dann hörte Mathilde ihn leise fluchen, und er zerknüllte den Bogen und ließ ihn ins Gras fallen. »So bleiben, jetzt wird es besser.«

Mathilde fühlte seinen Blick auf sich, und um sich davon abzulenken, begann sie von der Austernfischerei zu erzählen, von der jährlichen Karawane um Ostern herum, an der sich bis zu zweihundert Schiffe beteiligten. Sie berichtete, dass die hiesigen Austern alle aus Portugal kamen, denn vor fünfzig Jahren hatte ein Schiff von dort in der Mündung der Gironde Schutz vor einem Sturm gesucht. Der Sturm hatte einige Tage gedauert, und der Kapitän hatte seine Ladung Austern ins Meer gekippt, weil er irrtümlich geglaubt hatte, die Tiere seien tot. Aber die Tiere, sechshunderttausend Stück, hatten überlebt und sich über die gesamte Küste ausgebreitet.

Je länger Mathilde sprach, um so faszinierender erschien sie Roger. Sie erzählte lebhaft und gestenreich, lachte, machte verheißungsvolle Pausen, um die Spannung zu steigern. Er beobachtete und zeichnete sie dabei, stellte Fragen, stimmte in ihr Lachen mit ein. In dieser Stunde entstand eine Nähe zwischen ihnen.

Mathilde kannte noch mehr Geschichten und erzählte sie ihm. Wie die von dem Wal, der tot an den Strand gespült worden war. Ein Fischer aus dem Ort hatte das Tier gekauft, Tran und Leber verkauft und dann im Bauch des Tieres ein Theater eingerichtet.

»Das glaube ich Ihnen nicht!«, rief Roger und ließ für einen Moment den Stift sinken.

»Doch, es war aber so. Es war kurz vor meiner Geburt. Fast hundert Zuschauer hatten Platz in dem Wal.«

»Wie alt sind Sie denn?« Die Frage kam plötzlich.

»Achtzehn«, gab sie etwas atemlos zurück. Fand er sie womöglich zu jung? Zu jung wofür?

»Hm. Ich glaube Ihnen immer noch nicht. Was ist denn aus dem Wal geworden? Und aus dem Fischer?«

Sie lachte. »Der Wal ist irgendwann verrottet, und der Fischer ist sehr reich geworden, hat angefangen zu trinken und ist aus Bonneville weggezogen.«

»Erzählen Sie weiter. Was ist hier noch so passiert?«

»Vor zehn Jahren ist vor der Küste ein Schiff gesunken, das Fässer mit Rum geladen hatte. Sie sind an den Strand gespült worden, und alle aus dem Dorf haben sich ihren Teil geholt. Daran kann ich mich noch gut erinnern. In jedem Keller, auf jedem Dachboden und in den Felsspalten am Meer haben sie die Fässer versteckt. Ich und meine Schwestern haben vor Jahren mal eines dieser Fässer gefunden. Es war aber leer.«

Roger lachte. »Sie sind eine wunderbare Erzählerin. Haben Sie noch eine Geschichte?«

»Ich glaube, ich muss jetzt wirklich gehen.«

»Wie schade!«, sagte er.

»Es wird doch auch dunkel. Darf ich sehen, wie Sie mich gemalt haben?«

»Nicht gemalt. Erst kommen die Zeichnungen, die Skizzen, um Proportionen und Haltung und so weiter festzuhalten. Das ist meine Inspiration, das Malen kommt später.« Er hielt ihr die Blätter hin, und Mathilde war erstaunt, wie gut er sie getroffen hatte. Aber er hatte sie viel schöner gezeichnet, als sie in Wirklichkeit war. Ihre Augen waren groß und mit dichten Wimpern umkränzt, der Mund sinnlich und voll. Und ihr Haar fiel ihr in dichten Locken auf die Schultern.

»Gefallen sie Ihnen nicht?«, fragte er besorgt.

»Doch. Sehr.« Sie schenkte ihm ein strahlendes Lächeln.

Er räusperte sich. »Mathilde, ich *muss* Sie malen. Darf ich Sie malen?« Er stellte diese Frage auf eine so formelle Art, als würde er um ihre Hand anhalten.

Mathilde wusste nicht, was sie lieber täte. Die Vorstellung, auch in Zukunft Stunden wie die vergangene mit ihm zu verbringen, berauschte sie geradezu. »Ich muss meinen Vater fragen«, sagte sie.

Roger begleitete sie bis auf den Weg, der zum neuen Haus führte. In der Dämmerung duftete die Rose besonders betörend.

»Ich liebe diese Rose«, sagte Mathilde, »besonders ihren vergänglichen Zauber. Es macht mich immer ganz wehmütig, wenn sie verblüht.«

»Wenn ich sie male, Sie und die Rose, dann wird sie für immer blühen.«

Mathilde sah ihn an, und in seinen Augen glaubte sie ein Versprechen zu lesen.

»Wunderschön«, sagte er und sah sie auf eine Weise an, dass Mathilde nicht wusste, ob er sie oder die Rose meinte.

7

Die *Bonnefoi* fuhr zu Beginn der Dämmerung mit der auflaufenden Flut hinaus. Ihr Ziel war die Südküste Englands, wo um diese Jahreszeit der Kabeljau schwärmte.

Henriette stand zusammen mit Mathilde und Pauline am Strand, um Auf Wiedersehen zu sagen. Wenn die Männer zum Fischen hinausfuhren, war das immer ein schwerer Augenblick, weil man nie sicher sein konnte, ob sie heil zurückkehren würden. Pauline war besonders traurig, weil sie Jean-Pierre einige Tage nicht sehen würde. Sie hob die Hand und erwiderte seinen Gruß.

Für Mathilde hingegen war es ohne ihren Vater leichter, sich davonzustehlen, um zu Roger in das kleine Haus zu gehen. Sie lebte inzwischen nur noch für diese Stunden mit ihm. Sie summte und sang den ganzen Tag bei der Arbeit. Pauline wusste Bescheid, und belog manchmal ihre Mutter, um die Schwester zu decken. So gaben sie vor, gemeinsam schwimmen zu gehen, trennten sich dann aber. Pauline ging zu Odile, Mathilde zu Roger.

Wenn Mathilde zum kleinen Haus kam, war Roger meistens an der Staffelei. Er malte wie ein Besessener. Er war nach Deauville gefahren und hatte sich Geld von Fichet geliehen, um weitere Leinwände zu kaufen, einige kleinere und eine, die groß genug für ein lebensgroßes Porträt war. Er war gleich mit dem nächsten Bus zurückgefahren, und Fichet war beleidigt gewesen. Michel Dudemer war schon wieder nach Paris abgereist, weil es ihm gesundheitlich immer schlechter gegangen war. Doch Roger nahm sich nicht einmal die Zeit, sich Sorgen um seinen Freund zu machen. Er lebte nur noch für seine Bilder und für die Momente, wenn Mathilde zu ihm kam.

Er war sich schon lange darüber im Klaren, dass sie nicht nur seine künstlerische Phantasie anregte. Er träumte davon, ihren Körper, den er für seine Malstudien mit den Augen schon so gut erkundet hatte, mit den Händen zu berühren und zu liebkosen. Er spürte, dass sich hinter dieser noch mädchenhaften Gestalt eine Frau verbarg, die es wert war, alles für sie zu riskieren. Es kostete ihn jeden Tag mehr Überwindung, sich zu beherrschen und sie mit der Heftigkeit seiner Gefühle nicht zu erschrecken.

»Da sind Sie ja endlich«, rief er aus, als er sie an diesem Spätnachmittag um die Hausecke kommen sah.

Es war Sonntag, und Mathilde trug das fliederfarbene Kleid, das so gut zu ihrer blassen Haut und dem dunklen Haar passte.

Er ging auf sie zu und streckte ihr zur Begrüßung die Hand entgegen. Als Mathilde sie ergriff, sprühten wie fast immer, wenn sie sich berührten, die Funken. Die Luft um sie herum schien zu flirren vor Spannung.

»Oh, schon wieder«, sagte sie und zog ihre Hand schnell zurück.

»Jetzt nicht mehr.« Sanft nahm er ihre Hand und schloss seine Finger um sie.

»Haben Sie fleißig gemalt?«, fragte sie und machte sich von ihm los.

»Ich tue nichts anderes, seit ich Sie kenne. Ich war heute am Meer, und sogar dort ist mir etwas gelungen.«

»Oh, das Meer! Dann brauchen Sie mich heute nicht als Modell?«

»Wo denken Sie hin! Warten Sie, bleiben Sie genau da stehen.«

Mathilde befand sich gerade vor der wilden Rose und

drehte sich jetzt zu ihm herum. Die tief stehende Sonne tauchte die Szene in goldenes Licht. Die Farbe ihres Kleides spiegelte sich in der Farbe der Rosenblüten wider.

»Das ist es«, rief er und klatschte in die Hände. »Das ist das Bild, das ich von Ihnen malen will. Nicht bewegen!«

Er lief ins Haus, und sie glaubte ihren Augen nicht zu trauen, als er kurze Zeit später wieder erschien und das Bettgestell hinter sich her zerrte.

»Ich will, dass Sie sich darauf legen, weil wir leider kein Sofa oder eine Chaiselongue haben.« Er platzierte das Bett dicht vor der Rose, sodass einige Ranken den Rahmen berührten. Bevor Mathilde etwas sagen konnte, war er schon wieder weg und kam mit einer riesigen Leinwand zurück. Da sie zu groß für die Staffelei war, zog er den Tisch heran und lehnte die Leinwand an ihn.

»Jetzt weiß ich, wofür ich diese Leinwand gekauft habe. So, nehmen Sie Platz.«

Mathilde setzte sich auf die äußerste Kante des Bettes.

»Nein, doch nicht so! Tun Sie so, als würde diese Rose nur für Sie wachsen, als würde sie Ihnen magische Kräfte verleihen. Stellen Sie sich vor, dieses Bett wäre kostbar und hätte vergoldete Füße, und Sie wären reich und mächtig. Sie kommen gerade von einem Ball und haben den Männern den Kopf verdreht. Nein, noch besser: Sie sind Scheherazade und erzählen eine Ihrer Geschichten. Das können Sie doch so gut. Verstehen Sie, was ich meine?«

Mathilde überlegte kurz. Dann lehnte sie sich mit dem Oberkörper an das Kopfteil des Bettes. Einen Arm nahm sie hinter den Kopf, die Hand des anderen legte sie auf ihrer Hüfte ab. Sie winkelte ein Bein an, das andere blieb ausgestreckt. Sie bemerkte, wie Roger nach Luft schnappte. Die Abendsonne legte sich warm auf ihr Gesicht, der Duft der Rose umgab sie. »Soll ich vielleicht meine Schuhe ausziehen?«, fragte sie leise.

Er nickte.

Und dann begann er zu malen. Dieses Mal sprachen sie kein Wort, beide hingen ihren Gedanken nach, die um den jeweils anderen kreisten. Mathilde fühlte die Macht, die sie über den Mann hinter der Leinwand hatte. Ganz allmählich entspannte sie sich und lehnte sich noch ein wenig weiter zurück, wobei der Ausschnitt ihres Kleides verrutschte und einen winzigen Blick auf den Ansatz ihrer Brüste freigab. Instinktiv wusste sie, wie sie ihre Verführungskünste einsetzen musste. Sie öffnete die Lippen, und ihr Blick bekam etwas Laszives und Provozierendes. Roger hatte gesagt, sie solle sich vorstellen, reich und mächtig und begehrenswert zu sein. Genauso fühlte sie sich im Moment.

An der Art, wie und wo Roger den Stift ansetzte, konnte sie erkennen, welchen Körperteil er gerade skizzierte. Sie stellte sich vor, wie der Stift ihre Oberschenkel, ihren Bauch, ihre Brust modellierte. Sie meinte die zarten Berührungen direkt auf ihrem Körper zu spüren, und diese Vorstellung erregte sie mehr als alles, was sie bisher erlebt hatte. Die feinen Härchen auf ihren Armen richteten sich auf, ihr Atem ging heftiger, sie schloss für eine Sekunde die Augen, um sich dem Gefühl noch besser hingeben zu können. Als sie sie wieder öffnete, stand Roger dicht vor ihr.

»Ihr Arm«, sagte er, und seine Stimme klang so rau, als hätte er tagelang nicht mehr gesprochen.

Er nahm ihre Hand, die heruntergerutscht war, und legte sie wieder auf die Hüfte. Wieder durchfuhr seine Berührung sie wie ein Blitz. Ohne es zu wollen, stieß sie einen tiefen Seufzer aus. Roger sah sie an, und in seinen Augen konnte sie Begehren lesen. Sie stöhnte noch einmal leise auf und befeuchtete ihre Lippen. Und dann kam sein Gesicht immer näher, und sie fühlte seine Lippen auf ihren. Ihr Körper stand sofort in Flammen. Sie hatte sich diese Berührung so oft vorgestellt, so oft gewünscht, dass sie ganz überwältigt war. Als sie seine Hand auf ihrer Brust fühlte, brachen bei ihr alle Dämme. »Roger«, flüsterte sie und schlang die Arme um ihn.

Die folgenden Wochen verlebten sie in einem Rausch der Leidenschaft. Sie verbrachten jede freie Minute miteinander, Mathilde saß Roger Modell, und er malte Bild um Bild.

An einem Sonntag fuhren sie gemeinsam nach Deauville. Gegenüber ihren Eltern gab Mathilde vor, Mélanie besuchen zu wollen, was auch nicht ganz gelogen war. Henriette gab ihr Kuchen und ein neues weißes Unterkleid für sie mit. Sie nahmen den Bus, der frühmorgens fuhr. Mathilde staunte über die Ausblicke auf Steilküste und Meer, die sich ergaben, wenn der Bus nicht gerade durch dunkle Wälder fuhr. Dann ging es in steilen Kurven nach Trouville hinunter. Hier überquerten sie die Touques, den Fluss, der Trouville von Deauville trennte und sich dort, wo er ins Meer floss, zu einem Hafen erweiterte. Linker Hand lag der Bahnhof, wo in dem Moment, als sie vorüberfuhren, ein Zug einfuhr. Mathilde betrachtete fasziniert das fauchende Ungetüm. Kurze Zeit später hielt der Bus am Marktplatz, und sie stiegen aus.

Mathilde war von der Eleganz Deauvilles, den prunkvollen Häusern und breiten Straßen mit den schönen Geschäften hingerissen. Ständig zog sie Roger am Arm und wies ihn auf etwas anderes hin, das sie entdeckt hatte.

Er war erstaunt. »Willst du damit sagen, du warst noch nie hier?«

»Nein, was hätte ich hier denn zu tun?«, fragte sie zurück.

Er lächelte amüsiert. »Ich werde dir Paris zeigen, da werden dir die Augen übergehen!«

»Du meinst, Paris ist *noch* größer und schöner?«

»Hundert Mal schöner!«, rief er.

Vom Marktplatz gingen sie zu Fuß bis zum Hotel *Normandy*. Die schiere Größe und das blendende Weiß des Gebäudes begeisterten Mathilde.

Sie verabschiedete sich von Roger. Sie standen sich gegenüber und hätten sich gern zum Abschied geküsst, obwohl sie sich in einer Stunde schon wiedersehen würden. Jede Trennung fiel ihnen schwer. Aber Küsse in der Öffentlichkeit waren ein Ding der Unmöglichkeit. Sie sah ihm kurz nach, dann steuerte sie auf den baldachingeschmückten Eingang zu. Plötzlich packte sie jemand am Arm.

»Hier entlang!«, flüsterte Mélanie ihr zu. »Doch nicht durch den Haupteingang!«

Mathilde folgte ihr um das Gebäude herum zum Dienstboteneingang, der weit weniger prachtvoll war. Durch dunkle Flure und über unzählige Treppen stiegen sie hinauf in Mélanies Unterkunft. Sie passten auf, dass niemand sie sah, denn es war den Zimmermädchen verboten, Besuch zu empfangen.

Mélanie wohnte in einer winzigen Kammer unter dem Dach des Hotels, die sie zu allem Überfluss mit einer Kollegin teilen musste. Sogar das Bett! Es war heiß und stickig, und die Küchendünste zogen durch das Fenster herein. Mathilde war entsetzt, aber Mélanie tat es mit einem grimmigen Lächeln ab.

»Das dauert nicht mehr lange. Nur die neuen Zimmermädchen sind zu zweit im Zimmer. Wenn ich Vorarbeiterin werde, bekomme ich ein eigenes und mehr Geld.«

»Aber von außen sieht das Hotel so prachtvoll aus!«

Mélanie lachte schallend. »Den Prunk gibt es nur für die Gäste, nicht für die Angestellten! Wir arbeiten doch nur hier.«

»Das ist schäbig!«, protestierte Mathilde. Sie spürte Wut und Enttäuschung in sich aufsteigen.

»Stimmt, es könnte komfortabler sein. Aber diese Arbeit ist meine Chance, vielleicht die einzige, die ich je haben werde. Ich wollte nie in Bonneville bleiben, um einen der Dorfjungen zu heiraten – von denen im Übrigen auch noch keiner um meine Hand angehalten hat –, und für den Rest meines Lebens Fische ausnehmen. Der Anfang ist hart, mag sein, aber das ist wohl jeder Anfang.«

Mathilde setzte sich auf das schmale Bett und bewunderte ihre Schwester, die nur ein Jahr älter war als sie, aber so viel weiser.

»Ich möchte auch keinen aus Bonneville«, sagte sie.

»Du hast ja auch deinen Maler. Wo ist er?«

»Er wartet in einem Café auf mich. Er will mich nachher seinen Freunden vorstellen. Komm doch mit!«

»Mathilde?«

»Ja?«

»Du bist doch vorsichtig? Du weißt schon, was ich meine. Denk daran, was mit Marie-Anne passiert ist«, warnte Mélanie sie, doch Mathilde winkte ab.

»Ach, Mélanie, wenn du wüsstest, wie himmlisch dieses Gefühl der Nähe zu einem Mann ist. Nie wieder will ich darauf verzichten.« Bei dem Gedanken an die leidenschaftlichen Zärtlichkeiten, die sie und Roger austauschten, wurde sie rot und schwieg verlegen.

»Willst du damit sagen, dass ihr …«

»Ja, will ich. Roger und ich lieben uns, und wir werden heiraten. Und komm mir jetzt nicht mit Sünde. Was so schön ist, kann keine Sünde sein!«

Das Treffen mit Rogers Freunden war eine Offenbarung für Mathilde. Sie trafen sich alle in dem zur Galerie umfunktionierten Pferdestall. Noch nie war Mathilde in einer Gesellschaft gewesen, in der derart frei und ungezwungen geredet, gelacht, gelästert wurde. Ein amerikanischer Maler war unter ihnen, der mit einem derart starken Akzent sprach, dass sie buchstäblich kein Wort verstand. Sie saß neben Roger und lauschte seinen Freunden, staunte und lachte, weil alle durcheinanderredeten, sich gegenseitig ins Wort fielen, sich auch mal auf die Schulter schlugen. Sie waren fröhlich und taten so, als würde ihnen die Welt gehören.

Etwas später stieß eine Frau zu der Gruppe. Mathilde bewunderte sie vom ersten Augenblick an. Sie trug ein modernes Kleid und kein Korsett, sie war ziemlich üppig gebaut und rauchte.

»Wer ist das?«, fragte sie leise Roger.

Er folgte ihrem Blick.

»Das ist Lucie Fichet, die Schwester von unserem famosen Fichet, der leider nicht gut genug auf sie aufpasst.«

»Ich kann schon sehr gut allein auf mich aufpassen«, sagte Lucie, die die Bemerkung gehört hatte. Sie reichte Mathilde die Hand und drückte sie kräftig.

»Was tun Sie hier?«, fragte sie und setzte sich neben sie.

»Ich gehöre zu Roger«, gab Mathilde zurück.

Lucie Fichet sah sie lange an. »Und das reicht Ihnen?«

Mathilde verstand nicht.

»Zu jemandem zu gehören? Das reicht Ihnen?«

»Im Moment ja.«

»Und was tun Sie sonst?«

»Mein Vater ist Fischer, und wir betreiben eine Austernzucht«, sagte Mathilde, und in dem Augenblick, in dem sie es sagte, wurde sie verlegen. War das etwas Gutes oder nicht?

»Und sie hat einen Blick für Schönheit und für Farben«, warf Roger ein, was ihm einen erstaunten Blick von Mathilde einbrachte. »Aber natürlich, Mathilde!«, fuhr er fort und sah sie an. »Wie du die Landschaft siehst, ist etwas ganz Besonderes. Sie macht ganz außergewöhnliche Blumenbouquets, sie stellt Farben und Muster zusammen, wie ich es noch nie zuvor gesehen habe«, sagte er, jetzt wieder an Lucie Fichet gerichtet.

»Davon müssen Sie mir unbedingt erzählen«, sagte Lucie, deren Interesse erwacht war.

Mathilde verstand immer noch nicht, worauf sie hinauswollte. »Aber ich weiß gar nicht ... Das ist doch nichts Besonders. Ich sehe nur manchmal die Webereien meiner Großmutter vor mir, und sie inspirieren mich.«

»Ihre Großmutter webt?«

»Na ja, sie hat es getan. Sie ist tot. Sie hat ihre Wolle selbst gefärbt. Warum interessiert Sie das, Mademoiselle Fichet?«

Die lachte laut auf. »Nennen Sie mich Lucie. Bei Mademoiselle wird mir immer so komisch.«

Mathilde entschied sich, diese ungewöhnliche Frau zu mögen. »Gern«, sagte sie.

Lucie berichtete, dass sie Stoffe herstellte, aus denen Tischläufer, Wandbehänge oder Möbelstoffe gemacht wurden. Sie war sehr interessiert am alten Webhandwerk, von dem sie sich Inspiration erhoffte. Obwohl ihre eigenen Entwürfe sehr modern waren, wie sie Mathilde erzählte, die fasziniert zuhörte. Erinnerungen stiegen in ihr auf an die Abende, an denen sie neben ihrer Großmutter an dem großen Webstuhl gesessen hatte. Während sie Lucies Worten lauschte, bemerkte sie, wie viel sie selbst über dieses Handwerk wusste. Sie überkam die Lust, den alten Webstuhl aus dem Keller zu holen und ihn wieder aufzubauen.

Als Mathilde und Roger den letzten Bus zurück nach Bonneville nahmen, war Mathilde ausgelassen und dankbar.

»Das war so ein schöner, bereichernder Tag«, sagte sie und nahm verstohlen seine Hand, in der Hoffnung, dass es niemand bemerken würde. »Ich habe mich noch nie in meinen Leben so amüsiert. Und Lucie Fichet ist wirklich eine bemerkenswerte Frau.«

»In Paris wirst du sie alle wiedersehen«, gab er leise zurück. »Wenn du meine Frau bist.«

Der Brief von Jeanne war unerbittlich und machte ihm seine missliche Situation nur allzu deutlich. Sie berichtete ihm von den Vorbereitungen für die Vernissage in der Galerie Davout.

Ich habe die Räume neu herrichten lassen. Die Wände sind jetzt in einem zarten Gelb gestrichen. Vielleicht kannst Du bei Deiner Motivauswahl daran denken, dass alles zusammenpasst. Monsieur Davout ist ganz erpicht darauf, weitere Bilder von Dir zu sehen. In den letzten Wochen hast Du gar nichts geschickt. Aber Du arbeitest doch? Außerdem habe ich einen Wunsch: Ich möchte, dass Du mich malst, und mein

Porträt soll auch mit in die Ausstellung. Ich dachte, Du malst mich zu Pferd, was hältst Du davon? Außerdem warte ich auf ein paar liebe Worte von Dir. Du willst doch nicht, dass ich hier als verlassene Frau vor mich hin schmolle? Bitte lass von Dir hören, damit ich weiß, dass ich alles nach Deinen Wünschen vorbereite. Ich kann es kaum erwarten, Dich wiederzusehen, Jeanne

Roger ließ das Blatt mit einem müden Lächeln sinken. Wie stellte sie sich das vor, dass er seine Bilder passend zur Wandfarbe malte? Aber das war es nicht, was ihn am meisten beunruhigte. Jeanne ... Wenn er an sie dachte, wurde ihm mulmig zumute. Ihm war im Grunde nie so recht klar gewesen, was für ein Verhältnis sie zueinander hatten. Gewiss, er mochte Jeanne, sie war schön und klug, und sie hatte ihn mit ihrer Bewunderung einfach überwältigt. Sie wollte so gern einen Maler heiraten und hatte sich in Roger verliebt. Aber war das im Grunde nicht nur eine ihrer unendlichen Capricen? Da steckten doch keine ernsthaften Gefühle dahinter.

Seine Freunde hatten ihn über Jeannes Reichtum und ihre wechselnden Launen – zu denen im Übrigen auch wechselnde Liebhaber gehörten – informiert, und er hatte sich ihre Verliebtheit gefallen lassen, weil er sicher war, sie würde vergehen wie Eis in der Sonne. Viele seiner Malerfreunde hatten Mäzene, von denen sie sich unterstützen ließen, daran war nichts Verwerfliches. Dennoch fühlte er ein nagendes schlechtes Gewissen, wenn er daran dachte, wie sehr ihm Jeannes Liebesschwüre geschmeichelt hatten. Und selbstverständlich hatte er ihnen nachgegeben, er war ja schließlich auch nur ein Mann.

Doch nun, nachdem er Mathilde kennen und lieben gelernt hatte, war die Situation eine völlig andere. Als Mathilde ihm Jeannes Brief gegeben hatte, hatte er ihn mit den Worten »von meiner Galeristin« in seiner Tasche verschwinden lassen, als sei er völlig unwichtig, aber ihr fragender Blick hatte ihn verwundet. Sobald er in Paris war, musste er mit Jeanne reden und reinen Tisch machen. Er dachte daran, ihr jetzt gleich einen Brief zu schreiben, aber dann verwarf er den Gedanken wieder. So eine Angelegenheit klärte man von Angesicht zu Angesicht, etwas anderes wäre ihm feige erschienen.

Die geplante Ausstellung kam ihm in den Sinn. Es war gut möglich, dass Jeanne sie platzen ließ, wenn er sich von ihr lossagte. Roger war ein- oder zweimal Zeuge ihrer Wutanfälle geworden, und er wusste, wozu sie fähig war. Er brauchte diese Ausstellung, er brauchte den Erfolg und das Geld aus den Verkäufen, das hoffentlich fließen würde. Aber wenn der Preis dafür sein sollte, dass er bei Jeanne blieb und Mathilde verließ, dann war er zu hoch. Sollte die Ausstellung doch platzen, für Mathilde war ihm kein Opfer zu groß!

Die Schwalben begannen fortzuziehen, die Äpfel waren geerntet und zu Most verarbeitet. Der Sommer neigte sich unerbittlich dem Ende zu. Mathilde sah es mit ängstlichem Herzen. Schon war Ende September, und wenn sie sich vorstellte, dass Roger Anfang Oktober nach Paris zurückfahren würde, denn wurde ihr ganz elend zumute. Roger hatte seinen Aufenthalt ihr zuliebe um zwei Wochen verlängert, aber jetzt musste er zurück, um die Ausstellung vorzubereiten. Er hatte ihr erklärt, wie der Kunstmarkt funktioniert, was ein Galerist und ein Kunsthändler waren, was eine Vernissage und was ein Mäzen.

Dass er eine Mäzen*in* hatte, die zudem jung und sehr attraktiv war, hatte er allerdings verschwiegen. Warum sollte er sie mit etwas beunruhigen, das er ohnehin gleich nach seiner Rückkehr beenden würde, dachte er sich. Sie waren doch längst übereingekommen, dass sie im nächsten Frühjahr heiraten würden.

»Ich mache meine erste große Ausstellung und werde alle meine Bilder verkaufen. Dann suche ich für uns eine gemütliche kleine Wohnung …«

»In Paris?«

»Wo denn sonst? Und wenn alles vorbereitet ist, komme ich zurück und halte bei deinem Vater in aller Form um deine Hand an.«

»Wirklich?«, seufzte sie.

»Ich will nichts mehr in meinem Leben, als mit dir zusammen sein, Mathilde«, sagte er und küsste sie auf eine Art, die keinen Zweifel zuließ.

»Wann kann ich endlich das Bild sehen?«

»Noch nicht, erst, wenn es ganz fertig ist.«

Mathilde sprach von dem großen Bild, das sie liegend vor der wilden Rose zeigte. Sie nannten es *Mathilde mit Rosen.*

Für Roger sollte es sein Hauptwerk werden, das Bild, in das er seine ganze Kraft und sein ganzes Können legte. Wenn ihn die Arbeit an der großen Leinwand zu sehr erschöpfte, malte er kleine Formate von Mathilde. Er hatte bereits ein halbes Dutzend fertiggestellt. Noch nie in seinem Leben hatte er so hart gearbeitet. Er war in einen regelrechten Malrausch verfallen und nutzte jede Minute des Tages. Er malte bis in den Abend hinein, bis es dunkel wurde, und dann stellte er Kerzen und Öllampen auf und betrachtete, was er tagsüber geschaffen hatte, um dann im Kopf weiterzumalen. Er hatte Mathilde am Strand gemalt, beim Schwimmen, vor den Hortensien an der Steilküste, über eine Näharbeit gebeugt oder mit einer kleinen Katze spielend. Und die Ideen gingen ihm nicht aus. Am liebsten würde er sie in jeder möglichen Position und an den verschiedensten Orten festhalten.

Er war noch einmal nach Deauville gefahren und hatte Fichet um Geld für Leinwände und Farbe gebeten. Er hatte ihm einige fertige Leinwände gezeigt, woraufhin Fichet nur gesagt hatte: »Du hast deine Muse gefunden, mein Lieber«, und ohne zu zögern einen Scheck ausgestellt hatte.

Eines Nachts malte er sogar ein kleines Bild, auf dem Mathilde nackt war. Sie war nach der Liebe eingeschlafen und lag halb auf der Seite, den Rücken ihm zugewandt. Die Wölbung ihrer Hüfte und die glatte Haut ihres Rückens, die im Kerzenlicht schimmerte wie Perlmutt, sowie das offene Haar, das schwarz glänzend auf dem Kopfkissen ausgebreitet lag, verzückten ihn. Leise, um sie nicht zu wecken, stellte er eine neue Leinwand auf die Staffelei und begann zu malen. Er malte sie aus kurzer Distanz, so als würde er direkt an der Bettkante stehen. Nur die obere Hälfte ihres Körpers und ein Bettpfosten waren zu sehen. Der nach hinten abgewinkelte Ellenbogen ragte schon über den Bildrand hinaus. Mathildes Gesicht lag seitlich auf dem Kissen, die dunklen Augenbrauen und Wimpern setzten sich markant vom Weiß des Bezugs ab. Die Arbeit ging ihm sehr schnell von der Hand, denn inzwischen kannte er jeden Zentimeter ihres Körpers, jede Besonderheit ihrer Haut in- und auswendig, bis hin zu dem kleinen Muttermal, das sie auf dem rechten Schulterblatt hatte. Als sie aufwachte, war das Bild fertig, glänzte aber noch ein bisschen feucht. Im Zimmer roch es nach Öl.

»Was machst du da?«, fragte sie schläfrig.

»Ich habe dich gemalt.«

Sie sah an sich herunter. »So, wie ich bin?«

Er nickte. »Bist du böse?«

Sie stand auf und wickelte sich das Laken um den Körper, um sich das Bild anzusehen. Sie betrachtete es lange, dann sagte sie: »Kann ich nicht auch so ein Bild von dir haben?«

Er nahm sie in die Arme und sagte: »Du bist wunderbar. Ich liebe dich.«

Am Abend, bevor Roger nach Paris zurückfuhr, trafen sie sich zum letzten Mal im kleinen Haus. Rogers Sachen waren schon gepackt, die fertigen Leinwände waren aufgerollt und in einer Kiste verstaut.

»Ich will dir etwas zeigen«, sagte Roger und nahm Mathildes Hand. Er führte sie ins Haus, und sie fand sich vor dem fertigen Bild mit den Rosen wieder.

Sie sog die Luft ein, so sehr war sie von der Größe des Bildes und ihrer eigenen Schönheit beeindruckt. Sie sah eine Komposition aus Natur und Weiblichkeit, ihrer Weiblichkeit.

»Das soll ich sein?«, fragte sie atemlos. Der Blick der Frau aus den dicht mit Wimpern umkränzten dunklen Augen war fragend, aber wirkte auch ein wenig ermattet, fast abwesend. Die sinnlichen Lippen waren leicht geöffnet und schienen gerade etwas zu sagen oder zu seufzen. Die Ellenbogen waren rund und fest, ebenso der Ansatz der Brüste. Die Haut war makellos und hatte die Farbe von Porzellan. Nur die Wangen zeigten eine leichte Rötung. Unter dem Kleid lugten die nackten Füße hervor. Und über und neben der Figur schwebte die Rose. Die Blüten unterstrichen die Zartheit der Haut, sie schienen in Mathildes Richtung zu wachsen, als wollten sie sie liebkosen. Man konnte meinen, das Bett mit Mathilde würde in der Luft schweben und von der Rose getragen werden. Die Rose gab dem Bild eine Perspektive, schien gleichzeitig aber ein Geheimnis zu bewahren. Ein Geheimnis, ein Versprechen, das die Frau im Vordergrund einlösen würde. Roger war es gelungen, Mathilde als unschuldige Verführerin zu zeigen. Als Metapher der schönen Frau, der sich nicht einmal die Natur zu entziehen wusste.

Als sie sich zu ihm umwandte, sah sie ihn zu ihrer Überraschung vor sich auf dem Boden knien.

»Mathilde«, begann er, »ich möchte dir danken. Dafür, dass du mir gezeigt hast, wie ich malen muss. Für dieses Bild, das ohne dich niemals entstanden wäre. Es ist das Beste, was ich je geschaffen habe. Ich will es der ganzen Welt zeigen, und sie soll mir Respekt dafür zollen. Ich bitte dich, mir das Bild zu leihen, denn es gehört eigentlich dir. Ich schenke es dir. Als Dank, aber auch als Unterpfand meiner Liebe. Lass mich das Bild in Paris ausstellen, anschließend bringe ich es dir zurück.«

»Oh, Roger«, sagte sie und ließ sich zu ihm auf den Boden gleiten.

Am frühen Morgen schlich Mathilde sich zurück in ihr Elternhaus. In ihrem Zimmer stellte sie sich vor den Spiegel. Sie suchte die Frau, die sie auf dem Gemälde gesehen hatte. Sie suchte die Frau, die Roger in ihr sah.

Sie sah eine zwar ganz hübsche, aber in keinem Fall spektakuläre Frau vor sich, mit ebenmäßigen Zügen, die ein wenig unbeteiligt in die Welt blickte.

Doch die Frau auf dem Bild war ganz anders: sinnlich, betörend, geheimnisvoll. Der Blick dieser Frau war ein Versprechen.

Mit klammem Herzen fragte sie sich, ob sie dieses Versprechen wirklich einlösen konnte.

8

Die ersten Herbststürme fegten über die Küste hinweg. Der Regen peitschte Blätter und abgerissene Äste vor sich her, die klappernden Fensterläden mussten gesichert werden. Die Sonne zeigte sich nur selten, die Dämmerung legte sich früh über das Land. Die Arbeit draußen am Wasser war um diese Jahreszeit am mühseligsten. Morgens sah Mathilde hoffnungsvoll zum Himmel hinauf, doch wenn er wolkenverhangen war, wusste sie, dass sie einen weiteren Tag voll Kälte und Nässe vor sich hatte.

Die Abende verbrachte die Familie in der Wohnstube. Die Frauen strickten und nähten und flickten die Kleidung, die über den Sommer liegen geblieben war. Georges stellte die Werkzeuge her, die sie für die Pflege der Austernbänke benötigten. Sorgfältig wählte er das Holz für die Harken mit dem kurzen Stiel aus. Meistens nahm er Apfel oder Kastanie. Das Holz wurde getrocknet und entrindet, dann sägte er den Schaft und schnitzte die einzelnen Zinken, die auf den Millimeter genau in die vorgefertigten Löcher passten. Diese Harken hielten Jahre, manchmal Jahrzehnte, obwohl sie dem Salzwasser und der starken Sonne ausgesetzt waren.

Mathilde war in diesen Tagen schlecht gelaunt und traurig. Roger war vor einer Woche gefahren, und seitdem verging ein Tag wie der andere. Er hat den Sommer mit sich genommen, dachte sie bei sich, den Sommer und die Lebensfreude. Das schlechte Wetter verdarb ihr zudem das Vergnügen, lange Spaziergänge machen zu können. Trübsinnig starrte sie aus dem Fenster in das Grau, das draußen herrschte. Sie lebte nur noch für jene Minuten, wo sie zu Odile hinüberlief, um nach einem Brief von Roger zu fragen.

Wenn sie dann die kleinen blauen Umschläge mit seiner steilen Schrift sah, hob sich ihre Stimmung augenblicklich. Roger schrieb ihr beinahe täglich, fünf dieser kleinen Billetts hatte sie schon erhalten und bewahrte sie sorgfältig unter ihrem Kopfkissen auf. Meistens bestanden die Nachrichten nur aus wenigen Zeilen, in denen er ihr berichtete, was sich in Paris ereignete. Aber am Ende stand immer, wie sehr er sie liebte und vermisste.

Roger schrieb an Odiles Adresse, genau wie Marie-Anne es früher getan hatte. Mittlerweile nahm Marie-Anne aber nicht mehr den Umweg über Odile, wenn sie schrieb. Henriette hatte sie eines Tages gebeten, ihr direkt zu schreiben. »Was kann ich für Papas Hartherzigkeit?«, hatte sie mit einem Schulterzucken zu Mathilde gesagt.

Ihre Tante Marie-Anne und Richard hatten in der Zwischenzeit geheiratet und das Kind bekommen, einen Jungen mit lauter Sommersprossen im Gesicht. Sie nannten ihn Georges, weil sie einen Namen brauchten, den man gleichermaßen in England und in Frankreich aussprechen konnte. Das frischgebackene Ehepaar wohnte immer noch in dem kleinen Ort an der englischen Küste und war glücklich. Marie-Anne kümmerte sich um ihr Kind und besorgte den Haushalt, Richard hatte seine alte Stellung als Ingenieur wieder. Es ging ihnen gut, bis auf das Heimweh, das Marie-Anne plagte. »Wie gern würde ich euch meinen kleinen Georges vorstellen!«, klagte sie in ihren Briefen.

Als Georges Martinet erfuhr, dass sein Neffe seinen Namen trug, brummte er etwas Unverständliches vor sich hin. Die anderen sahen es als Zeichen des Einlenkens. Pauline und

Mathilde nähten Babykleidung und bestickten sie mit den Initialen des Kleinen, um sie Marie-Anne zu schicken. Georges tat, als bemerke er nichts davon. Er war tatsächlich weniger aufbrausend und bestimmend geworden, das dachten alle. Vielleicht war seine neue Milde aber auch seinem zunehmenden Alter geschuldet. Das Leben auf See war hart, die Männer alterten vor der Zeit.

Jean-Pierre kam eines Sonntags nach dem Kirchgang, um bei ihm um Paulines Hand anzuhalten. Georges stimmte zu. Die Hochzeit sollte im März stattfinden, vor der Karawane.

Mathilde freute sich für ihre Schwester. Sie durfte natürlich noch nichts davon sagen, aber in ihren geheimsten Gedanken malte sie sich sogar eine Doppelhochzeit aus. Sie vermisste Roger mit jeder Faser ihres Herzens und ihres Körpers. Nachts im Bett sehnte sie sich nach seinen Berührungen. Sie träumte von ihm und wachte dann verwirrt und erhitzt auf. Sie ging oft in das kleine Haus, um sich Roger nahe zu fühlen. Die wilde Rose war verblüht, nur ganz vereinzelt leuchtete noch ein buntes Blütenblatt zwischen den Ranken hervor. Dafür hatten sich Hunderte von Hagebutten gebildet, die in festen roten Knubbeln an den langen Ranken saßen. Während sie an der niedrigen Mauer entlang auf das Haus zuging, dachte Mathilde, wie so oft, dass es die Rose war, die das alte Gemäuer zusammenhielt und es vor dem Einstürzen bewahrte.

Ein Lichtblick war der Besuch von Mélanie, die eine Woche frei hatte. Die Gäste aus Paris blieben aus, denn wer wollte bei diesem Wetter schon am Meer sein? Mélanie war dünn geworden, wie Henriette besorgt feststellte. Aber sie war fröhlich, und die vier Frauen saßen abends vor dem Ofenfeuer zusammen und plauderten, während sie Näharbeiten verrichteten und für den kleinen Georges strickten.

»Hast du eigentlich wieder von diesem Maler gehört?«, fragte eines Abends Henriette und sah Mathilde dabei eindringlich an. »Er war so ein netter, zuvorkommender Mann. Wenn er doch nur einen richtigen Beruf hätte ...«

Mathilde wurde rot und wusste nicht, was sie antworten sollte.

Mélanie sprang ihr bei.

»Ich habe neulich einen seiner Freunde in Deauville getroffen. Er lässt grüßen.«

»Du kennst seine Freunde?«, fragte Henriette misstrauisch.

»Ich habe die beiden einmal zusammen gesehen, und der Freund kommt regelmäßig ins Hotel, um dort seinen Tee zu nehmen.«

Mit dieser Bemerkung hatte sie Henriette geschickt auf ein anderes Thema gelenkt, denn alles, was im *Normandy* passierte, interessierte sie brennend.

»Was gibt es denn da so zum Tee?«, fragte sie.

Mathilde und Mélanie warfen sich rasch erleichterte Blicke zu, bevor Mélanie zu erzählen anfing.

Auch in Paris wurde das Wetter ungemütlich. Die letzten warmen Herbsttage waren vorüber, und es war an der Zeit, wärmere Kleidung herauszuholen.

Seit Roger aus der Normandie zurückgekehrt war, kamen er und Michel Dudemer aus den Mänteln kaum noch heraus. Der kleine Ofen im Atelier war viel zu schwach, um wirklich Wärme abzugeben. Nur in der Ecke, wo er stand, war es erträglich. Der größte Teil des Raumes aber war kalt und zugig.

Michels Gesundheit bekam das gar nicht gut. Er sah noch elender aus als in Deauville. Roger hörte ihn nachts, wie er sich schlaflos in seinem Bett wälzte und vor Schmerz stöhnte. Sein rechter Fuß war so aufgequollen, dass Knöchel und Zehen kaum noch zu erkennen waren, und hatte sich zudem schwarz verfärbt.

»Du musst sofort zu einem Arzt«, sagte Roger. »Noch heute.«

Michel sah ihn spöttisch an. »Weißt du, was der gute Doktor mir gesagt hat?«

»Du warst schon da?«

»Schon vor Monaten.«

»Und? Was sagt er.«

Michels Augen verdunkelten sich. »Es ist die Franzosenkrankheit.«

Das Wort traf Roger wie ein Peitschenhieb. »Syphilis?«

Michel nickte. »Nichts mehr zu machen, hat er gesagt. Er hat mir Arsen verschrieben, aber das Gift macht mich so müde, und was noch schlimmer ist, meine Augen lassen nach. Ich will noch ein paar ordentliche Bilder malen, und dann wird mir nichts übrig bleiben als abzutreten. In Würde, hoffe ich.«

»Michel! Was sagst du denn da?«

»Ein paar Monate gibt er mir ja noch.«

»Nur ein paar Monate?« Roger war fassungslos.

Er war nicht der Einzige, der Bescheid wusste. Michels Zustand ließ sich nicht länger verbergen, und seine Freunde bemühten sich, es Michel Dudemer so behaglich wie möglich zu machen. Die Frauen kochten für ihn, jemand brachte Kohlen für den Ofen, ein anderer einen warmen Pullover. Vor allem sorgten sie dafür, dass er regelmäßig seine Medizin nahm. Und es sah tatsächlich so aus, als würde er wieder ein wenig zu Kräften kommen. Fast täglich besuchte ihn eine junge Frau in einfacher Kleidung. Roger hatte sie schon auf einigen Gemälden seines Freundes gesehen. Michel erzählte ihm, dass Julie aus seinem Heimatort im Süden stammte.

»Keine Sorge, ich rühre sie nicht mehr an, seitdem ich von dieser verfluchten Krankheit weiß«, sagte er, als er Rogers fragenden Blick sah. »Ohne Julie wäre ich schon längst verreckt.«

Roger hatte einen schweren Gang vor sich. Heute würde er Jeanne wiedersehen, die einige Tage verreist gewesen war und sich erst seit dem Vorabend wieder in Paris aufhielt. Sie hatte ihm ein Billett geschrieben und ihn aufgefordert, sie am Nachmittag in der Galerie von Claude Davout zu treffen. Er seufzte, als er an die Tränen dachte, die unvermeidlich fließen würden, wenn er ihr sagte, dass er demnächst heiraten würde. Wahrscheinlich würde Jeanne ihm eine Riesenszene machen, vielleicht in ihrer Wut sogar die Ausstellung platzen lassen. Er war auf alles gefasst.

Als er in der Galerie eintraf, sah er, dass seine Bilder bereits an den Wänden hingen. Claude Davout eilte ihm entgegen und blickte ihn fragend an.

»Monsieur?«

»Ich bin Roger Goulec.«

»Oh, der Maler. Wie schön, Sie endlich kennenzulernen. Wie Sie sehen, sind wir mitten in den Vorbereitungen für Ihre Ausstellung.« Er reichte Roger eine parfümierte Hand. »Gar nicht übel, gar nicht übel«, sagte er. »Sie haben sich weiterentwickelt. Und wenn man dann noch so mächtige Fürsprecher hat …«

Roger hatte sich über das Kompliment gefreut, aber der Nachsatz ärgerte ihn.

»Wo haben Sie das große Bild aufgehängt?«

»Sie meinen das Rosenbild? Kommen Sie, ich zeige es Ihnen. Es wird das zentrale Bild der Ausstellung sein. Eine feine Arbeit, wirklich.«

Mathilde mit Rosen hing im größeren der beiden Räume, zu dem man über eine halbe Treppe gelangte. Als Roger ihn betrat, stand er plötzlich vor Mathilde. Das Bild hing allein an der gegenüberliegenden Wand. Roger musste schlucken, als er sie so vor sich sah, auch wenn sie nur gemalt war. Am liebsten wäre er auf das Bild zugegangen und hätte ihre Haut berührt. Flüchtig nahm er wahr, dass an den Seitenwänden die anderen Bilder hingen, die Meerbilder, die Hortensien, und immer wieder Mathilde … Im ersten, kleineren Raum hatte Davout die früheren Arbeiten Rogers ausgestellt. Die

Entwicklung, die seine Malerei in diesem Sommer genommen hatte, war an den Bildern deutlich abzulesen.

»Wir hätten die Ausstellung auch nach Ihrem Modell Mathilde nennen können«, mischte sich Davout ein, und Roger meinte einen lüsternen Unterton herauszuhören. »Ich bin gespannt, was Ihre Verlobte dazu sagen wird.«

Roger drehte sich überrascht zu ihm um, dann verstand er. »Mademoiselle de Barry ist nicht meine Verlobte«, sagte er steif.

»Ist sie nicht? Oh, dann verzeihen Sie bitte.« Er stutzte. »Ich hoffe jedoch, dass auch Mademoiselle de Barry das so sieht. Ich jedenfalls hatte bei den Vorbereitungen den Eindruck ... Na ja, ich möchte nur nicht, dass es Schwierigkeiten gibt, so kurz vor der Eröffnung. Die Einladungen sind gedruckt, die Presse berichtet bereits ...«

»Lassen Sie das meine Sorge sein.«

»Wie Sie wünschen. Wird denn diese Mademoiselle Mathilde anwesend sein?« Er rieb sich die Hände und sah ihn erwartungsvoll an.

Bevor Roger antworten konnte, hörten sie, dass Jeanne eingetroffen war. »Roger, mein Lieber, bist du schon da?«

Roger wandte sich um und ging rasch die Treppe hinunter. Jeanne stand in der Mitte des Raumes. Sie trug ein Kostüm aus leichter Wolle nach der neuesten Mode und einen kecken kleinen Hut, der ihr Gesicht wie eine Glocke umrahmte.

»Roger!«, rief sie, als sie ihn sah. »Endlich!« Sie hob das Kinn und schloss die Augen, weil sie erwartete, dass er sie auf die Lippen küssen würde.

Doch Roger nahm ihre Hand und drückte einen harmlosen Kuss darauf. Dann schob er sie auf Armeslänge von sich, um sie anzusehen. »Jeanne, du siehst fabelhaft aus.«

Jeanne ließ sich die Kränkung nicht anmerken. »Danke. Du aber auch! Und? Wie weit ist hier alles gediehen? Ah, Monsieur Davout ...«

»Mademoiselle ...« Auch Davout küsste ihr die Hand und

trat dann einen Schritt zurück, um den Fortgang der Dinge zu beobachten. Um nichts in der Welt hätte er sich das entgehen lassen.

»Jeanne, wir müssen reden«, begann Roger.

»Aber gewiss müssen wir das! Schließlich haben wir uns, wie lange?, in jedem Fall viel zu lange nicht gesehen. Aber zuerst musst du mir deine neuen Bilder zeigen. Du hast mich so lange allein gelassen, hoffentlich hat es sich wenigstens gelohnt.«

Sie machte eine kleine Geste mit der Hand, die bedeutete, dass sie nicht gestört werden wollte, und ging langsam an den Wänden des ersten Raumes entlang, wo die Bilder hingen, die sie bereits kannte. Dann stieg sie die Stufen hinauf, die in den zweiten Raum führten. Am Treppenaufgang hingen einige kleine Seestücke, die sie intensiv betrachtete. Auf drei Bildern war Mathilde zu sehen. Am Ende der Treppe hing das Bild der Familie bei der Apfelernte. Auch hier war Mathilde unschwer zu erkennen.

Roger sah, wie Jeanne irritiert die Augenbrauen zusammenzog.

»Wie ich sehe, hast du ein Modell gefunden.« Ihre Stimme klang scheinbar unberührt.

»Darüber will ich mit dir reden. Warte doch.«

Aber es war bereits zu spät. Jeanne durchschritt den Durchgang und sah sich Mathilde gegenüber. Sie prallte zurück und trat Claude Davout auf die Füße, der ihnen gefolgt war. Sie bemerkte es nicht einmal. Augenblicklich erfasste sie, was zwischen Roger und Mathilde geschehen war. Schwer atmend warf sie einen kurzen Blick auf die anderen Bilder. Mathilde sah ihr von fast allen entgegen und schien sie zu verhöhnen. Dann wandte sie sich wieder *Mathilde mit Rosen* zu. Sie bemerkte den liebenden Blick und die Verführungsmacht, die von ihr ausging.

»Wer ist diese Frau?«, fragte sie drohend.

»Sie hat mir Modell gesessen.«

Jeanne lachte laut auf. »Das sehe ich!«

Davout mischte sich ein. »Darf ich Ihnen einen Tee anbieten, Mademoiselle? Vielleicht beruhigen wir uns alle und betrachten das Bild unter rein künstlerischen Aspekten. Es ist wirklich lohnend …«

»Reden Sie nicht dazwischen«, fuhr Jeanne ihn an. »Von wegen künstlerisch!«

Ehe die beiden Männer etwas erwidern konnten, brach sie in Tränen aus und schluchzte hysterisch auf. Roger und Davout sahen mit hängenden Schultern zu, wie Jeanne sich umdrehte und die Treppe hinunterlief. Eine Minute später hörten sie die Eingangstür laut ins Schloss fallen.

Mit einem grimmigen Lächeln ließ sich Jeanne auf die Sitzbank der Kutsche fallen. Sie tupfte mit einem seidenen Taschentuch die Tränen ab und ordnete die Falten ihres Wollkleids um sich. Dann zog sie die Pelzstola enger um die Schultern und befahl dem Kutscher loszufahren.

Während die Kalesche die Rue Laffitte entlangrollte, dachte sie nach. Die Tränen von eben hatten ihre Wirkung getan. Das hatte sie auf Rogers betroffenem und schuldbewusstem Gesicht gelesen. Sie hatte ihn richtig eingeschätzt: Er war ein Mann mit Prinzipien, und mit denen ließ es sich nicht vereinbaren, der Grund für das Unglück einer Frau zu sein.

Sie atmete erleichtert aus. Der erste Schritt ihres Plans war getan. Dennoch war sie wütend. Sie hatte schon während ihres Besuches bei Roger in seinem normannischen Dorf bemerkt, dass er ihr zu entgleiten drohte. Er war mit den Gedanken anderswo gewesen, da war keine Spur mehr von seiner üblichen Aufmerksamkeit und Fürsorglichkeit. Er hatte ihr auch nur ungern seine Bilder gezeigt. Damals war von diesem kleinen Flittchen, dieser Mathilde, noch nichts zu sehen gewesen. Es war ihr nicht schwergefallen, Roger an diesem Abend zu verführen. Männer waren ja so anfällig für

Zärtlichkeiten, wenn es ihnen nicht gut ging. Sie hatte ihn wegen seiner Schaffenskrise bedauert, sie hatte seine Kunst gelobt und ihm dabei verliebte Blicke zugeworfen, und natürlich waren sie im Bett gelandet. Die Witwe, bei der er lebte, hatte ihr am nächsten Morgen böse Blicke zugeworfen, aber sie hatte fürstlich für das magere Frühstück bezahlt, und das hatte sie besänftigt.

Ihre Wut richtete sich in erster Linie gegen diese Frau. Was fiel ihr ein, sich derart in Rogers Leben zu drängen? Roger war zu Höherem berufen. Er würde einmal ein berühmter Maler werden, aber nur, wenn sie an seiner Seite wäre, ihm die Türen öffnete und den Weg bereitete. Was konnte so eine kleine Bäuerin ihm denn schon bieten?

Jeanne lachte auf und hieb mit der flachen Hand auf die mit tannengrünem Leder bezogene Sitzfläche. Es wäre doch gelacht, wenn sie Roger nicht zurückgewinnen würde!

Die Kutsche bog in den Boulevard Haussmann ein. Wenn man sich umdrehte und durch die Rue Laffitte nach Norden sah, hatte man einen phantastischen Blick auf die Sacré-Cœur. Aber Jeanne sah lieber in die andere Richtung, wo die hell erleuchteten Schaufenster der Galeries Lafayette lagen. Das war ihre Welt, eine Welt voll Luxus. Das konnte nur sie Roger bieten, und er würde dieser Versuchung nicht widerstehen können, davon war sie überzeugt.

Gerade passierten sie die Oper, die sie häufig besuchte. Roger hatte sie auch schon mitgenommen. In den Pausen ließen sich wunderbar Geschäftsbeziehungen knüpfen – und nebenbei auch amouröse Techtelmechtel, von denen Roger allerdings keine Ahnung hatte. Sie lächelte bei dem Gedanken in sich hinein.

Sie sah auf ihre mit Diamanten besetzte Uhr, ein Geschenk ihres Vaters zu ihrem zwanzigsten Geburtstag. Sie hatte die Galerie Davout vor einer Viertelstunde verlassen. Sie kannte Roger gut genug, um zu wissen, dass er jetzt gerade sehr zerknirscht war. Nun, sie würde ihn etwas schmoren lassen und dann ihre nächste Falle auslegen. Sie würde verlangen, dass er sie malte. Und es musste schnell gehen, denn in einer Woche fand die Ausstellungseröffnung statt. Das Gemälde von ihr würde dann an jener Wand hängen, wo jetzt diese Frau mit den Rosen hing.

Während der Sitzungen würden sie sich wieder näherkommen, dafür würde sie schon sorgen. Sie würde die Leidende spielen, die still Verzicht übt. Das konnte sie sehr gut, sie hatte es schon gegenüber ihren Eltern und einigen Männern getestet. Es funktionierte immer: Irgendwann siegte die Ritterlichkeit der zarten Frau gegenüber. Dazu kam die erotische Spannung, die sich fast automatisch beim Malen einstellte. Ein Mann und eine schöne Frau über Stunden allein, Blicke, die über Körper wandern ... Dieser aufgeladenen Atmosphäre könnte sich wohl nicht einmal eine Nonne entziehen. »Mit dem Pinsel lieben«, nannte Jeanne das. Mehr als eine Sitzung war schon im Bett geendet.

Während die Kutsche die Seine überquerte, amüsierte sie sich bei dem Gedanken daran, die Ausstellung einfach abzusagen, aber sie fürchtete, dass Davout sich darauf nicht einlassen würde. Er hatte schließlich einen Ruf zu verlieren. Aber sie könnte ein paar Journalisten anrufen, die ihr einen Gefallen schuldeten, und ihnen zuflüstern, wie schlecht Rogers Bilder seien ...

Nein, sie würde nichts von alledem tun, denn schließlich lag ihr Rogers Erfolg am Herzen. Sie liebte ihn ja. Und sie würde ihn zu seinem Glück zwingen, wenn es nötig sein sollte. Wenn alles nichts half, dann hatte sie einen letzten Trumpf in der Hand, dem er nichts entgegensetzen konnte ...

»Kutscher, ich habe es mir anders überlegt!«, rief sie, als sie bereits vor der Hofeinfahrt standen und darauf warteten, dass das schwere Tor zu ihrem Stadtpalais geöffnet wurde. »Fahren Sie mich in die Rue Galatée. Sie wissen schon ...«

Dort wohnte Massimo de Belgrado, der italienische Graf, der bis über beide Ohren in sie verliebt war und mit dem sie sich bereits an der Riviera amüsiert hatte. Sie brauchte jetzt unbedingt ein paar Komplimente, die ihr angekratztes Selbstbewusstsein wieder aufbauten. Bei dem Gedanken daran, wie er nach Luft schnappen würde, wenn er sie überraschend vor seiner Tür fand, fühlte sie sich gleich besser.

Es war weit nach Mitternacht, als sie nach Hause kam. Trotz der Kälte war sie erhitzt von Massimos zarten Zudringlichkeiten. Er küsste gut, und fast hätte sie seinem Drängen nachgegeben. Aber bevor es zum Äußersten gekommen war, war sie gegangen.

Am Tag nach dem Nachmittagstee setzte sie sich an ihren Sekretär und nahm einen Bogen parfümiertes Büttenpapier aus einer der Schubladen. Dann schrieb sie:

Mein lieber Roger,
mein Auftreten gestern Abend Dir gegenüber in der Galerie Davout war unbeherrscht, bitte entschuldige. Natürlich habe ich Verständnis dafür, dass Du den Reizen Deiner Modelle manchmal erliegen musst, wenn es der Kunst dient.
Ich erwarte Dich heute Abend um acht Uhr. Jeanne

Roger zerknüllte den Brief in einem Anfall von Wut. Das war typisch Jeanne. Sie nahm unangenehme Wahrheiten einfach nicht zur Kenntnis. Und dann diese Art, wie sie über Mathilde dachte. Und über ihn. Als würde er den Reizen seiner Modelle erliegen! Zudem ärgerte er sich darüber, mit welcher Leichtigkeit sie bereit war, einen Treuebruch zu verzeihen. War ihr denn nichts heilig?

Er sah auf die Uhr. Es war fast sieben. Auch das war charakteristisch für Jeanne. Sie bestimmte über die Zeit und den Tagesablauf ihrer Mitmenschen. Wenn sie rief, hatte man alles stehen und liegen zu lassen und zu kommen. Er überlegte, ob er den Brief einfach ignorieren sollte. Aber er musste ohnehin mit ihr reden und reinen Tisch machen, also packte er den Stier am besten gleich bei den Hörnern.

Er zog sein bestes Jackett an und machte sich auf den Weg zum Boulevard Saint-Germain, wo Jeanne mit ihrem Vater lebte.

Als man ihm die Tür öffnete, stieg erneut Zorn in ihm auf. Das große Haus war voller Leute, offensichtlich gab Jeanne eine Gesellschaft. Sie hielt es nicht einmal für nötig, ungestört mit ihm zu reden. Er reichte dem Hausdiener seinen Hut und stürmte die Treppe hinauf.

Im verspiegelten Salon umfing ihn augenblicklich der Lärm von unzähligen Stimmen und dem Klirren zahlreicher Gläser. In der Ecke spielten einige Musiker, es wurde getanzt. Einige der Gäste kannten ihn und begrüßten ihn. Roger schüttelte ihre Hände, während sein Blick auf der Suche nach Jeanne über die Anwesenden glitt. Sie stand mit einigen jungen Bewunderern am Fenster und legte lachend den Kopf in den Nacken, sodass man ihre weißen Zähne und ihr makelloses Dekolleté bewundern konnte. Als sie Roger bemerkte, flatterte sie auf ihn zu.

»Da bist du ja endlich.« Sie bemerkte seine Anspannung und die unterdrückte Wut. »Aber was hast du denn?«

»Ich will mit dir reden. Allein. Wenn es dir jetzt nicht passt, dann komme ich gern ein andermal wieder.« Er hatte so laut gesprochen, dass die Umstehenden fragend zu ihnen herübersahen.

Jeannes Blick flackerte für den Bruchteil einer Sekunde, dann hatte sie sich wieder im Griff. »Komm mit!«, sagte sie.

Sie verließen den Raum und stiegen eine weitere Treppe hinauf. Jeanne öffnete die Tür zu einem kleinen Zimmer, das ihr als Boudoir diente und in dem sie sich schon einmal geliebt hatten. Sein Blick fiel auf die mit Leopardenfell ausgelegte Chaiselongue, auf der sich Jeanne jetzt mit einem anzüglichen Lächeln niederließ. Roger blieb hingegen stehen und fing an, auf und ab zu gehen.

»Jeanne, ich weiß nicht, was du von mir erwartest«, begann er.

»Ich erwarte, dass du die Liaison mit diesem Mädchen augenblicklich beendest, wenn du es nicht schon längst getan hast. Dann bin ich bereit, dir zu verzeihen.«

Roger sagte nichts.

»Das weiß doch jeder, dass diese Mädchen vom Lande es mit der Moral nicht so genau nehmen. Sieh dir doch nur diese jungen Dinger an, die sich auf dem Montmartre als Modelle anbieten. Dieses Poussieren in der Öffentlichkeit ist derart vulgär!«

Wütend fuhr er herum. »Du kennst Mathilde doch gar nicht. Sie hat mehr Tugendhaftigkeit als du!«

»Ach, Mathilde, ja? Und warum bist du dir da so sicher? Wahrscheinlich hat sie längst einen anderen. Aus den Augen, aus dem Sinn. Wie heißt sie überhaupt mit Nachnamen?«

»Martinet.«

»Soso ... Aus Deauville?«

»Nein, einem Nachbarort. Wieso fragst du?« Plötzlich kam ihm der Verdacht, Jeanne würde zu Mathilde fahren und ihr wer weiß was erzählen. Er bereute, ihr Mathildes Namen genannt zu haben. »Sie geht dich nichts an!«

»Und wie stellst du dir das vor?«

»Was?«

»Das mit uns?«

Roger sah sie an. »*Uns* gibt es nicht. Es hat uns doch nie gegeben. Ich liebe Mathilde, und ich werde sie heiraten.«

Jeanne erstarrte, Roger sah, wie sie vor Wut zu zittern begann. »Das wagst du nicht!«

»Doch, das tue ich.« Er versuchte es noch einmal mit einer Erklärung. »Sieh doch, Jeanne, wir beide passen doch gar nicht zusammen. Du lebst in einer anderen Welt. Wir würden niemals miteinander glücklich werden. Du brauchst einen ganz anderen Mann. Einen, der ist wie du, der weiß, wie er sich in deinen Kreisen zu benehmen hat, einen Mann mit Verbindungen, mit Vermögen …«

»Du hast mir meine Unschuld geraubt!«, kreischte sie, außer sich vor Zorn.

Roger lachte, dann wurde seine Stimme scharf. »Mach dich bitte nicht lächerlich, das passt nicht zu dir. Als wenn ich dein Erster gewesen wäre!«

»Aber bei ihr warst du der Erste, habe ich recht?«

»Auch das geht dich nichts an.«

»Oh doch, das geht mich sehr wohl etwas an. Ich habe in dich investiert. Wenn mein Vater nicht ab und zu ein Bild von dir gekauft hätte, wärst du doch schon verhungert. Und diese Ausstellung hättest du ohne mich niemals bekommen. Denkst du denn nicht auch an deine Existenz als Künstler? Du hast doch immer gesagt, malen sei dir das Wichtigste im Leben!«

Roger biss sich auf die Lippen, und sie witterte ihre Chance. Ihre Stimme wurde weicher. »Roger, denk doch mal nach. Was kann diese Frau dir denn bieten? Gar nichts. Ich kann ja verstehen, dass du einsam warst, und sie war hübsch und willig. Aber jetzt musst du an deine Zukunft denken. Vergiss sie und komm zu mir zurück. Gemeinsam werden wir die Welt erobern!«

»Jeanne, es ist mir ernst. Meine Zukunft ist an der Seite von Mathilde. Und ich habe dir im Übrigen nie etwas versprochen.«

Sie fuhr herum. »Nein, versprochen hast du nichts. Aber genommen hast du, und jetzt wirst du dafür zahlen! Oder hast du vergessen, was mein Vater und ich alles für dich getan haben und gerade jetzt tun? Warum malst du sie und nicht mich? Warum ist auf allen Bildern diese Person zu sehen? Hat du eine Ahnung, wie demütigend das für mich ist?« Sie stand plötzlich auf und wies mit dem Finger auf ihn. »Ich verlange von dir, dass du das Gesicht auf dem Rosenbild austauschst. Gegen meines!«

»Niemals«, sagte Roger entschieden.

»Warum nicht?«

»Das Bild gehört mir nicht.«

Sie dachte nach. Dann sagte sie mit eisiger Stimme: »Du hast es ihr geschenkt, nicht wahr? Voller Edelmut und in Liebe zugedacht? Aber damit kommst du nicht durch!«

»Es wird dir nichts anderes übrig bleiben, als es zu akzeptieren, wie es ist.«

Jeanne sah ihn voller Hass an. Ihre kindlichen Züge wurden plötzlich hart und entschlossen. »Oh doch, mir wird etwas einfallen, verlass dich drauf.«

Roger nickte ihr zum Abschied zu, dann wandte er sich um und ging.

Am nächsten Tag erhielt er einen Brief von Gérard de Barry, Jeannes Vater. Er sprach darin von bedauerlichen Missverständnissen, davon, wie unglücklich seine Tochter sei. Und er bot Roger eine Riesensumme, wenn er Jeanne porträtierte.

Roger begann langsam zu begreifen, dass Jeanne eine Trennung nicht so einfach akzeptieren würde. Er lachte bitter auf. Es wäre wohl auch das erste Mal in ihrem Leben, dass sie etwas nicht bekam, was sie wollte.

»Tu ihr doch den Gefallen und mal sie. Das besänftigt sie erst einmal. Und wenn du mit ihr zusammen bist, zeigst du dich einfach von deiner schlechtesten Seite. Wenn es stimmt, dass sie so sprunghaft ist, verliert sie bestimmt bald das Interesse an dir«, schlug Michel vor. Er lag in mehrere Decken gehüllt auf seinem Bett und schlürfte heißen Tee.

»Meinst du wirklich?«

»Sonst würde ich es nicht sagen. Versuchen kannst du es zumindest. Vielleicht musst du ihrem Drängen einfach nur nachgeben, so tun, als seist du verrückt nach ihr. Dinge, die sie sofort haben kann, interessieren sie doch nicht.« Er lachte.

In der folgenden Woche ging er jeden Vormittag gegen zehn Uhr in das Haus am Boulevard Saint-Germain, um Jeanne in ihrem Boudoir zu malen. Er arbeitete vier bis fünf Stunden am Tag, so lange, wie das Licht ausreichte.

»Ich will in derselben Pose wie diese Mathilde gezeigt werden«, hatte sie bei der ersten Sitzung verlangt. Sie bestellte täglich frische riesige Blumenbouquets, die sie anstelle der Rose umgaben.

Für Roger waren die Sitzungen eine Tortur. Er hatte nur eine knappe Woche Zeit, um die Arbeit fertigzustellen. Sie sollte an der Stelle hängen, wo jetzt *Mathilde mit Rosen* seinen Platz hatte. Roger hatte das Bild bereits abhängen und in sein Atelier bringen lassen. Als Michel es gesehen hatte, war er tief beeindruckt gewesen, warf ihm aber dennoch vor, zu viel Gefühl hineingelegt zu haben. »Du kannst es dir leider nicht erlauben, nur dann zu malen, wenn dir dein Modell sympathisch ist. Wo bleibt deine Professionalität?«

Roger sah ihn fassungslos an. »Aber genau das ist es doch! Ich will, dass man meine Gefühle auf dem Bild sieht. Was will ich von einer Landschaft, die mir fremd bleibt, die ich nicht spüre? Wir sind doch nicht in einem aseptischen Operationssaal. Na gut, der Vergleich ist nicht gerade glücklich gewählt. Aber denk doch nur an Monet! Wenn er Regen malt, dann hat man als Betrachter den Wunsch, den Mantelkragen hochzuschlagen.« Er wehrte den zu erwartenden Einwurf ab, indem er beide Hände hob. »Ich weiß, ich weiß. Ich bin nicht Monet. Und ich male auch nicht wie er. Ich bin kein Impressionist. Ich bin … vielleicht sogar genau das Gegenteil: Ich drücke in meinen Bilder meine Gefühle aus, zumindest versuche ich es. Und bei diesem Bild ist es mir zum ersten Mal ganz und gar gelungen. Das Bild ist Ausdruck eines Gefühls, eines starken Gefühls. Und ist das nicht der Sinn jeder Kunst: Gefühle erzeugen?« Er hielt erschöpft inne und sah seinen Freund an.

Der nickte nachdenklich. »Ich glaube, ich weiß, was du

meinst«, sagte er dann. Plötzlich begann er laut und herzhaft zu lachen. »Du bist verliebt, mein Junge!«, rief er.

Roger stimmte in sein Lachen mit ein. »Habe ich das noch nicht gesagt? Ich werde Mathilde heiraten!«

»Und was sagt deine Mäzenin dazu?«

»Das ist ja gerade das Problem. Jeanne glaubt, sie hätte mich gekauft. Aber ihre Gegenwart ist mir einfach unerträglich. Deshalb entwischt sie mir immer wieder aufs Neue, und ich kann sie nicht malen. Natürlich merkt sie, dass etwas nicht stimmt. Sie ist ja nicht dumm.«

Der Zeitdruck störte ihn, aber vielmehr noch all die anderen Umstände. Die Blumen sahen jeden Tag anders aus, vor allen Dingen verkörperten sie etwas ganz anderes als die wilde Rose in Bonneville. Diese Blumen waren im Treibhaus gezüchtet worden, sie blühten im Winter, obwohl das nicht ihre Zeit war, die Orchideen dufteten zu süß, die Farben waren zu grell, zu künstlich. Und natürlich war Jeanne einfach fehl am Platz. Jeanne war nicht Mathilde. Sie gab sich große Mühe, ihm alles recht zu machen. Sie nahm eine Position ein und verharrte über Stunden in ihr. Nur manchmal seufzte sie und schickte einen ergebenen Blick zum Himmel. Sie sprachen nicht viel bei diesen Gelegenheiten. Roger hatte ihr gesagt, er könne nur malen, wenn er sich absolut konzentriere.

Trotzdem wollte ihm das Bild einfach nicht gelingen. Es war eine reine Fleißarbeit, der die Seele fehlte. Das Bild zeigte eine schöne junge Frau vor einem prächtigen Hintergrund, verführerisch ausgestreckt auf einem Leopardenfell, aber es fehlte ihm das Versprechen, das auf Mathildes Gesicht lag, die Verbindung von Weiblichkeit und Natur. Das Bild provozierte nicht einmal. Es ist einfach nur langweilig, dachte Roger, und damit brachte er es auf den Punkt.

Auch Jeanne erkannte den Unterschied. Sie schäumte vor Wut, als sie das fertige Bild sah. Aber es war zu spät, um noch einmal von vorn zu beginnen. Die Vernissage sollte am folgenden Tag stattfinden.

Durch das Grau der Regenschleier, die an diesem Tag Anfang November über Paris lagen, blitzten die hell erleuchteten Fenster der Galerie Davout in der Rue Laffitte. Auf dem Trottoir vor der Galerie brannten Fackeln, in den Räumen herrschte eine stickige Hitze, die von den Hunderten von Kerzen in den riesigen Kandelabern abstrahlte. Wie ein Magnet zogen die Lichter die Besucher an, die in Scharen kamen. Jeanne und ihr Vater hatten ganze Arbeit geleistet und Freunde, Kunden und Geschäftspartner eingeladen. Sogar aus London waren Besucher angereist, um dabei zu sein, wenn die Ausstellung mit Bildern des aufstrebenden jungen Talents Roger Goulec eröffnet wurde. Der Champagner floss in Strömen.

Als Roger und Jeanne eintrafen, applaudierten die Gäste. »Der Maler und seine Gönnerin!«, tuschelten sie. Jeanne hatte für diesen Abend extra ein Kleid anfertigen lassen, dessen Schürze und Bluse betont bäuerlich wirken sollten, doch die Schürze war aus edler Spitze und die enge Korsage aus Lyoneser Seide. Die Wangen waren betont rot geschminkt. Roger wusste sofort, dass Jeannes Kostümierung eine einzige Beleidigung gegenüber Mathilde darstellen sollte. Er war wütend, weil er gute Miene zu diesem bösen Spiel machen musste.

In dem fröhlichen Getümmel fühlte er sich unwohl. Ständig kamen Leute auf ihn zu, um ihm die Hand zu schütteln und ihn zu beglückwünschen. Jeanne hatte sich an seinen Arm gehängt und ging mit ihm an den Bildern im ersten Raum vorbei, wobei sie den Gästen voller Anmut Fragen dazu beantwortete. Sie hatten Mühe, die Treppe in den ersten Stock hinaufzugelangen, so viele Menschen kamen ihnen entgegen. Zielstrebig ging Jeanne an den Meerbildern und den kleinen Gemälden mit Mathilde vorbei und führte die Besucher vor das Bild, das sie zeigte.

Roger war froh, als er seine Freunde, Michel Dudemer, Fichet und dessen Schwester Lucie und einige andere, auftauchen sah.

»Glückwunsch, mein Lieber. Da kann man ja richtig neidisch werden!«, rief Fichet ihm über die Köpfe einige Besucher hinweg zu.

Roger machte sich mit einer Entschuldigung von Jeanne los und drängelte sich zu seinen Freunden durch.

»Ich habe mich eben ein bisschen umgehört: Die ersten Bilder sind schon verkauft. Du wirst morgen früh ein wohlhabender Mann sein«, sagte Michel. Er sah an diesem Abend etwas wohler aus als sonst, aber ohne seinen Stock mit dem geschnitzten Entenkopf ging er nicht mehr aus dem Haus.

»Das glaubst auch nur du! Zieh mal alle Schulden ab, die ich in den vergangenen Monaten gemacht habe, und es bleibt nichts übrig.«

Das war richtig. Die Vermieterin, der Bäcker und der Schlachter, die Wirtin ihres Stammlokals, der Besitzer des Ladens für Farben und Pinsel und nicht zuletzt Fichet bekamen noch größere oder kleinere Summen von ihm.

»Wenn die Ausstellung vorbei ist, bin ich hoffentlich endlich meine größte Schuldnerin los«, sagte Roger leise zu Michel und wies dabei mit einer Kopfbewegung auf Jeanne, die sich gerade von einem älteren Mann Komplimente für ihr Bild machen ließ.

»Hoffentlich behältst du recht«, sagte Michel, aber er glaubte es nicht so wirklich. »Sehen wir uns nachher noch bei Rosalie? Ich glaube, ich muss hier raus. Aber trotzdem: Glückwunsch!«

Roger nickte. Rosalie war die Wirtin eines Tanzlokals auf dem Montmartre. Es war von der Galerie aus in einem raschen Fußmarsch schnell zu erreichen, und doch war es eine ganz andere Welt. Hier in der Galerie waren die Reichen und die Mächtigen, die sich gegenseitig zu ihrem Kunstsinn beglückwünschten und sich an den Bildern von möglichst spärlich bekleideten Frauen ergötzten, dort waren die vergnügungssüchtigen Arbeiter und kleinen Handwerker – und die Wäscherinnen und Näherinnen, die für die Bilder Modell saßen.

»Bringst du sie mit?« Wieder ein Blick hinüber zu Jeanne.

Roger zuckte mit den Schultern.

Für einen Augenblick ließ seine Aufmerksamkeit nach, und er erlaubte sich einen sehnsüchtigen Gedanken an Mathilde. Wie gern hätte er sie jetzt an seiner Seite gehabt, wie gern hätte er seinen Erfolg, der ja ein Stück weit auch ihrer war, mit ihr geteilt.

Plötzlich wurde das Licht ausgeschaltet, dann trugen drei Köche eine Eisbombe herein. Sie war mindestens einen halben Meter hoch und mit Spritzkerzen besetzt, von denen Funken flogen. Sie riss die Anwesenden zu lauten Rufen der Bewunderung hin.

Ein Journalist klopfte Roger freundschaftlich auf die Schulter. »Nicht übel«, sagte er.

»Meinen Sie die Bilder oder die Eisbombe?«, fragte Roger voller Sarkasmus.

»Lesen Sie morgen meinen Artikel im *Matin*.«

Roger nickte ihm zu. Er nahm sich ein Glas Champagner und leerte es in einem Zug. Dann nahm er ein weiteres Glas von dem silbernen Tablett, das ihm ein Diener hinhielt. Am liebsten würde er sofort mit seinen Freunden auf den Montmartre gehen, aber das durfte er nicht. Er musste in die Runde lächeln, Erklärungen abgeben, charmant zu den Frauen und zu potenziellen Käufern sein. Er musste seine Bilder verkaufen, um Mathilde eine Zukunft bieten zu können.

9

Es war zum Verrücktwerden! Mathilde war von einer ihr unbekannten Nervosität und Unruhe ergriffen. Kaum hatte sie sich hingesetzt, musste sie schon wieder aufspringen. Das Novemberwetter zwang sie, den größten Teil des Tages im Haus zu bleiben, und die Untätigkeit machte sie rasend. Die ganze Zeit über spürte sie ein beinahe körperliches Unbehagen, das sie nicht zur Ruhe kommen ließ.

Gegenüber dem Platz, an dem ihr Vater bei den Mahlzeiten saß, hing eines der Bilder, die Roger von ihrer Familie gemalt und das er ihnen zum Abschied überreicht hatte. Es zeigte die Apfelwiese mit den Pommes Reines. Georges Martinet stand im Vordergrund und hielt einige Äpfel in seinen Händen, so als würde er sie dem Betrachter voller Stolz präsentieren. Henriette, Pauline und Mathilde saßen im Hintergrund auf einer weißen Decke beim Picknick. Pauline und ihre Mutter waren ins Gespräch vertieft, während Mathilde den Betrachter ansah und von einem Stück Apfelkuchen abbiss. Mélanie stand etwas abseits unter einem Baum und pflückte einige Äpfel in ihre Schürze. Roger hatte sie auf Georges' Bitte hin nachträglich eingefügt, denn sie war in Deauville bei der Arbeit gewesen, als das Bild entstanden war.

Doch der Sommer und Roger waren Vergangenheit. Mathilde stand am Fenster und sah den Regentropfen dabei zu, wie sie die Scheiben hinabrannen.

»Du machst mich ganz kribbelig. Jetzt setz dich doch endlich mal hin!« Pauline stöhnte laut auf.

»Ich laufe hinüber zu Odile«, sagte Mathilde.

»Bei diesem Wetter?«

»Der Regen macht mir nichts aus. Ich brauche frische Luft«, entgegnete Mathilde und nahm ihren schweren gewachsten Mantel vom Haken.

»Wenn er geschrieben hätte, dann hätte sie es doch längst gesagt«, sagte Pauline leise, damit ihre Mutter, die nebenan in der Küche mit den Töpfen klapperte, sie nicht hören konnte.

Mathilde warf ihr einen unruhigen Blick zu.

»Wohin willst du denn bei diesem Wetter?« Henriette stand plötzlich in der Tür und sah Mathilde fragend an.

»Ich hole mir schnell ein Strickmuster von Odile. Dann kann ich für den kleinen Georges noch ein Leibchen zu Weihnachten stricken«, sagte sie und war aus dem Haus, bevor Henriette protestieren konnte.

Sie nahm den Umweg die Steilküste entlang und musste gegen den Wind ankämpfen. Binnen Minuten waren ihre Strümpfe durchnässt, weil sie nur ihre Holzpantinen trug. Es war ihr egal. Hauptsache, sie konnte sich bewegen und dieses entsetzliche Gefühl der Untätigkeit bekämpfen. Es ließ sie auch nachts nicht zur Ruhe kommen. Schlaflos wälzte sie sich im Bett hin und her, und wenn sie endlich einschlief, schreckte sie immer wieder aus wirren Träumen auf.

Sie dachte an Rogers letzten Brief, der vor einigen Tagen gekommen war. Die Ausstellungseröffnung war ein richtiges Ereignis gewesen. *Es ist so schade, dass Du nicht dabei warst.* Um Himmels willen!, dachte Mathilde. Dann hätte mich womöglich jemand erkannt. Roger hatte fast die Hälfte der Bilder verkauft und mit dem Geld seine Schulden bei Fichet und seinen anderen Schuldnern beglichen. *Aber was noch wichtiger ist: Ich habe einige Aufträge für Porträts bekommen. Jetzt auf einmal wollen alle, dass ich ihre Frauen und Kinder male (und manchmal auch ein Pferd). Mit dem Geld werde ich für uns eine schöne Wohnung mieten.*

Er hatte ihr ein Schultertuch aus feinster Wolle geschickt. Noch niemals hatte Mathilde etwas derart Weiches und Kostbares besessen. Es war purpurfarben mit helleren eingewebten Blüten. Immer wieder hielt Mathilde es vor ihr Gesicht und bildete sich ein, Rogers Duft in ihm zu riechen. Pauline und Henriette hatten nach Luft geschnappt, als sie das teure Stück gesehen hatten.

»Von diesem Maler also? Als Dank dafür, dass du ihm Modell gesessen hast?«

Mathilde hatte ihre Mutter überrascht angesehen.

»Hast du denn geglaubt, ich hätte das nicht bemerkt? Lass es nur niemanden im Dorf wissen.«

In einem früheren Brief hatte er ihr eine Zeichnung geschickt, die sie beim Schwimmen im See zeigte, ihr Haar und das Unterkleid umgaben sie dabei wie ein Schleier. Sie fand, dass sie aussah wie eine Elfe. *Schon damals habe ich mich in Dich verliebt. Da kannte ich Dich noch gar nicht,* hatte er auf die Rückseite geschrieben. Sie verbarg das Blatt sorgfältig vor den Augen ihrer Mutter und auch vor Pauline. Das mit dem Schal ließ sich ja noch erklären, aber dieses Bild? Niemals. Sie hatte es nur Mélanie gezeigt.

Eine halbe Stunde später klopfte sie zitternd vor Kälte bei Odile. Aber dort war kein Brief von Roger angekommen. Traurig machte sie sich auf den Rückweg.

Am nächsten Morgen musste sie sich nach dem Aufstehen übergeben. Ihre Stirn glühte vom Fieber, und sie fühlte sich schwach und elend. In den nächsten beiden Wochen hütete sie das Bett. Sie schlief fast den ganzen Tag, und Henriette fing an, sich Sorgen zu machen, weil sie immer wieder Schübe von Übelkeit hatte. Erst dann war sie stark genug, um stundenweise aufzustehen. Doch die Übelkeit blieb.

Georges Martinet beunruhigte nicht nur der schlechte Gesundheitszustand seiner Tochter. Immer mehr Fischer aus

Bonneville kauften sich neue Boote, die anstatt von Segeln Motoren hatten. Sie waren schneller und stärker als die alten Segelboote und konnten so früher an den Fanggründen sein.

Er hatte lange darüber nachgedacht, ob auch er umsteigen sollte, aber abgesehen davon, dass er das Geld für ein motorbetriebenes Boot nicht hätte aufbringen können, fühlte er sich zu alt, um noch einmal neu anzufangen. Ja, wenn er einen Sohn gehabt hätte, an den er das neue Boot hätte weitergeben können ... Außerdem fühlte er sich zunehmend müde. Der verdammte Krieg hatte die alte Welt über den Haufen geworfen. In der neuen fand er sich nicht mehr zurecht.

Angefangen hatte alles mit Marie-Anne. Sich einfach mit einem Mann einzulassen, unter den Augen des Dorfes. Und nun lebte sie in England, und er hatte seinen Neffen, der so hieß wie er, noch nie zu Gesicht bekommen. Und in der Politik mischten jetzt diese Sozialisten mit. Sie setzten sich für die Arbeiter und Gerechtigkeit ein, führten große Worte wie Streik und Emanzipation im Munde. Und in Russland und Deutschland gab es keinen Zaren und keinen Kaiser mehr. Wer sollte sich da noch auskennen? Aber er selbst hatte sich ja auch verändert. Wie sonst war dieses Bild in sein Haus gekommen? Ein Bild, das kein religiöses Motiv hatte, und der Pfarrer hatte noch nicht einmal etwas dagegen! Georges kratzte sich ratlos am Kopf. Die Welt drehte sich einfach zu schnell für ihn.

Im Grunde wusste sie es schon lange. Die Grippe, die sie ins Bett gezwungen hatte, hatte ihr erlaubt, die Augen noch eine Zeit lang vor der Wahrheit zu verschließen. Aber als es Mathilde wieder besser ging, konnte sie es nicht länger leugnen: Ihre letzte Monatsblutung war zwei Monate her. Sie erwartete ein Kind. Bei der Erkenntnis durchzuckte Mathilde heilloser Schrecken, und sie musste sich an der Tischkante festhalten, weil ihre Beine unter ihr nachgaben. Sie war schwanger, ohne verheiratet zu sein! Eine größere Schande gab es nicht. Ihr Vater würde sie verstoßen, genau wie einst Marie-Anne. Der Pfarrer würde sie in seiner Predigt beschimpfen, ohne ihren Namen zu nennen, aber alle im Dorf würden Bescheid wissen und mit dem Finger auf sie zeigen.

Im selben Moment fühlte sie eine Welle der Zärtlichkeit in sich aufsteigen, über die sie sich selbst wunderte. Sie strich zärtlich mit den Händen über ihren Bauch und machte sich bewusst, dass darin ihr Kind heranwuchs. Das Kind von ihr und Roger. Eine tiefe Ruhe überkam sie. Alles würde sich finden. Roger würde sie heiraten, bevor sie das Kind zur Welt brachte. Alles würde gut werden.

Mathilde dachte nach. Noch sah man nicht, dass sie sich in anderen Umständen befand, und sie hatte noch Zeit, um sich einen Ausweg zu überlegen. Bald war Weihnachten, dann begann das neue Jahr. Bis dahin wollte sie abwarten, um Gewissheit zu haben. Es bestand ja immerhin noch die Möglichkeit, dass sie sich doch irrte. Sie hatte schon davon gehört, dass das monatliche Unwohlsein ausbleiben konnte, weil eine Frau zu schwer arbeitete oder Sorgen hatte. Sie beschloss, vorerst abzuwarten und niemandem etwas zu erzählen. Auch Roger nicht.

Zum Glück hatte sie ihre monatliche Blutung immer zur selben Zeit wie ihre Schwester. Auf diese Weise bemerkte ihre Mutter nicht, dass sie keine Vorlagen in die Wäsche gab.

Marie-Anne Morrow war glücklich. Vom Tag ihrer Hochzeit an hatte sie sich wohlgefühlt in der südenglischen Landschaft mit ihren kleinen kastigen Häusern und den sanft gewellten Weiden. Vielleicht lag es daran, dass sie sie an die Normandie erinnerte. Ihre Schwangerschaft war unproblematisch verlaufen, sie hatte einen Arzt, dem sie vertraute, und mittlerweile sprach sie so gut Englisch, dass sie fast alles verstand, was um sie herum gesprochen wurde. Richards Eltern waren anfangs sehr reserviert ihr gegenüber gewesen, aber zum

Glück wohnten sie in London und kamen nicht so oft zu Besuch, und seit der kleine Georges auf der Welt war, hatte sich ihr Verhältnis auch verbessert.

Sie bewohnten ein altes Haus aus Natursteinen, das Richard für seine kleine Familie gekauft hatte. Die Möbel waren solide und gediegen, in den Schränken standen gutes Porzellan und geschliffene Gläser. Zweimal in der Woche kam Mrs. Barker, um sauber zu machen und Mittagessen zu kochen. Marie-Anne hatte alle Zeit der Welt, um sich um ihren Sohn zu kümmern und sich an ihr neues Leben zu gewöhnen. Es war lange nicht so hart wie früher in Bonneville. Hier musste sie nicht bei Wind und Wetter hinaus. Ihr Leben richtete sich nach den Bedürfnissen ihres Sohnes, nicht nach den Gezeiten und den Fischschwärmen.

Trotzdem hatte sie manchmal Heimweh. Sie vermisste vor allem ihre Nichten und unter ihnen besonders Mathilde, aber auch Henriette, die für sie immer wie eine Mutter gewesen war, nachdem ihre eigene viel zu früh gestorben war. Sie hatte begonnen, Gerichte aus der englischen Küche zu kochen. Heute hatte sie einen Gewürzkuchen gebacken, der gut zur kalten Jahreszeit und zum Tee passte und nach Zimt und Muskat duftete. Sie öffnete die Ofentür und nahm ihn heraus, damit er abkühlen konnte.

Als Georges aus seinem Mittagsschläfchen erwachte, ging Marie-Anne zu seinem Bett hinüber und hob ihn hoch. Er legte seinen leicht verschwitzten Kopf an ihre Schulter, und sie nahm den Duft nach Babyschweiß und Puder wahr. Sie setzte sich in den großen Ohrensessel neben dem Bett und stillte ihn. Während er leise schmatzend trank und dabei mit seinen winzigen Fingern über ihre Brust strich, flüsterte sie ihm liebevolle Worte ins Ohr. Sie liebte diese stillen Minuten mit ihm, besonders in der Nacht, wenn alle anderen Geräusche verstummt waren. Sie liebte ihren Sohn, und sie liebte Richard.

Obwohl es am Anfang nicht einfach gewesen war. In Frankreich hatten sie sich nur selten sehen können und immer nur heimlich. Aber sie hatten beide gewusst, dass sie zusammengehörten. Alles andere würde sich finden, hatten sie immer gesagt. Als Marie-Anne ihre Schwangerschaft nicht länger verbergen konnte, hatte sie damit gerechnet, dass ihr Bruder sie verstoßen würde. Ein uneheliches Kind hatte es noch nie in Bonneville gegeben, jedenfalls nicht offiziell. Die betroffenen Frauen verschwanden heimlich aus dem Dorf, einige von ihnen kamen später zurück, mit einem Mann und einem Kind. Finanziell ging es ihnen gut. Richard war ein gesuchter Ingenieur. Nach dem Krieg, als so vieles wieder aufgebaut werden musste, konnte er sich seinen Arbeitgeber selbst aussuchen. Nun arbeitete er in einer Maschinenfabrik südlich von London, die Eismaschinen herstellte. Während ihrer Schwangerschaft waren sie oft in London gewesen, im Kino, im Theater oder im Restaurant. Seitdem Georges da war, war es schwieriger, aber Marie-Anne blieb gern mit ihm zu Hause.

Georges war an ihrer Brust eingeschlafen, ein Tröpfchen Milch lief aus seinem Mundwinkel.

»Komm, mein kleiner Faulpelz, du bist noch gar nicht richtig satt.« Sie nahm ihn hoch, was er mit einem Seufzer quittierte, und legte ihn an ihre andere Brust. Sie kitzelte ihn an den Grübchen auf der Wange und animierte ihn so, weiterzutrinken.

Sie hörte den Schlüssel, der sich im Haustürschloss drehte. Eine Minute später kam Richard leise herein, um Georges nicht zu erschrecken. Er küsste Marie-Anne auf den Mund, und sie spürte seine kühlen Lippen auf ihren.

»Du bist schon da?«

»Ich hatte Sehnsucht nach meiner Familie«, gab er zurück. »Alles in Ordnung?«

Marie-Anne lächelte.

»Ich mache uns Tee.«

Zehn Minuten später saßen sie sich am Küchentisch gegenüber und aßen den frischen Kuchen. Richard hatte Georges auf dem Arm, der neugierig um sich blickte.

»Meine Firma schickt mich nach Paris. Dort findet eine Industriemesse statt. Ich finde, ihr solltet mitkommen. Wir könnten einen Besuch in Bonneville machen.«

Mathildes Brüste wurden voller, und ihre Hüften rundeten sich. Sie hatte keinen Zweifel mehr an ihrem Zustand und fragte sich ängstlich, wie lange sie ihn noch verbergen konnte. Zum Glück war Winter, und sie konnte dicke Stoffe und Tücher tragen.

Das neue Jahr näherte sich, und sie war immer noch ratlos, was sie tun sollte. Sie wünschte sich verzweifelt Roger an ihre Seite, um mit ihm zu reden. Doch sie wusste, dass das nicht möglich war. Beim Abschied hatte er ihr gesagt, dass er die nächsten Monate in Paris bleiben müsse, um alles für ihre gemeinsame Zukunft vorzubereiten. Aber jetzt hatte sich doch alles geändert! Sie fragte sich unruhig, wie er auf die Nachricht reagieren würde, dass sie schwanger war. Für ein Kind zu sorgen, das war eine Bürde, eine Verantwortung, der man sich keine Minute entziehen konnte. Wie passte das zu einem Leben als Künstler? Wenn sie an Rogers Freunde dachte, dann schien es ihr unmöglich, dass einer von ihnen für ein Kind auf etwas verzichten würde. Würde Roger sich eingeengt fühlen? Wie sollte er malen, wenn neben ihm ein Säugling schrie oder nach Aufmerksamkeit verlangte?

Im Frühjahr wollten sie heiraten, das hatten sie im vergangenen Herbst beschlossen. Aber wann begann das Frühjahr?

Immer noch hatte sie niemandem von ihrer Schwangerschaft erzählt. Sie war auch schon lange nicht mehr zur Beichte gewesen.

Weil es ihr guttat und sie beruhigte, verbrachte sie viel Zeit allein auf Spaziergängen. Schon als Kind hatte die Umgebung der Steilküste ihr geholfen, mit der Welt ins Reine zu kommen, und dieses Gefühl hatte sie sich bewahren können.

Während sie mit großen Schritten voranging und manchmal innehielt, um einen Ausblick, das Glitzern der Sonne auf dem Meer oder eine Wolkenformation am Himmel zu betrachten, konnte sie wunderbar nachdenken. Wenn sie sich in den Wind stellte und die Arme ausbreitete, wurde ihr Kopf frei, Wut konnte verrauchen. Bei diesen Ausflügen in die Natur taumelten ihre Gedanken zwischen Panik, lähmender Scham, aber auch Augenblicken der Glückseligkeit hin und her, und wenn sie wieder zu Hause ankam, fühlte sie sich leichter ums Herz. Beim Gehen formulierte sie in Gedanken Briefe an Roger, in denen sie ihm von ihrem gemeinsamen Kind erzählte.

An einem Sonntagnachmittag, als sie durchnässt von einer langen Wanderung nach Hause kam, beschloss sie, dass es an der Zeit war, ihm die Wahrheit zu sagen.

Sie setzte sich an den kleinen Tisch in ihrem Zimmer, um ungestört zu sein, obwohl hier oben nicht geheizt war.

Lieber Roger,
ich muss Dir etwas sehr Wichtiges sagen, und ich traue mich kaum, es aufzuschreiben: Ich bin schwanger.

Es gibt keinen Zweifel mehr. Ich habe lange gezögert, es Dir zu schreiben, Liebster, aber ich weiß nicht mehr, was ich tun soll, und ich weiß nicht, wie lange ich meinen Zustand noch vor meiner Familie verbergen kann.

Wie geht es Dir? Wie kommst Du mit dem Verkauf der Bilder und den neuen Porträts voran? Meinst Du, bald genügend Geld beisammenzuhaben, damit wir heiraten können und unser Kind ein Zuhause bekommt?

Bitte lass mich nicht so lange auf Antwort warten. Ich mache mir große Sorgen.

Ich küsse Dich und ich liebe Dich,
Deine Mathilde.

Sie überflog das Geschriebene noch einmal, dann verschloss sie den Umschlag. Sie fragte sich, ob sie das Richtige getan hatte. Aber sie glaubte, keine andere Wahl zu haben, und warf den Brief am nächsten Morgen mit zitternden Fingern in den Briefkasten vor dem Postamt.

Jeanne war auf dem Weg in Rogers Atelier, als ihr der dicke Postbote zwei Tage später den Brief in die Hand drückte.

»Sie gehen doch hinauf zu Monsieur Goulec? Würden Sie ihm bitte den Brief geben, dann muss ich nicht fünf Treppen hinaufsteigen.«

»Aber das mache ich doch gern«, sagte Jeanne mit einem bezaubernden Lächeln.

Als sie den Namen des Absenders las, wusste sie sofort, dass sie den Brief umgehend lesen musste. Sie wartete, bis der Postbote gegangen war, dann lehnte sie sich an die schäbige Wand des Hausflurs und riss den Umschlag auf. *Ich bin schwanger*. Die Worte stachen ihr in die Augen, und heiße Wut durchströmte sie. Schwer atmend zerknüllte sie das Papier, dann strich sie es wieder glatt, um den Brief noch einmal ganz zu lesen.

Das hätte sie sich ja fast denken können. So dumm war diese Dorfpomeranze offensichtlich nicht, wenn sie Roger auf diese Weise an sich zu binden suchte. Und dabei hatte sie, Jeanne, schon beinahe triumphiert, denn Roger hatte in den letzten Wochen nicht mehr von dieser Mathilde gesprochen. Jeanne hatte angefangen, sich sicher zu fühlen. Roger war ihr gegenüber zwar reserviert, aber von ausgesuchter Höflichkeit gewesen. Wenn sie ihn besuchte, so wie sie es heute vorhatte, dann hatte er sie hereingebeten und ihr Tee angeboten. Allerdings brachte sie auch meistens Nachrichten von Davout.

Heute war sie zu Roger gekommen, um ihm zu sagen, dass die letzten Kunden ihre reservierten Bilder abgeholt und natürlich auch bezahlt hatten und dass Davout die unverkauften Gemälde in den nächsten Tagen vorbeischicken würde. Die Ausstellung war vorüber, und sie war ein Erfolg gewesen. Auch das wollte sie Roger mitteilen. Eigentlich wäre das Davouts Aufgabe gewesen, aber Jeanne spielte gern die Botin, denn es gab ihr einen Grund, Roger aufzusuchen. Sie hatte Roger eine Freude machen wollen, und nun das!

Sie trommelte nervös mit den Fingern auf dem Treppengeländer herum und dachte nach. Diese Frau, diese Mathilde, war also schwanger. Das machte alles komplizierter. Sie dachte kurz an den Sommer zurück. Als sie selbst Roger überraschend besucht hatte, kannte er diese Frau noch nicht, sonst hätte er sie nicht in sein Bett gelassen. Dazu war er zu ehrenhaft. Sie überlegte weiter: Wenn sie annahm, dass er diese Fischerin im September oder Oktober getroffen hatte ... Ja, um die Zeit musste es passiert sein. Doch kurz zuvor war sie selbst bei Roger in der Normandie gewesen. Der Gedanke setzte sich in ihrem Kopf fest, August, September ... Plötzlich hatte sie eine Idee, wie sie Roger an sich binden konnte. Der Gedanke ließ sie böse auflachen. Sie erschrak über sich selbst und horchte in das dunkle Treppenhaus, ob sie jemand gehört hatte. Aber alles blieb still.

Jeanne lief auf die Straße hinaus. Vor dem Haus wartete der Kutscher. Sie ließ sich in das Büro ihres Vaters fahren. Auf der Fahrt las sie den Brief noch einmal. Ihre Lippen wurden weiß vor Wut. Sie zerriss das Papier in winzige Fetzen und ließ sie in ihrer Handtasche verschwinden.

Als sie vor der Tür zum Büro ihres Vaters stand, rieb sie sich die Wangen, bis sie gerötet waren, und fuhr sich mit den Fingern durch ihr Haar, um ein paar Strähnen zu lockern. Sie kniff sich so fest in die Unterarme, bis ihr vor Schmerz die Tränen in die Augen schossen. Dann riss sie ohne anzuklopfen die Tür auf und warf sich weinend in die Arme ihres Vaters.

»Papa, du musst mir helfen«, rief sie. »Ich bin schwanger!«

»Von wem?«, fragte ihr Vater.

Sie sah ihn überrascht an. »Natürlich von Roger!«, sagte sie dann.

»Selbstverständlich werden Sie meine Tochter heiraten.« Das war ein Befehl, auch wenn er sich hinter milder Freundlichkeit versteckte.

Gérard de Barry war ungehalten, weil der junge Mann, der da unbequem auf der äußersten Kante eines Louis-XVI-Stuhls saß, seine Tochter in diese Lage gebracht hatte. Gleichzeitig fand er aber auch, es sei an der Zeit, dass sie unter die Haube kam. Ihre Flausen nahmen in der letzten Zeit ungeahnte Auswüchse an, und es wurde immer schwieriger, sie im Zaum zu halten. Es war ihm ganz recht, wenn nun ein anderer Mann für sie verantwortlich sein würde. Und warum nicht dieser gut aussehende junge Mann mit Zukunft? Er selbst verstand ja nicht viel von Kunst, aber er hatte schließlich gesehen, wie viele von Rogers Bildern verkauft worden waren. Die Zeitungen hatten wohlwollend über seine Arbeit berichtet, und viele Freunde hatten Barry verraten, dass sie Porträts bei ihm in Auftrag gegeben hatten. Gérard de Barry stammte selbst aus kleinen Verhältnissen, den Adelstitel trug er erst seit der Heirat mit seiner Frau. Er kannte keinen Standesdünkel, Hauptsache, ein Mann hatte Charakter. Und den konnte er Roger Goulec nicht absprechen.

»Ich schlage vor, dass die Hochzeit möglichst schnell stattfindet. Ich dachte an Jeannes Geburtstag am 6. Februar. Das ist sehr kurzfristig, aber die Zeit muss eben für die Vorbereitungen reichen. Ich wünsche eine opulente Feier, damit niemand auf den Gedanken kommt, wir würden uns für irgendetwas schämen.«

Roger nickte ergeben.

»Dann gehen Sie jetzt zu ihr. Sie wartet nebenan. Und ab jetzt sollten wir uns duzen, meinst du nicht?«

Roger fühlte sich von den Ereignissen überrollt. In weniger als vier Wochen würde er Jeanne heiraten. Es gab keinen Ausweg, Jeanne erwartete sein Kind.

Er ließ sich wie betäubt durch die Tage treiben, er konnte einfach keinen anderen Gedanken fassen. Er würde Jeanne heiraten …

Und Mathilde würde umsonst auf ihn warten.

»Was wirst du tun?«, fragte Michel ihn. »Willst du dich weiterhin jeden Tag betrinken? Das passt nicht zu dir.«

Roger blickte ihn aus glasigen Augen an. »Was bleibt mir denn sonst schon zu tun?«

»Es gibt die Möglichkeit, eine Schwangerschaft vorzeitig zu beenden.«

»Du meinst Abtreibung? Das kommt nicht infrage. Ich habe Jeanne gegenüber eine entsprechende Andeutung gemacht, und sie hätte mir beinahe die Augen ausgekratzt.« Er griff nach der Weinflasche, die neben seinem Bett stand, aber Michel nahm sie ihm weg.

An der Wand hing *Mathilde mit Rosen*. Roger hatte es so aufgehängt, dass er das Bild vom Bett aus sehen konnte.

Michel wies auf das Gemälde. »Hast du es ihr schon gesagt?«

Roger schüttelte den Kopf.

»Du bist ein Feigling, Roger Goulec. Und soll ich dir noch etwas sagen?« Roger schüttelte erneut den Kopf, aber Michel fuhr fort. »Du stehst jetzt auf und nimmst ein Bad. Und du übernimmst endlich Verantwortung für das, was du getan hast. Hör auf, den Kopf in den Sand zu stecken. Du hast eine Verpflichtung Jeanne gegenüber. Aber auch gegenüber dieser Mathilde. Sag ihr die Wahrheit, damit sie nicht länger auf dich wartet.« Er drehte sich um, um das Zimmer zu verlassen, kam dann aber noch einmal zurück. »Und nimm endlich dieses Bild von der Wand!«

Teil 2
Amélie

10

Mathilde saß vor dem Webstuhl. Sie lehnte sich zurück und reckte die Arme über den Kopf. Dann ließ sie die Schultern kreisen, um die von der Arbeit verspannten Glieder zu entlasten. Mit großer Befriedigung sah sie dann auf den fertigen Läufer. Bevor sie ihn vom Webrahmen herunternahm, fuhr sie mit einer spitzen Schere über den dicken Stoff, um herausstehende Fäden abzuschneiden. Ihre Hände glitten über die Wolle, die sich warm anfühlte und sie beruhigte. Die fast fingerdicken Wollstränge bildeten Streifen in Sonnengelb und Hellrot. Der Teppich war für Amélie bestimmt. Mit seinen leuchtenden Farben würde er Fröhlichkeit in ihr Zimmer bringen.

Amélie und die Weberei, diese beiden Dinge machten ihr Glück aus. Vor fast eineinhalb Jahren, am 5. Juni 1920, war Amélie geboren worden und hatte von dem Tag an Mathildes Leben einen neuen Sinn gegeben. Und nun fing sie schon an zu laufen. Sie war ein freundliches Kind und neugierig auf die Welt, die sie umgab. Ständig musste Mathilde ein Auge auf sie haben, was nicht immer einfach war. Einmal hatte sie Amélie schon dabei erwischt, wie sie die steile Treppe in das obere Stockwerk hinaufklettern wollte.

Im Moment spielte sie zu ihren Füßen mit einem kupfernen Topf, in den sie Dinge fallen ließ, um sie dann wieder herauszuholen und anschließend von vorn damit zu beginnen. Gerade versuchte sie ihr Bilderbuch in den Topf zu legen. Verdutzt stellte sie fest, dass es nicht hineinpassen wollte. Mathilde lächelte sie aufmunternd an, und Amélie strahlte breit zurück, wobei sie ihre weißen Zähnchen sehen ließ.

Mathilde prüfte noch einmal mit dem Zentimetermaß die Länge des Webstücks. Alles passte. Der Teppich war genauso lang wie Amélies Bett, in dem sie seit einigen Tagen schlief, nachdem ihr die Wiege zu klein geworden war. Erneut nahm Mathilde die Schere zur Hand und schnitt die Kettenfäden eine Handbreit weit hinter der Webkante ab. Sie würde sie später verknoten und in geflochtene Fransen auslaufen lassen.

Sie breitete den Teppich auf dem Fußboden vor sich aus und sah Amélie dabei zu, wie sie darauf krabbelte und ihre Wange an die Wolle schmiegte. Sie konnte ihrer Tochter stundenlang beim Spielen oder auch beim Schlafen zusehen. Nie wurde sie müde, sie zu betrachten.

Aber es hatte eine Zeit gegeben, wo sie der Gedanke an ihr Kind in tiefe Verzweiflung gestürzt hatte …

Vor zwei Jahren, an einem strahlend schönen Wintertag, hatte sie einen Brief von Roger bekommen, etwa eine Woche, nachdem sie ihm geschrieben hatte, sie sei schwanger.

Sie bewahrte seinen Brief immer noch im Wäscheschrank zwischen dem gestärkten Leinen auf, aber sie musste ihn nicht mehr lesen, um zu wissen, was darin stand, denn sie kannte ihn auswendig.

Geliebte Mathilde,
Du wirst mich hassen, wenn Du dies liest. Es gab eine Frau in Paris, bevor ich Dich kennenlernte. Diese Frau erwartet ein Kind von mir. Ich werde sie heiraten und damit auf mein Glück mit Dir verzichten. Verzeih mir, Geliebte, aber ich kann nicht anders. Mathilde mit Rosen *gehört Dir, wie ich es Dir versprochen habe. Du erhältst es in den nächsten Tagen.*

Ich danke Dir für alles, was Du mir gegeben hast. Ich weiß, niemand wird mich je wieder so glücklich machen wie Du. Ich wünsche Dir alles Glück der Welt.
Roger

Sie las den Brief wieder und wieder, weil ihr der Inhalt der Zeilen immer aufs Neue entglitt. Ihr Herz weigerte sich zu verstehen, was ihr Kopf schon wusste: Roger hatte sie verlassen, obwohl sie sein Kind erwartete. Anfangs war sie wie betäubt, dann bebte sie vor Zorn, dann lähmten sie Verzweiflung und Trauer. Es waren die schlimmsten Wochen ihres Lebens, und manchmal fürchtete sie, den Verstand zu verlieren.

Sie hatte die Liebe ihres Lebens verloren und würde nie wieder glücklich sein. Ihre Zukunft war verbaut, denn sie war unverheiratet und schwanger. Und diesen Makel konnte sie nicht einmal mit einer überstürzten Eheschließung auslöschen, denn der Vater ihres Kindes würde sie nicht heiraten. Ihre Situation war ausweglos.

In den folgenden Tagen konnte sie weder essen noch schlafen. Immer wieder fing sie unvermittelt an zu weinen. Immer wieder hatte sie schreckliche Bilder vor Augen: wie sie und ihr Kind als Ausgestoßene leben würden, wie sie allein in der Stadt zurechtkommen müssten, wie man ihr Kind als Bastard beschimpfte und sie beide aus dem Gottesdienst jagte. Und Bilder von Roger mit einer anderen Frau.

Es kostete sie fast übermenschliche Kraft, ihre seelische Pein vor ihrer Familie zu verbergen. Nicht auszudenken, wenn ihre Mutter oder ihre Schwester sie in Tränen aufgelöst vorgefunden und gefragt hätte, was denn mit ihr los sei. Manchmal durchzuckte sie der Gedanke, sich ihrer Mutter anzuvertrauen, aber dann schreckte sie davor zurück. Ihre Familie durfte nicht erfahren, dass ihr das Gleiche widerfahren war wie Marie-Anne. Ihr Vater würde auch sie wie ihre geliebte Tante verstoßen. Verzweifelt suchte sie nach einem

Ausweg. Ihr blieb nicht mehr viel Zeit, bis alle ihren Zustand bemerken würden.

Einige Tage nach Rogers Brief lieferte der Postbote *Mathilde mit Rosen* als aufgerollte Leinwand. Mathilde suchte vergeblich nach ein paar begleitenden, erklärenden, tröstenden Zeilen von Roger. Sie trug das Bild in ihr Zimmer und entrollte es. Doch sie ertrug den Anblick nicht. Sie rollte das Bild wieder zusammen und verstaute es unter ihrem Bett.

Dann trieb es sie aus dem Haus in Richtung der Klippen. Sie wurde von Weinkrämpfen geschüttelt und stolperte blind vor Tränen den schmalen Weg entlang. Der Verlust ihrer Liebe traf sie mit aller Wucht. Plötzlich blieb sie wie angewurzelt stehen. Ein verlockender Gedanke durchzuckte sie: Wie wäre es, wenn sie sich von der Steilküste stürzte? Alle Sorgen wären auf einen Schlag vorüber. Sie trat einen Schritt näher an die Kante heran. Es war Hochwasser, ein heftiger Wintersturm tobte, und unter ihr brach sich das Meer in wilden Wellen an der Steilwand. Wer da hineinfiel, wurde mitgerissen und an die Felsen geschmettert. Mathilde beugte sich noch ein Stück weiter vor. Ihr Fuß rutschte auf dem feuchten Untergrund ab, Erdklumpen klatschten auf das Wasser und gingen unter.

»Mathilde, was tust du denn da? Bist du verrückt geworden?« Eine Hand packte sie und riss sie von der Kante weg.

Als sie sich umdrehte, stand Bienaimé vor ihr.

»Ich glaube, du gehst besser nach Hause. Es ist kalt, und du bist ganz durchnässt.«

Sie sah an sich herunter. Die Gischt hatte ihre Kleidung bespritzt. Mein Gott, was hätte sie da beinahe getan? Plötzlich fror sie unendlich. Und sie dachte an das Kind in ihrem Leib, für das sie verantwortlich war.

»Danke«, sagte sie zu Bienaimé und machte sich auf den Heimweg.

Nach einer schlaflosen Nacht schrieb sie am folgenden Tag an Marie-Anne. Wenn ihr jemand helfen konnte, dann ihre Tante.

Sie schrieb in deutlichen Worten: Sie sei schwanger und habe keinen Vater für ihr Kind. Ob sie zu Marie-Anne nach England kommen könne? Sie schrieb nicht, wie unglücklich sie war, wie sehr sie um ihre Liebe trauerte und wie groß ihre Verzweiflung war. Das würde Marie-Anne auch ohne Worte verstehen.

Ein paar Tage später kam Odile mit einem Brief.

»Von Marie-Anne für dich«, flüsterte sie, damit Henriette sie nicht hörte. »Was ist denn los?«

»Ich sage es dir später«, flüsterte Mathilde zurück.

Marie-Anne schrieb, sie würde Richard zu einer Messe nach Paris begleiten, und nannte ein Datum nur zwei Tage später, an dem sie mit der Fähre in Le Havre eintreffen würden. Sie schlug ein Treffen um die Mittagszeit im *Café du Port* vor.

Mathilde fühlte sich unendlich erleichtert. Endlich würde sie sich mit jemandem besprechen können. Und sie würde ihre geliebte Tante wiedersehen. Wenn es nur schon so weit wäre! Sie überlegte, ob sie ihrer Mutter von dem Treffen erzählen sollte, doch dann entschied sie sich dagegen. Sie konnte nicht riskieren, dass Henriette mitkommen wollte. Sie musste allein fahren, sonst würde sie nicht offen mit Marie-Anne reden können.

»Ich besuche Mélanie«, log sie stattdessen.

Ihre Mutter wunderte sich zwar, ließ sie dann aber gehen.

»Dann nimm ihr aber einen Kuchen mit«, sagte sie.

Zwei Tage später nahm sie den ersten Bus, der von Bonneville nach Le Havre fuhr. Laut Fahrplan sollte er knapp zwei Stunden für die Fahrt brauchen. Sie kam eine Stunde vor der verabredeten Zeit in Le Havre an, stieg aus und sah sich um. Sie befand sich am Hafen, gegenüber der Bushaltestelle war eine Uferstraße, dahinter schwappte schmutzig braunes Wasser auf die Steine. Sie überquerte die Straße und sah an einem Straßenschild, dass sie bereits am Quai de Southampton war, wo sich laut Marie-Anne das *Café du Port* befinden sollte.

Das Lokal bestand aus einem großen, nüchternen Saal mit einem Tresen am Eingang. Es war ein typisches Hafencafé. Hier kam man nur her, um die Wartezeit bis zur Abfahrt oder Ankunft eines Schiffes zu überbrücken oder wenn man keinen Wert auf Gastlichkeit legte, so wie die derb aussehenden Männer, die lärmend am Tresen standen. Wahrscheinlich waren sie Matrosen auf Landgang.

Mathilde ging bis ganz ans Ende des Saales und setzte sich an einen der Tische am Fenster, von wo aus sie den Eingang im Blick hatte und gleichzeitig auf den Kai hinaussehen konnte. Ein verschossenes Wachstuch mit Mohnblumen lag auf dem Tisch. Als sie das Paket mit dem Kuchen darauf ablegte, bemerkte sie, dass es klebrig war. Der Kaffee, den die mürrische Kellnerin vor sie hinstellte, schmeckte abgestanden.

Mathilde nahm das alles nicht wirklich wahr, genauso wenig, wie sie vorher auf die Umgebung geachtet hatte. Sie ließ den Kai vor dem Café nicht aus den Augen und wartete ungeduldig auf Marie-Anne. Immer wieder sah sie nervös auf die Uhr, dann wieder nach draußen. Sie wusste nicht, mit welchem Schiff ihre Tante ankommen sollte. Am Kai lagen zwei Dampfer vertäut, vielleicht war sie auf einem von beiden. Hauptsache, sie war pünktlich, denn Mathildes letzter Bus zurück ging am Nachmittag.

Draußen stolzierten Möwen auf und ab und stritten sich um Abfälle. Plötzlich wurde es dunkel, und ein riesiges Haus schob sich langsam an den Fenstern vorbei, zumindest kam es Mathilde so vor. Dann erkannte sie an den Bullaugen, dass es sich um eines der großen Passagierschiffe handeln musste, die zwischen Le Havre und New York verkehrten. Sie hatte sie schon häufiger vor der Küste von Bonneville gesehen. Aus der Ferne sahen sie auch groß aus, aber jetzt, wo eines von ihnen nur wenige Meter entfernt vorüberglitt ... Sie hob den Kopf, konnte den Himmel über dem Schiff aber nicht ausmachen. Sie beugte sich vor, um den Namen und die Herkunft des Dampfers zu lesen, aber sie sah nur die dunkle Schiffswand und Bullaugen. Während sie beobachtete, wie der Dampfer sich Zentimeter für Zentimeter an ihr vorüberschob, überlegte sie, wie es wäre, wenn sie nach Amerika auswandern würde. Sie überließ sich der Vorstellung und nahm noch einen Schluck Kaffee, der inzwischen kalt geworden war. Als sie wieder hochsah, stand Marie-Anne vor ihr.

»Mathilde, ich freue mich so, dich zu sehen«, sagte sie.

»Tante Marie!« Mathilde sprang auf, um ihre Tante zu umarmen.

Beide hielten sich für einen Augenblick umschlungen, dann sahen sie sich wortlos an. Die Rührung trieb ihnen die Tränen in die Augen, sie schluckten schwer. Dann trat Marie-Anne einen Schritt zur Seite, und Mathilde erkannte Richard, der abwartend hinter ihr stand. Neben ihm stand ein Kinderwagen.

»Oh, du hast Georges mitgebracht!«, rief Mathilde aus und beugte sich über den Wagen. »Himmel, ist der niedlich! Er sieht aus wie sein Vater.«

Sie blickte Richard unsicher an, weil sie nicht wusste, was Marie-Anne ihm von ihr erzählt hatte. Doch er streckte ihr mit einem herzlichen Lächeln die Hand hin.

»Schön, dich zu sehen«, sagte er.

»Der Kleine hat dein rötliches Haar«, sagte Mathilde stockend. Richards Lächeln beruhigte sie.

»Er hat während der Überfahrt ohne Unterlass geschrien. Aber jetzt schläft er zum Glück«, meldete sich Marie-Anne zu Wort.

»Okay«, sagte Richard. »Ihr beide habt etwas zu besprechen. Der kleine Mann«, er wies auf den Kinderwagen, »und ich werden einen Spaziergang machen. Mal sehen, ob ich hier noch etwas wiedererkenne. Ich werde mal bei dem Mann vorbeigehen, der mir damals sein Fahrrad geliehen hat.« Er zwinkerte seiner Frau zu und gab ihr einen Abschiedskuss auf die Wange. »In einer Stunde hole ich dich wieder ab, dann geht unser Zug.«

»Dein Brief hätte keinen Tag später kommen dürfen«, sagte Marie-Anne, als sie wieder allein waren und einander an dem schmutzigen Tisch gegenübersaßen. »Das ist doch wirklich ein glücklicher Zufall, dass Richard ausgerechnet jetzt zu dieser Messe nach Paris fahren muss. Ich hatte ohnehin schon daran gedacht mitzufahren, aber als dann dein Brief kam, habe ich nicht länger gezögert. Richard hatte vorgeschlagen, dass wir in Bonneville vorbeifahren, aber ...«

Mathilde schüttelte heftig den Kopf. »Keine gute Idee. Maman und Papa dürfen auf keinen Fall etwas erfahren. Ich habe sogar Maman belogen, um hierher zu fahren. Sie hätte dich bestimmt sehen wollen, aber sie darf nicht erfahren, was wir zu besprechen haben.«

Marie-Anne ergriff ihre Hand und drückte sie fest. »Deshalb freue ich mich ja so, dass ich wenigstens dich treffe. Und jetzt erzählst du mir alles.«

Mathilde senkte den Blick, dann begann sie zu berichten, ohne ihrer Tante ins Gesicht zu sehen. Sie begann mit dem Tag, als sie Roger vor der Flut gerettet hatte, von ihrem klopfenden Herzen, das nicht nur von der Gefahr herrührte, von ihren ersten Begegnungen, als er ihr von seiner Malerei erzählt hatte, von der neuen Welt, die sich durch ihn für sie aufgetan hatte. Und von dem Abend, als er begonnen hatte, das Bild von ihr und der Rose zu malen, während sie ihm Geschichten erzählt hatte.

»Ich liebe ihn mehr als mein Leben«, schloss sie mit leiser Stimme. »Aber er heiratet eine andere Frau.«

Marie-Anne seufzte tief auf.

»Du Arme«, sagte sie mitfühlend. Dann setzte sie sich aufrecht hin. »Und nun werden wir überlegen, was zu tun ist.«

Mathilde fing an zu weinen. »Ich weiß nicht einmal mehr, ob Roger mich je geliebt hat. Wie konnte ich mich so in seinen Gefühlen täuschen!«

Die Stimme von Marie-Anne wurde hart. »Das ist jetzt einerlei. Du wirst dich davon nicht unterkriegen lassen. Du wirst nicht aufgeben. Du bist eine Martinet. Die Frauen in dieser Familie waren immer stark. Denk nur an deine Großmutter, die die Familie durch den Krieg gebracht hat, als die Männer weg waren und gegen die Preußen gekämpft haben. Denk auch an deine Mutter. Sie konnte Georges zwar nicht davon abhalten, mir die Tür zu weisen. Aber sie schreibt mir heimlich und hat mir längst verziehen. Sie tut, was sie für richtig hält, im Stillen, ohne groß darüber zu reden. Und sieh mich an. Ich habe mein Glück gefunden. Es gibt immer eine Lösung!«

Mathilde dachte an den Moment auf der Klippe. »Aber was kann ich denn tun?«

»Es gibt bestimmt keine Möglichkeit, mit deinen Eltern zu reden?«

Panisch wehrte Mathilde ab. »Hast du vergessen, wie Papa reagiert hat, als du deine Schwangerschaft gebeichtet hast? Und du hattest doch Richard, und ihr wolltet heiraten. Ich habe nicht mal das. Nein, ich kann es ihnen nicht erzählen.« Der letzte Satz war nur noch geflüstert. »Es gibt keinen Ausweg.«

»Doch, den gibt es. Du wirst dein Kind bekommen, und diesen Roger wirst du vergessen!«

Die Worte trafen Mathilde ins Mark. Roger vergessen? Wie sollte das gehen? Ohne ihn war sie doch nur ein halber Mensch. Da konnte sie sich ja gleich ihr Herz herausreißen! Doch Marie-Anne sprach schon weiter.

»Ich weiß, du glaubst, das sei unmöglich, aber es muss

sein. Du wirst ihn aus deinem Herzen verbannen, damit du den Blick frei hast auf deine Zukunft. Du musst jetzt für dich sorgen und für dein Kind. Das ist wichtiger als alles andere.«

»Aber ich denke Tag und Nacht an ihn. Ich träume von ihm, ich sehe ihn überall vor mir!«

Marie-Anne überging ihren Zwischenruf. »Was du brauchst, ist ein Vater für dein Kind. Oder willst du als Mutter eines Bastards enden?«

Mathilde fing wieder an zu weinen. »Wo soll ich denn einen Mann hernehmen? Wer heiratet denn eine Frau, die ein Kind von einem anderen erwartet?«

»Ich wüsste da jemanden«, gab Marie-Anne zurück.

Mathilde sah sie verblüfft an. »Was sagst du da?«

»Albert Pennickx. Er ist zwar älter als du, und er ist nicht gerade ein Frauenschwarm, aber er betet dich an. Und er hat ein gutes Herz.«

Mathilde sah ihre Tante ungläubig an. Und dann spürte sie zum ersten Mal seit Wochen so etwas wie Hoffnung.

»Maman und Papa mögen ihn. Er ist zuverlässig …«, überlegte sie.

»Er ist ein guter Mensch. Wenn er bereit ist, dich zu heiraten, wird er dir ein guter Mann und deinem Kind ein guter Vater sein. Wann wird dein Kind kommen?«

Mathilde schüttelte den Kopf. »Ich weiß es nicht.«

»Seit wann hast du deine Blutung nicht mehr?«

»Seit drei Monaten.«

»Dann wird es höchste Zeit. Du darfst keine Zeit mehr vergeuden. Gleich morgen gehst du zu ihm. Mach dich hübsch und sag ihm die Wahrheit.«

Mathilde nickte gedankenverloren.

Marie-Anne lehnte sich zurück. Dann sah sie das Paket auf dem Tisch an. »Ist das etwa Henriettes Apfelkuchen?«

Mathilde nickte. »Sie hat ihn mir für Mélanie mitgegeben. Weil ich doch gesagt habe, ich würde zu ihr fahren. Kannst du mir mal verraten, was ich jetzt damit machen soll? Ich kann ihn ja schlecht wieder mit zurücknehmen.«

»Bist du von allen guten Geistern verlassen? Diesen Apfelkuchen vermisse ich in England mehr als alles andere!« Sie schnappte sich das Paket und zog es zu sich heran. »Der gehört mir!«

Sie warf ihrer Nichte einen übermütigen Blick zu und fing an zu lachen. Mathilde sah sie entgeistert an, stimmte dann aber in das Lachen mit ein. Sie lachten immer lauter und ungestümer, sodass die Männer am Tresen sich anstießen und zu ihnen herübersahen. Sie wollten aufhören, doch dann sah die eine die andere an, und sie prusteten erneut los und lachten, bis ihnen die Tränen kamen.

Als Mathilde an diesem Abend im Bett lag, konnte sie zum ersten Mal seit Wochen wieder schnell einschlafen.

Gleich am folgenden Tag ging sie zu Albert Pennickx.

Er sah sie fragend an, als er sie vor seiner Tür stehen sah, denn er bekam selten Besuch. Dann besann er sich und bat sie herein.

Mathilde sah sofort, dass hier eine Frau fehlte. Alles war sehr zweckmäßig eingerichtet, es fehlten Gemütlichkeit und Wärme. Aber es war sauber, und auf dem Tisch stand sogar ein kleiner Strauß Christrosen.

»Ich weiß eine Stelle, wo sie wild wachsen«, sagte Albert, als er ihren verwunderten Blick bemerkte. »Ich mag diese Blumen, die ausgerechnet mitten im Winter blühen.«

»Ich kenne die Stelle auch«, gab Mathilde zurück. Sie lag oben an der Steilküste, dort, wo vor Jahren das Haus ins Meer gespült worden war. Plötzlich fühlte sie, dass sie auf dem richtigen Weg war. Ein Mann, der Blumen liebt und sie sich sogar ins Wohnzimmer stellt, konnte kein schlechter Mensch sein.

Sie mussten beide lächeln. Das nahm der Situation ein wenig von ihrer Verkrampftheit. Sie setzten sich, dann sah

Albert sie an und fragte: »Warum bist du zu mir gekommen?«

Mathilde holte tief Luft und entschied sich, ohne Umschweife und ganz offen mit ihm zu sprechen. Sie sagte ihm, dass sie schwanger sei und einen Vater für ihr Kind brauche. Sie schlug ihm einen Handel vor: Er würde ihr Kind legitimieren, und sie würde ihm eine treue Ehefrau sein und den anderen vergessen. Als sie alles gesagt hatte, wartete sie atemlos auf seine Antwort.

»Was ist mit dem Vater?«, fragte er und knetete unruhig seine großen Hände.

»Ich werde dir niemals sagen, wer er ist. Aber er ist nicht hier, und ich werde ihn nie wiedersehen, das verspreche ich dir.«

»Er muss ein sehr dummer Mann sein.« Albert lehnte sich zurück und sah sie über den Tisch hinweg lange wortlos an. Die Zeit verging, und Mathilde fürchtete schon, er würde sie abweisen. Sie fühlte die Schamesröte in ihre Wangen steigen. Aber dann räusperte er sich und sagte: »Ich bin mit allem einverstanden.«

Sie brachte ein winziges Lächeln zustande, was ihn dazu ermutigte, seine Hand kurz auf ihre zu legen. Mathilde spürte die Schwielen in den Innenflächen, als er über ihre Haut strich. Die Berührung erinnerte sie an die ihres Vaters, der die gleichen von der See abgearbeiteten Hände hatte. Sie sah zu Albert auf und wusste, dass sie ihm vertrauen konnte.

Drei Wochen später heirateten sie. Es war eine Feier im kleinen Kreis: nur die Familie, Odile Levasseur und ihre Mutter Agathe. Marie-Anne schickte eine Kiste mit englischem Porzellan als Hochzeitsgeschenk.

Pauline war ein wenig beleidigt, weil Mathilde ihr mit ihrer Hochzeit zuvorgekommen war. Sie ließ sich aber dadurch trösten, dass Jean-Pierre als ihr offizieller Verlobter auch zugegen war. Und weil sie die offensichtlich glücklichere Braut war.

»Mein Kind, ich hoffe, du tust das Richtige. Werde glücklich«, sagte ihre Mutter am Morgen, als sie ihr half, die Knöpfe des schwarzen Hochzeitskleids zu schließen, das einst ihr gehört hatte. Sie hatte die Säume auslassen müssen, damit Mathilde hineinpasste. »Seit wann bist du dicker als ich?«, hatte sie verwundert gefragt und Mathilde beunruhigt angesehen.

»Maman, es ist alles so, wie es sein soll. Ich tue das Richtige«, antwortete Mathilde in einem Ton, der jede Nachfrage verbot.

Als Albert nach der Tischrede seine schwere Hand auf Mathildes legte und sich zu ihr hinüberbeugte, um sie zu küssen, da konnten alle sehen, dass sie sich unruhig umsah, als suche sie nach einem Fluchtweg, doch Albert sah sie aufmunternd an, und es gelang ihr zu lächeln.

Vor der Hochzeitsnacht fürchtete Mathilde sich. Doch Albert war rücksichtsvoll und fragte sie, ob er alles richtig mache. Sie war ihm dankbar dafür und fragte sich, woher er seine Erfahrungen hatte, denn er war ja nie verheiratet gewesen. Wahrscheinlich aus seiner Zeit in der Armee, dachte sie. Danach lag er neben ihr und strich ihr über das Haar.

»Danke«, sagte er.

Am nächsten Tag fragte sie ihn, ob er etwas dagegen hätte, wenn sie den Webstuhl mitbrachte. Sie fürchtete sich vor ihrem neuen Leben als verheiratete Frau und den langen, einsamen Abenden, wenn ihr Mann auf See sein würde. Sie hoffte, das Weben würde ihr Freude machen, und hatte dabei das Bild ihrer Großmutter vor Augen.

Albert war einverstanden. »Warum nicht? Ich kann dir keinen Wunsch abschlagen«, sagte er.

Ihr Vater half Mathilde, den Webstuhl aufzubauen. Um Platz zu schaffen, stellten sie den Esstisch unter das Fenster.

Anfangs arbeiteten sie schweigend. Seit dem Streit um Marie-Anne hatte Mathilde sich von ihrem Vater entfernt. Sie nahm ihm seine unerbittliche Strenge übel, und seit ihrer eigenen Schwangerschaft hatte sie beinahe Angst vor ihm und ging ihm aus dem Weg.

Schließlich räusperte er sich und fragte: »Weißt du eigentlich, dass mein Großvater diesen Webstuhl vor achtzig Jahren selbst gebaut hat?«

Er warf ihr einen unsicheren Blick zu, und Mathilde beschloss, einen Schritt auf ihn zuzugehen. »Erzähl doch von ihm!«, bat sie.

Ihr Urgroßvater war lange vor ihrer Geburt gestorben. Es gab keine Fotografie von ihm, aber ihr Vater sollte ihm ähneln. »Auch ihn mochten die Frauen«, sagte Georges und zwinkerte ihr dabei zu.

Seine Frau war die Erste gewesen, die auf diesem Webstuhl Stoffe für den Familiengebrauch hergestellt hatte. Aber ihre Tochter, Mathildes Großmutter, war eine richtige Meisterin gewesen und weithin bekannt für ihre Geschicklichkeit. Einmal war sogar der Bürgermeister von Deauville gekommen und hatte ein Hochzeitskissen für seine zukünftige Frau in Auftrag gegeben. »Aus feinstem Leinen«, sagte Georges, »mit einem bestickten Saum.«

Sie war es ja auch gewesen, die in Mathilde die Lust und die Liebe zu diesem Handwerk geweckt und ihr alles beigebracht hatte. Nach ihrem Tod war der Webstuhl dann verwaist. Und der Krieg hatte ein Übriges dazu beigesteuert. In den Jahren vor dem Krieg hatte es noch viele Flachsfelder in der Normandie gegeben, und im Juni waren weite Teile der Landschaft von zartblauen Blütenteppichen bedeckt gewesen. Während der Kämpfe waren aber ganze Landstriche durch die Granaten zerstört worden, und niemand hatte die

Felder bestellt. Nach dem Krieg konnte man kaum irgendwo den Pflug ansetzen, ohne auf Metallreste, Blindgänger und menschliche Knochen zu stoßen. Leinen musste ebenso importiert werden wie kostbare Brokate oder Seide. Nach dem Waffenstillstand kam die Produktion auch nur langsam wieder in Gang, und die alten Webstühle wurden in den meisten Häusern nur aus reiner Notwendigkeit wieder hervorgeholt, um Stoffe für Kleidung und Tisch- und Bettwäsche herzustellen.

»Ach, Mathilde, ich hätte mir einen anderen Schwiegersohn für dich gewünscht«, sagte Georges in diesem Augenblick und schreckte Mathilde aus ihren Gedanken. Er ging mit Pferdewolle über den Holzrahmen, um jeden noch so kleinen Splitter zu entfernen. Der Rahmen glänzte schon wie flüssiger Honig.

»Albert ist ein guter Mann«, sagte Mathilde leise, aber bestimmt.

»Das weiß ich. Aber er ist zu alt für dich. Und ich verstehe auch nicht, warum ihr es auf einmal so eilig hattet.«

»Wir kennen uns doch schon so lange«, antwortete sie lahm.

Georges hielt in seiner Arbeit inne und sah sie prüfend an. »Du bist doch nicht etwa ...?«

Ehe Mathilde antworten konnte, mischte Henriette sich ein. Keiner von beiden hatte sie hereinkommen hören, aber ihre Stimme war laut und deutlich, als sie sagte: »Georges Martinet, jetzt reicht es aber. Deine Tochter ist ordentlich verheiratet, und basta!«

Mathilde sah verunsichert von ihrer Mutter zu ihrem Vater, doch als Georges sich wieder seiner Arbeit zuwandte, atmete sie erleichtert auf.

Als Mathilde sich zum ersten Mal zum Weben hinsetzte, waren die Erinnerungen wieder da. Ihre Hände nahmen die ehemals hundertfach ausgeführten Bewegungen wieder auf.

Ganz selbstverständlich spannten sie die Kettenfäden und schossen das Weberschiffchen hindurch. Ihre Füße traten ganz automatisch die richtigen Pedale. Bald hatte sie auch wieder das Gefühl für die Balance zwischen zu festen und zu lockeren Reihen.

Ihre ersten Stücke waren einfarbig, dann begann sie mit den Farben zu spielen und webte Streifen ein. Als Amélies Geburt näher rückte, entstanden immer mehr Ideen für Muster in ihrem Kopf. Sie zeichnete sie mit bunten Stiften auf, Kreuze und Dreiecke, Quadrate, die Quadrate in anderen Farben umschlossen, Linien und Wellen. Lange sinnierte sie darüber, wie sie diese Muster weben konnte.

Das Weben wurde zu ihrer Leidenschaft – manchmal glaubte sie, es hätte ihr das Leben gerettet, nachdem Rogers Brief alles zerstört hatte.

11

Mathilde hielt sich an ihre Vereinbarung mit Albert. Sie war ihm eine gute Frau und kümmerte sich um Haus und Garten. Sie lächelte über seine besorgten Nachfragen, ob ihr das angesichts ihres gewölbten Leibes nicht zu schwer wurde, und sie wartete mit den anderen Frauen auf ihn, wenn er auf Fangfahrt war. Nachts näherte er sich ihr zärtlich und rücksichtsvoll.

Als ihre Tochter geboren wurde, einigten sie sich darauf, sie Amélie zu nennen. Albert ließ vom ersten Tag an keinen Zweifel daran, dass er sie als seine Tochter betrachtete.

Nur der letzte Punkt ihrer Abmachung, nämlich Roger zu vergessen, wollte Mathilde nicht gelingen, obwohl sie sich Mühe gab. Aber sie erwähnte seinen Namen nie wieder. Seine Briefe hatte sie verbrannt, bis auf den letzten, in dem er sich von ihr lossagte. Mit der kleinen Zeichnung, die sie beim Schwimmen im See zeigte, lag er zuunterst in ihrer Hochzeitstruhe. Und *Mathilde mit Rosen* hatte sie aufgerollt in die hinterste Ecke des Dachbodens ihres neuen Heims verbannt.

Alberts schwere Schritte waren an der Haustür zu hören. Im Hausflur zog er die Stiefel und den gewachsten Mantel aus, von dem das Wasser tropfte. Dann kam er ins Zimmer. Er war so groß, dass er jedes Mal den Kopf einziehen musste, wenn er eintrat.

»Furchtbares Wetter«, sagte er und rubbelte sich mit einem Handtuch über die nassen Haare. »Aber hier drinnen ist es schön warm und gemütlich.« Er warf einen Blick auf die hellen Leinengardinen und die wollenen Kissen, die Mathilde gewebt hatte.

Amélie streckte die Arme nach ihm aus.

»Papa«, rief sie begeistert. Er nahm sie hoch und drehte sich einmal mit ihr im Kreis. Sie schmiegte sich an ihn und legte die kleinen Arme um seinen Hals.

Albert warf Mathilde einen glücklichen Blick zu. Diese Berührungen waren wie ein Geschenk. Er war ein einsamer Mann gewesen, bevor er Mathilde geheiratet hatte. Er hatte wenig geredet und wenig Freude gehabt. Als Amélie ihn zum ersten Mal umarmt hatte, hatte er vor innerer Bewegung geweint.

»Papa« war Amélies erstes Wort gewesen, und das hatte Alberts Herz so gerührt, dass er bereit war, alles andere hinzunehmen. Zum Beispiel das Gerede der Leute in Bonneville. Knappe sechs Monate nach der überstürzten Hochzeit war Amélie geboren worden. Allein das war schon ein Skandal. Dazu kamen Gerüchte, dass Albert nicht der Vater sei und sich ein Kuckucksei ins Nest habe legen lassen. Agathe Levasseur wusste von dem Maler zu berichten, der wochenlang in dem kleinen Haus auf dem Grundstück der Martinets gewohnt hatte. Sie wolle ja nichts sagen, aber diese Maler, das wisse man ja …

Als Georges von diesem Gerücht hörte, stellte er seine Nachbarin wütend zur Rede.

»In meinem Haus geht alles mit rechten Dingen zu, das lass dir gesagt sein, Agathe Levasseur. Pass lieber auf deine Odile auf!« Von da an war er noch stolzer auf das Bild über seinem Esstisch und zeigte es jedem, der es sehen wollte.

Albert überhörte das Gerede gelassen. Er liebte seine kleine Familie, niemals hätte er gedacht, dass ihm ein solches Glück mit vierzig Jahren noch vergönnt sein würde. Mathilde hatte ihm nie gesagt, wer der Vater von Amélie war. Er spürte, dass sie diesen Mann immer noch liebte. Manchmal wendete sie den Blick ab und war in Gedanken ganz woanders. Wenn er sie nachts berührte, konnte er spüren, wie sie sich verschloss und sich erst langsam seinen Zärtlichkeiten öffnete. Aber sie ergriff nie die Initiative, und sie hatte eine panische Angst davor, wieder schwanger zu werden. Als er ihr versicherte, dass er sie nicht drängen würde, und sie an ihren fruchtbaren Tagen in Ruhe ließ, entspannte sie sich spürbar. Albert war ein geduldiger Mensch, er hatte sein ganzes Leben auf ein Glück wie dieses gewartet, und er würde auch noch länger auf ein eigenes Kind warten. Solange Amélie ihn empfing wie gerade eben, war alles in Ordnung.

Er setzte sich mit seiner Tochter auf dem Schoß an den Tisch, den Mathilde jetzt deckte.

»Wie war es auf der Werft? Wie geht es mit dem Boot voran?«, fragte sie und stellte einen Teller vor ihn hin. Das neue Boot wurde in Honfleur gebaut. Albert hatte seit Jahren darauf gespart und würde in bar zahlen, wie es hier üblich war. Das Geld verwahrte er in kleinen Scheinen in einer Schublade unter dem Küchentisch.

»Bis zur nächsten Karawane wird es fertig sein. Heute haben wir probeweise den Mast gesetzt. Das hättest du sehen sollen! Es wird ein schönes, starkes Boot. Der Motor soll nächsten Monat aus Caen geliefert werden. Damit werde ich mit meiner Mannschaft schneller sein und mehr fangen können. Tut mir leid für deinen Vater«, fügte er nach einer Pause hinzu.

»Aber das ist doch nicht deine Schuld. Nächstes Jahr ist ohnehin Papas letzte Saison. Er ist zu alt für die Austernfischerei. Und Jean-Pierre überlegt, die *Bonnefoi* dann auch mit einem Motor auszurüsten.« Jean-Pierre, mittlerweile der Mann von Pauline, war schon lange nicht mehr nur Einsalzer. Als Schwiegersohn des Eigners hatte er sich in alle anderen Pflichten eingearbeitet, und er machte seine Sache gut.

»Und wie weit bist du mit Amélies Teppich?«

Mathilde freute sich über sein Interesse und legte ihm die Hand auf den Unterarm. »Fast fertig, ich muss nur noch die letzten Fäden abschneiden und verknoten. Stell dir vor, ich habe einen Auftrag für einen weiteren Teppich bekommen. Kennst du die Frau des neuen Lehrers? Sie haben zwei Kinder, und irgendjemand muss ihr von meinen Webarbeiten berichtet haben. Sie war heute Morgen hier und hat sofort etwas bestellt. Eine sehr nette Frau.«

»Das freut mich für dich. Obwohl du weißt, dass du nicht arbeiten musst. Ich lege im Moment zwar jeden Sou für das neue Boot zurück, aber wir kommen auch so zurecht.« Das war die andere Sache, über die sich einige Leute im Dorf das Maul zerrissen: dass seine Frau für andere arbeiten musste, weil er nicht genug verdiente.

Mathilde waren die Gerüchte natürlich auch zu Ohren gekommen. Manchmal, wenn sie an einen Marktstand trat oder die Tür des Bäckerladens öffnete, verstummten die Gespräche um sie herum, oder sie und Amélie wurden im Gegenteil besonders freundlich angesprochen. Sie nahm sich ein Beispiel an ihrem Mann und ließ das Getratsche an sich abprallen, als höre sie es nicht. Mit der Zeit würden auch die letzten Klatschmäuler verstummen.

Ihre Ehe war solide, und es gab bestimmt manches Paar im Dorf, das weniger glücklich war. Aber die Leidenschaft fehlte. Wenn Mathilde sich Gedanken an ihre Liebesnächte mit Roger erlaubte, dann fühlte sie ein schmerzliches Ziehen in ihrem Herzen, denn sie wusste, dass sie ein solches Übermaß an Gefühlen nie wieder erleben würde.

Roger hatte ihr das Herz gebrochen, und hätte es Albert nicht gegeben, sie hätte alle Männer gehasst und verachtet. Das Leben war gegen ihre Liebe gewesen, doch sie hatte Glück gehabt, weil sie mit Albert einen fürsorglichen Vater für Amélie und einen Ehemann gefunden hatte, der sie vor dem Schicksal einer ledigen Mutter bewahrt hatte.

Manchmal fragte sie sich, wie es Roger wohl ging. Sie

konnte keinen lodernden Hass mehr auf ihn empfinden wie noch am Anfang. Er hatte so gehandelt, wie er es für richtig gehalten hatte. Diese Frau in Paris hatte ältere Rechte gehabt, vielleicht war er sogar mit ihr verlobt gewesen. Was sie ihm aber vorwarf, war, dass er sich nie wieder bei ihr gemeldet hatte. Es wäre seine Pflicht gewesen, sich nach ihr, zumindest nach Amélie zu erkundigen. Anfangs hatte sie noch gehofft, Nachricht von ihm zu erhalten, irgendwann war diese Hoffnung aber gestorben. Zurück blieb schließlich der Wunsch, nie wieder von Roger Goulec zu hören.

»Wovon träumst du?«, fragte Albert sie.

Mathilde wurde rot und beeilte sich, die Suppe aufzutragen, die sie auf dem Herd stehen hatte.

»Du siehst aus, als könntest du frische Luft gebrauchen. Geh nur. Amélie und ich machen es uns nett, nicht wahr, meine Kleine?« Er warf seiner Tochter einen verschwörerischen Blick zu.

»Danke«, sagte Mathilde und nahm rasch ihren Mantel vom Haken.

Ihr schlechtes Gewissen verflog, als sie sich mit großen Schritten auf den Weg zur Steilküste machte. Sie konnte es kaum erwarten, das Meer zu sehen, und brauchte nur wenige Minuten, bis sie die Klippen erreicht hatte. Es war Ebbe, und die Schwarzen Felsen lagen wie gestrandete Wale auf dem Sand. Unten waren ein paar Frauen dabei, Muscheln für das Abendessen von den Steinen zu kratzen. Odile war unter ihnen, sie hatte sie erkannt und winkte ihr zu. Mathilde winkte zurück, dann setzte sie ihren Weg fort. Sie wollte allein sein. Die Sonne kam durch einen Riss in den Wolken zum Vorschein und ließ ein Stück Wasser weit draußen hell aufblitzen. Mathilde legte die Hand über die Augen und blieb stehen, um das Naturschauspiel zu bewundern, während sie tief durchatmete. Wie so oft half ihr das Meer auch heute, die traurigen Gedanken an Roger aus ihrem Kopf zu verbannen.

Mathilde ging weiter, bis sie die ersten Häuser von Trouville erreicht hatte. Die Sonne ging inzwischen unter und färbte den Rand der Wolken am Horizont rotgolden ein. Die plötzliche Helligkeit ließ sie blinzeln. Sie wartete, bis die letzten orangefarbenen Flecken verblasst waren und die Sonne untergegangen war.

Dann machte sie sich getröstet auf den Heimweg. Es wurde Zeit, Amélie ins Bett zu bringen.

Als Pauline ungefähr zwei Wochen später heftig an die Haustür klopfte, glaubte Mathilde zuerst, sie würde den Adventskuchen bringen. Doch dann sah sie die Tränen in den Augen ihrer Schwester. Sie trug Philippe, ihren kleinen Sohn, der gerade ein Jahr alt geworden war, in einem Tuch bei sich.

»Du musst schnell kommen. Mélanie …« Der Rest ging in einem hysterischen Schluchzen unter.

Mathilde fasste grob die Hand ihrer Schwester, um sie zum Weiterreden zu bewegen. »Was ist mit Mélanie?«

»Sie ist gestern aus Deauville gekommen und liegt zu Hause im Bett. Sie hat hohes Fieber.« Pauline schniefte.

»Ich komme sofort. Ich ziehe nur rasch Amélie an.«

»Nein, die Kinder sollen nicht in ihre Nähe kommen. Ich bleibe mit Philippe und Amélie hier.«

»So schlimm ist es?« Mathilde spürte die Angst in ihren Körper kriechen. Sie zog sich ihren Mantel über und rannte los.

Zu Hause wartete ihre Mutter schon ungeduldig auf sie.

»Ich mochte sie nicht allein lassen. Lauf schnell rüber zu Doktor Fougasse. Sag ihm, es sei ernst.«

»Wie ernst?«, frage Mathilde.

Doch Henriette senkte nur den Blick. »Beeil dich.«

Doktor Fougasse musste nicht lange überlegen. »Sie hat Typhus«, sagte er und kratzte sich am Kopf. Mélanies Fieber war inzwischen so hoch, dass sie zeitweise ohne Bewusstsein war. Ihre Lider flatterten nervös, und als sie ihr das Hemd wechseln wollten, entdeckten sie die roten Pusteln auf der Brust. »Sie muss die Krankheit schon längere Zeit in sich tragen, sonst wäre ihr Zustand nicht so ernst.«

»Sie ist gestern mit dem Bus gekommen. Ich habe sofort gesehen, dass sie am Ende ihrer Kräfte war, und habe sie gleich ins Bett gesteckt. Und heute Morgen war sie dann in diesem Zustand. Warum haben die im Hotel nichts gemerkt? Warum hat man sie weiterarbeiten lassen?«, rief Henriette plötzlich voller Zorn.

»Ich werde einen Brief schreiben. Wahrscheinlich gibt es dort noch mehr Fälle«, sagte Doktor Fougasse.

Mélanie stöhnte im Fieber laut auf, und Mathilde zuckte zusammen.

»Was können wir tun?«, fragte sie

Der Doktor schüttelte den Kopf. »Versuchen Sie das Fieber zu senken. Und beten Sie. Ich schaue heute Abend noch einmal vorbei.«

Die nächsten Tage verbrachten Mathilde und Henriette abwechselnd am Bett von Mélanie. Pauline blieb bei den Kindern, die Männer waren beim Heringsfang. Sie wussten nicht, dass Mélanie mit dem Tode rang.

»Mélanie«, flüsterte Mathilde, »sprich doch mit mir. Bleib bei uns. Wir brauchen dich.«

Doch all ihre Fürsorge half nichts.

Mélanie Martinet starb drei Tage vor Weihnachten im Alter von nur fünfundzwanzig Jahren. Während der Feiertage blieben die Spiegel verhängt, die Uhren wurden angehalten. Am Tag ihrer Beerdigung kam ein Brief aus dem Hotel *Normandy*, in dem die Direktion ihre Entlassung mitteilte.

Sobald die Straßen im neuen Jahr eisfrei waren, fuhr Mathilde nach Deauville. Sie ging ins Hotel *Normandy* und bat um Mélanies persönliche Dinge.

»Ich möchte das Zimmer sehen, in dem meine Schwester

gewohnt hat«, sagte sie zu der Hausdame. Ihr Ton ließ keinen Widerspruch zu.

Im winzigen Zimmer unter dem Dach war es bitterkalt. Eisblumen wuchsen an den Fenstern. Mathilde sah sich um: ein Bett für zwei, ein Fach im Schrank, ein Nagel an der Wand. Das war Mélanies Reich in diesem Hotel gewesen. Mathilde bewegte sich steif, was nicht nur an der Kälte im Zimmer lag. Sie nahm Mélanies Sachen heraus und legte sie in ihre lederne Reisetasche. Obenauf legte sie die Bibel ihrer Schwester, die unter ihren Kleidern gelegen hatte. Die Hausdame ließ sie die ganze Zeit nicht aus den Augen und klapperte ungeduldig mit dem großen Schlüsselbund in ihrer Hand.

Als Mathilde wieder vor dem Haus stand, atmete sie einige Male tief ein und aus und sog die salzige Luft ein, die vom Meer herüberwehte. Die Tasche in ihrer Hand war leicht, es war ja auch nicht viel darin. Das also war von einem Menschenleben übrig geblieben, von einer jungen Frau, die schön und klug und fleißig gewesen war. Was hatte es ihr genützt? Mélanie hätte etwas Besseres verdient gehabt, als für reiche Leute zu ackern und sich dabei den Tod zu holen.

»Ich werde es anders machen«, sagte sie plötzlich mit lauter, deutlicher Stimme. Sie sah sich um, ob jemand sie gehört hatte, aber sie stand allein in der feuchten Kälte. Sie ballte die Fäuste vor Wut. »Von mir wird mehr übrig bleiben als eine armselige Tasche mit ein paar Dingen darin. Und ich werde nie wieder ein Hotel über den Dienstboteneingang betreten!«

12

Die Karawane begann. Die Gezeiten waren günstig, sodass die Boote im ersten Morgengrauen auslaufen konnten. Nach einer Prozession zum Hafen und einem gemeinsamen Gebet am Strand bestiegen die Männer ihre Schiffe. Die meisten hatten kleine Bisquine-Boote, solide gebaut und kräftig, mit flachem Schiffsboden und großer Segelfläche, damit sie auch bei schwachem Wind die Fangkörbe über die Austernbänke ziehen konnten. Diese Boote konnten eine Menge aushalten, und so hatten die Männer geschlagene vier Wochen gebraucht, um mit Äxten und Sägen Alberts altes Boot, die *Napoléon*, zu zerlegen. Nur selten trennten sich die Eigner von ihren Booten. Ein Boot baute man fürs Leben. In jedem Ort gab es einen Bootsbauer, und jeder noch so kleine Ort hatte seine besonderen Schiffstypen. Ein erfahrener Seemann hier an der Küste konnte schon von Weitem an der Form des Schiffsrumpfes und der Takelage sehen, aus welchem Hafen ein Schiff kam.

Nach dem Krieg änderten sich jedoch auch hier die althergebrachten Sitten. Immer mehr Motorboote wurden gebaut, immer mehr der alten Segelboote wurden aufgegeben. Das machte das raue Leben der Fischer auf See bequemer und sicherer. Einige der ausgemusterten Schiffe wurden zu Behausungen für die Ärmsten umfunktioniert: Man drehte sie mit dem Kiel nach oben, setzte Fenster und Türen ein und konnte dann in ihnen leben.

Albert Pennickx fuhr schon seit Jahren mit derselben

Mannschaft. Er hatte drei Männer für die drei Austernkörbe und einen Schiffsjungen an Bord. Wenn er auf Heringsfang war, nahm er zusätzlich einen Einsalzer mit. Der Platz an Bord war eng. Unter Deck gab es eine winzige Kajüte, Rattenloch genannt, in der sie abwechselnd schliefen, wenn sie nicht gerade bei den Austernbänken waren. Hier unten bewahrten sie trockene Kleidung auf, hier wurde auch gekocht. Bei Sturm musste jeder auf seinem Platz an Deck sein. Die Arbeit an Bord war anstrengend und nervenaufreibend. Jede Minute, jeder Handgriff zählten, und wehe dem, der unaufmerksam oder nachlässig war.

Alberts Männer waren gespannt, wie die erste Fahrt mit dem neuen Boot sein würde. Nur einer von seinen Matrosen hatte auf einem anderen Boot angeheuert. Er weigerte sich, auf einem Motorboot zu fahren. Die ersten Boote wurden bereits von der Flut hinausgetragen, doch Alberts Boot, das in der Woche zuvor auf den Namen *Espérance* getauft worden war, bewegte sich nicht vom Fleck. Es war zu weit den Strand hinaufgezogen worden und lag immer noch auf Grund. Mathilde, die Amélie mit einem Tuch vor die Brust gebunden hatte, war die Erste, die hinüberwatete, die anderen Frauen folgten ihr. Sie standen bis zur Hüfte im Wasser und stellten sich mit dem Rücken zum Boot. Auf Kommando drückten sie das Kreuz durch und hoben so das Boot an, während die Männer mit den Rudern stakten. »Hievt hoch!«, rief Albert im Takt, während er sich mit aller Kraft auf das Ruder warf, das sich bereits zu biegen begann. Mit einem Knarren, das wie der Seufzer eines Kindes klang, begann die *Espérance* sich zentimeterweise zu bewegen, bis sie schließlich Wasser unter dem Kiel hatte.

»Wenn das kein schlechtes Zeichen für ein neues Boot ist«, murmelte Ernestine, die neben Mathilde stand und vor Anstrengung schwer atmete.

»Ernestine Galoppeau, halt den Mund!«, gab Mathilde wütend zurück. »Deinen Mann haben wir auch schon mal freigeschleppt.«

Die Frauen wateten zurück an den Strand, während das Schiff sich langsam entfernte. Albert hielt für ein paar Sekunden inne, um seiner Frau und seiner Tochter einen Abschiedsgruß zu schicken. Mathilde hob den Arm und winkte ihm zurück, bis er sich abwendete, um seiner Mannschaft die nächsten Befehle zu erteilen.

Am Horizont zog eine fast schwarze Wolkenwand auf, die sich auf die Küste zubewegte. Es würde an diesem Tag noch einen schweren Sturm geben.

Die Frauen bekreuzigten sich mit Blick auf das Meer, dann gingen sie nach Hause, um ihr Tagwerk zu verrichten und auf ihre Männer zu warten.

Mathilde war völlig durchnässt, als sie das Haus betrat. Der Sturm war schneller als erwartet über das Land gekommen und hatte prasselnden Regen mit sich gebracht. Rasch zog sie Amélie trockene Kleider an und machte ihr eine heiße Milch. Der Sturm heulte um das Haus herum und zerrte an den Fensterläden. Im Garten knickte er einen Kirschbaum um wie ein Streichholz.

Mathilde begann zu warten. Sie war beunruhigt, weil es für Albert und seine Männer die erste große Fahrt mit der *Espérance* war, und dann auch noch bei einem so heftigen Sturm.

Die Männer aus Bonneville waren exzellente Seefahrer. Sie mussten es sein, denn die Gewässer waren tückisch, und sie fuhren weit auf den Atlantik hinaus. Bei Nebel waren sie darauf angewiesen, auch ohne Sternenhimmel und Landmarken ihre Position bis auf einige Meter genau zu bestimmen. Sie kannten die Küste und die Untiefen wie ihre Westentasche, und das mussten sie auch, denn der kleinste Fehler konnte zum Untergang führen.

Was Mathilde so beunruhigte, war, dass das Schiff neu war.

Bis auf die Überführung von Honfleur nach Bonneville, die bei ruhiger See stattgefunden hatte, war Albert noch nicht mit der *Espérance* hinausgefahren. Er kannte das Schiff noch nicht so gut, und die erste große Fahrt war immer ein gefährliches Unternehmen.

Aber noch etwas anderes machte ihr Angst. Diese Angst war auch schon in den langen Stunden aufgetaucht, die sie an Mélanies Krankenbett gewacht hatte. Es waren die Worte der Wahrsagerin, die ihr durch den Kopf gingen und sich nicht wegschieben ließen, obwohl sie sich alle Mühe gab. Die Alte hatte mit ihrer Prophezeiung, dass Mélanie früh sterben würde, recht gehabt. Und ihr selbst hatte sie eine unglückliche Liebe vorausgesagt – und dass auch ihr zweiter Mann nicht lange bei ihr bleiben würde.

Bei dem Gedanken daran presste Mathilde entsetzt die Hand vor den Mund. Sie verfluchte die Wahrsagerin für ihre Worte und flehte immer wieder: »Nicht Albert, nicht Albert! Bitte, er soll zurückkommen. Diese Dinge sind nicht passiert, nur weil die Frau sie vorhergesagt hat. Sie hat überhaupt nichts damit zu tun … Bitte, lass Albert zurückkommen …«

Gegen vier Uhr nachmittags hörte sie den Kanonenschlag, der das Ende der Karawane ankündigte. Die Boote würden jetzt kehrtmachen und hoffentlich mit reicher Ernte nach Bonneville zurückkehren. Mathilde zwang sich, noch eine Stunde abzuwarten, dann zog sie Amélie warm an und machte sich voller Unruhe auf den Weg. Der Regen hatte etwas nachgelassen. Unterwegs traf sie die anderen Frauen. Gruppenweise gingen sie hinunter ans Meer.

Draußen waren die Schiffe auszumachen, fünfundzwanzig waren am Morgen hinausgefahren. Mathilde zählte durch und konnte nur vierundzwanzig sehen.

Sie schob die Karre mit Amélie ungeduldig durch den Sand und lief bis zur Wasserlinie. Auch die anderen Frauen hatten bemerkt, dass ein Schiff fehlte. Jede suchte das ihres Mannes.

»Da ist die *Trois Frères* … die *Rose Sophie* … die *Vigilante* … die *Minerve* … die *Bonne Union* …« Ein Bootsname nach dem anderen wurde genannt. Immer war die Erleichterung in der Stimme der betroffenen Frau zu hören.

»Es fehlt das Boot von Albert Pennickx«, hörte sie schließlich jemanden in ihrer Nähe sagen.

Von dieser Sekunde an war sich Mathilde sicher, dass ihr Mann nicht wiederkommen würde.

Eine Stunde später, als die Männer der anderen Boote an Land waren, hatte sie Gewissheit.

Die Besatzungen der anderen Boote hatten bemerkt, dass die *Espérance* nicht gut manövrierte. Albert hatte versucht, den Rückstand aufzuholen, der dadurch entstanden war, dass sein Boot erst flottgemacht werden musste. Er war zu schnell gewesen und mehrfach vom Kurs abgekommen. In den tiefen Wellentälern, die der Sturm entfachte, konnte sich das Schiff kaum halten und war ernsthaft ins Schlingern geraten.

An der ersten Untiefe, ungefähr zehn Seemeilen entfernt, knapp vor den Austernbänken, war es dann auf einen Felsen gelaufen und gesunken. Die Mannschaften der anderen Boote hatten den Aufprall im dichten Regen mehr gehört als gesehen. Sie waren sofort zur Unglücksstelle geeilt und hatten damit ihre eigenen Schiffe in Gefahr gebracht, aber sie hatten nur noch einige verstreute Trümmer ausmachen können. Michel, der Schiffsjunge, war gerettet worden, die vier übrigen Männer waren ertrunken.

Was Michel erzählte, deckte sich mit den Berichten der anderen. Die *Espérance* schien für die hohen Wellen nicht gemacht und bekam zunehmend Schlagseite nach Backbord. Wasser drang ein. Albert schien gewusst zu haben, dass er sein Boot verlieren würde. Deshalb hatte er den Kurs geändert, um möglichst in der Nähe der anderen Boote zu sein, damit seine Männer sich retten könnten. Aber es war zu spät gewesen.

»Warum musste er sein Boot auch in Honfleur bauen lassen? Als ob unsere Bootsbauer nicht gut genug wären!«

»Jetzt lass doch mal gut sein, Ernestine! Was hast du denn eigentlich gegen Albert und Mathilde?« Das war die scharfe Stimme von Odile, die Ernestine zurechtwies.

»Er hat sein Boot aufgegeben, um seine Mannschaft zu retten«, mischte sich eine andere Frau ein, es war die Mutter von Michel, dem Schiffsjungen.

Mathilde war es egal. Sie saß zwischen Georges und Henriette in der kleinen Kirche, von der aus man das Meer sehen konnte. Pauline hatte Amélie bei sich. Die Familien der drei anderen Toten saßen neben ihnen. Es war nicht die erste Trauerfeier, und es würde nicht die letzte sein. Vier neue Namen würden an die Wand neben dem Altar geschrieben werden. Die Namen von vier weiteren Opfern, die das Meer gefordert hatte.

Mathilde war in ihre eigenen Gedanken versunken. In den letzten Tagen war sie den Strand auf und ab gelaufen, auf der Suche nach den sterblichen Überresten ihres Mannes. Meistens gab das Meer die Toten wieder frei, und die Strömung spülte sie an Land. Anscheinend hatte der starke Sturm die Männer jedoch aufs offene Meer hinausgetrieben.

Sie wünschte sich, Albert zu finden, um ihn anständig begraben zu können. Auch wenn sie wusste, dass die Leichen von Fischen und Krebsen meistens entsetzlich zugerichtet waren. Mathilde spürte ein schlechtes Gewissen gegenüber ihrem Mann. Er hätte so gern ein weiteres Kind gehabt, aber sie hatte ihn gebeten, ihr Zeit zu lassen. Nun war es zu spät …

Der Pfarrer sprach den Segen, und die Gemeinde verließ die Kirche. Draußen herrschte warmes Frühlingswetter, das

Meer lag glatt und blau und unschuldig zu ihren Füßen. In diesem Augenblick hasste Mathilde es.

»Was wirst du jetzt tun?«, fragte Georges, als sie später um den Tisch saßen.

»Ihr kommt wieder zu uns. Du und Amélie«, mischte sich Henriette ein, als sei das die natürlichste Sache der Welt. »Das Haus ist ohnehin so leer, seitdem ihr alle weg seid.« Sie senkte den Blick, und Mathilde wusste, dass sie an Mélanie dachte. Nach ihrem Tod war sie um Jahre gealtert. Aber auch Pauline und Mathilde waren gegangen. Und Marie-Anne. Vier Frauen hatten das Haus innerhalb von nur zwei Jahren verlassen, und wenn Georges auf See war, dann fühlte sich Henriette sehr einsam.

Mathilde schüttelte den Kopf. »Ich bin eine Witwe mit einem kleinen Kind. Ich bin nicht die Einzige mit diesem Schicksal. Marie-Anne hat einmal gesagt, die Frauen unserer Familie seien stark und hätten oft genug die ganze Last auf ihren Schultern getragen.« Sie lächelte bitter. »Sie hat vergessen zu sagen, dass das Leben es mit den Frauen dieser Familie oft nicht gut meint ... Ich kann nicht zurückkommen und so tun, als hätten die letzten zwei Jahre nicht existiert. Das geht schon wegen Amélie nicht. Aber ich kann auch nicht hierbleiben.«

»Was willst du damit sagen?«, fragte Henriette erschrocken.

»Ich kann nicht in Bonneville bleiben. Hier werden mich alle nur als Witwe Pennickx betrachten, deren Leben vorüber ist. Wenn sie nicht gleich denken, dass ich schuld an Alberts Tod bin, weil ich ihm einen Bastard ins Nest gelegt habe ...« Sie wehrte ungeduldig ab, als ihre Mutter protestieren wollte. »Lass gut sein, Maman, ich weiß, was die Leute reden, und Albert wusste es auch. Mit ihm gemeinsam hätte ich es ausgehalten. Aber allein schaffe ich das nicht. Nein, ich bleibe nicht hier. Ich werde nach Deauville gehen und mir dort ein neues Leben aufbauen. Dort kennt keiner meine Vergangenheit.«

»Deauville? Aber was willst du dort tun? Wovon willst du leben?«, fragte ihre Mutter.

»Ich werde Alberts Haus verkaufen, und dann werde ich ein Haus mieten und eine Pension eröffnen. Und ich werde weiterhin weben und meine Stoffe verkaufen.«

Ein Haus in Deauville war schnell gefunden. Es war eine leerstehende zweistöckige Villa im normannischen Stil, die in zweiter Reihe hinter der Promenade stand. Im Obergeschoss hatte sie zur Straßenseite hin einen Balkon, der von zwei schmalen Erkern eingerahmt war. Hinter dem Haus lag ein Garten mit einer kleinen Remise. Es war genau das, was Mathilde gesucht hatte. Sie wollte dieses Haus und kein anderes.

Doch der Vermieter wollte nicht an eine Frau vermieten.

»Wo ist denn Ihr Mann?«, fragte Honoré Béard, als Mathilde ihn mit Amélie an der Hand aufsuchte.

Der Mann war ihr vom ersten Augenblick an zuwider. Er hatte glasige Augen, die Wangen waren mit aufgeplatzten Äderchen durchzogen. Offensichtlich trank er zu viel. Und er sah sie auf eine derart anzügliche Art und Weise an, dass sie bereute, Amélie mitgenommen zu haben.

»Ich bin Witwe«, antwortete sie mit Nachdruck.

In seinen Augen sah sie ein gieriges Glimmen aufblitzen.

»Ich vermiete nicht an alleinstehende Frauen. Man weiß nie, was dabei herauskommt. Eine so schöne Frau wie Sie und dann ohne Mann, das ist aber doch auch zu traurig.« Er kam einen Schritt näher und legte ihr die Hand auf den Unterarm.

Mathilde nahm schwachen Zwiebelgeruch wahr. Ihr wurde übel. Sie glaubte ihren Ohren nicht zu trauen, als er sagte: »Vielleicht gibt es ja doch einen Weg, dass wir uns einigen. Wenn Sie mir nur ein winziges Stückchen entgegenkommen …« Dabei neigte er seine feuchten Lippen über ihre Hand.

Mathilde stand auf und zog Amélie an sich. »Selbstverständlich kann ich Ihnen beim Mietpreis noch ein wenig entgegenkommen. Sie hören von mir.« Damit verließ sie das Haus.

Als sie wieder auf der Straße stand, zitterte sie vor Wut. Während sie die Promenade entlangeilte und Amélie an der Hand hinter sich herzog, überlegte sie, was zu tun sei. Sie wollte dieses Haus mieten, und das würde sie auch tun! Ihr kam der Gedanke, ihren Vater zu bitten, das Haus in seinem Namen zu mieten, aber dann entschied sie sich dagegen. Sie hatte einfach keine Lust mehr, auf das Wohlwollen von Männern angewiesen zu sein. Und ihr Vater war ohnehin gegen ihre Pläne. Wenn sie als Frau im Leben etwas erreichen wollte, dann sollte sie besser jetzt gleich damit aufhören, sich auf die Hilfe von Männern zu verlassen.

Als sie an diesem Punkt ihrer Überlegungen angekommen war, fand sie sich vor der Boutique von Coco Chanel wieder.

Das Geschäft von Mademoiselle Chanel war wirklich etwas ganz Besonderes. Immer traf man dort vor dem Eingang Ausländer, zumeist Amerikaner und Italiener, die miteinander plauderten und sich gegenseitig Komplimente für ihre Garderobe machten, die sie natürlich bei Chanel gekauft hatten. Auf der Straße standen sogar kleine Tische mit Stühlen, damit sie es bequemer hatten. Man hätte meinen können, es handle sich um ein Café und nicht um ein Modegeschäft.

Ohne weiter nachzudenken, bahnte sich Mathilde einen Weg durch die kleine Gesellschaft. Ihre Wut über die erlittene Demütigung war ihr immer noch anzusehen, und man machte ihr Platz. Sie stieß die Tür auf und stand zum ersten Mal in dem kleinen Laden, in dem einzelne Hüte und die berühmten blau-weiß gestreiften Matrosenpullover ausgestellt waren.

»Womit kann ich dienen?«, fragte eine kleine Frau sie freundlich.

»Sind Sie Mademoiselle Chanel?«, fragte Mathilde.

Die andere lächelte. »Nein, Mademoiselle ist in Paris.«

»Oh«, machte Mathilde.

»Worum geht es denn?« Wieder dieses nette Lächeln und ein Augenzwinkern für Amélie.

»Ihr Laden ist sehr elegant. Nicht so voll gestellt.«

»Mademoiselle Chanel legt sehr großen Wert darauf, dass die Kundin jede einzelne Kreation für sich wahrnehmen kann.«

»So etwas möchte ich auch.«

»Bitte?«

Mathilde riss sich zusammen und erklärte: »Ich möchte eine Pension eröffnen, in der das Ambiente auch so luftig und hell ist. Ich habe ein passendes Haus gefunden, aber der Besitzer will nicht an eine Frau vermieten!«

»Und da ...«

»... habe ich gehofft, bei Ihnen Unterstützung zu finden. Ich meine, weil Mademoiselle Chanel doch einen so guten Ruf hat.«

»Nun, ihr Ruf ist nicht überall gut. Aber bei den Leuten, die ihr wichtig sind.« Die Frau kam um den Ladentisch herum und streckte Mathilde die Hand hin. »Mein Name ist Violette Gardanne. Dann wollen wir doch mal sehen, was wir für Sie tun können«, sagte sie.

Mathilde wusste nur, dass Coco Chanel einen Brief an Monsieur Béard geschrieben hatte. Aber sie hatte keine Ahnung über den Inhalt. Wie auch immer: Eine Woche später unterschrieb sie den Mietvertrag und stand zum ersten Mal in ihrem Garten. Er war leicht verwildert und von einem geschmiedeten Zaun umgeben. Das gab ihm etwas Romantisches und Charmantes. Vor dem Küchenfenster stand eine große Zeder. Mathilde hatte sofort eine Idee, wie sie den Garten gestalten würde. Den Zaun entlang würde sie blaue Hortensien pflanzen. Und sie würde eine oder zwei geschützte Ecken einrichten, mit Stühlen und einem Tisch, wo ihre Gäste beim Lesen und Plaudern Entspannung nach einem langen Tag am Meer finden sollten.

Aber zuerst war das Haus an der Reihe. Sie schrubbte Fensterrahmen, Türen und Scheuerleisten, putzte die Fenster und warf den ganzen alten Kram hinaus, den die Vorbesitzer dagelassen hatten. Zuerst hatte sie vorgehabt, das ein oder andere der dunklen, wuchtigen Möbelstücke zu behalten, um Geld zu sparen. Aber sie hatte Alberts Haus zu einem guten Preis verkaufen können, und sie hatte sich ausgerechnet, dass sie es sich leisten konnte, neue Möbel zu kaufen. Denn sie wollte ein Haus schaffen, das ganz anders war als zum Beispiel das *Normandy*. Kein Plüsch, kein Samt, keine Quasten, keine goldenen Bilderrahmen, kein Schnickschnack, nichts Überflüssiges. Sie war unter dem Vorwand, ein Zimmer mieten zu wollen, in einigen anderen Pensionen gewesen und hatte sich umgesehen. Dort hatte es ihr nicht gefallen. Die Zimmer waren lieblos eingerichtet und mit Möbeln so voll gestellt, dass sie sich kaum umdrehen konnte. Nein, sie wollte ein luftiges Haus aus einem Guss, in dem der Gast sich wohlfühlen konnte und Platz zum Erholen hatte.

Nachdem alles ausgeräumt und sauber war, kalkte sie die Wände weiß und ließ die hölzernen Dielen abschleifen. Dann putzte sie alles noch einmal. Amélie »half« ihr bei allem, was zu tun war, mit heiligem Ernst. Mathilde hatte ihr extra eine kleine Schürze gewebt, ihren Namen eingestickt und ihr einen kleinen Eimer gekauft.

An einem Sommerabend im Juni war das Gröbste getan, und die Zimmer lagen weiß und leer vor ihr.

Amélie schlief bereits, obwohl es draußen noch hell war, und Mathilde lehnte sich erschöpft, aber glücklich in einem der oberen Zimmer an die Fensterbank und blickte um sich. In der rechten Ecke des Zimmers stand der Kamin, sonst war es leer. Sie überlegte, dann ging sie nach unten, um etwas zu tun, das sie sich schon lange vorgenommen hatte.

Das Bild lag oben in der Truhe mit Weißwäsche, die mit ihren anderen Sachen aus Bonneville geliefert worden war. Sie öffnete den Deckel und nahm es vorsichtig heraus. Die Leinwand war schwerer, als sie sie in Erinnerung hatte. Sie trug sie nach oben in das leere Zimmer. Dort rollte sie sie auseinander und breitete sie auf dem Fußboden aus.

Der Anblick verschlug ihr den Atem. Plötzlich war der Raum erfüllt mit Leben, mit Hoffnung. Die letzten Sonnenstrahlen trafen auf die Ölfarbe und ließen sie leuchten, das helle Rot der Rosen blendete sie beinahe. »Wenn ich diese Rose male, dann wird sie immer blühen«, hörte sie Rogers Stimme in ihrem Kopf. Er hatte recht. In ihrem Garten gab es keine Rosen, aber diese hier blühte schöner als alle Rosen Deauvilles.

Sie ging um das Bild herum und entdeckte ihre nackten Füße in der unteren Ecke. Ohne nachzudenken, schlüpfte sie aus ihren Schuhen und ging barfuß weiter. Dabei nahm sie dieselbe Haltung ein wie auf dem Bild, sie legte die linke Hand an die Hüfte, mit der anderen fasste sie sich in ihr üppiges Haar. Wie hatte Roger gesagt? Diese Rose würde nur für sie wachsen und ihr magische Kräfte verleihen. Als sie jetzt die leichte Wärme spürte, die durch die Reflexion des Sonnenlichts entstand, das vom Bild auf ihre Unterarme zurückgeworfen wurde wie von einer sonnenbeschienenen Mauer an einem Sommerabend, da wusste sie, dass er damit recht gehabt hatte. Sie sah ihren leicht geöffneten Mund und den verführerischen Blick und fand sich wieder genauso schön wie damals vor drei Sommern. Wie in einem Spiegel sah sie sich an und erforschte die Frau, die sie damals gewesen war: makellos schön und jung, vor Liebe strahlend. Es war vor diesem Bild gewesen, als Roger vor ihr gekniet war und es ihr als Unterpfand seiner Liebe geschenkt hatte.

Und damals hatte sie ihn, die Liebe ihres Lebens, auch zum letzten Mal gesehen. Danach hatte Roger sie verlassen, und wer weiß, wie es ihr ergangen wäre, hätte Albert sie nicht geheiratet. Sie hätte mit ihm ein friedliches Leben haben können, aber auch dieses kleine Glück war ihr nicht vergönnt gewesen. Und jetzt stand sie hier, eine Witwe von knapp dreiundzwanzig Jahren, die Verantwortung für sich und ihre Tochter trug. Sie sah an ihrem schwarzen Witwenkleid herunter, das neben dem intensiven Rot der Rose fehl am Platz wirkte.

Das Leben hatte ihr den Himmel auf Erden versprochen und dann dieses Versprechen gebrochen.

Mathilde sah wieder auf das Bild und die schöne Frau mit der strahlenden Zukunft. Sie merkte, wie Tränen in ihr aufstiegen. Sie wischte sie mit dem Handrücken weg. Dann ließ sie ihren Blick durch das Zimmer schweifen, das sie in harter Arbeit hergerichtet und zu ihrem gemacht hatte.

Dies war nun ihr Leben, hier würde sie sich ihr Glück erkämpfen. Vielleicht würde es aber auch nur für inneren Frieden reichen. Ja, sie würde für ihren Frieden kämpfen, auch wenn das bedeutete, dass sie ihre Existenz nie wieder an einen Mann binden würde.

Der Gedanke kam ihr, das Bild als ewige Mahnung an die Frau, die sie einmal gewesen war und die sie wieder werden wollte, aufzuhängen. Doch dann entschied sie, dass es zu früh dafür war. Sie hatte sich diesen etwas kindischen Moment des Schwelgens in schönen Erinnerungen gegönnt, aber jetzt gab es anders zu tun.

Vielleicht würde sie es später tun, vielleicht in einem Jahr …

Sie kniete nieder und rollte das Bild auf, bis an der oberen Kante nur noch die Rosenranken zu sehen waren, die über den Bildrand hinauswuchsen. Dann verschwanden auch sie, und sie trug die Leinwand wieder hinunter in ihr Zimmer und ließ sie in der Truhe verschwinden.

In den nächsten Tagen richtete sie ihre eigenen Räume ein, die im Erdgeschoss lagen. Hier gab es ein Wohnzimmer, in dem auch ihr Bett stand, ein kleines Zimmer, das Amélie gehören sollte, ein kleines Bad, eine große Küche, denn sie musste ja für ihre Gäste kochen, daneben eine Speisekammer. Sie stellte die Möbel aus Alberts Haus auf und wunderte sich, wie gut sie hineinpassten. Die Räume hier waren höher und heller, sodass sie viel freundlicher wirkten. Die Truhe mit dem Bild schaffte sie auf den Dachboden hinauf, zusammen mit Alberts Hälfte des Ehebettes. Sie brachte es nicht über sich, sie aufzustellen.

Die drei Gästezimmer im oberen Stockwerk möblierte sie alle gleich. Sie hatte einen Tischler gefunden, der ihr einfache, zweckmäßige Möbel zu einem annehmbaren Preis baute. Erst lieferte er die Betten für die Gästezimmer und ein paar Tage später die kleinen Tische sowie jeweils zwei Stühle und einen Waschtisch. Als alle Möbel an ihrem Platz waren, legte sie die Teppiche aus, die sie selbst gewebt hatte. Auf die Betten kamen Tagesdecken in Blau, Rot und Gelb. Nach ihnen sollten die Zimmer »Das Blaue«, »Das Rote« und »Das Gelbe« heißen. Sie hängte luftige Gardinen vor die Fenster, die sie aus feinem Leinen gewebt hatte, und legte passende Kissen auf die Stühle.

Als alles fertig war, ging sie langsam durch die Räume und summte vor sich hin. Ihre Absätze machten leise Geräusche auf dem Holzfußboden, sie roch den süßlich-herben Geruch nach frischem Bienenwachs, der von den Dielen aufstieg. Sie öffnete alle Fenster und ließ die frische Luft und die Sonne herein. Sie spürte, dass sie etwas sehr Harmonisches geschaffen hatte. Die Zimmer waren hell und lichtdurchflutet, durch die sparsame Möblierung wirkten sie größer, als sie eigentlich waren.

Pauline kam zu Besuch, um sich alles anzusehen. Sie brachte Henriette mit, die das letzte Mal als Verlobte von Georges in Deauville gewesen war. Sie war ganz verwirrt von den vielen Leuten und den Autos und Kutschen, von denen sie sich fast hätte überfahren lassen.

»Meine Güte, was für eine Aufregung«, sagte sie, als sie in der Pension ankamen. »Das ist nichts für mich.« Sie sah sich um. »Aber hier ist es ... so anders, so friedlich«, sagte sie. »Das gefällt mir.«

»Die Zimmer haben die Farben von Meer, Sonne und Strand«, sagte Pauline, die begeistert war. »Alles ist so großzügig. Wie heißt deine Pension eigentlich?«

»*Chez Mathilde*, wie denn sonst?«, antwortete Mathilde.

Mathilde ließ ein Schild anfertigen, auf dem sie schöne Zimmer und gutes Essen anbot, und stellte es in den Vorgarten.

Der Zeitpunkt für die Eröffnung von *Chez Mathilde* hätte nicht besser sein können. Es war der vierte Sommer nach dem Krieg, die Menschen fassten langsam wieder Vertrauen in die Zukunft, und sie wollten etwas vom Leben haben. Dazu gehörte für viele auch eine Ferienreise. Marie-Anne machte in England Werbung für sie und schickte Freunde und Bekannte.

Die ersten Gäste in der Pension waren dann auch Engländer, ein junges Paar auf Hochzeitsreise. Sie waren begeistert von Deauville und ihrer Unterkunft und versprachen, im nächsten Jahr wiederzukommen. »Dann hoffentlich mit einem Kind«, vertraute die junge Frau Mathilde beim Abschied an.

Es gab viele Gäste, die Sinn für die Schlichtheit und Klarheit ihres Hauses hatten. Zudem waren ihre Preise moderat, und sie kochte gut. Am Wochenende schickte Henriette ihren berühmten Apfelkuchen, den Mathilde dann den Gästen anbot.

Mathilde gefiel ihr neues Leben. Tagsüber kümmerte sie

sich um die Pension, abends webte sie. Auch Amélie behagte das Leben im Haus, besonders wenn Familien mit Kindern kamen.

Als die Saison der Pferderennen begann, musste Mathilde zum ersten Mal Gäste abweisen. Voller Stolz hängte sie das Schild »Zimmer belegt« an die Tür.

Alles ließ sich vielversprechend an, und Mathilde hatte so viel Arbeit, dass sie nur noch selten an das Bild auf dem Dachboden dachte.

13

Roger erwachte stöhnend. Im Schlafzimmer war es dunkel, weil die schweren Vorhänge noch zugezogen waren. Er wandte vorsichtig den Kopf, um auf die Uhr zu sehen. Es war nach elf. Seine Zunge klebte ihm wie ein Stück Holz am Gaumen, vor seinen Augen flimmerte es, und ein scharfer Schmerz durchzuckte seinen Schädel. Vor dem Bett stand eine leere Flasche Absinth.

Die Erinnerung an den gestrigen Abend ließ ihn würgen. Er hastete ins Bad und übergab sich. Danach fühlte er sich nur wenig besser. Er sah in den Spiegel und erschrak. Die Haut in seinem Gesicht war grau, die Augen blutunterlaufen. Tiefe Furchen hatten sich zwischen Nase und Mundwinkel eingegraben.

Er fuhr sich mit der Hand durch das Haar, um es zu ordnen, dann trank er einen Schluck Wasser.

Es klopfte, und er hörte das Hausmädchen schüchtern fragen: »Soll ich Monsieur ein Bad einlassen?«

»Nein, sollst du nicht. Ist Madame schon wach?«

»Madame schläft noch.«

Roger schöpfte sich kaltes Wasser über den Kopf und den Oberkörper. Dann ging er zurück in das Schlafzimmer und zog sich an.

Bevor er ins Frühstückszimmer ging, wo der Tisch schon für ihn gedeckt war, sah er bei Jeanne vorbei.

Sie hatten schon seit Monaten getrennte Schlafzimmer,

und das Schlimmste war, dass Roger ganz froh darüber war. Leise öffnete er die Tür. Es war übermäßig warm in ihrem Zimmer, und sie hatte die Bettdecke von sich geworfen. Er sah ihre langen, wohlgeformten Beine unter dem seidenen Nachthemd. Sie lag auf der Seite und hatte die Arme wie schützend um ihren Körper gelegt. Dann bewegte sie sich und öffnete die Augen. Als sie Roger an ihrem Bett stehen sah, wendete sie sich ab und drehte ihm wortlos den Rücken zu.

Während er sein Ei aufklopfte – genau fünf Minuten gekocht, nicht eine Sekunde länger oder kürzer –, dachte er nach. Er würde auch heute wie jeden Tag in sein Atelier gehen, aber er würde nicht malen. Er konnte nicht mehr malen, seit er mit Jeanne verheiratet war, seit er seine Muse Mathilde verloren hatte. Die Porträts, die nach der Ausstellung bei ihm in Auftrag gegeben worden waren, hatte er noch fertiggestellt. Seine Kunden waren zufrieden gewesen, weil er sie vorteilhaft präsentiert, ein Doppelkinn oder ein paar Falten abgemildert, einen strengen Blick freundlicher gemacht, im Hintergrund Insignien von Macht und Reichtum arrangiert hatte. Aber ihm selbst gefielen die Bilder nicht. Weil sie nicht ehrlich waren.

Danach hatte er nichts mehr zustande gebracht. Wie sollte er auch malen in dem riesigen Atelier am Fuß des Montmartre, dem jede Atmosphäre fehlte? Jeannes Vater hatte eine ehemalige Tanzschule gemietet und als Malraum eingerichtet. Die Bedingungen waren im Grunde ideal: große Fenster nach Norden hin, zwei Öfen, die den Raum auch im kältesten Winter heizten, in einer Ecke gobelinbestickte Sessel, Farben, Leinwände und Staffeleien in allen Größen. Aber es war nicht *sein* Atelier. Ständig kamen Leute vorbei, um ihm bei der Arbeit zuzusehen und über ein Bild mit ihm zu sprechen. Oft musste er sich Kommentare zu seiner Arbeit anhören, die ihn nicht interessierten. Und täglich kam die Hauswirtin, die aufräumte und Staub wischte. Wenn seine Freunde kamen, dann bewunderten sie den Luxus, in dem er lebte, oder sie mokierten sich darüber wie Dudemer. »Da bin ich lieber todkrank, aber frei«, hatte er gelästert.

Roger hasste das alles, und es lähmte ihn. Es war sogar noch schlimmer als damals in der Normandie, als er mit der Darstellung des Meeres gekämpft hatte. Damals war er wenigstens noch sein eigener Herr gewesen, doch jetzt hatte er sich verkauft. Er lebte in einem großen Haus mit Dienerschaft und einer eigenen Kutsche, er aß mehr, als er vertrug, vor allem trank er mehr. Für all das hatte er seine Freiheit aufgegeben – und seine Fähigkeit zu malen gleich mit.

Als er Jeanne geheiratet hatte, hatte er wirklich geglaubt, das Richtige zu tun, das, was sein Ehrgefühl ihm gebot. Er gehörte nicht zu den Männern, die eine Frau sitzen ließen, wenn sie ein Kind von ihm erwarteten. Aber er hatte schnell gemerkt, dass der Preis sehr hoch war. Jeanne und ihr Vater bestimmten fortan über sein Leben. Ständig musste er in die Oper, zu Festen, auf die Rennbahn oder den Tennisplatz, immer ging es darum, dass er die richtigen Leute traf. Er fand ja kaum noch Zeit zum Malen, und wenn, dann fehlte ihm die Inspiration.

Kurz nach der Hochzeit hatte Jeanne eine Fehlgeburt gehabt. Sie war für ein paar Tage ans Mittelmeer gereist und hatte dort nach einem Sturz ihr Kind verloren. Als sie nach Paris zurückgekehrt war, war sie nicht länger schwanger gewesen. Sie selbst hatte sich schnell wieder gefasst, aber ihn hatte die Nachricht tief erschüttert. Er hatte sich wirklich darauf gefreut, Vater zu werden. Er hatte sich schon mit seinem Kind spielen sehen, hatte ihm die Welt nahebringen wollen, und er hatte gehofft, ein Kind würde ihn wieder zum Malen bringen.

Nach ihrer Fehlgeburt hatte Jeanne ein eigenes Schlafzimmer bezogen.

»Ich möchte diese Erfahrung nicht noch einmal machen!«,

hatte sie ihn angefaucht und ihm damit das Gefühl gegeben, der Schuldige zu sein.

Ungefähr zu diesem Zeitpunkt hatte er angefangen, zu viel zu trinken, um sein Versagen wenigstens für ein paar Stunden zu vergessen.

Er stieß den silbernen Löffel in das Ei, und der Geruch des Eigelbs stieg ihm in die Nase und ließ erneut Ekel in ihm aufsteigen. Angewidert schob er den Teller von sich.

Sofort kam das Hausmädchen an den Tisch. »Ist etwas nicht in Ordnung, Monsieur?«, fragte es.

Immer war in diesem Haus jemand um ihn herum, nie war er allein. Mein Gott, wie er das alles hasste!

»Nein, mit dem Frühstück ist alles, wie es sein soll«, gab er zurück und bemühte sich, dabei ruhig und höflich zu bleiben. Es war ja nicht die Schuld des Hausmädchens, dass ihm der Appetit vergangen war. Es war ganz allein seine Schuld.

Ohne einen Bissen zu sich genommen zu haben, stand er auf. In der Diele ließ er sich von dem Mädchen, das ihm gefolgt war, den Mantel geben.

»Sagen Sie Madame, ich sei im Atelier. Und hören Sie auf, vor mir zu knicksen.«

Während der langen Fahrt durch Paris hielt er die Augen geschlossen in der Hoffnung, dass der Kopfschmerz so nachlassen würde. Als seine Kutsche in der Rue des Abbesses vor seinem Atelier hielt, überlegte er es sich anders.

»Fahren Sie mich vorher in die Rue Lamarck.«

»Sie meinen in Ihr ehemaliges Atelier?«

Roger nickte, obwohl der Kutscher das nicht sehen konnte. Sie fuhren weiter den steilen Hügel hinauf, denn die Rue Lamarck lag von hier aus hinter Sacré-Cœur. Nach wenigen Minuten waren sie angekommen.

»Sie müssen nicht auf mich warten. Ich gehe dann zu Fuß wieder hinunter.«

Roger grüßte Julie, die aus dem Atelier kam und sich an

der Treppe an ihm vorbeischob. Als er die Werkstatt betrat, merkte er, dass sein Atem Dampfwolken bildete, so kalt war es hier oben. Aber dafür roch es intensiv nach Ölfarbe und goldene Staubpartikel wehten durch den Raum und legten sich auf die Bilder, die überall an den Wänden standen. Er zog seinen pelzbesetzten Mantel enger um den Körper.

Michel saß mit dem Rücken zu ihm auf einem über und über mit Farbe bekleckerten Stuhl vor einer Leinwand. Auch er war in einen Mantel gehüllt und malte. Sein Zustand hatte sich über den Winter weiter verschlechtert. Aus dem ehemals großen, starken Mann war ein dürres Männlein geworden, dem die Kleider um den Leib schlotterten. Er konnte sich nur noch unter großen Schmerzen fortbewegen, sogar das Stehen fiel ihm schwer, deshalb malte er im Sitzen. Doch als er sich jetzt zu ihm herumdrehte, konnte Roger in seinen Augen eine Gier auf das Leben lesen, die ihn beinahe eifersüchtig machte. Michels Gebrechen hinderten ihn nicht daran, zu malen wie ein Besessener.

»Du siehst schlecht aus«, meinte Michel zur Begrüßung, nachdem er sich mühsam umgedreht hatte.

»Du hast Syphilis, nicht ich«, entgegnete Roger wütend.

»Mag sein, aber du siehst schlechter aus als ich, zumindest gerade jetzt«, gab Michel ungerührt zurück. »Und du malst nicht, das ist noch viel bedenklicher.«

Roger trat näher, um einen Blick auf die Leinwand zu werfen. Michel hatte das Thema wieder aufgenommen, das ihn über die Jahre nicht losgelassen hatte: Pferderennen. Sooft es sein Zustand erlaubte, nahm er die Fahrt in den Bois de Boulogne auf sich, wo die Rennen stattfanden und die Pariser ausritten. Dort studierte er die Bewegungen der Tiere. In seinem Atelier standen die Studien, die Zeichnungen und fertigen Ölbilder zu Dutzenden an den Wänden.

Roger betrachtete sie voller Neid und Bewunderung. Je kränker Dudemer wurde, um so kraftvoller wurde seine Malerei. Seine Bilder wurden immer ungezügelter, die Formen immer deutlicher, die Konturen härter, die Pinselstriche dicker. Von den Gesichtern auf seinen Bildern, denen der Jockeys und manchmal der Zuschauer, stachen die ausgeprägten Emotionen ins Auge: Hochspannung, Freude, Wut. Die Bilder waren großartig. Sie waren wie Pferde kurz vor dem Rennen: voller Spannung und Lebendigkeit.

»Nächsten Monat, sobald es draußen wärmer wird, fahre ich wieder nach Deauville. Wenn ich dann noch lebe …«

»Deauville?«, fragte Roger scharf.

»Ja. Willst du mitkommen?«

Roger wehrte ab. Nie wieder würde er in die Normandie fahren.

Michel lachte leise. »Du hast Angst, ihr über den Weg zu laufen, stimmt's?«

»Ich würde es nicht ertragen, ihr in die Augen zu sehen.«

»Dieses reiche Miststück hat dich kastriert, mein Lieber. Wenn dir dein Leben lieb ist, solltest du sie verlassen, so schnell du kannst. Vielleicht ist es noch nicht zu spät.«

»Du weißt, dass ich das nicht kann.«

»Weil sie dir ein schönes Leben in Saus und Braus ermöglicht?«

»Ach was! Als wenn mir daran etwas liegen würde.« Er dachte an das Frühstücksei, den seidenen Morgenmantel, sein Atelier, das zu groß und zu pompös war.

»Was ist es dann?«

»Ich bin mit ihr verheiratet. Ich habe ihr ein Kind gemacht …«

»… das sie verloren hat.«

»Willst du ihr die Schuld dafür geben?«, fragte Roger.

»Nein, aber der Grund für eure Heirat ist nicht länger vorhanden. Oder willst du behaupten, du wärst glücklich? Dann sieh nur mal in den Spiegel.«

»Ohne Jeanne wäre es auch nicht besser.«

Michels Stimme triefte vor gespieltem Mitleid. »Oh, ich verstehe, wenn du diese Mathilde nicht haben kannst, dann willst du keine, habe ich recht? Sie hat dir das Herz gebrochen, und das kann nun nie wieder heilen.«

»Hör sofort auf damit«, fuhr Roger seinen Freund an.

»Dann geh doch in dein schönes Atelier und mal ein Bild. Es gibt ja genügend Kunden, die sich einen Goulec an die Wand hängen wollen!« Als Michel sah, dass Roger nicht reagierte, fügte er bitter hinzu: »Du vergeudest dein Talent. Und du verrätst deine Ideale.«

»Ich weiß«, sagte Roger matt.

»Wenn du zu etwas nütze sein willst, dann koch uns doch einen Kaffee. Julie musste eben gehen, die Arbeit ...«

»Ich bin ihr im Treppenhaus begegnet.«

»Sie ist eine Seele von Mensch. Ohne sie wäre ich schon krepiert.«

»Was wird aus ihr, wenn du ...«

Michel winkte ab. »Ich werde ihr meine Bilder vermachen. Dann wird sie reich sein!« Er lachte meckernd.

»Deine Bilder sind gut!«, rief Roger. »Du hast nie besser gemalt. Du hast dein Thema gefunden.«

»Oh, das weiß ich. Aber die anderen wissen es nicht. Und jetzt setz endlich Wasser auf, hier ist es schweinekalt.«

Roger brachte die Sprache nicht mehr darauf, dass er seinem Freund Kohlen liefern lassen könnte. Dudemer hatte jedes Mal, wenn er es angeboten hatte, verächtlich abgelehnt. Er wolle sich nicht von reichen Leuten abhängig machen. Lieber würde er frieren. Nicht einmal ein Bild durfte Roger ihm abkaufen. Dudemers Worte waren wie eine Ohrfeige für ihn gewesen und hatten ihre Freundschaft auf eine harte Probe gestellt. Bis Roger sich eingestanden hatte, dass sein Freund recht hatte. Man sah ja, was aus ihm geworden war, seitdem er sich mit Jeanne eingelassen hatte.

Es war schon früher Nachmittag, als er sein eigenes Atelier betrat. Unten auf der Straße saß wie üblich der Krüppel, der im Krieg beide Beine verloren hatte, und wie üblich ließ

Roger ein paar Münzen in seine Hände gleiten. Die Kriegsversehrten waren weniger geworden in den Straßen von Paris. Roger fragte sich, wo sie wohl geblieben waren. Ob sie aufgegeben hatten? Oder hatte man sie in Asyle gesteckt, weil sie störten?

Er war mit Davout verabredet. Und natürlich kam der ins Atelier. Sein Arbeitsplatz war ein öffentlicher Ort geworden. Roger hasste das, konnte sich aber nicht dagegen wehren.

Das Gespräch mit Davout war kurz und unangenehm.

»Sie malen nicht«, stellte der Galerist mit leiser Stimme fest, nachdem er sich umgesehen hatte. »Sie haben Aufträge zu erfüllen. Ich habe in Sie investiert!«, fügte er hinzu.

»Das war doch wohl eher mein Schwiegervater.«

»Ich bin Ihr Galerist. Ich habe Sie in der Stadt bekannt gemacht. Ich habe einen Namen zu verlieren.«

Ein bisschen zu viel Ich, dachte Roger, sagte aber nichts. Er war zu erschöpft, um zu streiten. »Ich werde die Bilder malen«, sagte er und stand auf, um Davout zur Tür zu geleiten. »Auf Wiedersehen.«

Als er wieder allein war, stellte er sich vor das Bild, an dem er gerade arbeitete, nahm aber nicht einmal einen Pinsel in die Hand. Auf der Staffelei stand eine Ansicht der Seine bei Saint-Germain. Früher hatte er diesen Ausblick geliebt, und er war wieder dorthin gefahren, weil er gehofft hatte, der Ort würde ihm das Motiv für ein Bild schenken. Aber als er auf der Anhöhe gestanden und auf das Wasser gesehen hatte, musste er an den Abend denken, als er Mathilde heimlich beim Schwimmen beobachtet hatte. Wieder war er zu der Erkenntnis gekommen, dass erst durch sie eine Landschaft, ein Motiv, eine Farbe zu leben begannen. Es war zum Verzweifeln, aber er konnte ohne Mathilde nicht malen.

Hinter einer großen, leeren Leinwand, die an der Wand lehnte, hing verborgen das einzige Bild von ihr, das er noch hatte. Er stellte die Leinwand zur Seite und betrachtete es. Es war die kleine Rückenansicht, nur so groß wie ein aufgeschlagenes Buch, die sie nackt und schlafend zeigte. Das Bild hatte er nicht mit in die Ausstellung gegeben, zum Glück, denn sonst wäre es vielleicht wie all die anderen verkauft worden, und ihm wäre nichts mehr von Mathilde geblieben. Er ließ sich auf die Chaiselongue gegenüber dem Bild fallen. Während er Mathilde ansah und daran dachte, wie sie in dieser Nacht erwacht war und sich in ein Laken gewickelt hatte, um zu sehen, was er gemalt hatte, regte sich plötzlich eine ungeheure Sehnsucht in ihm.

Auch an dieser Aktstudie konnte er ablesen, dass Mathilde ihn zu Meisterwerken angeregt hatte. Er hatte das kleine Format schnell hingeworfen, und dennoch war es nahezu perfekt. Aber seit er sie verloren hatten, gelang ihm nichts mehr.

Er hatte ein halbes Dutzend Porträts von Jeanne angefertigt, die im Haus am Boulevard Saint-Germain hingen. Aber ihnen fehlte die Seele, die Verbindung zwischen Maler und Modell, der Funke, der zwischen ihnen übersprang. Er hatte schon so oft über diese Dinge nachgedacht, hatte aber nur eines erkannt: Er hatte alle Versprechen, die er sich in den Schützengräben an der Marne gegeben hatte, gebrochen. Er hatte sich ins Unglück gestürzt. Und Mathilde gleich mit.

Mehr als einmal war er versucht gewesen, zu ihr zu fahren, sie aus der Nähe zu beobachten, um zu wissen, wie es ihr ging. Er wollte sicher sein, dass sie ihr Glück gefunden hatte, dass sie einen anderen Mann geheiratet und Kinder hatte. Aber er durfte dieser Versuchung nicht nachgeben. Er hatte ihr genug Leid zugefügt. Und doch: Wenn er sie aus der Ferne sehen würde, würde er sie malen können …

In einem Anfall von plötzlicher rasender Wut griff er nach dem Erstbesten, das ihm in die Hände kam. In diesem Fall war es eine schwere gläserne Karaffe, die auf einem Tischchen neben ihm stand. Er nahm sie und schmetterte sie gegen die Staffelei, auf der die Ansicht von Saint-Germain stand. Der Glaspfropfen sprang ab, Cognac lief über das Bild. Dass die Karaffe heil geblieben war, steigerte seinen Zorn ins

Unermessliche. Mit einem Wutschrei sprang er auf, hob sie vom Boden auf und warf sie gegen die Wand. Diesmal zersplitterte das Glas. Er bückte sich nach einer großen Scherbe und fing an, die Leinwand zu zerschneiden. Kreuz und quer zog er die Scherbe durch den Stoff, bis er in Fetzen herunterhing. Daneben standen zwei kleinere Bilder auf dem Boden. Auch sie wurden Opfer seiner Wut, er schnitt mit der Scherbe hinein und trampelte auf ihnen herum. Er sah sich um auf der Suche nach weiteren Leinwänden, die er zerstören konnte. Er wütete so lange, bis kein Bild mehr unversehrt war bis auf das von Mathilde. Voller Ekel roch er den Geruch von Cognac, vermischt mit Blut. Er betrachtete seine Hände und sah die tiefe Wunde in der Handinnenfläche. Jetzt bemerkte er auch das Klopfen an der Tür. Als er öffnete, stand die Concierge vor ihm. Voller Entsetzen sah sie auf das Chaos im Raum.

»Aber Monsieur! Was haben Sie getan? All die schönen Bilder! Und Sie sind verletzt, lassen Sie mal sehen!«

Ihre Worte brachten ihn wieder zur Besinnung.

»Alles in Ordnung, Madame Guéret. Nur ein kleines Missgeschick.« Er schloss die Tür hinter ihr, dann zog er ein Taschentuch aus der Hosentasche und verband die Hand notdürftig.

Er musste nach Hause. Jeanne gab am Abend eine Gesellschaft, und sie legte großen Wert darauf, dass sie nach außen hin das perfekte Ehepaar gaben.

Jeanne Goulec fühlte sich vom Leben betrogen. Sie hatte einen mittellosen, aber vielversprechenden Maler geheiratet, der gut aussah und sie sexuell erregte. Sie hatte sogar ihren Adelstitel für ihn aufgegeben. Und was bekam sie dafür? Nichts. Sie spürte, dass Roger sich von ihr zurückzog. Sie hasste die Art, wie er sich zwang, nett zu ihr zu sein und sie zu begehren. Aber echtes Begehren sah anders aus, das wusste Jeanne sehr wohl.

Wenn er wenigstens ein richtiger Künstler gewesen wäre,

einer, der die Leute mit seinen Bildern verzauberte oder schockierte. Aber Roger malte auch nicht mehr, und was der Gipfel war: Er gab ihr die Schuld daran. Er sagte es zwar nicht, dafür war er verdammt noch mal zu höflich, aber sie spürte es an seinen Blicken. Jeanne machte das so wütend, dass sie manchmal sogar ihre gute Erziehung vergaß.

Sie wusste genau, wer verantwortlich für ihre unglückliche Ehe war: dieses Fischermädchen aus der Normandie. Ihr Name war nie wieder gefallen, und es gab auch keine Bilder mehr von ihr, denn Jeanne hatte sie aufkaufen und verbrennen lassen. Nichts sollte mehr an diese Frau erinnern. Aber es reichte offensichtlich nicht aus, Bilder von jemandem verschwinden zu lassen. Und wo dieses Machwerk geblieben war, das diese Frau mit den Rosen zeigte, das Bild, das Davout so gelobt hatte, Jeanne wusste es nicht. Bevor sie es an sich hatte bringen können, war es verschwunden gewesen. Roger hatte behauptet, jemand habe es gekauft, aber sie glaubte ihm nicht. Wenn Davout recht hatte, dann hatte Roger es persönlich abgehängt und mitgenommen.

Na ja, sie sagte ihrem Mann ja auch nicht alles. Das mit der angeblichen Fehlgeburt zum Beispiel. Roger hatte sie geheiratet, weil sie ihm vorgelogen hatte, schwanger zu sein. Also musste dieses »Kind« wieder verschwinden. Ein paar Tage in Roquebrune hatten ihr gereicht, um eine Geschichte zu erfinden und hinterher die Leidende zu spielen. Sie hatte nur ein leichtes schlechtes Gewissen gehabt, schließlich hatte Roger sie ja gezwungen, diese Lüge zu erfinden, damit er sie heiratete.

Sie beugte sich vor zum Spiegel, um ihre Lippen nachzuziehen. Sie war bereits fertig angekleidet und trug ein über und über mit Pailletten besticktes Kleid, an dem ein Dutzend Näherinnen tagelang gesessen hatten. Schwer fiel es an ihrem Körper herunter und legte sich eng um ihre Figur. Sie war eine schöne Frau, keine Frage, und Roger sollte sich glücklich schätzen, mit ihr verheiratet zu sein.

Wo er nur wieder blieb? Heute Abend kamen wichtige Geschäftsfreunde ihres Vaters aus London. Gérard de Barry hatte seine geschäftlichen Aktivitäten zunehmend auf England ausgeweitet. Die Verkehrswege wurden immer besser, die Eisenbahn eröffnete ständig neue Linien, London und Paris waren enger zueinandergerückt. Da bot es sich an, Engländern in Paris und Franzosen in London Immobilien anzubieten. Ihr Vater hatte ihr heute Morgen ans Herz gelegt, dass Roger sich von seiner besten Seite zu zeigen habe. Ein Künstler am Tisch belebte die Konversation. Man konnte sich mit ihm schmücken.

Ach, da hörte sie seine Schritte vor ihrem Zimmer. Es klopfte an der Tür. Sie setzte das unverbindliche Lächeln auf, das ihre kleinen weißen Zähne sehen ließ und auf den ersten Blick herzlich wirkte, und drehte sich zu ihm um.

14

Ende Oktober 1922 saß Mathilde vor einem in Moleskin eingeschlagenen großen Rechnungsbuch und überprüfte die Zahlen. Die erste Saison der Pension war zwar zufriedenstellend verlaufen: Die Zimmer waren fast durchweg ausgebucht gewesen, und den Gästen hatte der Aufenthalt gefallen. Mathilde gab nur zu viel Geld für die Bewirtung aus. Sie kochte zu aufwendig und zu viel. Henriette schimpfte mit ihr, als sie erfuhr, dass Mathilde Tournedos und Eisbomben servierte.

»Aber ich habe doch die kleine Eismaschine von Richard bekommen, da muss ich sie doch auch benutzen!«, hatte sie sich verteidigt. Es stimmte, Marie-Anne und ihr Mann hatten ihr eine dieser futuristisch aussehenden Maschinen mitgebracht, mit denen sie Eiscreme herstellen konnte.

Aber im Grunde wusste sie, dass ihre Mutter recht hatte. Im kommenden Jahr würde sie einfachere Gerichte auftischen, nahm sie sich vor, und vielleicht auch die Preise erhöhen. Aber selbst wenn sie sich einschränkte: Was sie durch die Vermietung einnahm, ging für die Verpflegung der Gäste und ihre und Amélies Bedürfnisse dahin. Es blieb nicht viel in der Kasse. Besondere Ausgaben oder Amélies Ausbildung würde sie davon nicht bezahlen können. Zumal sie im Winter kaum auf laufende Einnahmen aus der Vermietung rechnen konnte.

Mathilde seufzte und rechnete noch einmal die langen Zahlenkolonnen nach. Aber sie musste ja nur einen Blick in ihre Haushaltskasse werfen, um zu wissen, dass sie mit dem Inhalt nicht über den Winter kommen würde.

Mathilde hatte gehofft, dass der Unternehmer, der die *Espérance* gebaut hatte, ihr eine Entschädigung zahlen würde. Denn der Verlauf des Unglücks, besonders die Schieflage des Bootes bei Seegang, deutete darauf hin, dass das Boot nicht wirklich seetüchtig gewesen war, als es die Werft verlassen hatte. Es kam zu einer Gerichtsverhandlung, bei der Michel, der Schiffsjunge, zu ihren Gunsten aussagte. Doch bevor ein Urteil gesprochen wurde, ging die Bootswerft Bankrott, und Mathilde und die anderen Witwen gingen leer aus. Für Mathilde war es zwar eine Genugtuung, dass Albert von jeder Schuld am Untergang der *Espérance* freigesprochen wurde, aber sie blieb auf den Kosten für den Rechtsanwalt sitzen. Und das Geld, das sie durch den Verkauf des Hauses eingenommen hatte, hatte sie zum großen Teil für die Einrichtung der Pension ausgegeben.

Und jetzt kam auch noch der Winter, wo nur wenige Gäste kommen würden. Die Sommergäste waren längst abgereist, und die Zimmer standen leer. Mathilde hatte sie gründlich geputzt und überprüft, ob irgendetwas über den Sommer beschädigt worden war. Aber alles war in Ordnung. Ihre Entscheidung, einfache, aber gute Möbel anzuschaffen, war absolut richtig gewesen.

In diesem Jahr war sie zum ersten Mal nicht bei der Apfelernte dabei gewesen. Aber ihre Mutter hatte ihr einen großen Korb mit frisch gepflückten Äpfeln und zwei Krüge mit Apfelmost und Cidre geschickt.

Mathilde erhob sich seufzend von ihrem Schreibtisch und ging in die Küche. Dort schnitt sie einige der Früchte in hauchdünne Scheiben und trocknete sie im Ofen, um sie später in dekorativen Schalen in den Zimmern zu verteilen, von wo aus sie ihren Duft im Haus verströmten. Wie auch immer es mit den Zahlen aussehen mochte, sie würde optimistisch in die Zukunft blicken!

An einem Wochenende Ende November fuhr sie das erste Mal seit ihrem Weggang wieder nach Bonneville. Es war ein trauriger Anlass. Agathe Levasseur, Odiles Mutter, war gestorben.

Mathilde bemerkte, wie die Leute sie und Amélie während des Trauergottesdienstes neugierig musterten. Albert war jetzt seit acht Monaten tot, und sie trug ein Trauerkleid und einen riesigen schwarzen Hut, um die Leute nicht vor den Kopf zu stoßen. In Deauville trug sie häufig auch hellere Farben.

»Was wird mit Agathes Haus passieren?«, flüsterte sie ihrem Vater zu, während sie auf den Einzug des Pfarrers warteten.

»Ich kümmere mich vorläufig um die Kühe und das Schaf. Aber es soll alles verkauft werden. Ihre Söhne sind doch schon lange aus Bonneville weg, und nun auch Odile.« Er wies mit dem Kopf nach vorn. Agathes Söhne lebten in Le Havre und Caen. Odile hatte im letzten Jahr geheiratet und war nach Granville gezogen. Sie saß in der ersten Reihe neben ihren Brüdern und ihrem Mann und hielt einen Säugling auf dem Arm. »Die jungen Leute gehen weg, die paar, die aus dem Krieg zurückgekommen sind. Mit der Austernfischerei ist es vorbei. Damit kann man kein Geld mehr verdienen. Die neuen Reglementierungen der Regierung lassen nichts mehr für uns übrig. Jean-Pierre glaubt immer noch, mit dem neuen Boot könnte er mehr verdienen. Aber es gibt kaum noch Austern vor unserer Küste. Die Engländer kommen mit viel zu schweren Netzen, und nicht nur sie. Damit schleppen sie nicht nur die Austern weg, sondern die Felsen gleich mit. Riesige Brocken brechen sie ab. Wo sollen die Austern denn noch leben?«

Mathilde seufzte. Das hatte es immer schon gegeben: Fischer, die sich nicht an Quoten und Schonzeiten hielten, die unter Deck viel zu engmaschige Netze hatten, die sie auf See auswarfen und damit alles töteten, auch die Jungfische.

Manchmal wurde einer von ihnen erwischt, aber all das änderte nichts daran, dass die Fische und die Austern langsam verschwanden. »Was hat Jean-Pierre denn vor?«

»Er spricht davon, auf Heringsfang vor England zu gehen.«

Mathilde wusste, was das bedeutete. Die Boote von Bonneville waren nicht für die große Fahrt gemacht, es war ein gefährliches Metier. Sie malte sich aus, wie viel Angst ihre Schwester jedes Mal haben würde, wenn Jean-Pierre hinausfuhr.

»Und du, Papa?«

Ihr Vater wandte sich ihr zu, und als er sie verschmitzt anlächelte, erkannte sie in ihm den gleichen alten Charmeur von früher, der mit seinem Witz und seinen grauen Schläfen immer noch die Frauen erfreute. »Um mich musst du dir keine Sorgen machen. Ich gehe manchmal auf Krabbenfang und mache meinen Calvados.«

Nach dem Gottesdienst ging Mathilde mit Amélie an das Grab von Albert. Es war ein leeres Grab, nur ein Name und ein kleines Foto auf einer Steinplatte erinnerten an ihn. Albert selbst ruhte in den Tiefen des Meeres. In derselben Reihe, nur ein paar Grabstellen weiter, lag ihre Schwester Mélanie begraben, neben ihren Großeltern. Bei dem Gedanken an den sinnlosen Tod ihrer Schwester stieg wieder Wut in ihr auf. Sie konnte den Betreibern des Hotels *Normandy* ihre Gleichgültigkeit einfach nicht verzeihen.

Der Friedhof von Bonneville war klein, die Hälfte des von einer Feldsteinmauer umgebenen Areals war dennoch frei. Die meisten Grabsteine zeigten Todesdaten, die vor dem Großen Krieg lagen. Es gab nur wenige frische Grabinschriften. Für die knapp dreißig Männer des Dorfes, die nicht von den Schlachtfeldern heimgekehrt und irgendwo in Massengräbern beigesetzt worden waren, hatte das Dorf eine Gedenktafel am Sockel eines Marianne-Denkmals gestiftet.

Hier standen ihre Namen in Stein gemeißelt. Das Denkmal stand am Ausgang, am höchsten Punkt des Friedhofs, von wo aus man das Meer sehen und hören konnte. Eine rührende Geste der Hinterbliebenen, denn die meisten der Toten waren Fischer gewesen, bevor man sie eingezogen hatte.

Mathilde blieb kurz an dem Denkmal stehen, das erst im letzten Jahr eingeweiht worden war. Sie hatte jeden einzelnen der Männer gekannt. Ihr Lehrer war dabei, vier ihrer Schulkameraden, der Mann von Agathe Levasseur, ihr Onkel François, der Bäcker, der Sohn des Tabakladenbesitzers … Sie legte auch hier eine der dicken Hortensienblüten nieder, die sie aus ihrem Garten in Deauville mitgebracht hatte, und machte sich auf den Weg zur Bushaltestelle. Der letzte Bus ging in wenigen Minuten.

Bienaimé hatte vor dem Friedhof auf sie gewartet und begleitete sie. Er setzte sich Amélie auf die Schultern, die darüber in helle Begeisterungsschreie ausbrach. Mathilde ließ sie machen, sie wusste ja, dass ihre Tochter den Vater vermisste, einen Mann, der stark genug war, um sie durch die Luft zu wirbeln und sich auf die Schultern zu heben.

»Ich bin immer für dich da«, sagte Bienaimé mit seiner rauen Bassstimme zu ihr, als sie auf den Bus warteten.

»Ich weiß«, antwortete sie.

Als sie mit Amélie in der Pension ankam, stand ein Mann mit einem großen Koffer im Garten. Mathilde erschrak, als sie die Staffelei sah, die neben ihm stand. Mein Gott!, dachte sie. Roger ist zurück!

Aber der Mann war nicht Roger. Er hatte zwar Ähnlichkeit mit ihm, weil auch er dunkles Haar hatte, aber er war kleiner als Roger. Er hieß Daniel Molinet, und er suchte ein Zimmer, weil er den Strand von Deauville malen wollte.

»Haben Sie etwas frei?«, fragte er.

Mathilde war immer noch verwirrt und starrte den Mann

an. »Ja, habe ich«, brachte sie schließlich hervor. »Aber heute Abend kann ich Ihnen keine warme Küche mehr anbieten.«

»Aber das macht doch nichts.« Er lächelte sie gewinnend an.

Molinet wollte zwei Wochen bleiben. Er verbrachte seine Tage draußen am Meer, war schweigsam und ernst. Er war älter als Mathilde, sie schätzte ihn auf gut dreißig Jahre. Er strahlte eine große Selbstsicherheit aus, die ihr guttat.

Eines Abends klopfte er an die Küchentür. Mathilde und Amélie saßen gerade am Tisch und wickelten Wolle auf. Schüchtern bat er, sich zu ihnen setzen zu dürfen. »Ich bin schon den ganzen Tag allein, da möchte ich wenigstens am Abend mit jemandem reden.« Mathilde hatte nichts dagegen. Auch ihre Tage waren manchmal lang und einsam.

An den folgenden Abenden setzte er sich wie selbstverständlich zu ihnen. Er zeichnete Tiere und Puppen für Amélie und brachte sie zum Lachen.

Wenn Mathilde dann die Kleine ins Bett gebracht hatte, führten sie noch lange Gespräche. Er war aus Paris und hatte die École des Beaux-Arts abgeschlossen, nachdem er eine Lehre als Goldschmied gemacht hatte. Hier in Deauville wollte er sich den letzten Schliff holen. Er hatte bereits einige seiner Bilder ausstellen können, hoffte aber auf den staatlichen Salon und darauf, dass der französische Staat eines seiner Bilder kaufen würde.

»Das Dumme ist nur, dass ich das Meer gar nicht mag«, sagte er. »Ich mag es nicht, und ich kann es nicht malen. Es spricht nicht zu mir. Ich würde viel lieber Sie oder Amélie malen. Meine Porträts sind richtig gut.«

»Meinetwegen«, sagte Mathilde.

»Sie wären einverstanden?« Er sah sie verblüfft an. »Die meisten Menschen haben eine falsche Vorstellung von der Malerei. Sie glauben, ein Modell sei immer gleich … Verzeihen Sie.«

Mathilde lächelte ihn an.

Am nächsten Tag saß sie Molinet Modell. Was nicht ganz richtig war, denn sie machte sich vielmehr am Herd zu schaffen, während er sie mit einem Rötelstift skizzierte.

»Kennen Sie eigentlich Roger Goulec?«, fragte sie ihn unvermittelt, ohne sich zu ihm umzudrehen.

»Goulec?« Er sah von seinem Blatt auf. »Hab schon von ihm gehört. Ist er nicht mit dieser Frau verheiratet, dieser Jeanne de Barry? Na, der hat ausgesorgt.«

Mathilde wagte kaum weiterzufragen. »Was meinen Sie damit?«

Er lachte in sich hinein. »Sie hat einen unglaublich reichen Vater. Hat er ihm nicht damals diese Ausstellung bei Davout organisiert? Ich selbst war nicht da, ich war zu der Zeit in Rom.«

»Davout?«

»Einer der größten Kunsthändler von Paris. Wen der ausstellt, der hat es geschafft. Wenn ich mich recht erinnere, sind damals alle Bilder verkauft worden, aber unter uns Malern wird gemunkelt, dass de Barry den Großteil der Bilder selbst gekauft hat, um die Preise in die Höhe zu treiben. Der Mann macht aus allem Geld.«

»Und diese Frau, diese Jeanne ...« Jetzt drehte sie sich doch um und trocknete ihre Hände an einem Handtuch ab.

Er sah sie überrascht an. »Warum interessiert Sie das?«

»Nur so. Ich höre gern Klatsch«, sagte sie leichthin, in der Hoffnung, er würde ihr glauben und nicht merken, dass ihr Herz schlug, als wolle es ihr aus der Brust springen.

»Über diese Frau kann ich nicht viel sagen. Ich bin ihr nur ein- oder zweimal begegnet. Sie ist nicht ganz unsere Kragenweite – oder umgekehrt, wie Sie wollen. Sie ist wunderschön, blondes Haar, jung, immer exquisit gekleidet. Wie man halt so ist, wenn man aus einer der reichsten Familien von Paris stammt.«

»Wieso hat sie ausgerechnet einen Maler geheiratet?«

Er zuckte mit den Schultern. »Wo die Liebe hinfällt, was weiß ich. Auf jeden Fall scheint sie nicht gerade seine Muse zu sein. Seit der Ausstellung habe ich von Goulec nichts mehr gesehen. Es heißt, er malt nicht mehr. Hat er ja auch nicht nötig, bei dem finanziellen Hintergrund.«

Mathilde wechselte das Thema. Was sie erfahren hatte, stürzte sie in Verwirrung. Roger sollte nicht mehr malen? Er lebte doch nur für seine Kunst! Sollte er sein Talent tatsächlich für ein Leben in Luxus verkauft haben?

Sie war plötzlich unendlich müde. Sie hängte den kupfernen Topf, den sie gerade poliert hatte, an den Haken über dem Herd und wünschte Molinet eine gute Nacht.

Nach dem ersten Bild malte Molinet ein weiteres, das Mathilde am Webstuhl zeigte, in dem Moment, als sie sich vorbeugte und das Webschiffchen mit Schwung auf die andere Seite stieß. Der Elan der Bewegung war zu spüren, Mathilde hatte auf dem Bild gerötete Wangen, die von der Anstrengung oder der Konzentration herrührten. Eine Strähne ihres dunklen Haars hatte sich aus der Frisur gelöst und leuchtete vor dem Webstück, das schon fast fertig war.

Je länger sie mit Molinet zusammen war, um so weniger konnte Mathilde verhindern, während dieser Stunden an Roger zu denken. Die Situationen glichen sich: sie und ein Mann allein, die gespannte Stille während der Arbeit, das Gefühl, irgendwie zusammenzugehören, gemeinsam etwas Neues, Schönes zu schaffen. Manchmal, spätabends, wenn sie müde wurde, wenn die leisen Geräusche, die der Pinsel auf der Leinwand verursachte, sie zum Träumen brachten, dann glaubte sie sogar, Roger würde ihr gegenübersitzen. Einmal schreckte sie aus einem leichten Schlaf auf, der nur einige Sekunden gedauert hatte, und hätte fast seinen Namen gesagt.

Als sie wieder bei sich war, fühlte sie Molinets Blick auf sich ruhen, auf eine Art, die nichts mit Malerei zu tun hatte.

Er lächelte sie an, wobei er einen Mundwinkel mehr hochzog als den anderen. Sie las in seinen Augen etwas, das sie für Neugierde oder auch Verlangen hielt.

Am nächsten Morgen fragte er sie, ob er das Zimmer eine weitere Woche haben dürfe. »Ich habe nachgedacht. Ich möchte Sie am Strand malen. Dann gelingt es mir vielleicht, das Meer zu bannen. Sie stehen mit dem Rücken zum Betrachter und sehen auf das Meer hinaus, als würden Sie auf Ihren Geliebten warten, der nicht zurückkommt. Allerdings kann ich für das Zimmer nicht bezahlen. Ich biete Ihnen ein Porträt von Amélie dafür.« Er hatte sehr schnell gesprochen, so als habe er Angst, sie würde ablehnen.

»Einverstanden«, sagte sie nur.

Er machte einen Schritt auf sie zu und verharrte dann in seiner Bewegung. »Sie sind eine ganz wunderbare Frau, wissen Sie das eigentlich?«, sagte er, und seine Stimme hatte auf einmal einen samtenen Klang.

An Amélies Porträt arbeitete er abends. Er hatte dem Mädchen so oft gegenübergesessen und sich sein Gesicht eingeprägt, dass er nur ein paar schnelle Skizzen benötigte, die er abends auf die Leinwand übertrug. Jeden Morgen galt Amélies erster Blick den Fortschritten, die ihr Bild seit dem vergangenen Abend gemacht hatte. Molinet zeigte sie auf einem hohen Lehnstuhl sitzend, eine Puppe im Arm. Mathilde liebte das Bild, weil Amélie in ihrem weißen Rüschenkleid mit ihren kurzen Beinen, die nicht bis auf den Boden reichten, so verletzlich und klein aussah. Der neugierige, prüfende Blick, mit dem sie den Betrachter aus ihren Kinderaugen ansah, ließ sie aber gleichzeitig ernst wirken. Als das Gemälde fertig war, hängte sie es im Wohnzimmer auf.

Mathilde engagierte ein Nachbarsmädchen, das Amélie stundenweise beaufsichtigte, wenn sie mit Molinet an den Strand von Deauville ging, damit er sie malen konnte. Amélie hätte sich gelangweilt, und das Wetter war eigentlich zu kalt, um im Freien herumzustehen. Mathilde freute sich dennoch auf die Stunden mit Molinet.

An seinem letzten Abend in Deauville saßen sie und Molinet wie üblich in der Küche, und er malte die letzten Striche an dem Bild, das sie am Meer zeigte.

»Und? Sind Sie zufrieden?«, fragte Mathilde.

»Das kommt darauf an. Wenn Sie es sind.«

Mathilde stand auf und ging zu ihm hinüber. Ohne es zu bemerken, legte sie ihm die Hand auf die Schulter, um besser sehen zu können. »Es ist gelungen. Diese Wellen kenne ich. Sie rollen kurz aus, sie sehen harmlos aus, weil sie nicht hoch sind und keine Schaumkrone tragen, aber sie reißen alles mit sich.«

»Und wie finden Sie sich selbst auf dem Bild?«

»Sehe ich wirklich so melancholisch aus?«

Er drehte sich zu ihr um, und plötzlich war er ihr so nah, dass ihr Haar seine Wange berührte.

»Mathilde«, sagte er, »in Ihrem Leben fehlt doch etwas. Sie sind eine so schöne Frau, und Sie leben allein.«

»Ich habe Amélie«, gab sie zurück.

»Das meine ich nicht, und das wissen Sie genau.« Er brachte sein Gesicht noch dichter vor ihres, und dann küsste er sie. Sein Mund streifte ganz sanft über ihre Lippen, aber nur ganz kurz. Er wartete, wie sie reagieren würde, dann küsste er sie erneut, und sein Kuss wurde fordernder. Vielleicht hätte Mathilde es bei diesem noch harmlosen Kuss belassen, aber er legte seine Hand in ihren Nacken und sie nahm den Geruch von Ölfarbe wahr. Plötzlich war die Erinnerung an die Nächte mit Roger wieder da, als wäre es gestern gewesen. Ein brennendes, pulsierendes Verlangen brach sich in ihr Bahn. Sie konnte und wollte dieses köstliche Gefühl, das ihr Körper so lange vermisst hatte, nicht wegschieben. Sie öffnete ihre Lippen und erwiderte Molinets Zärtlichkeiten.

Sie ließ sich von ihm in ihr Schlafzimmer führen. Als er ihre Brüste streichelte, stöhnte sie auf. Sie hatte nicht gewusst, wie groß ihr Verlangen nach der körperlichen Liebe war, wie sehr sie das vermisst hatte. Sie ließ nur einen einzigen anderen Gedanken zu.

»Ich darf nicht schwanger werden.«

»Ich passe auf, ich habe Erfahrung«, flüsterte er. Dann küsste er sie wieder. Er öffnete mit geschickten Fingern die Knöpfe ihrer Bluse und ließ seine Lippen über ihre Brüste gleiten. Mathilde gab jeden Widerstand auf.

In dieser Nacht liebten sie sich mehrere Male. Kaum hatten sie voneinander abgelassen, erwachte die Leidenschaft in ihnen von Neuem. Mathilde war wie in einem Rausch. Molinets kenntnisreiche Hände und seine gemurmelten Komplimente erweckten ihren Körper wieder zum Leben. Sie hatte die intensiven Gefühle vergessen, die die Liebe in einer Frau wachrufen können. Sie stöhnte und wand sich, sie zog ihn an sich und presste ihren Körper an seinen, bis sie beide völlig erschöpft in tiefen Schlaf fielen.

Am nächsten Morgen erwachte sie mit einem Lächeln auf den Lippen. Der Platz neben ihr im Bett war leer. Molinet musste noch in der Nacht in sein eigenes Zimmer gegangen sein. Sie war ihm dankbar für diese Rücksichtnahme. Sie streckte sich wie eine Katze und stand dann auf, um Wasser in die Waschschüssel zu gießen. Während sie sich wusch, blickte sie in den Spiegel. In ihren Augen lag ein Glanz, der lange verschwunden gewesen war. Sie fuhr mit dem nassen Schwamm über ihre Oberarme und die Brüste. Sie fühlte das feste Fleisch, die glatte Haut. Sie hatte ganz vergessen, dass sie einen jungen, schönen Körper hatte. Dass er sie daran erinnert hatte, dafür war sie Molinet dankbar. Er hatte ihre körperlichen Bedürfnisse befriedigt, und wenn sie daran dachte, spürte sie wieder dieses Pochen zwischen ihren Schenkeln. Aber mehr war es nicht gewesen. Daniel Molinet hatte nicht ihr Herz berührt. Diese Erkenntnis ernüchterte sie ein wenig, aber dann dachte sie, dass sie das auch nicht erwartet hatte. Das, was in der vergangenen Nacht geschehen war, hatte nichts mit Liebe zu tun. Sie trocknete sich ab und steckte ihr Haar im Nacken zusammen. Dabei kicherte sie in sich hinein. Nie durfte sie jemandem erzählen, was sie in dieser Nacht getan hatte. Hatte sie jetzt etwa das, was man eine Affäre nannte? War sie eine von diesen Frauen, über die hinter vorgehaltener Hand geredet wurde und die in der Kirche immer ganz hinten saßen?

Und wenn schon, sie war eine verwitwete Frau. Sie tat niemandem weh.

In der Küche wartete Molinet auf sie. Er kam mit einem zärtlichen Blick auf sie zu.

»Mathilde …«, begann er.

Mathilde legte ihm den Finger auf die Lippen. Sie wollte nicht, dass er etwas sagte, das er hinterher bereute.

»Bitte sag nichts. Die letzte Nacht war wunderbar, und ich danke dir. Aber sie verpflichtet keinen von uns beiden zu irgendetwas.«

Das Lächeln in seinem Gesicht gefror. Er stand einen Augenblick reglos da, dann hatte er sich gefasst.

»Da ist ein anderer Mann, habe ich recht?«

Mathilde schwieg, bis Molinet mühsam sagte: »Ich respektiere deine Entscheidung.« Er räusperte sich. »Ich werde warten, in der Hoffnung, dass du dich anders entscheidest. Aber lass mich dein Freund sein. Wann immer du Hilfe brauchst, wende dich an mich.« Er lachte. »Aber wahrscheinlich wirst du nie in diese Situation kommen.«

Er nahm sie kurz in den Arm, und diesmal fehlte der Umarmung jede Erotik. Es tat Mathilde einfach nur gut, sich an ihn zu lehnen.

Er reiste noch am selben Tag ab. Doch zwei Wochen später standen zwei andere Maler vor ihrer Tür. Molinet hatte sie geschickt. Natürlich bekamen sie ein Zimmer bei Mathilde.

Im neuen Jahr kam unerwarteter Besuch. Als es an der Tür klopfte und Mathilde öffnen ging, stand Lucie Fichet vor ihr. Die beiden Frauen sahen sich verblüfft an.

»Sie sind das!«, riefen sie beinahe gleichzeitig.

»Ich wusste nicht, dass Sie jetzt eine Pension haben! Ich habe am Bahnhof nach einem Zimmer gefragt, und man hat mich hierher geschickt.«

»Wahrscheinlich hat derjeinige gedacht, noch eine von diesen seltsamen Frauen«, gab Mathilde lachend zurück.

Lucie hatte ihr exzentrisches Aussehen seit ihrem ersten Treffen weiter gepflegt und trug weite Hosen und derbe Schuhe, die eher wie für Männer gemacht aussahen. Dazu hatte sie sich die Haare kurz über dem Ohrläppchen abschneiden lassen. Aus der Ferne konnte man sie wirklich für einen Mann halten. Mit einer dunkelroten Reisetasche stand sie vor Mathilde.

»Wollen Sie mich weiter anstarren, oder darf ich reinkommen? Es regnet.«

Mathilde machte einen Schritt zur Seite. »Ich bin nur so froh, Sie zu sehen. Ich habe oft an Sie gedacht.«

Während sie Lucie ins Haus folgte, jagten die Gedanken in ihrem Kopf hin und her. Sie hatte Lucie über Roger kennengelernt. Sie war eine Verbindung zu ihm. Ihr Bruder war mit ihm befreundet. Ein unangenehmes Kribbeln machte sich in ihr breit. Sie war froh, dass Amélie nach dem gemeinsam verbrachten Jahreswechsel für ein paar Tage bei Henriette und Georges in Bonneville geblieben war. Schließlich wusste Lucie weder von ihr noch von ihrer Ehe mit Albert, und sie hatte keine Lust, Erklärungen abzugeben.

Lucie folgte ihr ohne Umschweife in die Küche und setzte sich zu Mathilde, die gerade dabei gewesen war, das Abendessen zu machen. Sie nahm ein Päckchen Gauloises aus ihrer Tasche und hielt es Mathilde hin.

Die lehnte ganz automatisch ab, aber als sie Lucies amüsierten Blick sah, überlegte sie es sich anders.

»Na also«, kommentierte Lucie. »Immerhin sehe ich hier weder einen Mann noch einen Vater, der Ihnen Vorschriften machen könnte.« Sie beugte sich vor und raunte ihr zu: »Das sollten Sie ausnutzen.«

»Ich weiß gar nicht, wie das geht«, sagte Mathilde und blickte auf die Zigarette in ihrer Hand.

»Einfach einatmen.«

Mathilde tat es und bekam einen Hustenanfall, der Lucie zum Lachen brachte. Dann spürte sie ein Schwindelgefühl, das sie ganz wunderbar fand. Der zweite Zug ging schon besser. Sie zupfte mit Daumen und kleinem Finger einen Tabakkrümel von ihrer Lippe, wie sie es bei Lucie gesehen hatte.

Lucie sah sich um. »Gemütlich haben Sie es hier. Ich nehme an, die Stoffe sind von Ihnen?« Damit wies sie auf die Vorhänge an den Fenstern.

Mathilde fiel wieder ein, dass auch Lucie webte und dass sie sich damals darüber unterhalten hatten. »Ja. Sobald ich Zeit finde, webe ich. Ich habe die ganze Pension eingerichtet, und manchmal verkaufe ich sogar ein Stück. Es ist viel passiert, seit wir uns das letzte Mal gesehen haben«, meinte sie nach einer Pause vorsichtig.

»Das kann man wohl sagen.«

»Was tun Sie hier in Deauville?«

»Paris geht mir auf die Nerven. Ich will mir hier den Wind um die Nase wehen lassen und neue Ideen sammeln.«

Mathilde nickte. »Ist schon komisch. Diese Küste scheint viele Menschen zu inspirieren.« Ihre Gedanken gingen zu Roger, und sie wurde traurig. Sie musste plötzlich trocken schlucken und drückte die Zigarette aus.

»Bleiben Sie länger?«

»Hm, ein paar Tage vielleicht. Haben Sie denn überhaupt ein freies Zimmer?«

Mathilde lächelte und nickte. »Und für Sie natürlich das schönste.«

Die nächsten Tage waren wie Ferien für Mathilde. Genau wie bei ihrem ersten Treffen schlug Lucie sie auch diesmal in ihren Bann. Je länger Mathilde mit ihr zusammen war, umso mehr mochte sie die resolute, selbstbewusste Frau. Ihre Unabhängigkeit, ihre merkwürdige Art, sich zu kleiden, der Mut, mit dem sie tat, was sie wollte und was sie für richtig hielt, ihre Ablehnung aller Konventionen für Frauen faszinierten sie. Mathilde würde nie so sein können wie Lucie, das wollte sie auch gar nicht, aber sie sah sie als Vorbild, und es machte ihr Spaß zu sehen, welche Möglichkeiten sie haben könnte. Am meisten mochte sie an Lucie, dass sie mit ihr über alles reden konnte – oder wenigstens über fast alles. Mit ihrer Schwester Pauline ging das nicht. Sie tat sofort peinlich berührt, wenn Mathilde ein unpassendes Thema anschnitt. Lucie kannte diese Einschränkungen in der Konversation nicht, die bei den Mädchen als gute Erziehung galten.

Lucie fand auch endlich die richtigen Worte für die unermessliche Wut und Trauer, die Mathilde seit dem Tod ihrer Schwester empfand. Am zweiten Tag ihres Aufenthaltes wollte Lucie sie in das Hotel *Normandy* zum Tee einladen, doch Mathilde lehnte geradezu panisch ab.

»Ich kann dieses Haus nicht betreten«, sagte sie, während ihr die Tränen in die Augen stiegen.

»Wieso? Das müssen Sie mir erklären«, verlangte Lucie.

Mathilde erzählte ihr von Mélanie und dass sie noch hätte leben können, wenn man dort mehr auf sie geachtet hätte. Sie erwähnte auch das Entlassungsschreiben, das die Familie nach Mélanies Tod erhalten hatte.

»Die kleinen Leute zählen nicht, wenn es ums Geldverdienen geht. Und Frauen noch weniger. Wir zahlen doch immer die Zeche.« Mit dieser einfachen Feststellung sprach Lucie eine bittere Wahrheit aus, die Mathilde einerseits erschütterte, die ihr andererseits aber auch Trost gab. Nach diesem Gespräch fühlte sie sich als ihre Freundin. Fortan duzten sie sich, was die Gespräche noch leichter machte.

Lucie öffnete ihr die Augen für viele Dinge, über die sie vorher nicht nachgedacht hatte. Sie war die Erste, die Mathilde als erwachsenen Menschen betrachtete, der nur für sich selbst verantwortlich war. Nie hätte sie ihr ungebeten Ratschläge gegeben. Mathilde beobachtete alles, was Lucie tat, mit großer Neugierde, manchmal allerdings auch mit amüsiertem Befremden.

Lucie stellte sich zum Beispiel jeden Morgen, auch jetzt im Winter, wo es neblig und nass war, in den Garten der Pension und machte Rumpfbeugen und windmühlenartige Armbewegungen.

»Komm, das wird dir guttun!«, rief sie.

»Um Gottes willen«, wehrte Mathilde ab.

»Genau, was sollen denn die Leute denken!«, rief Lucie und lachte übermütig.

Nach dem Frühstück machte Lucie Fichet lange Spaziergänge am Meer, und manchmal begleitete Mathilde sie. Sie sprachen dann über Gott und die Welt, über Politik und Kunst. Lucie schien sich für jedes Thema zu interessieren und hatte sich zu allem eine eigene Meinung gebildet. Die sie wortgewandt und unerschrocken verteidigte. Sie engagierte sich in der Frauenbewegung und kannte einige der englischen Suffragetten, die für die Gleichbehandlung der Frauen sogar ins Gefängnis gegangen waren und einen Hungerstreik auf sich genommen hatten. Sie erzählte von Rosa Luxemburg, die vor einigen Jahren in Berlin von Soldaten ermordet und in einen Kanal geworfen worden war. Als sie erwähnte, dass in Deutschland die Frauen nach dem Großen Krieg das Wahlrecht bekommen hatten, staunte Mathilde.

»Frauen dürfen in anderen Ländern wählen? Genau wie die Männer? Ich bin immer davon ausgegangen, dass es überall so ist wie in Frankreich! Woher weißt du nur all diese Dinge?«, fragte sie.

»Warum weißt du solche Dinge nicht, das ist doch die

Frage. Sie gehen dich schließlich direkt an. Aber es liegt im Interesse der Mächtigen, uns dumm und unwissend zu halten.«

»Steht das in den Zeitungen, die du liest? In diesem *Populaire?*«

Lucie nickte. »Der *Populaire* ist die Zeitung der Sozialisten.«

»Und gehst du etwa auch zu diesen politischen Versammlungen?«

»Na, irgendjemand muss doch hingehen!« Lucie lachte.

»Wünschst du dir nicht doch manchmal einen Mann an deiner Seite?«, fragte Mathilde einmal.

Lucie platzte fast vor Lachen. »Einen Mann? Wenn schon, dann eine Frau.«

»Eine Frau? Wie … meinst du das?« Mathilde stotterte, so peinlich war ihr das.

Aber Lucie fand überhaupt nichts dabei.

Abends saßen sie in Mathildes Küche am Webstuhl. Lucie war im Jahr zuvor für einige Wochen in Weimar gewesen und hatte dort einen Kurs an der Webschule des Bauhauses besucht. Sie berichtete Mathilde in allen Einzelheiten von dem, was sie dort gelernt und gesehen hatte, und zeichnete aus dem Gedächtnis Muster für Teppiche und Wandbehänge, die sich aus geometrischen Figuren zusammensetzten. Am nächsten Tag kaufte sie Pinsel und Farben und kolorierte die Blätter mit Tuschefarben. Mathilde war von der Klarheit ihrer Strukturen beeindruckt. Sie nahm ein Blatt und drehte es auf den Kopf.

»So sieht es aus wie die Silhouette einer Stadt«, sagte sie und zeigte auf Formen, die einzelne Häuser und Wege andeuteten. »Warte, ich zeige dir etwas.«

Mathilde stand auf und ging zu einer Truhe, aus der sie einen quadratischen Wandbehang nahm, den sie Lucie hinhielt.

»Das sind Muscheln. Was für eine schöne Idee!«, rief sie aus.

Das Stück war aus unregelmäßig gesponnener Schafwolle gefertigt und ganz in Blau- und Gelbtönen gehalten, und mit den unregelmäßig eingewebten Muscheln sah er aus wie das perfekte Souvenir vom Meer.

»Gefällt es dir?«, fragte Mathilde.

»Es ist wunderschön.« Sie hielt den Stoff an ihre Nase und sog den Duft ein. »Er riecht sogar nach Meer.«

»Ich schenke es dir.«

Lucie stand auf und umarmte sie. »Vielen Dank. Ich werde das in Paris einigen Leuten zeigen. Mal sehen, was die davon halten. Vielleicht solltest du daran denken, einen zweiten Geschäftszweig zu eröffnen.«

Am folgenden Tag, am 11. Januar 1923, kam Lucie ganz aufgeregt aus der Stadt zurück. Sie wedelte mit dem *Populaire* und las Mathilde die Nachrichten von der französischen Besetzung des Ruhrgebietes vor. Sechzigtausend französische Soldaten waren dort einmarschiert, um die Einhaltung der Reparationszahlungen, die Deutschland nach den Bestimmungen des Versailler Vertrages leisten musste, zu garantieren. Es gab Gerüchte über Straßenschlachten, Schikanen, Verwundete und Tote. In Frankreich ging die Angst vor einem neuen Krieg um.

Auch Mathilde wurde von dieser Unruhe ergriffen. Sie wollte Amélie bei sich haben, die immer noch bei ihren Eltern in Bonneville war.

»Willst du mich nicht begleiten? Ich hole meine Tochter bei ihren Großeltern ab.«

Lucie sah sie fassungslos an. »Du hast eine Tochter?«

Mathilde nickte.

Sie nahmen den Mittagsbus und standen eine Stunde später vor Mathildes Elternhaus in Bonneville. Nach einem kurzen Mittagessen machten sie sich wieder auf den Weg.

Amélie war aufgedreht und redete während der Rückfahrt beinahe ununterbrochen. So fiel Mathilde nicht auf, dass Lucie kaum ein Wort sagte. Am Abend, als Amélie im Bett lag, setzte sie sich Mathilde gegenüber und zündete sich eine Zigarette an.

»Sie ist Roger Goulecs Tochter. Das sieht ein Blinder«, sagte sie.

Mathilde wurde über und über rot. »Ich habe mir gedacht, dass du es bemerken würdest. Sie sieht ihm so ähnlich.«

»Warum hat er dich nicht geheiratet? Warum kümmert er sich nicht um Amélie?«

Mathildes Stimme war kaum zu hören, als sie antwortete. »Als er damals nach Paris zurückgefahren ist, wusste ich noch nicht, dass ich schwanger war. Ich habe es ihm einige Wochen später geschrieben. Aber als Antwort habe ich einen Brief erhalten, dass diese andere Frau ein Kind von ihm erwartet und er es als seine Pflicht ansieht, sie zu heiraten.«

Lucie stieß heftig den Rauch ihrer Zigarette aus. »Warum sie? Warum nicht dich?«

Mathilde schüttelte den Kopf.

»Warum verteidigst du ihn? Liebst du ihn etwa immer noch?«

Sie erhielt keine Antwort.

»Meine Güte, was musst du durchgemacht haben ...« Lucie griff nach Mathildes Hand.

Es war, als würde in Mathilde ein Damm brechen. Sie erzählte Lucie alles, von ihrer Verzweiflung, von ihrer Ehe mit Albert Pennickx und von seinem Tod. Es war das erste Mal, dass sie über all das sprechen konnte. »Albert ist der Mann, für den ich mich entschieden habe, als ich schwanger war. Dieser Mann wird er immer bleiben. Ich bin ihm dankbar für alles, was er für mich und Amélie getan hat. Aber ich habe ihn nie geliebt. Lieben tue ich allein Roger. Meine Gefühle für ihn sind wie eine offene Wunde, die sich nicht schließen lässt.«

»Wie gut, dass du dich entschlossen hast, hier in Deauville ein neues Leben anzufangen«, sagte Lucie, als sie geendet hatte. »Das war mutig von dir.«

Mathilde lächelte bitter. »Glaub mir, ein Leben als Witwe in einem kleinen Dorf ist kein Zuckerschlecken. Ein Leben als alleinstehende Frau aber auch nicht. Aber was hätte ich denn sonst tun sollen? Ich musste mein Leben in die Hand nehmen und etwas wagen. Mehr als einmal bin ich an meine Grenzen geraten. Und mehr als einmal musste ich um Hilfe bitten, um voranzukommen. Wenn ich nur daran denke, mit welchen Schwierigkeiten ich zu kämpfen hatte, um den Mietvertrag für dieses Haus zu bekommen.« Sie musste plötzlich befreit auflachen. »Aber es hat auch Spaß gemacht, Erfolg zu haben. Alles andere wäre doch nur langweilig gewesen. Das wäre nicht ich gewesen.«

»Aber es ist doch erstaunlich, dass du hier wieder mit Malern zu tun hast. Stell dir nur vor, Roger würde plötzlich hier auftauchen ...«

»Nein!«, rief Mathilde aus. Sie sackte in sich zusammen, von der Fröhlichkeit, die sie eben noch in sich gehabt hatte, war nichts mehr zu spüren. Ihre Stimme war nur noch ein Flüstern, als sie sagte: »Ich will ihn nie mehr wiedersehen! Ich habe gerade ein wenig Frieden gefunden. Und du wirst ihm auf keinen Fall sagen, dass du mich gesehen hast, das musst du mir versprechen!« Sie war so aufgewühlt, dass sie zu weinen anfing.

Lucie nahm sie in die Arme, um sie zu trösten. »Von mir erfährt niemand etwas, wenn du es nicht willst. Versprochen.«

Zwei Tage später fuhr Lucie wieder nach Paris, und Mathilde blieb traurig zurück. Es hatte so gutgetan, endlich einmal mit jemandem über Roger sprechen zu können. Auf dem Bahnhof verabschiedeten sie sich voneinander.

»Ich habe nachgedacht. Es passt nicht zu Roger, eine Frau

sitzen zu lassen. Bist du sicher, dass er von Amélie weiß? Soll ich nicht doch einmal mit ihm reden?«, fragte Lucie beim Abschied.

Mathilde sah sie lange aus ihren großen dunklen Augen an und dachte nach. Dann senkte sie den Blick und sagte: »Es ist gut so, wie es ist. Eine neue Enttäuschung würde ich nicht ertragen.«

Sie winkte dem Zug nach und ging mit Amélie an der Hand langsam nach Hause. Sie vermisste Lucie jetzt schon. Das Haus war wieder so still ohne sie. Lucie war die Verbindung zu einem früheren Leben gewesen, das für sie voller Möglichkeiten gewesen war. Jetzt war diese Verbindung wieder abgerissen.

Zu Hause stellte sie sich vor den geöffneten großen Wäscheschrank. Er war prall gefüllt mit Handtüchern und Tischdecken aus feinstem Leinen. Sie fuhr über die glänzenden Stoffe, die sich kühl und glatt unter ihren Händen anfühlten. Unten im Schrank lagen die Kissenbezüge und die Vorhänge, die aus dickerer Wolle gewebt waren. Daneben standen aufgerollt die Teppiche und auch einige Wandbehänge. Und in der Küche gab es noch die Truhe mit weiteren Sachen. Sie hatte die langen Wintertage, an denen keine Gäste da waren, beinahe ununterbrochen gewebt, und jetzt hatte sie so viele Stücke beisammen, dass sie kaum noch Platz hatte, um weitere zu lagern. Die Rechnungen für das Material hatten sich summiert, ein Leinenhändler aus Doudeville hatte bereits gemahnt. Sie musste handeln.

Lucie hatte recht mit ihrem Vorschlag, aus den Webarbeiten eine zweite Einnahmequelle zu machen. Insgeheim hatte sie das ja auch immer vorgehabt, und manchmal hatte sie ein Stück verkaufen können. Aber das war immer Zufall gewesen und deckte die Kosten nicht annäherungsweise. Sie musste die Sache professioneller angehen. Sie musste an ihre Zukunft denken. Und an die von Amélie natürlich. Sie musste sich ihre Unabhängigkeit bewahren, damit sie nicht in eine Falle ging wie Mélanie.

Die Gespräche mit Lucie über die Weberei, über diese neue Schule in Deutschland hatten ihr deutlich gemacht, dass mit diesem Handwerk Geld zu verdienen war, man musste es nur richtig angehen.

Sie brauchte eine Idee.

Als sie bei einem Spaziergang durch Deauville auf das neu eröffnete Haushaltswaren- und Wäschegeschäft von Monsieur Parlat stieß, hatte sie sie gefunden.

Auf dem Rückweg kaufte sie in einer plötzlichen Anwandlung den *Populaire* und bat den Zeitungsverkäufer, ihr täglich ein Exemplar zurückzulegen.

Zwei Tage später betrat sie mit einem großen Korb das Geschäft. Der Verkäuferin, die auf sie zueilte, sagte sie, sie wolle Monsieur Parlat sprechen.

»In welcher Angelegenheit?«

»Das ist rein geschäftlich.« Mathilde hatte den Satz zu Hause mehrfach laut ausgesprochen, um ihn bestimmt und ohne jedes Zögern in der Stimme herauszubringen.

Als sie das Geschäft eine knappe Stunde später wieder verließ, war sie in Hochstimmung. Monsieur Parlat hatten ihre Stoffe sehr gefallen, und sie waren übereingekommen, dass er sie in seinem Laden anbieten würde. Er hatte anfangs die Hälfte des Verkaufspreises als Kommission gefordert, doch Mathilde konnte ihn auf vierzig Prozent herunterhandeln. Und sie handelte mit ihm aus, dass ihr Name auf den Etiketten der Handtücher stand.

Nächtelang stickte sie »Mathilde« in zartem Blau in elfenbeinfarbene Leinenbändchen und nähte sie an die Handtücher, die Vorhänge, die Stoffmuster. Diese Arbeit war sehr zeitaufwendig und stand in keinem Verhältnis zum Preis des jeweiligen Webstücks, aber Mathilde wollte, dass ihre Stoffe etwas ganz Besonderes waren, für jede Kundin und für jede

Frau, die ihre Stücke im Haus hatte, unverkennbar von *Mathilde*, ein kleines Stück Luxus. Denn wenn sie eine Chance gegen andere Webereien haben wollte, dann nur so.

15

Roger ging nur noch selten nach Hause. Immer häufiger verbrachte er die Nacht auf der Chaiselongue in seinem Atelier. Tagsüber saß er grübelnd da auf der Suche nach einem Thema, nach Inspiration für ein Bild. Aber er spürte, dass keine Idee kommen würde. Er machte lange Spaziergänge, um sich abzulenken, wobei er das Montmartre-Viertel mied, weil er niemand Bekannten treffen wollte. Wenn er Glück hatte, sah er etwas, das ihn anregte. Das Profil einer Frau, einen Sonnenstrahl, der sich in einem Fenster spiegelte, ein Kind auf einem Balkon. Er eilte dann ins Atelier, um die Szene zu malen. Aber sobald er vor der Leinwand stand, kam ihm das Gesehene leer und nichtssagend vor. Er konnte das Besondere, das er eben noch entdeckt hatte, nicht mehr fassen. Resigniert ließ er den Pinsel sinken.

Er hatte immer alles mit sich allein ausgemacht. Er war es nicht gewohnt, sich Freunden mitzuteilen oder um Rat zu fragen. Er hatte sich in eine Sackgasse manövriert, und er wusste keinen Ausweg. Nach einem vergeudeten Tag, an dem er Stunden vor der leeren Leinwand gestanden hatte, ließ er sich manchmal mit einer Flasche Schnaps nieder und trank, bis er einschlief.

Die letzten Monate voller Selbstzweifel, besonders aber der Alkohol hatten Spuren in Rogers Gesicht hinterlassen. Alles Jugendliche war verschwunden, stattdessen hatten sich scharfe Linien zwischen Mund und Nase eingegraben. Sein Haar war zu lang und fiel ihm in die Augen. Weil er sich oft nicht rasierte, lagen dunkle Schatten auf den Wangen. Mit seinem düsteren, gequälten Aussehen hatte er durchaus Chancen bei den Frauen, die in ihm wahlweise einen Abenteurer oder ein Genie sahen. Aber er passte nicht in die glänzende Welt der de Barrys. Jeanne bestand seit einiger Zeit nicht mehr darauf, dass er sie begleitete. Sie hatte sich eine Geschichte zurechtgelegt: Er sei in einer wilden Schaffensperiode, er nehme sich kaum Zeit zum Essen oder Schlafen, und bald würde er mit einem wahren Meisterwerk aufwarten.

Roger seufzte, als er daran dachte. Gut möglich, dass Jeanne diesen Blödsinn selbst geglaubt hatte, bis sie vor einigen Wochen einmal wieder ihre Schritte in die Rue des Abbesses gesetzt und mit eigenen Augen gesehen hatte, dass er keinen Strich getan hatte. Seitdem bestand sie auch nicht mehr darauf, dass er abends nach Hause kam.

Er lachte bei dem Gedanken grimmig in sich hinein.

Es klopfte, und Fichet trat ein. Er hatte ein strahlendes Lächeln aufgesetzt, doch als er Roger sah, verschwand es aus seinem Gesicht.

»Was ist mit dir los?«, fragte er entsetzt. »Du siehst aus wie ein Landstreicher. Bist du krank?«

Roger schüttelte den Kopf. Schwerfällig stand er auf und ging zu dem Schrank hinüber, in dem er den Schnaps aufbewahrte. Er reichte Fichet ein Glas und schenkte ihm und dann sich selbst fast bis zum Rand voll.

»He, mein Lieber, das ist wohl ein bisschen viel!«, protestierte Fichet.

»Was willst du?«, fragte Roger.

»Sehen, wie es dir geht. Schließlich bist du mein Freund. Und ich will deine neuen Arbeiten sehen.«

Roger lachte auf. »Neue Arbeiten? Gibt's nicht. Das weißt du doch ganz genau!«

»Also stimmt es, was die anderen sagen? Dass du hier herumsitzt und trinkst, mehr, als dir guttut?«

Roger hob sein Glas. »Wenn du es so sehen willst. Haben

die anderen dich geschickt? Warum ausgerechnet dich?« Mit Befriedigung sah er, dass Fichet, der sich immer für seinen besonderen Freund gehalten hatte, verletzt war.

Doch Fichet gab nicht so schnell auf. Er machte einen Schritt auf Roger zu und packte ihn am Arm. »Warum tust du dir das an? Warum malst du nicht?«

»Ich kann nicht.«

»Dann räum die Widerstände aus dem Weg. Weißt du, was deine Frau überall erzählt? Du würdest ein neues Meisterwerk schaffen, etwas, das die Welt noch nicht gesehen hat!«

»Na und? Vielleicht hat sie ja recht. Meine Frau hat meistens recht, weißt du?«

»Du und ein Meisterwerk? Dass ich nicht lache!« Fichet blickte sich um. Es war auf den ersten Blick zu sehen, dass hier schon lange nicht mehr gemalt wurde. Er versuchte es erneut. »Meine Güte, du sollst es ja nicht für sie tun. Sondern für dich. Du kannst doch gar nicht leben, ohne zu malen. Das sieht man dir ja jetzt schon an. Du gehst vor die Hunde.«

»Meine Sache. Und lass mich gefälligst los!« Roger machte einen Schritt nach hinten und schenkte sich ein neues Glas ein. Er hob die Flasche in Fichets Richtung, doch der winkte angewidert ab.

»Sieh dich doch nur um! Du lebst hier in Protz und Luxus, hast es warm und trinkst guten Schnaps. Du kleidest dich wie ein russischer Fürst. Weißt du, was dein Problem ist? Du bist zu satt. Du hast den Hunger verloren, auf das Leben und auf deine Bilder. Stattdessen trägst du seidene Morgenröcke und bemitleidest dich selbst.«

Roger lächelte ihn böse an. »Netter Versuch, mich zu provozieren. Willst du, dass ich mich mit dir schlage? Ich bin stärker als du, selbst in meinem Zustand. Aber ich prügle mich nicht mit dir. ›Nicht satisfaktionsfähig‹, so nannte man das früher. Du kannst mich nicht aus der Ruhe bringen. Und jetzt lass mich allein, ich muss nachdenken.«

»Nachdenken? Kannst du überhaupt noch denken mit deinem benebelten Hirn? Mensch, Roger, komm doch zu dir! Sieh dir Michel an. Dem geht es wirklich schlecht, aber er malt! Und wie er malt, besser als jemals zuvor in seinem Leben. Besser, als du es je können wirst.«

»Okay, das reicht jetzt. Geh endlich!«

»Wenn ich jetzt gehe, dann komme ich nicht wieder.«

»Das ist ein Satz, den normalerweise Frauen sagen. Hau ab!«

Am nächsten Morgen, als die erste Frühlingssonne die Stadt in ein unvergleichliches silbernes Licht tauchte, klopfte in aller Frühe Julie an seine Tür. Mit verweinten Augen berichtete sie, dass Michel Dudemer in der Nacht gestorben war.

»Er hat gemalt, und plötzlich ist ihm der Pinsel aus der Hand gefallen. Ich bin zu ihm gelaufen, und er hat gesagt, wenn ihm etwas passiert, soll ich Ihnen vor allen anderen Bescheid sagen. Dann ist er in meinen Armen gestorben. Ich weiß nicht, was ich jetzt tun soll!«

Mit einem Schlag war Roger wach und nüchtern. Nachdem Julie wieder gegangen war, machte er sich einen starken Kaffee, wusch und rasierte sich sorgfältig. Dann ging er die steile Straße hinauf, die zum Fuß der Basilika Sacré-Cœur führt. Er verwarf den Gedanken, das letzte Stück den Berg hinauf mit der Seilbahn zu fahren. Er brauchte einen klaren Kopf, und da tat ihm Bewegung gut. Er stieg die Treppen hinauf, bis er auf dem Platz vor der Kirche stand, ging links an ihr vorbei und lief über die Place du Tertre. In den Cafés saßen bereits die Maler, und die Näherinnen und Hausmädchen flanierten auf dem Platz vor den Terrassen, um sich als Modelle anzubieten. Sie wussten noch nicht, dass einer der Ihren in der Nacht gestorben war. Hinter der Basilika führte die Straße in einer steilen Kurve wieder hinunter, und bald stand er vor seinem ehemaligen Atelier in der Rue Lamarck, das er einst mit Michel geteilt hatte. Er hatte nicht einmal fünfzehn Minuten für den Weg gebraucht, und doch hatten ihn und seinen Freund Michel am Ende Welten getrennt.

Er betrat den beinahe vier Meter hohen Raum mit dem deckenhohen Fenster, vor dessen einen Flügel ein dunkelgrüner Vorhang gezogen worden war, um das Sonnenlicht auszusperren. So lag die eine Hälfte des Raumes im diffusen Halbdunkel. Michels Bett stand in der Ecke zwischen Fenster und Wand, nah an den Kanonenofen gerückt, der immer viel zu klein gewesen war, um das Atelier zu heizen.

Julie saß auf einem Schemel am Bett, in dem der Tote lag, und weinte. Als sie Roger bemerkte, stand sie auf und machte ihm Platz. Er näherte sich langsam, so als wollte er nicht glauben, dass Dudemer wirklich tot war. Julie hatte ihm die Augen geschlossen und die Hände auf der Brust gefaltet. Er war am Ende so dünn gewesen, dass sich sein Körper kaum unter dem Laken abzeichnete. Das Gesicht war eingefallen, unter den Augen lagen tiefe Schatten. Und doch bildete sich Roger ein, so etwas wie Zufriedenheit in den Zügen zu lesen, als er sich über den toten Freund beugte.

Er setzte sich auf den Schemel, auf dem eben noch Julie gesessen hatte, und sah sich um. Um ihn herum, an den Wänden und auf den Staffeleien, standen Bilder. Es waren Dutzende. Einige waren noch nicht fertig, sie schienen darauf zu warten, dass Dudemer weiter an ihnen arbeitete. Die Pinsel waren nicht ausgewaschen, die Paletten glänzten noch von feuchter Farbe.

»Er hat fast bis zum letzten Atemzug gemalt«, sagte Julie leise, als hätte sie seine Gedanken erraten.

Roger stand auf und ging langsam umher, um die Arbeiten näher zu betrachten.

Dudemers letzte Bilder waren atemberaubend, kraftstrotzend, provozierend und nebenbei handwerklich perfekt.

»So kann nur jemand malen, der den Tod vor Augen hat und dem alles andere egal ist«, hörte Roger sich selbst sagen. Er stand vor einem lebensgroßen Bild, das ein steigendes Pferd zeigte. Das mächtige Geschlechtsteil des Hengstes schien ihm ins Gesicht springen zu wollen.

»Er hat überall Schulden gemacht, um Farben und Leinwände zu kaufen«, flüsterte Julie hinter ihm.

»Und wie steht es mit Verkäufen?«, fragte Roger, aber er wusste die Antwort bereits.

Julie schüttelte den Kopf. »Er konnte sich am Ende nicht mehr darum kümmern.«

Roger erkannte Julies Gesicht auf vielen Bildern. Sie war die elegante Reiterin, die Zuschauerin auf der Rennbahn, einmal die Taschendiebin, die mit listigem Blick einem Mann im Frack die Uhr stahl. Sein Blick fiel auf eine kleinere Leinwand neben dem Kopfende von Michels Bett. Sie zeigte Julie nackt in einer Rückenansicht. Sie kniete in einer großen Waschschüssel und fuhr sich mit einem Schwamm über die Schultern. Rechts und links neben der Wanne hatte Dudemer seine eigenen Bilder wiedergegeben. Roger musste unwillkürlich über diese Idee lächeln. Julie hatte seinen Blick bemerkt.

»So hatte er mich immer um sich, auch wenn ich nicht da war«, sagte sie traurig.

Plötzlich musste Roger an Mathilde denken. Julie musste für Dudemer das gewesen sein, was Mathilde für ihn gewesen war. Geliebte, Muse, Gefährtin. Er war sich plötzlich sicher, dass sein Freund ohne die Hilfe dieser kleinen Näherin niemals so lange durchgehalten hätte, um seine grandiosen Bilder zu malen.

Ihm fiel auf, dass auf einigen Bildern neben Julie ein kleiner Junge zu sehen war, der sich noch unsicher auf den Beinen hielt. Er konnte höchstens zwei Jahre alt sein.

»Wer ist der Junge?«, fragte er.

Julie sah ihn aus ihren großen grünen Augen an und sagte leise: »Das ist Benoît, sein Sohn.«

»Michel hat nie etwas gesagt«, sagte Roger.

»Warum sollte er?«, entgegnete sie. »Würden Sie es tun?«

Roger antwortete nicht auf die Frage. »Hat er für euch beide gesorgt?« Er wies mit einer Kopfbewegung in Richtung des Bettes. Als Julie schwieg, wusste er Bescheid.

»Wer kümmert sich um die Beerdigung?«

Julie sah ihn fragend an. »Er hat einen Bruder in Nantes. Er hatte keinen Kontakt zu ihm. Ich werde ihn benachrichtigen«, sagte sie dann zögernd.

»Und was wird damit?« Roger sah sich um und machte eine Armbewegung, die das Atelier und die Bilder umfasste.

Julie zuckte mit den Schultern. »Ich weiß es nicht.«

Roger traf zum ersten Mal seit Langem wieder eine Entscheidung. Er legte Julie die Hand auf den Arm. »Überlass das mir. Ich kümmere mich um alles. Auch um die Beerdigung.«

Obwohl es eine traurige Aufgabe war, tat sie Roger gut. Er war entschlossen, seinem besten Freund eine würdige Bestattung zu organisieren und sein Werk zu ehren. Er engagierte ein alteingesessenes Beerdigungsunternehmen vom Montmartre und mietete einen Salon in Michels Lieblingscafé auf der Place du Tertre. Er wusste, es hätte Michel gefallen, wenn man hier ein letztes Mal auf ihn trank.

Er holte Louis Dudemer, Michels Bruder, vom Zug ab. Er war mindestens zwanzig Jahre älter und herzlich unsympathisch. Auf der Fahrt ins Atelier informierte er ihn kurz über alles. Louis gab sich keine Mühe, seine Verachtung für Julie zu verbergen. Er wünschte keinen Kontakt mit ihr, auch nicht mit ihrem Sohn. Er machte keinen Hehl daraus, was er von Frauen hielt, die ein uneheliches Kind hatten. Auch wenn es das Kind des eigenen Bruders war. Roger war anfangs verbindlich und höflich gewesen, aber Louis hatte ihn mehr als einmal vor den Kopf gestoßen.

»Ich missbillige diesen Lebenswandel auf das Schärfste«, sagte Louis, »und für diese sogenannte Kunst habe ich nichts übrig.«

Roger, auf den dieses Urteil ja auch zutraf, verkniff sich jede Bemerkung. Als Louis die Bilder sah, gab er sich keine Mühe, seinen Widerwillen zu verbergen.

»Abscheulich«, lautete sein Urteil. Als er den steigenden Hengst sah, befürchtete Roger, er würde mit seinem Stock auf das Bild einschlagen.

»Dann gehe ich recht in der Annahme, dass Sie keinen Anspruch auf die Werke Ihres Bruders erheben?«

Louis sah ihn mit einem überheblichen Blick an. »An den Bildern nicht, aber am Erlös, sollte wider Erwarten jemand diesen Schund kaufen.«

Roger erlaubte sich eine Widerrede. »Mit Verlaub, die Bilder Ihres Bruders sind etwas ganz Besonderes. Manchmal kommt ein Maler zu früh für seine Zeit. Denken Sie doch nur an van Gogh …«

Der andere ließ ihn nicht ausreden und rief aufgebracht: »Ach ja? Van Gogh? Der sich das Ohr abgeschnitten hat und in geistiger Umnachtung gestorben ist? Womöglich hat der sich auch vorher von einer Näherin mit der Syphilis anstecken lassen!«

Roger gab es auf. Er nahm sich nur vor, die Interessen von Julie und Benoît gegen diesen hartherzigen Mann zu verteidigen. Schließlich hatte sie viel für Michel getan. Julie hatte ihn in den letzten Jahren gepflegt und für ihn gesorgt. Sie hatte Anspruch auf einen Teil seiner Hinterlassenschaft. Aber Louis Dudemer hätte ihr am liebsten verboten, bei der Beerdigung anwesend zu sein.

Zum Begräbnis kamen einstige Käufer von Michels Bildern sowie einige Schuldner. Ebenso Flavius und andere Kunsthändler. Natürlich kamen die Freunde und Kollegen, dazu mehrere von Julies Freundinnen, die wie sie als Modelle arbeiteten. Der Trauerzug bestand aus ungefähr dreißig Personen und dem Hengst, den Dudemer so oft porträtiert hatte. Roger hatte den Besitzer ausfindig gemacht und das Tier für die Trauerfeier ausgeliehen. Das mächtige Tier tänzelte nervös auf dem feuchten Kopfsteinpflaster. Zwischen den hohen Grabbauten klang das Getrappel beinahe bedrohlich.

»Das hätte Michel gefallen«, kicherte Georges Penasse.

Der Weg der Trauerprozession führte am Grab von Edgar Degas vorüber, der 1917 hier begraben worden war. Die Maler unter den Anwesenden gedachten stumm des großen Kollegen. Und sie sahen es als gutes Zeichen, dass ihr Freund heute unweit von ihm seine letzte Ruhestätte finden sollte.

Während er am offenen Grab stand, musterte Roger Julie. Sie stand etwas entfernt von den Übrigen und trug ihren Sohn auf dem Arm. Er nickte ihr zu. Das hätte Michel am allermeisten gefallen, dachte er.

Beim anschließenden Umtrunk im Café setzte sich Roger zu Flavius, dem Kunsthändler, der wie üblich einen hohen Zylinder trug, sein Markenzeichen.

»Wir müssen seine Bilder ausstellen. Sie sind eine Sensation. Außerdem brauchen Julie und ihr Sohn Unterstützung.«

Flavius neigte sich zu ihm herüber. »Ich finde ja auch, dass du recht hast, aber warum fragst du nicht deinen Schwiegervater?«

»Er hat nichts damit zu tun.«

»Wie man hört, hat er sich geschäftlich übernommen.«

Sofort hatte Roger ein schlechtes Gewissen. Er hatte Jeanne und ihren Vater schon länger nicht gesehen. »Was sagst du da?«

Flavius sah sich um, ob jemand zuhörte, und senkte die Stimme. »Es heißt, er würde seine Gemäldesammlung verkaufen, Stück für Stück. Und neulich sei ihm ein großer Wechsel geplatzt. Er soll sich duelliert haben, als ihn jemand als Gauner bezeichnet hat.«

»Was?«

»Vielleicht sind das alles auch nur Gerüchte. Aber du solltest mal wieder zu Hause vorbeischauen.«

Flavius stand auf, und Roger blieb beunruhigt zurück.

Aus den Augenwinkeln sah er Fichet mit seiner Schwester Lucie, die an einem der Nebentische saßen. Lucie redete auf ihren Bruder ein und sah dabei in Rogers Richtung. In dem allgemeinen Lärm der Anwesenden konnte er nicht hören, was sie sagten, aber er meinte den Namen Mathilde aus ihrer Unterhaltung herauszuhören. Er hob ruckartig den Kopf und fing Fichets Blick auf, in dem er Sensationsgier und Missbilligung las.

Er stand auf und ging zu den beiden hinüber. »Darf ich fragen, worüber ihr redet?«, fragte er. »Ich habe das Gefühl, es geht um mich.«

Lucie stand auf und gab ihm die Hand. Es war ihr anzusehen, dass ihr die Situation unangenehm war. »Wir haben uns lange nicht gesehen«, sagte sie. »Und dies ist wirklich ein trauriger Anlass.«

»Du siehst trotzdem gut aus.«

»Sie kommt ja auch gerade aus Deauville. Die Tage am Meer haben ihr gutgetan«, rief Fichet. Er hatte seinem Freund den Hinauswurf noch nicht verziehen und gab sich keine Mühe, seine Ablehnung zu verbergen.

»Du warst in Deauville?«, entfuhr es Roger. Sein Blick flog zwischen Lucie und Ferdinand hin und her.

»Ja, ich brauchte ein paar Tage Ruhe vor dem Lärm in Paris. Ich fange nächste Woche als Lehrerin an einer Schule an und wollte vorher noch einmal weg«, antwortete Lucie. Ihr Bruder wollte etwas sagen, aber sie unterbrach ihn rasch. »Wir haben über Julie geredet. Das arme Ding. Nun steht sie ganz allein mit ihrem Sohn da.«

Roger sah die beiden misstrauisch an. Er fühlte, dass sie ihm etwas verschwiegen. »Von welcher Mathilde habt ihr gerade gesprochen?«

»Ach, nur eine Freundin. Mathilde Pennickx. Kennst du

sie?«, gab Lucie zurück. Roger konnte sehen, dass sie ihm auswich.

»Sie hat eine kleine Tochter, die demnächst drei Jahre alt wird«, mischte sich Fichet wieder ein, und seine Stimme troff vor Süffisanz.

Roger entging nicht, dass Lucie kreidebleich wurde und ihrem Bruder wütende Blicke zuwarf.

Bevor er die nächste Frage stellen konnte, zupfte Julie an seinem Arm. »Ich gehe jetzt nach Hause.« Sie sah ihn fragend an.

Roger räusperte sich, dann hatte er sich wieder im Griff. »Natürlich«, sagte er, »ich bringe dich.«

Er warf Fichet und Lucie einen fragenden Blick zu, dann folgte er Julie nach draußen.

Auf dem Weg war er schweigsam, voller Unruhe über das, was er eben gehört und gesehen hatte.

In Michels Atelier machte sich Julie daran, ihre Sachen zu packen.

»Wir können hier schließlich nicht bleiben«, sagte sie.

Roger senkte den Kopf. Als er Julie ansah, musste er wieder daran denken, dass Lucie Fichet und ihr Bruder über eine Mathilde gesprochen hatten. Er hatte ein ungutes Gefühl.

»Ich sehe jetzt nach, ob es nicht doch eine Verfügung gibt«, sagte er, um etwas zu tun, und begann, Schubladen aufzuziehen. »Wenn ich an die arrogante Art denke, mit der Michels Bruder hier durch das Atelier stolziert ist, als würde ihm alles gehören, dann dreht sich mir der Magen um.«

Gleich in der obersten Schublade von Michels Schreibtisch fand er, was er gesucht hatte: ein Testament, in dem Michel seine sämtlichen Bilder Julie und seinem Sohn vermachte.

»Ich kann nicht lesen«, sagte sie leise auf seine Frage, wieso sie es nicht selbst bemerkt hatte.

Roger schüttelte den Kopf. »Stell dir vor, es wäre Louis in

die Hände gefallen. Ihm traue ich auch zu, einen Letzten Willen zu unterschlagen.«

Als Julie gegangen war, sah er sich in dem großen Raum um. Die Dämmerung hatte eingesetzt und fiel durch die hohen Fenster. Der Raum wirkte leer und unbewohnt, nachdem Julie ihre Kleidertruhe und ein paar Nippessachen mitgenommen hatte. Ihm war plötzlich kalt. Er meinte die Abwesenheit seines Freundes beinahe körperlich zu spüren und schlang sich die Arme um den Leib.

Michel und er waren über entscheidende Jahre hinweg Freunde gewesen. Gemeinsam hatten sie im Feld gestanden, und damals hatten sie sich geschworen, in vollen Zügen zu leben, sollten sie davonkommen. Michel hatte das getan, bis zum Schluss. Wenn er die Bilder sah, die hier in allen Größen an den Wänden lehnten, dann war er stolz auf seinen Freund. Nun aber war Michel tot, viel zu früh gestorben. Sein Tod kam Roger wie eine Mahnung vor, etwas aus seinem Leben zu machen und sein Talent nicht weiterhin zu vergeuden. Ihm kam die verrückte Idee, Michels Tod könnte für ihn eine Chance sein. Sich neu zu besinnen war er seinem toten Freund schuldig. Er sollte nicht umsonst gestorben sein.

Ganz versunken in seine Gedanken ging er umher, bis er vor einem von Michels Bildern von der Rennbahn im Bois de Boulogne stehen blieb. Er hatte es nicht vollenden können. Er trat bis auf wenige Zentimeter an die Leinwand heran, um zu studieren, wie sein Freund den Pinsel gesetzt hatte. Ohne es richtig zu bemerken, ahmte er die Bewegungen nach. Er griff nach einem der herumliegenden Pinsel und fuhr die Linien nach, bis sich die Bewegung in seinem Handgelenk richtig anfühlte. Dann drückte er die Farben aus den Tuben und vermischte sie auf der Palette, bis er Michels Farbton getroffen hatte, und begann, das Bild weiterzumalen. Ein Schreck durchfuhr ihn, als er gewahr wurde, was er hier tat. Durfte er das? Aber es fühlte sich so richtig an, dass er einfach weitermachte. Es war, als würde sein Freund zu ihm sprechen und ihm die Hand führen. Er kam sich vor wie der Schüler eines großen Meisters, der in seinem Namen ein Werk schuf. Er malte die ganze Nacht hindurch und stand auch noch vor der Leinwand, als am nächsten Mittag die Sonnenstrahlen auf das Bild fielen und ihn zur Besinnung brachten.

Er fühlte sich geläutert, als er einen Schritt zurücktrat und seine Arbeit betrachtete.

Er würde sein Leben ändern und noch einmal von vorn beginnen. Wenn er vielleicht auch nie wieder ein glücklicher Mann sein würde, so würde er zumindest wieder Herr über sein eigenes Leben werden. Er würde wieder malen. Er würde seine Ehe mit Jeanne beenden. Und – diese Erkenntnis stand plötzlich im Raum – er würde nach Bonneville fahren und nach Mathilde sehen.

16

Mathilde seufzte resigniert, als sie den Mann vor der Tür stehen sah. An seinem großen Rucksack, aus dem das Gestänge einer zusammenklappbaren Staffelei ragte, war er unschwer als Maler zu erkennen. Und an seiner abgerissenen Kleidung und dem schüchternen, aber einnehmenden Lächeln konnte sie zweifelsfrei erkennen, dass auch er kein Geld haben würde, um das Zimmer zu bezahlen. Am Ende der ersten Woche würde er ihr noch die Miete geben, in der zweiten würde er um Aufschub bitten, weil er auf eine Anweisung aus Paris warte, in der dritten würde er sie um ein Gespräch bitten und ihr ein Gemälde als Zahlungsmittel anbieten, wenn er nur noch einige Tage bleiben dürfe. Das Licht sei so schön, er sei gerade mitten in einem Bild begriffen, die Landschaft und das Hotel würden ihn so inspirieren …

Mathilde seufzte noch einmal, dann bat sie den jungen Mann herein.

Sobald es nach dem Winter wärmer geworden war, waren unentwegt Gäste aus Paris gekommen. Die Pension war fast immer ausgebucht, denn ihr guter Ruf hatte sich in den Pariser Künstlerkreisen gefestigt.

»Wie sind Sie auf meine Pension gekommen?«, fragte Mathilde manchmal.

»Oh, in den Cafés auf der Place du Tertre hängen Postkarten, die Kollegen von hier geschrieben haben. Sie sind voll des Lobes.«

»*Chez Mathilde*, jeder kennt *Chez Mathilde* bei uns. Mir hat man auf einem Fest von Ihnen erzählt. Da bin ich gekommen! Wir können es uns schließlich nicht leisten, in den großen Hotels abzusteigen, viel zu teuer. Und lange nicht so nett wie bei Ihnen!«

»Der Kollege Soundso hat in einem Brief von Ihrer reizenden kleinen Pension geschwärmt, und von Ihnen auch. Hier findet man einfach beides: eine wundervolle Landschaft voller Motive und eine gemütliche Unterkunft.«

»Ich will einfach unter Kollegen sein, und die kleinen abendlichen Zusammenkünfte mit Gleichgesinnten inspirieren mich.«

So und ähnlich lauteten die Antworten, die Mathilde auf ihre Frage bekam.

Manchmal mischten sich englische Reisende unter die Gäste. Sie wurden von Marie-Anne geschickt, die unter ihren Freunden kräftig für die Pension auf der anderen Seite des Kanals Werbung machte.

Seit dieser Saison hatte Deauville sogar eine neue Sensation: die Planches, eine mehrere Hundert Meter lange Promenade aus nordafrikanischem Hartholz, die direkt am Strand entlangführte und es den Damen erlaubte, am Meer zu flanieren, ohne die Rocksäume und die Schuhe zu beschmutzen. Entlang der Planches waren Bäder und Umkleidekabinen im maurischen Stil errichtet worden, außerdem einige mondäne Cafés. Niemand verließ Deauville, ohne die Planches betreten zu haben. Auf den Planches tummelte sich, wer sehen und gesehen werden wollte. Gesehen werden sollten unter anderem die jungen Frauen, die Coco Chanel hier zur besten Stunde des Tages auf und ab gehen ließ, meistens zu zweit, immer hübsch und immer von Kopf bis Fuß in Chanel gekleidet. Sie trugen bequeme weiße Leinenkleider oder in der Taille geschnürte weite Hosen mit breiten Gürteln und vorn abgerundete Schuhe. Und natürlich schlichte, gut sitzende Hüte mit kleinen Krempen. Eine bessere und vor allem günstigere Werbung konnte es gar nicht geben. Und sie wirkte nicht nur in Deauville, sondern auch in Paris, woher die meisten Gäste kamen und wohin sie ihre Kleiderwünsche mitnahmen.

Die meisten von Mathildes Gästen waren allerdings Maler, von denen ein Großteil ständig in Geldnöten war. Mathilde mochte sie. Schließlich war Roger in einer ähnlichen Situation gewesen, als sie ihn getroffen hatte. Sie waren unkompliziert und bescheiden und hatten auch nichts dagegen, sich ein Zimmer zu teilen. Auf diese Weise wurde die Miete günstiger.

Zu den Einnahmen aus der Pension kamen die Erlöse aus der Zusammenarbeit mit Parlat. In den vergangenen sechs Monaten, seit sie seinen Laden zum ersten Mal betreten hatte, hatte sie ihre gesamte Produktion an ihn geliefert. Ihre Arbeiten schienen den Kundinnen zu gefallen, denn in der letzten Zeit kamen einzelne Sonderaufträge herein. Die Kundinnen wollten Vorhänge in bestimmten Größen oder Kissenbezüge in besonderen Farben oder Mustern. Leider war die Bezahlung nicht gerade üppig, und die Kundinnen waren häufig säumig. Mathilde lebte nicht eben in Saus und Braus, aber es reichte für sie und Amélie.

Die Wände der Pension hingen inzwischen voller Bilder. Das Wohnzimmer reichte schon lange nicht mehr aus, mittlerweile bedeckten die Leinwände auch die Wände im Treppenhaus. Auf vielen war Mathilde zu sehen, auf einigen auch Amélie oder beide gemeinsam. Und dann gab es Szenen vom Meer und vom Strand und einige Bilder vom Pferderennen. Mathilde hängte die Bilder in der Reihenfolge auf, in der man sie ihr schenkte oder als Bezahlung überließ. In ihrem Schlafzimmer gestattete sie sich allerdings nur Bilder vom Meer. Ein halbes Dutzend hatten sich bereits angesammelt, als Amélie eines Tages sagte: »Das ist kein Schlafzimmer mehr, das ist ein Meerzimmer. Du hast es gut. Wenn du in deinem Bett liegst, kannst du dir vorstellen, am Strand zu schlafen.«

Die Bilder waren so unterschiedlich wie ihre Maler. Realistische Szenen hingen neben reinen Farbspielen, monochrome Bilder neben welchen, die vor dick aufgetragenen Farben nur so strotzten, winzige Formate neben großen, durchdachte Kompositionen neben halb fertigen Studien. Mathilde mochte sie fast alle, auch weil sie sie mit den verschiedenen Malern in Verbindung brachte und wusste, unter welchen Umständen sie erschaffen worden waren. Und es waren auch einige dabei, von denen sie ahnte, dass ihre Maler es einmal zu etwas bringen würden.

Zu diesen gehörte zweifellos Caspar Williams. Er war der erste Amerikaner, der in ihre Pension kam. Mathilde mochte ihn vom ersten Augenblick an. Sie hatte noch nie jemanden getroffen, der derart selbstbewusst und fröhlich war. Sie glaubte, alle Amerikaner seien so. Caspar hatte den Sommer zuvor in Giverny in der Nachbarschaft von Monet verbracht. Er verglich Mathilde mit Angélina Baudy, der Besitzerin des gleichnamigen Hotels in Giverny, die anfangs so skeptisch gewesen war, als die ein wenig verwildert aussehenden Männer mit ihren Staffeleien vor der Tür ihres Ausschanks gestanden und um ein Zimmer gebeten hatten. Zuerst hatte sie ihr eigenes Schlafzimmer geräumt, in den folgenden Jahren waren dann zwanzig Zimmer und ein Atelier im Garten entstanden. Jetzt war Caspar nach Deauville gekommen, weil ihm in Giverny zu viele Landsleute waren.

Auch Mathilde war dazu übergegangen, die Remise im Garten zu vermieten. Im Sommer war das möglich, weil man keine Heizung brauchte. Zwei weitere Gäste mit kleinen Ansprüchen und wenig Geld hatten dort Platz. Wenn alle Zimmer mit zwei Mietern belegt waren, konnte sie nun acht Gäste beherbergen.

Und an den Samstagabenden wurde gemeinsam gefeiert. Irgendjemand hatte immer ein Banjo oder ein Akkordeon dabei, im Wohnzimmer wurden die Tische zur Seite gerückt, es wurde gesungen und getanzt.

Mathilde hatte bereits eine weitere Idee: Sie wollte im Hausflur einen Billardtisch aufstellen, wenn sie schon keinen Platz für einen Tennisplatz hatte. Caspar Williams hatte sie auf die Idee gebracht, als er von den Abenden in Giverny berichtete.

Henriette betrachtete das Treiben mit Besorgnis. Sie stellte den Apfelkuchen mit Nachdruck auf den Tisch.

»Albert ist erst seit einem Jahr tot, und du lebst hier mit fremden Männern unter einem Dach. Das hat sich sogar bis Bonneville herumgesprochen.«

Mathilde wandte sich zu ihr um. »Aber Maman, das ist alles ganz harmlos. Die Witwe Maillot hat doch auch Pensionsgäste.«

»Aber sie feiert nicht mit ihnen. Und sie ist keine junge, hübsche Frau. Du musst auch an Amélie denken. Du bist kein gutes Vorbild für sie.«

In diesem Augenblick kam Caspar Williams herein. Dem jungen Mann fiel seine dunkle Lockenpracht ins Gesicht, als er in seinem schwer verständlichen Französisch, das klang, als habe er ein halbes Baguette im Mund, sagte: »Entschuldigen Sie, Madame Mathilde, aber dürfte ich wohl um ein frisches Handtuch bitten?« Er sah Henriette und verbeugte sich schwungvoll. Dann bemerkte er den Kuchen auf dem Tisch. »Meine Verehrung, Madame, und vielen Dank für den besten Apfelkuchen, den ich je genießen durfte.«

Mit diesen Worten war er schon wieder aus der Tür, und Henriette sah ihm verdutzt nach.

Es war, als hätte Henriette mit ihrer Mahnung ein Signal gegeben. Am folgenden Tag stand ein Polizist vor der Tür der Pension und verlangte mit scharfer Stimme Mathilde zu sprechen. Die Nachbarn würden sich beschweren, über

Lärm, Musik und Tanz. Wie es komme, dass sie als alleinstehende Frau Männer beherberge?

»Das macht man so, wenn man ein Hotel führt«, entgegnete Mathilde mit mühsam unterdrücktem Zorn. »Ich muss schließlich von irgendetwas leben.«

Ob sie nicht mit dem Gedanken spiele, wieder zu heiraten, damit ein Mann im Haus sei, damit alles seine Ordnung habe? Der Mann versuchte, einen Blick auf die Gemälde zu werfen, die rechts und links in der kleinen Eingangshalle hingen.

Mathilde dachte an Lucies Worte. Eine Frau allein galt eben nichts. Sie hatte keine Rechte, und die Männer unterstellten ihr gern alles Mögliche. Sie entschloss sich, den Polizisten vorerst nicht weiter zu provozieren, und komplimentierte ihn höflich, aber bestimmt hinaus.

In der dritten Woche malte Caspar Williams ein Bild von ihr. Zu ihrer Überraschung schenkte er es ihr zum Abschied, obwohl er seine Miete pünktlich gezahlt hatte. Mathilde liebte dieses Bild besonders. Es zeigte sie auf einem der Stühle aus Rohrgeflecht am runden Esstisch. Sie hatte dem Betrachter den Rücken zugewandt und las einen Brief (der von Lucie stammte). Über der Lehne des Stuhls lag ein Schultertuch, das sie umgelegt hatte, das aber heruntergerutscht war. Sie trug ein am Rücken weit ausgeschnittenes Kleid, das die weiße Haut ihrer Schulterpartie und den schlanken Hals betonte und ihr etwas sehr Zartes gab. Das Haar war am Hinterkopf zu zwei Schnecken aufgedreht und mit Nadeln festgesteckt, die am Ende mit elfenbeinfarbenen Knoten verziert waren. Sie leuchteten in ihrem dunklen Haar. Neben dem Stuhl auf dem Boden lagen ein aufgeschlagenes Bilderbuch und einige Holzklötzchen – Spielzeug von Amélie. Auf dem Tisch lag eine Decke mit weißen und blauen Quadraten, die sie natürlich selbst gewebt hatte. Eine Tasse Tee und ein Teller mit einem Stück normannischen

Apfelkuchens waren zu sehen. Aber Mathilde schien ganz in die Lektüre des Briefs versunken. Ihre langen Finger hielten ihn beinahe zärtlich.

Das Bild bekam einen Ehrenplatz gegenüber dem Esstisch. Nach *Mathilde mit Rosen* war es ihr Lieblingsbild. Und dieses Bild hatte sie täglich vor Augen, während das andere immer noch auf den Dachboden verbannt blieb.

Im September passierten dann einige Dinge, die sie in Schwierigkeiten brachten.

An einem der letzten wirklich warmen Abende beschloss sie, einen Spaziergang ans Meer zu machen. Oft kam sie nicht dazu, an den Strand zu gehen, dafür hatte sie schlichtweg zu viel zu tun, aber an diesem Tag duftete die Luft so süß, dass sie einen der Mieter bat, auf Amélie zu achten, die bereits schlief, und sich auf den Weg machte. Aber sie kam gar nicht bis ans Meer.

Als sie an der Boutique von Mademoiselle Chanel vorüberging, warf sie wie immer einen Blick in das Schaufenster, um die neuesten Kreationen der Modeschöpferin zu bewundern. Sie träumte schon lange davon, einen der Hüte zu besitzen, aber im Moment war daran leider gar nicht zu denken. Das Geschäft war bereits geschlossen, aber sie konnte drinnen Violette Gardanne sehen, die Verkäuferin, die ihr behilflich gewesen war, den Mietvertrag zu ergattern, und mit der sie seitdem eine lose Bekanntschaft verband. Ihr gegenüber stand eine weitere junge Frau mit rötlichem Haar, das sie zu einem straffen Zopf im Nacken gebunden hatte. Sie trug die Schürze der Zimmermädchen aus dem Hotel *Normandy*. Und sie weinte.

Ohne zu überlegen, betrat Mathilde das Geschäft.

»Kann ich helfen?«, fragte sie.

Das Gesicht der Verkäuferin nahm einen bitteren Zug an. »Véronique ist meine Schwester. Sie arbeitet drüben im Hotel als Zimmermädchen.«

»Ich weiß. Ich kenne diese Schürzen. Meine Schwester hat früher auch dort gearbeitet.«

»Heute Abend hat einer der Oberkellner versucht, Véro zu verführen. Und als sie sich beschwert hat, hat man ihr fristlos gekündigt. Wegen Verleumdung!«

Véronique schluchzte bei diesen Worten laut auf. »Ich durfte nicht einmal meine Sachen mitnehmen.«

Sofort kamen in Mathilde die Erinnerungen an Mélanie hoch, an die Art, wie man im *Normandy* mit ihr umgegangen war.

»Und nun?«

»Überlegen wir, was wir tun sollen«, gab Violette zur Antwort. »Ich kann sie nicht mit zu mir nehmen, das verbietet meine Vermieterin. Aber Véro kann ja schließlich nicht am Strand übernachten.«

Mathilde überlegte keine Sekunde, bevor sie sagte: »Sie kommt mit zu mir. Gerade heute ist ein Zimmer frei geworden, das kann sie erst einmal haben.«

»Aber …?

»Wegen der Miete machen Sie sich keine Sorgen. Ich wollte schon immer mal ein Zimmermädchen haben. Und verstehen Sie zufällig etwas vom Weben?«

Véro, wie auch Mathilde sie bald nannte, blieb. Sie und ihre Schwester stammten aus einer Familie von Austernfischern aus Granville. Ihre Eltern waren an der Spanischen Grippe gestorben. Als sie das winzige Haus und das alte Boot verkauft hatten, blieb gerade genug übrig, um den Arzt und aufgelaufene Schulden zu bezahlen. Sie waren nach Deauville gekommen, weil es hier in den großen Hotels Arbeit gab. Die hübsche, kluge Violette hatte Glück gehabt, als sie in der Chanel-Boutique anfangen konnte. Véronique war ihre jüngere Schwester, sie hatte das Gesicht einer Frau vom Land, es war breit, ein wenig flach, mit einem kleinen Mund unter einer breiten Nase. Sie war nicht besonders hübsch, aber ihr einfaches Gesicht und ihr fröhliches Lachen flößten einem sofort Vertrauen ein.

Nachdem Véronique Mathilde noch am selben Abend am Küchentisch ihre Geschichte erzählt hatte, kam Mathilde der Gedanke, dass sie aus ganz ähnlichen Verhältnissen stammten. Sie hätten Schwestern sein können, und wenn die Umstände anders gewesen wären, hätte auch sie in einem Hotel wie dem *Normandy* landen können. Mathilde hatte trotz allem Glück gehabt, als Albert sie geheiratet hatte. Das war nicht selbstverständlich, und sie entschloss sich, etwas von ihrem Glück weiterzugeben. Sie fragte sich ohnehin schon seit einiger Zeit, ob sie sich eine feste Hilfe nehmen sollte, weil ihr die Arbeit zu viel wurde. Durch Véroniques Notlage wurde ihr diese Entscheidung nun abgenommen.

Und so zog Véro am nächsten Tag in das kleine Zimmer neben der Küche, das bisher als Speisekammer gedient hatte und das sie für sie gemütlich einrichteten. Fortan machte sie sauber, kochte und kümmerte sich um Amélie. Weben konnte sie nicht, aber sie war eine sehr geschickte Näherin und half Mathilde, die bestellten Stoffe zu säumen und ihr Signet einzusticken. Am Wochenende bewies sie ihr Talent für das Akkordeon. Sie spielte ein bekanntes Chanson nach dem nächsten, während die anderen tanzten.

Nur ein paar Tage später erschien ihr Vermieter.

Monsieur Béard roch schon von Weitem nach Zwiebeln. Ohne zu fragen, drängte er sich an Mathilde vorbei ins Wohnzimmer und ließ sich in einen der Korbsessel fallen. »Ist ja schließlich mein Haus«, brummte er leise.

»Was wünschen Sie?«, fragte Mathilde und nahm Amélie auf den Arm.

»Ich erhalte Beschwerden über Sie. Sie beherbergen Männer. Sie belästigen die Nachbarschaft durch Musik. Sie *tanzen.*« Er sah sich um. »Wenn so viele Menschen in einem Haus leben, dann leidet das Mobiliar.«

»Das Mobiliar gehört mir«, wandte Mathilde ein.

»Die Remise im Garten stand nicht zur Vermietung.«

»Das dürfen Sie mir nicht verbieten. Davon stand nichts im Mietvertrag.«

»Wie dem auch sei: Über Ihre … Pension wird in der Stadt schlecht geredet, und das fällt auch auf mich zurück. Bei Ihnen wohnt eine junge Dame …«

Mathilde sah ihn fragend an.

»… mit einem mehr als zweifelhaften Ruf. Ich bin zufälligerweise mit dem Küchenchef des Hotels *Normandy* befreundet. Ein honoriger Mann, der mir berichtet hat, dass Mademoiselle Gardanne sich, wie soll ich sagen … Vorteile zu verschaffen suchte, indem sie mit ihren weiblichen Reizen nicht geizte.«

Mathildes Blick wurde eisig. »Ich glaube, es hat sich gerade umgekehrt verhalten, Monsieur. Mademoiselle Gardanne wohnt bei mir, weil sie den Nachstellungen im Hotel entfliehen wollte.«

Béard stand auf und fuchtelte mit den Armen vor ihr herum. »Sie werden doch nicht einem kleinen Zimmermädchen mehr glauben als einem leitenden Angestellten eines führenden Etablissements!«

»Warum denn nicht?«, fragte Mathilde in aller Unschuld zurück.

Ihre Frechheit verschlug ihm den Atem, und er suchte nach Worten. »Der schlechte Ruf dieser jungen Dame fällt auch auf Sie zurück!«

»Damit kann ich leben. Außerdem ist mir über diese Dame nichts Nachteiliges zu Ohren gekommen. Sie ist ein hervorragendes Zimmermädchen. Ich bin sehr zufrieden mit ihr.«

Béard reichte es jetzt offensichtlich. »Ganz wie Sie meinen. Ich sehe mich jedoch angesichts der ungewöhnlichen Nutzung des Hauses gezwungen, die Miete heraufzusetzen. Ab sofort zahlen Sie fünfzig Prozent mehr im Monat.«

Mathilde wollte aufbrausen, doch er erstickte ihren Protest

im Keim. »Das ist mein letztes Wort. Am liebsten wäre es mir ohnehin, wenn sie auszögen. Guten Tag, Madame.«

Kaum war er gegangen, da klopfte Véronique an die Tür.

»Ich habe alles gehört, und ich kenne diesen Mann«, sagte sie. »Am besten gehe ich.«

»Nein, das kommt nicht infrage.«

»Vielleicht sollte ich Ihnen sagen, dass der Kellner, der mir nachgestellt hat, und dieser Monsieur Béard Schwager sind. Es würde mich nicht wundern, wenn Sie weitere Schwierigkeiten bekommen. Ich habe gehört, dass das Hotel *Normandy* mit Preisnachlässen für Künstler wirbt.« Sie seufzte. »Ich weiß nicht, wie, aber ich glaube, Sie haben sich einflussreiche Feinde gemacht.«

Am nächsten Tag ging Mathilde zu Monsieur Parlat, um endlich ihren ausstehenden Anteil einzufordern. Sie hatte sich schon viel zu lange hinhalten lassen, und die unangenehmen Gespräche mit der Polizei und ihrem Vermieter hatten ihr deutlich gemacht, dass sie auf ihr Recht pochen musste, wenn sie die Pension behalten wollte.

Schon von Weitem sah sie vor den Schaufenstern des Geschäfts eine Traube von Frauen stehen und erregt miteinander reden. Als sie näher kam und das Geschäft betreten wollte, sagte eine von ihnen schnippisch: »Da können Sie lange warten« und wies auf ein Schild, auf das mit krakeliger Schrift geschrieben stand: *Das Geschäft bleibt geschlossen.*

»Wieso geschlossen?«, fragte Mathilde.

»Der gute Parlat ist ruiniert«, meinte die Frau. »Ich habe mich schon die ganze letzte Zeit gefragt, was hier vorgeht. Auf die bestellte Ware musste ich ewig warten. Na, zum Glück bleibt uns ja das *Printemps*. Dort ist die Auswahl ohnehin besser.«

In den nächsten Tagen stellte sich heraus, dass Parlat schon seit Monaten keine Löhne und keine Lieferantenrechnungen mehr bezahlt hatte. Mathilde war nicht die Einzige, die ihr Geld verloren hatte. Die Konkurrenz des Kaufhauses *Printemps*, das gegenüber vom *Normandy* in einem Prunkbau mit Rolltreppe und mehreren Etagen residierte, war einfach zu groß gewesen.

Als Mathilde am nächsten Tag in einer gemieteten Kutsche vorfuhr, um wenigstens die nicht verkaufte Ware zurückzuholen, erlebte sie eine weitere Enttäuschung: Die Lager waren leer. Parlat hatte alles zusammengerafft, auf einen Lastwagen geladen und war damit nach Südfrankreich getürmt.

Mathilde hatte sich ausgerechnet, dass sie mit dem Geld, das Parlat ihr schuldete, die erhöhte Miete für die nächsten beiden Monate hätte aufbringen können. Doch nun saß sie von einem auf den anderen Tag auf einem Berg Schulden für die Miete und den Garnhändler aus Doudeville. Als ihr Name im Zusammenhang mit dem Bankrott von Parlat fiel, forderten auch ihre Lieferanten, der Fleischer und der Weinhändler, die ausstehenden Summen ein.

Véronique kam vom Markt zurück und erzählte, Béard würde Gerüchte über eine Beziehung zwischen ihr und Molinet streuen. Und dann erzählte auch noch jemand aus Bonneville, dass Mathilde sechs Monate nach der Hochzeit mit Albert Pennickx ein Kind geboren hatte und dass der arme Albert ertrunken war, wer wusste schon genau, wie und warum? Mathilde spürte gehässige und verächtliche Blicke, wenn sie durch Deauville ging.

»Wer am Boden liegt, der wird auch noch getreten«, sagte Véronique.

»Irgendwie ist es ja zum Lachen, aber plötzlich befinde ich mich in derselben Situation wie einige meiner Mieter. Ich kann nicht zahlen und bin auf das Wohlwollen anderer angewiesen.«

Genau dieses Wohlwollen wurde Mathilde in Deauville versagt. Sie hatte sich Feinde gemacht, die nun schadenfroh zusahen, wie eine Frau sich ruinierte. Frauen sollten eben keine Geschäfte machen, keine Pensionen betreiben und nicht mit Warenhausbesitzern verhandeln.

Als der Kohlenhändler kam, um wie in jedem Jahr die Vorräte für den Winter zu liefern, schickte Mathilde ihn wieder fort und bat ihn, in einigen Wochen wiederzukommen, wenn es richtig kalt war.

»Dann sind sie aber teurer«, warnte der Mann.

»Und was ist mit mir?«, fragte Véronique mit Tränen in den Augen, nachdem Mathilde die Tür hinter dem Mann geschlossen hatte.

»Du bleibst, was denn sonst!«, sagte Mathilde. »Zu dieser Jahreszeit findest du nie etwas Neues. Außerdem müssen wir doch zusammenhalten.«

Mathilde drehte und wendete sich nach allen Seiten, um die Miete für die Pension aufzubringen. Sie sprach mit ihren Mietern und kürzte radikal das Budget für die Bewirtung. Bei den Feiern gab es jetzt keinen Wein mehr, es sei denn, die Gäste besorgten ihn. Als alle abgereist und die Zimmer ein paar Tage leer standen, war sie erleichtert. Sie brauchte einfach ein bisschen Ruhe, um nachzudenken.

Vielleicht hatte jemand Caspar Williams in Amerika von ihren Schwierigkeiten berichtet, in jedem Fall erreichte sie eines Tages eine Geldanweisung.

»Als Vorauszahlung für den nächsten Sommer«, schrieb er, aber Mathilde ahnte, wie das Geld gemeint war. Sie nahm es ohne Gewissensbisse an, denn sie wusste, dass Caspar aus reichem Elternhaus stammte und keine finanziellen Sorgen hatte.

Einige Tage später stand Pauline vor der Tür. Sie war wieder schwanger, die Geburt ihres zweiten Kindes würde nicht mehr lange auf sich warten lassen. Schwerfällig ließ sie sich in einen der Korbstühle fallen und legte ein paar Geldscheine auf den Tisch.

»Für dich«, sagte sie, »von Maman und mir. Aber erzähl es nicht Jean-Pierre!«

Mathilde steckte das Geld ein und umarmte ihre Schwester. »Das werde ich dir nie vergessen«, sagte sie. »Damit ist die Miete für den nächsten Monat gesichert.«

»Willst du denn bleiben?«, fragte Pauline entgeistert.

Mathilde sah sie an. »Was soll ich denn anderes tun? Wie soll ich sonst mein Geld verdienen? Außerdem stecken meine gesamten Ersparnisse in diesem Haus. Spätestens im Januar kommen die Gäste wieder, viele haben bereits reserviert. Bis dahin muss ich mich über Wasser halten. Véro und ich weben und nähen.«

Pauline legte die Hände auf ihren runden Bauch. »Ich habe immer gehofft, du würdest einen neuen Mann finden und mit ihm weitere Kinder bekommen. Eines ist doch zu wenig. Ein Kind braucht doch Geschwister. Und du solltest auch an dich denken. Du bist viel zu jung, um für den Rest deines Lebens allein zu bleiben.«

Mathilde senkte den Kopf. »Man kann nicht alles haben«, sagte sie leise. »Wie geht es Maman und Papa?«

»Maman schickt dir ihren Apfelkuchen. Sie macht sich Sorgen um dich. Die Gerüchte über deine Pension gelangen bis nach Bonneville. Und Papa …«

»Was ist mit ihm?«

»Er ist alt geworden. Am liebsten sitzt er vor dem Haus auf der Bank. Er tut so, als würde er Netze flicken, aber meistens sitzt er einfach nur da.«

Das Geld war wie der sprichwörtliche Tropfen auf dem heißen Stein und schmolz genauso schnell dahin.

Als Amélie krank wurde, wusste Mathilde nicht, wie sie die teuren Medikamente und den Arzt bezahlen sollte. Der Arzt stellte schnell fest, dass sie keine tödliche Krankheit hatte, nur einen bösen Husten, doch Mathilde wurde vor Angst schier verrückt, weil sie immer an Mélanie denken musste.

Véronique war diejenige, die in dieser Situation den kühlen Kopf behielt.

Es musste bald etwas geschehen.

Als sie sich keinen anderen Rat mehr wusste, schrieb sie an Molinet. Daniel Molinet war ihr einziger Freund, und sie vertraute ihm bedingungslos. Als er Mathildes Brief erhielt, ließ er alles stehen und liegen, um nach Deauville zu kommen. Das rechnete Mathilde ihm hoch an.

Molinet war erschrocken über das, was er sah. Von der Fröhlichkeit und Geschäftigkeit, die dem Haus im Sommer innegewohnt hatte, war nichts mehr geblieben. Amélie war immer noch nicht über den Berg. Im Haus war es kalt, denn mit dem Ende des Sommers war die Kälte gekommen, aber im Ofen brannte nur ein spärliches Feuer.

Abends saßen sie in dicke Pullover gehüllt in der Küche, weil es dort am wärmsten war. Véronique war bei ihrer Schwester, und Amélie schlief schon, Mathilde hatte ihr Bett mit heißen Ziegelsteinen gewärmt.

»Hast du nicht einmal Geld für den Kohlenhändler?«, fragte Daniel besorgt.

Mathilde schütttelte den Kopf. »Sämtliche Ersparnisse sind für die Miete hingegangen. Der gute Monsieur Béard hat sie erhöht.« Als Daniel sie fragend ansah, fügte sie hinzu: »Er will mich loswerden. Angeblich hat meine Pension einen schlechten Ruf. Aber ich lasse mich nicht von hier vertreiben. Dies ist mein Zuhause! Es macht mich nur so wütend, dass Amélie darunter leiden muss.«

»Wenn ich Geld hätte, würde ich es dir geben«, sagte er.

»Ich weiß. Aber deshalb habe ich dich nicht gebeten zu kommen.«

Er sah sie fragend an, und Mathilde räusperte sich, bevor sie weitersprach.

»Wenn mir dieses Haus gehören würde, hätte ich all diese Probleme nicht.«

Molinet verstand sofort, was sie meinte.

»Wenn es dein Haus wäre, könnte dir niemand mehr hineinreden.«

»Ich könnte Umbauten vornehmen und mehr Zimmer anbieten. Das würde mir mehr Miete einbringen. Wenn du wüsstest, wie ich diese Bevormundungen und Unterstellungen hasse!« Mathilde ballte die Fäuste und begann, im Zimmer auf und ab zu gehen.

»Du willst dich nicht unterkriegen lassen.« Er sah sie mit diesem besonderen Lächeln an, bei dem er einen Mundwinkel höher zog als den anderen und das sie so an ihm mochte.

»Nein, warum auch? Ich tue nichts Unrechtes. Ich versuche nur, mich und meine Tochter durchzubringen.«

»Und Véronique.«

Mathilde nickte.

»Du könntest mich heiraten«, sagte er, als würde er einen Scherz machen. »Dann würden die Leute nicht mehr über dich reden. Ich würde dich glücklich machen.«

Auch Mathilde lächelte, aber in ihrem Lächeln schwang Traurigkeit mit. Sie mochte Daniel sehr, und sie wollte ihn nicht verletzen. »Mir gefällt die andere Lösung für den Anfang besser. Ich muss dieses Haus kaufen.«

Sie spürte seine Enttäuschung, obwohl er sich Mühe gab, sie zu verbergen. »Aber wovon?«, fragte er.

»Auch darüber habe ich nachgedacht. Ich habe mich entschlossen, die Bilder zu verkaufen. Ich werde nach Paris fahren.«

Molinet schürzte die Lippen und dachte nach. Dann stand er auf und wanderte langsam an den Wänden entlang, um die Bilder zu betrachten, die dort hingen. »Da ist ganz schön was zusammengekommen. Hier zum Beispiel ...«, er zeigte auf ein kleines Format, das eine Frau beim Spaziergang auf den Planches zeigte, »... das ist ein Barrault. Er war auf der Herbstausstellung der Akademie vertreten. Der müsste sich verkaufen lassen.«

Mathilde nickte. »Genau dafür brauche ich deine Hilfe. Du weißt, wie man Bilder verkauft und an wen. Wie komme ich an die Leute heran, die Kunst sammeln? Wo finde ich sie? Wie viel Geld kann ich verlangen?«

»Wie viel Geld brauchst du?«

»Für zehntausend Francs müsste das Haus zu haben sein. Ich habe gehört, dass der Besitzer knapp bei Kasse ist, seit er zum zweiten Mal geheiratet hat.« Sie lächelte ihn spitzbübisch an.

Er wusste, was sie damit sagen wollte. »Du und deine Angst vor dem Heiraten!«, rief er. »Aber jetzt lass uns doch mal sehen, was hier so alles an den Wänden hängt und vielleicht zehntausend Francs wert ist.« Er sah sie nachdenklich an.

»Was ist?«, fragte sie ein wenig verunsichert.

»Ich denke nur gerade darüber nach, was für einen weiten Weg du von der Fischerstochter in Bonneville bis hierher zurückgelegt hast«, sagte er dann.

17

Nach dem Schock über den Tod seines Freundes Dudemer hatte Roger eine gewisse Jugendlichkeit wiedergefunden. Er hörte auf zu trinken und arbeitete den ganzen Sommer über regelmäßig in seinem Atelier. Vielleicht sah er sogar besser aus als jemals zuvor. Die Vergangenheit hatte markante Linien in sein Gesicht geprägt, und die Ernsthaftigkeit, die er meistens ausstrahlte, machte ihn geheimnisvoll und weckte in den Frauen den Wunsch, sich um ihn zu kümmern.

Und endlich konnte er wieder malen.

Aber seine Bilder hatten sich verändert. Er hatte lange genug gezögert, ausprobiert, gesucht. Die Erfahrungen und Enttäuschungen der letzten Jahre hatten jedoch jede Vorsicht weggewischt. Er malte die Welt, wie sie war, er beschönigte nicht mehr. Seine Motive waren modern. Er malte die Menschen bei der Arbeit, an ihren Maschinen oder auf den Lastkähnen der Seine. Es entstand eine ganze Serie von Bildern, die auf den Szenen basierten, die er nachts in den Bars und Tanzlokalen beobachtete. Frauen, deren Schönheit am Verblassen war, Amerikaner, die mit Geld nur so um sich warfen, und französische Männer, die nicht so hell strahlten wie die Reichen aus Übersee. Roger malte, wie er es für richtig hielt, beinahe rücksichtslos gegenüber dem Kundengeschmack. Und genau damit traf er ihn andererseits offensichtlich. Das Wort Krise machte die Runde, die Wirtschaft geriet ins Trudeln. Viele sagten eine Inflation wie bei den deutschen Nachbarn voraus, wo man für einen Laib Brot Milliarden zahlen musste und die Leute mit Schubkarren ihren Lohn nach Hause fuhren.

Der Konflikt mit Deutschland um die Reparationszahlungen war noch nicht zu Ende ausgetragen. Nachdem die französische Armee das Ruhrgebiet besetzt hatte, betrieben die Deutschen aus Protest eine Politik des passiven Widerstands: Deutschland ignorierte die Weisungen der Besatzer, es kam keine Mark mehr aus Berlin, und das Geld fehlte wiederum der französischen Wirtschaft. In der Nationalversammlung ebenso wie im Reichstag wurden extreme Kräfte von rechts und von links immer stärker. Die, die es sich leisten konnten, versuchten sich nach Kräften zu amüsieren und lebten über ihre Verhältnisse – und angesichts von Drogen und Alkohol, Pferdewetten und Autorennen auch gefährlich.

Ständig gab es neue Erfindungen und Entdeckungen: Telefone, Autos, Seidenstrümpfe, Maschinen für den Haushalt, das Kino, Impfstoffe gegen bisher als unheilbar geltende Krankheiten ... Wenn man morgens die Zeitung aufschlug, konnte man nie wissen, welche Neuerungen es über Nacht gegeben hatte.

Seine Bilder vom Pariser Nachtleben verkauften sich gut. Man sprach über Roger Goulec und nannte seinen Namen im Zusammenhang mit avantgardistischen Strömungen in der Kunst. Ein Reporter vom *Populaire* kam, um ihn zu befragen.

»Welches ist Ihr bestes Bild?«

Die Antwort kam ohne jedes Zögern: »Es heißt *Mathilde mit Rosen*. Ich habe es schon vor Jahren gemalt.«

»Wo hängt es jetzt? Wo kann man es sehen?«

Roger schüttelte den Kopf. »Es ist in guten Händen.«

Je mehr Jeanne von dem Artikel im *Populaire* las, umso wütender wurde sie. Der sozialistische *Populaire* war nun bestimmt nicht die Zeitung, die sie regelmäßig las, aber eine Freundin hatte ihr die Ausgabe mitgebracht, weil darin der

Artikel über Roger stand. Am Ende zerknüllte sie das Blatt und warf es ins offene Feuer des Kamins. Roger dachte also immer noch an diese kleine Fischerin, das war doch nicht zu fassen! Und er hatte von diesem verfluchten Bild gesprochen. Wieder bedauerte sie, dass sie es damals nicht wie alle anderen hatte an sich bringen können, um es zu vernichten. Der Hass auf diese Frau, die Roger mehr liebte als sie, das Gefühl ohnmächtiger Erniedrigung brachten sie beinahe um den Verstand. Aber sie würde niemals zugeben, wie tief sie diese Niederlage getroffen hatte und immer noch traf.

Und deshalb war sie anhänglich wie eine Katze, als Roger an diesem Abend überraschend nach Hause kam.

Sie hatte ihn seit einigen Wochen nicht gesehen. Er schlief schon lange nicht mehr zu Hause, und jetzt war er auch in dem Atelier in der Rue des Abbesses nicht mehr anzutreffen. Sie nahm an, dass er bei einem seiner Malerfreunde untergekommen war. Sie wunderte sich über sich selbst, als sie feststellte, dass sie sich über sein unverhofftes Kommen freute. »Du siehst gut aus«, sagte sie. Sie saß in ihrem Ankleidezimmer vor dem Spiegel, denn sie war im Begriff auszugehen. Sie trug ein Kleid aus schimmernder hellroter Seide und Handschuhe, die ihr bis über die Ellenbogen reichten.

Roger trat von hinten an sie heran und beugte sich leicht hinunter. Sie hielt ihm die Wange hin, doch er verweigerte ihr den Kuss und legte ihr nur flüchtig die Hand auf die Schulter. Jeanne tat, als hätte sie die Zurückweisung nicht bemerkt. Sie setzte ihr strahlendstes Lächeln auf. Roger nahm ihr teures Parfüm wahr. Und da war noch ein anderer Geruch an ihr, der ihn alarmierte.

»Störe ich dich?«, fragte er. »Ich muss mit dir reden.«

»Ich auch mit dir.«

»Gut. Du zuerst.«

»Wer ist das Mädchen, mit dem du herumziehst?« Im Spiegel konnte er sehen, wie sie sich um ein keckes Lächeln bemühte.

Roger musste lachen. »Du meinst Julie?«

»Sie hat ein Kind.«

»Aber doch nicht von mir! Dudemer ist der Vater. Ich kümmere mich um sie, damit sie versorgt ist. Nach seinem Tod hatte sie nicht einmal mehr ein Dach über dem Kopf.«

»Ach ja. Das kennt man ja. Diese Geschichten zwischen Malern und ihren Modellen.« Dabei sah sie ihn scharf an.

Doch Roger verstand ihre Anspielung nicht und lachte. »Du bist eifersüchtig.« Er machte einen Schritt auf sie zu. »Dazu besteht überhaupt kein Anlass. Julie interessiert mich nicht, jedenfalls nicht als Frau.«

»Die Leute reden über dich.«

»Das haben sie doch vorher auch schon getan. Und bisher hat es dich nicht gestört. Sie reden übrigens auch über dich und deinen Vater.«

Jeanne fuhr herum. »Was meinst du damit?«

»Stimmt es, dass er Geldprobleme hat? Er soll sich deswegen sogar duelliert haben, mit einem Mann, der ihn öffentlich als Betrüger bezeichnet hat.«

Dass ihr Vater ein wenig knapp bei Kasse war, hatte sie bemerkt, weil er sie gebeten hatte, bei ihren Ausgaben für Anproben, Schmuck und Diners etwas weniger verschwenderisch zu sein. Sie hatte das nicht besonders ernst genommen. Aber von einem Duell wusste sie nichts. Obwohl, wenn sie es sich recht überlegte, erinnerte sie sich daran, dass er eines Morgens vor ein paar Wochen am Frühstückstisch sehr blass gewesen war und seinen linken Arm hatte herabhängen lassen. Als sie ihn darauf angesprochen hatte, hatte er nur gesagt, er sei beim Reiten im Bois vom Pferd gestürzt.

Jeanne erbleichte, doch nur für eine Sekunde. Mit raschen Schritten ging sie hinüber zur Anrichte, goss sich einen Whisky ein und trank ihn in einem einzigen Schluck aus.

Er sah sie fragend an. Das war der Geruch gewesen, den er gerade eben an ihr wahrgenommen hatte.

»Du trinkst? Keine gute Idee. Ich weiß aus eigener Erfahrung, dass es nicht hilft, glaub mir.«

Statt einer Antwort goss sich Jeanne ein weiteres Glas ein und kippte es hinunter.

»Jeanne«, bat er.

Sie drehte sich zu ihm um. Sie hatte immer noch ihr kindliches Gesicht mit der runden Stirn und der kleinen Nase. Die glasigen Augen und die leicht schwammige Wangenpartie passten absolut nicht dazu.

Roger kam zu dem Schluss, dass sie schon einiges getrunken haben musste, bevor er gekommen war.

»Jeanne«, sagte er noch einmal.

»Jeanne! Jeanne! Was ist denn? Nun sag schon, warum du gekommen bist. Brauchst du Geld? Du hast doch gerade selbst gesagt, dass der Zeitpunkt dafür schlecht gewählt ist.«

Ihre Bemerkung machte ihn wütend. »Lass mich doch damit endlich in Ruhe. Ich habe nie etwas von dir verlangt. Weder von dir noch von deinem Vater. Ich bin gekommen, um dir die Schlüssel für das Haus zurückzugeben.«

Sie schwankte leicht und musste sich an der Anrichte festhalten. »Was soll das heißen?«

»Ich werde hier nicht länger wohnen.«

»Du wohnst doch schon lange nicht mehr hier. Du treibst dich ja lieber in deinem Atelier herum. Für das im Übrigen ich die Miete zahle!«

»Ich weiß. Ich habe das Atelier bereits geräumt. Hier ist der Schlüssel.« Er legte die beiden Schlüssel auf die Frisierkommode.

»Was?« Ihre Stimme drohte in ein unangenehmes Kreischen abzurutschen. »Wo wohnst du denn?«

»Ich bin vorerst wieder in mein altes Atelier zurückgegangen. Jetzt, wo Dudemer nicht mehr da ist …«

»In dieses Loch?«

»In dieses Loch.«

Jeanne versuchte zu begreifen, was er ihr damit sagen wollte. Ihr Blick flackerte leicht. Sie machte sich daran, sich einen weiteren Drink einzugießen. Doch sie hatte keine Kontrolle mehr über ihre Bewegungen, und so knallte die Flasche mit einem hässlichen Laut auf das auf Hochglanz polierte Mahagoniholz der Anrichte.

Mit zwei langen Schritten war Roger bei ihr und nahm ihr das Glas aus der Hand.

»Das hilft doch nicht«, sagte er.

Jeanne griff zu dem einzigen Mittel, das sie kannte, um Männer herumzubekommen. Sie spielte die Hilflose. Ihre Knie gaben leicht nach, und sie ließ sich gegen Roger fallen, der instinktiv den Arm um sie legte. »Roger«, flüsterte sie und klammerte sich an ihn. »Wir hatten doch auch schöne Zeiten.« Sie hob den Kopf und suchte mit den Lippen seinen Mund. Gleichzeitig gelang es ihr, den schmalen Träger ihres Kleides über die Schulter rutschen zu lassen und den Blick auf die weiße Haut ihrer Brüste freizugeben. Roger war im ersten Moment völlig überrascht von dieser Geste. Er brauchte eine Sekunde, um sie entschlossen von sich wegzuschieben.

»Jeanne, das hat keinen Zweck mehr. Das willst du doch gar nicht.«

So schnell gab sie nicht auf. »Woher willst du wissen, was ich will? Schließlich bist du auch mein Ehemann. Du hast gewisse Pflichten. Und gerade in diesem Augenblick finde ich dich höchst attraktiv.« Sie versuchte ein verführerisches Lächeln, doch es missglückte.

»Jeanne, du bist betrunken. Du weißt nicht, was du tust.«

Ihre Stimme wurde plötzlich fester. »Ich weiß immer genau, was ich tue.« Sie griff nach seiner Hand und legte sie auf ihre nackte Brust.

Roger machte sich los und trat einen Schritt zurück.

»Ich will die Scheidung«, sagte er. »Keine Angst, ich nehme alle Schuld auf mich. Ich werde aus deinem Leben verschwinden, du wirst nie wieder von mir hören.«

Sie wich zurück, schob sich den Träger wieder über die Schulter hinauf und starrte ihn mit offenem Mund an. Dann sagte sie: »Du willst die Scheidung? Von mir?« Sie lachte höhnisch. »Seit wann lässt man sich von einer de Barry scheiden?«

»Dann werde ich eben der Erste sein.« Er bemühte sich, ruhig zu bleiben.

»Du kommst ohne mein Geld nicht zurecht.«

»Darauf lasse ich es ankommen.«

»Mein Vater wird dich vernichten.«

»Ich glaube, dein Vater hat derzeit andere Sorgen. Die Zeiten, in denen du mich erpressen konntest, sind endgültig vorüber.«

In Jeannes Augen loderte plötzlich blanker Hass. »Erpressung ist genau das richtige Wort. Mit einer Erpressung hat ja auch alles angefangen.«

»Wie meinst du das?«

Sie lachte wieder wie eine Verrückte. »Hast du tatsächlich geglaubt, ich hätte ein Kind von dir erwartet?«

Roger sah sie fassungslos an. Dann ging er auf sie zu und packte sie an beiden Oberarmen. »Was hast du getan?«

Ihr Gesicht war ganz dicht vor seinem, als sie völlig ruhig sagte: »Ich bin niemals schwanger gewesen.«

»Aber …«

Sie sah ihn provozierend an, und ihre Stimme troff vor Verachtung, als sie sagte: »Als du nach diesem Sommer aus der Normandie zurückgekommen bist, hattest du dich von mir entfernt. Das habe ich sofort gespürt. Du wolltest mich verlassen, für diese andere Frau, für diese Mathilde. Aber da war doch deine Ausstellung, die Eröffnung sollte in wenigen Tagen sein. Es sollte ein Triumph werden, für dich und für mich. Ich hatte doch alles vorbereitet. Und dann diese Demütigung, als ich auf allen Bildern nur diese Frau gesehen habe. Alle wussten doch von unserer Verbindung. Du hättest die anzüglichen Bemerkungen von Monsieur Davout hören sollen … Wie hätte ich denn dagestanden? Ich musste etwas tun. Ich …« Sie wusste nicht weiter und schwieg.

Roger suchte nach Worten. »Aber du hast eine Fehlgeburt gehabt!«

»Warst du dabei? Ich musste mir doch etwas ausdenken, um dieses Kind wieder loszuwerden, das ich ja nie erwartet hatte. Deshalb hatte ich doch diese Reise geplant. Ich war auch nicht allein. Massimo de Belgrado hat mich begleitet. Du kennst ihn nicht, aber er ist ein sehr amüsanter Gesellschafter. Er hat mir geholfen, über die schwere Zeit hinwegzukommen.«

Roger presste seine Hände so eng um ihre Oberarme, dass sie aufschrie. »Du tust mir weh!«

Abrupt ließ er sie los, und sie stolperte einige Schritte rückwärts. Dann ging er zur Tür. Dort drehte er sich noch einmal um und sagte: »Ist dir eigentlich aufgefallen, dass du nicht mit einem einzigen Wort von Liebe gesprochen hast? Hättest du das alles aus Liebe getan, vielleicht hätte ich dir verzeihen können. Aber du weißt nicht, was Liebe ist. Und du wirst es wohl auch nie erfahren. Du bist noch verkommener, als ich gedacht habe. Aber im Grunde tust du mir nur leid.«

Jeanne nahm das Glas, das sie sich eingeschenkt hatte, und schleuderte es mit aller Kraft nach ihm.

Aber bevor es ihn treffen konnte, hatte er die Tür schon hinter sich ins Schloss geworfen.

Unten auf der Straße lief er einfach los. Zufällig ging er in Richtung des Flusses. Er versuchte zu verstehen, was Jeanne ihm gerade gestanden hatte. Er war so aufgebracht, dass er wie blind durch die Straßen irrte. An der Seine wurde er beinahe von einem Autobus überfahren. Der Fahrer machte eine Vollbremsung und schimpfte hinter ihm her, er bemerkte es kaum. Er konnte es kaum fassen. Mit ihrer Lüge hatte Jeanne ihn dazu gebracht, Mathilde im Stich zu lassen. Jeanne hatte ihn um die Liebe seines Lebens betrogen. In diesem Augenblick war er voller Hass und Verzweiflung. Wenn ihn der nächste Autobus überfahren hätte, es hätte ihn nicht gestört.

In den folgenden Wochen arbeitete Roger wie ein Besessener. In den Tagen, die auf den Streit mit Jeanne folgten, ging es ihm in erster Linie darum, Wut und Schmerz zu betäuben. Er traktierte die Leinwand mit dem Pinsel, mit Spatel und Bürsten, um zu vergessen und ein Ventil für seine Gefühle zu finden. Die Motive für diese Bilder kamen tief aus seiner Vergangenheit. Ohne sich dessen bewusst zu sein, entstanden Szenen aus dem Krieg. Er malte die durch Granaten aufgeplatzte Erde, Wälder, in denen kein Baum mehr stand, Verwundete mit abgerissenen Gliedern und blutigen Verbänden, die in Panik weit aufgerissenen Augen der Pferde.

Aber es gab weitere Gründe dafür, dass er Bild um Bild schuf. Zum einen hatte er das Gefühl, wichtige Zeit in seinem Leben vergeudet zu haben, während er mit Jeanne verheiratet gewesen war. Er hatte sich durch Luxus und falsche Freunde blenden lassen. Wie viele gute, bedeutende Bilder hätte er stattdessen malen können! Das wollte er aufholen, so gut es ging. Zum zweiten brauchte er Geld für die Scheidung von Jeanne. Das war ihm jetzt das Allerwichtigste. Er wollte jede Verbindung zu ihr kappen. Dieses Kapitel seines Lebens sollte endlich abgeschlossen sein.

Von Davout hatte er sich bereits getrennt. Das war ein unschöner Moment gewesen. Davout hatte den Beleidigten gespielt.

»Ich habe immer zu Ihnen gehalten, und ausgerechnet jetzt, wo der Erfolg sich einstellt, lassen Sie mich im Stich«, hatte er gesagt, und seine Stimme hatte sogar ein wenig vor Selbstmitleid gezittert.

Roger musste ihm innerlich sogar recht geben, doch er entgegnete: »Meine Frau hat damals die Zusammenarbeit mit Ihnen verabredet, ohne sich mit mir zu beraten. Es tut mir leid.«

Fortan ließ er sich wieder von Flavius vertreten. Nachdem die ersten Bilder gut verkauft worden waren, nahmen sie die Idee einer Ausstellung mit Werken von Michel Dudemer wieder auf. In ihr sollten Bilder von Dudemer, von Roger und von Fichet, mit dem er sich wieder versöhnt hatte, und einigen anderen gezeigt werden, die zu Dudemers Freunden gehört hatten. Die Ausstellung sollte im Herbst stattfinden, wenn die Leute aus der Sommerfrische nach Paris zurückkamen. Fichet wollte Ende September noch einmal für ein Wochenende nach Deauville fahren, um letzte Skizzen für die geplante Ausstellung zu machen.

Roger überlegte lange, ob er mitfahren sollte.

Nach Dudemers Tod hatte er aus einem Impuls heraus und in einer emotionalen Ausnahmesituation den Entschluss gefasst, wieder in die Normandie zu fahren und nach Mathilde zu suchen. Dann hatte er den Plan aber aus guten Gründen wieder fallen gelassen. Zum einen hatte ihm seine wiedererwachte Fähigkeit zum Malen keine Zeit gelassen. Er hatte ja kaum ein Bild vollendet, da drängte sich ihm schon das nächste auf. So hatte er die Reise immer wieder aufgeschoben. Während der Arbeit war ihm der Gedanke gekommen, ob er überhaupt ein Recht darauf hatte, Mathilde aufzusuchen. Sie war doch bestimmt längst verheiratet, erinnerte sich vielleicht gar nicht mehr an ihn. Wie sollte sie ahnen, wie wichtig sie für ihn und sein Schaffen war? Und vielleicht würde er sie durch sein Auftauchen ja in Schwierigkeiten bringen. Nein, dieses Risiko wollte er nicht eingehen. Er hatte sie einmal enttäuscht, er hatte kein Recht, es noch einmal zu tun.

Doch nun hatte sich alles geändert, vor allem durch Jeannes Geständnis. Er musste sich den Gespenstern seiner Vergangenheit endlich stellen, das spürte er.

Und so entschied er sich, doch zu fahren. Er wollte nur einmal noch mit Mathilde reden, damit sie ihm verzeihen konnte. Er hoffte, danach endlich Frieden zu finden.

In den Tagen bis zur Abfahrt war er ein reines Nervenbündel. Immer wieder stellte er sich die Begegnung mit Mathilde vor. Mal war es ein freudiges Wiedersehen, dann wieder hatte er eine frostige Begegnung vor Augen. Er malte sich aus, wie er in Bonneville aus dem Bus steigen und zum Haus ihrer Eltern gehen würde, um nach ihr zu fragen. Vielleicht würde sie ihm sogar selbst die Tür öffnen?

Er ging zum Friseur und dann zu einem Herrenausstatter und ließ sich einen neuen Anzug anfertigen. Er wollte so gut wie möglich aussehen, wenn er Mathilde vor die Augen trat.

Am 21. September 1923 gegen Mittag kamen Roger und Fichet in Deauville an. Roger bedauerte, dass er nicht allein gefahren war. Die ganze Fahrt über hatte Fichet auf ihn eingeredet, aber Roger hatte seinen eigenen Gedanken nachgehangen und war nicht besonders gesprächig gewesen. Er war froh, als die Fahrt endlich vorüber war.

Sie wollten sich in der Pension einmieten, in der Fichet damals gewohnt hatte.

Doch Roger kam nicht mit.

»Ich muss erst etwas erledigen«, sagte er zu Fichet, als sie vor dem Bahnhofsgebäude in die Sonne traten.

»Was denn?«, fragte Fichet überrascht.

»Sag ich dir später.«

Er nahm den Bus nach Bonneville und ging dann zu dem Haus an der Küste. Er musste nicht klopfen, denn Georges Martinet, der auf der Bank vor dem Haus in der Sonne saß, hatte ihn bereits gesehen.

»Sie sind das!«, sagte er.

Roger reichte ihm die Hand. »Wie geht es Ihnen, Monsieur?«

»Wie soll es einem alten Mann schon gehen?«, gab er zur Antwort. »Sind Sie gekommen, um Ihr Bild zurückzuholen? Es hängt immer noch über dem Esstisch, wo wir es damals aufgehängt haben.« Er rückte ein Stück zur Seite und gab ihm mit einer Geste zu verstehen, dass er sich neben ihn setzen sollte.

»Ich bin gekommen, um mich nach Ihnen und Ihren Töchtern zu erkundigen.«

»Ach, wissen Sie, Töchter gehen aus dem Haus, wenn sie heiraten. Meine Frau und ich wohnen hier schon lange allein. Wenigstens unsere Pauline ist in Bonneville geblieben. Die beiden anderen sind weit weg, in die Stadt …« Der Alte sprach nicht weiter, sein Blick ging in die Ferne.

Roger senkte den Kopf. Das hatte er sich ja schon gedacht, dass eine Frau wie Mathilde verheiratet war.

»Ich habe zwei Enkelkinder, ein Mädchen und einen Jungen, und das nächste wird bald auf die Welt kommen«, sagte der alte Mann neben ihm. »Die Kinder sind doch unsere Zukunft.«

Sie saßen ein paar Minuten schweigend nebeneinander. Dann ertönte aus dem Inneren des Hauses eine Stimme. »Georges, komm essen!«

Der alte Mann neben ihm erhob sich, und Roger konnte sehen, wie schwer es ihm fiel, sich auf den Beinen zu halten. Schwer atmend drehte er sich zu Roger um. »Essen Sie mit uns, wenn Sie wollen.«

Doch Roger fühlte sich plötzlich unendlich niedergeschlagen. »Nein, haben Sie vielen Dank. Auf Wiedersehen.«

18

An diesem 21. September 1923 hatte Mathilde ihr bestes Kleid angezogen. Es war noch früh, die ersten flachen Sonnenstrahlen brachen gerade durch das dichte Geäst der Zeder vor ihrem Zimmer und tauchten die gegenüberliegende Wand, an der noch einige der Meerbilder hingen, in ein zartes Rosé. Sie warf einen letzten prüfenden Blick in den Spiegel und fragte sich beunruhigt, ob ihre Garderobe in Paris passend sein würde. Im letzten Moment legte sie den Schal um, den Roger ihr einst geschenkt hatte. Das Schultertuch in den Farben von dunklen Pfingstrosen gehörte zu ihr wie ihr dunkles Haar. Es war an den Rändern schon ein klein wenig ausgefranst, weil sie es so oft trug. Aber sie liebte dieses Tuch, weil es von Roger stammte – aus einem anderen Leben. Sie fröstelte nicht nur wegen des feuchten Herbstwetters, sondern auch vor Nervosität. Sie fürchtete sich vor dieser Reise, weil so viel dabei auf dem Spiel stand. Ein letzter Blick in den Spiegel, dann nahm sie ihre Tasche und verließ das Zimmer.

Daniel Molinet hatte nur eine Nacht bleiben können, weil er eine wichtige Verabredung in Paris hatte. Sie hätte gern die Reise mit ihm gemeinsam gemacht, aber nun musste sie eben allein fahren. Sie hatte Lucie Fichet geschrieben, die sie eingeladen hatte, bei ihr zu wohnen. Sie hatte alles mit Véronique durchgesprochen, die mit Amélie zu Hause bleiben würde. Sie hatte eine Fahrkarte gekauft. Als sie ihren Eltern erzählt hatte, dass sie nach Paris fahren würde, hatte Henriette die Hände über dem Kopf zusammengeschlagen.

»Allein?«, hatte sie gerufen. Doch ihr Vater hatte ihr die Hand auf die Schulter gelegt und gesagt: »Du machst das schon.«

Unten im Hausflur stand die Kiste mit den aufgerollten Leinwänden. Gleich würde ein Chauffeur kommen und sie zum Bahnhof transportieren. Mathilde hatte ein gutes Dutzend Bilder ausgewählt. Als sie mit Molinet die Wände ihres Hauses abgeschritten war, um ihre Wahl zu treffen, hatte sie überrascht festgestellt, dass sie mittlerweile eine fundierte Meinung zu jedem einzelnen hatte. Einige mochte sie, andere nicht so sehr. Mit allen verband sie Erinnerungen, mit einigen sehr schöne. Aber sie gestattete sich nicht den Luxus, den Bildern nachzutrauern. Wenn sie in Deauville eine Zukunft haben wollte, dann musste sie die kleine Villa kaufen, das hatte ihr das Gespräch mit Molinet noch einmal bestätigt.

Sie konnte sich nicht erlauben, wählerisch zu sein. Also hängte sie auch die beiden Bilder von Daniel ab: das eine, das sie selbst am Webstuhl zeigte, und das von Amélie auf dem Stuhl. Sie lächelte traurig in sich hinein, als sie an Daniel dachte. Er hatte vor seiner Abreise einen weiteren Annäherungsversuch gemacht, aber Mathilde hatte ihn zurückgewiesen. Er hatte sie seufzend in den Arm genommen und sie auf die Wange geküsst.

»Ach, Mathilde, warum kannst du mich nicht lieben? Warum bin ich nicht der richtige Mann für dich?«

Sie hatte ihm einen Finger auf den Mund gelegt und ihn dadurch zum Schweigen gebracht.

Auch das Bild von Caspar Williams war in der Kiste verstaut. Und die kleine Studie eines verträumten jungen Malers aus der Provence, der sie selbst und Amélie in selbstvergessener Innigkeit zeigte. Amélie saß auf ihrem Schoß, und sie las ihr vor. Beide hatten die Köpfe geneigt und sahen in das Buch. Irgendwann werde ich so viel Geld verdienen, dass ich diese Bilder zurückkaufen kann, dachte sie.

Sie hatte am Vorabend alles eingepackt und war eigentlich schon fertig gewesen. Aber dann war sie doch noch auf den Dachboden hinaufgestiegen und hatte *Mathilde mit Rosen* aus der Kiste genommen, in der sie es aufbewahrt hatte. Seit ihrem Einzug hatte sie das Bild nicht mehr angesehen. Aber seit sie den kleinen Artikel im *Populaire* gelesen hatte, in dem Roger es als sein bestes Bild bezeichnet hatte, war kein Tag vergangen, an dem sie nicht an es gedacht hatte. Sie hatte die schwere Leinwand zu den anderen zum Verkauf bestimmten Bildern hinuntergetragen, aber sie hatte nicht den Mut gehabt, es auszurollen. Sie fürchtete, dass sie sich dann nicht davon würde trennen können. Aber es musste sein. Für ihre Zukunft und für die von Amélie.

Sie sah sich noch einmal in ihrem Haus um. Alles hier war ihr so vertraut. Sie würde eine gute Woche fort sein. Véronique würde das Haus hüten und auf Amélie aufpassen. In Deauville würde alles bestens laufen. Aber wie würde es in Paris sein? Sie empfand eine kribbelige Unruhe.

Es klopfte, und sie meinte, es sei der Chauffeur. Mit einem Seufzer nahm sie ihre Tasche, ging zur Tür und rief nach Véro und Amélie.

Draußen stand Violette Gardanne, die Schwester von Véronique.

»Ich habe etwas für Sie.« Mit diesen Worten überreichte sie ihr eine Hutschachtel mit den beiden ineinander verschlungenen Cs, den Initialen von Coco Chanel.

Mathilde hielt den Atem an. »Für mich?«

»Ich habe mit Mademoiselle Chanel gesprochen. Sie ist sehr interessiert an dem, was Sie tun. Ich habe ihr erzählt, dass Sie Véro bei sich aufgenommen haben. Das hat sie in ihrer guten Meinung über Sie bestärkt. Und dann hat sie mir das für Sie gegeben. Bitte.«

In der Hutschachtel war ein bordeauxroter kleiner Hut, der wegen seiner Glockenform auch Cloche genannt wurde. Das Hutband war eine Spur heller als der feine Filzstoff. Und das

Schönste: Es war aus gefärbtem Nerz gefertigt, wohl als kleine Hommage an den nahenden Winter. Mathilde hielt den Atem an, als Véros Schwester ihn ihr aufs Haar setzte und zurechtrückte. Unter der Krempe, die in die Stirn ragte, quoll ihr schwarzes Haar hervor. Im Nacken war die Krempe ausgespart, um Platz für einen üppigen Chignon zu lassen, wie Mathilde ihr Haar meistens trug. Die Farbe des Hutes passte perfekt zu der ihrer Lippen.

»Steht Ihnen«, sagte Violette.

»Ich glaube, ich habe noch nie etwas so Schickes und Wertvolles besessen.« Mathilde war sprachlos.

»Mademoiselle Chanel wünscht Ihnen viel Erfolg. Und sie bittet Sie, doch in ihrem Geschäft in Paris vorbeizuschauen, wenn Sie die Zeit finden, in der Rue Cambon, in der Nähe der Place Vendôme.«

Mathilde hatte keine Ahnung, wo dieser Platz sein sollte. Aber sie nahm Violettes Hand und drückte sie fest. »Mit diesem Hut fühle ich mich gewappnet für alles. Vielen Dank«, sagte sie.

Auf dem Bahnsteig verabschiedete sie sich von Véronique und Amélie, die sie begleitet hatten. Ein Mitreisender half ihr mit dem Gepäck und warf ihr einen bewundernden Blick zu, den sie mit aller gebotenen Gelassenheit zur Kenntnis nahm. Als sie ihren Platz in einem der Abteile einnahm und die Beine elegant übereinanderschlug, fühlte sie sich kraftvoll und siegesgewiss.

Die Zugfahrt dauerte ungefähr vier Stunden, und Mathilde sah fast die ganze Zeit aus dem Fenster. Draußen flog die normannische Landschaft vorüber, mit ihren leicht hügeligen Wiesen, den Kühen und den Apfelbäumen. Der letzte Teil der Strecke führte sie an der Seine entlang, die sich hier in unzähligen Kurven wand. Als sie sich Paris näherten, veränderte sich die Landschaft. Sie konnte die ersten Hochhäuser erkennen und hätte fast einen Schrei ausgestoßen, als sie den Eiffelturm erblickte.

Obwohl sie sich unverwundbar fühlte, war sie doch froh, Lucie auf dem Bahnsteig unter der riesigen Glaskuppel zu entdecken, als sie am Bahnhof Montparnasse aus dem Zug stieg.

»Lucie!«, rief sie.

Lucie hatte bereits einen Gepäckträger organisiert. »Wie willst du das alles bloß mit dir herumschleppen, wenn du die Kunsthändler abklapperst?«, frage sie, als sie die Kiste mit den Leinwänden sah, gegen die Mathildes Koffer sehr klein daherkam. Dann umarmte sie ihre Freundin.

»Übrigens: todschicker Hut!«

Lucie bewohnte eine geräumige Dreizimmerwohnung im fünften Stock eines eleganten Hauses mit geschwungenen Balkonen. Die Rue Froideveaux lag ganz in der Nähe des Bahnhofs. Ein Teil der Straße führte an einer langen, hohen Mauer entlang, die den Friedhof von Montparnasse einschloss.

Lucie hatte für Mathilde ein Bett im Wohnzimmer hergerichtet.

»So eine große Wohnung«, staunte Mathilde und fragte sich, ob in Paris die Mieten wohl niedriger waren als in Deauville. Zwar hatte die Wohnung von Lucie keinen Balkon, weil sie im Dachgeschoss lag, aber sie war für eine Person relativ großzügig.

»Komm, ich zeige dir den Rest«, sagte Lucie.

Neben dem Wohnzimmer, in dem zarte Möbel im japanischen Stil standen, gab es ein Schlafzimmer mit einem riesigen Bett, auf dem mindestens ein Dutzend Kissen lagen. Am Spiegel einer Frisierkommode hing ein seidener Kimono, davor standen Tiegel und Töpfe mit Cremes und Lippenstiften. Dinge, die gar nicht zu Lucies herbem Äußeren passten. Außerdem gehörte ein Esszimmer mit einem Kamin zur

Wohnung. Hier entdeckte Mathilde den Wandbehang mit den Muscheln, den sie Lucie geschenkt hatte. Er hing über dem Kamin. Dann gab es noch eine Küche und ein Bad mit einer Sitzwanne, dessen Wände türkisgrün gestrichen waren. Vom Küchenfenster aus konnte man auf den Friedhof sehen.

»Stört dich das nicht?«, fragte Mathilde und sah hinunter auf die in Reihen angeordneten weißen Grabhäuser und die Baumkronen, die bereits ihr Laub verloren.

Lucie trat neben sie und sah ebenfalls hinaus. »Du meinst die Nähe der Toten? Nein, im Gegenteil. Das beruhigt mich, und ich gehe oft dort spazieren.«

Mathilde musste lachen. »Es ist schön zu sehen, wie du lebst. Du hast mir viel von dir erzählt, und ich habe viel von dir gelernt. Aber von deinem alltäglichen Leben hier in Paris weiß ich im Grunde gar nichts. Auf jeden Fall musst du eine Menge Geld verdienen, wenn du dir eine so große Wohnung leisten kannst. Damit kenne ich mich schließlich aus. Habe ich dir eigentlich schon gesagt, wie dankbar ich dir bin, dass ich hier wohnen darf? Ganz abgesehen davon, dass ich mich freue, dich endlich wiederzusehen. Ich glaube, ganz allein in ein Hotel zu gehen hätte ich mich nicht getraut. Mir ist die Zugfahrt ja schon schwergefallen.« Sie musste schmunzeln.

Lucie fiel nicht in ihr Lachen ein, sondern sah sie nachdenklich an. »Also gut«, sagte sie dann. »Ich will dir reinen Wein einschenken, ich will dich nicht belügen. Eigentlich wollte ich es dir heute Abend in Ruhe sagen.« Sie suchte nach den richtigen Worten, dann entschied sie sich für die direkte Art. »Ich lebe hier nicht allein, sondern mit Francine. Sie ist meine Freundin … meine richtige Freundin, wenn du verstehst. Mit Männern habe ich nichts am Hut, wie du weißt.«

Mathilde blieb der Mund offen stehen. Dann hatte sie sich wieder in der Gewalt. Jetzt wusste sie auch, wem die sehr weiblichen Dinge in der Wohnung gehörten. Sie räusperte sich. »Und? Wo ist sie? Lerne ich sie kennen?«

»Sie ist für ein paar Tage zu ihrer Mutter gefahren.«

»Damit sie mich nicht in Verlegenheit bringt?«

Lucie nickte. Ein Lächeln umspielte ihre Lippen.

»Na, dann sag ihr doch, sie soll bitte schön nach Hause kommen. Schließlich ist das hier ihre Wohnung. Ich möchte sie gern kennenlernen. Und ich werde ohnehin viel zu tun haben und kaum hier sein.«

Lucie und Francine arbeiteten beide als Lehrerinnen an einer Mädchenschule am Boulevard Raspail, nur wenige Minuten von der Wohnung entfernt. Dort hatten sie sich auch kennengelernt.

»Ich wusste schon als junges Mädchen, dass ich mich zu Frauen hingezogen fühle. Bei Francine war das anders. Ihre Familie ist sehr katholisch. Ihre Mutter darf es nie erfahren«, sagte Lucie und zündete sich eine Gitanes an. »Du auch eine?« Sie wartete die Antwort nicht ab, sondern reichte Mathilde die brennende Zigarette.

»Und was unterrichtest du?« Mathilde nahm einen tiefen Zug.

»Französisch und Handarbeiten. Wobei mir das Letztere mehr liegt. In der Schule steht auch mein Webrahmen.«

Mathildes Blick fiel wieder auf die Wandbehänge mit chinesischen oder japanischen Schriftzeichen, die ihr schon vorher aufgefallen waren. »Die hast du gemacht. Sie sind wunderschön. Was bedeuten die Zeichen?«

Lucie lachte übermütig. »Ich habe nicht die geringste Ahnung. Ich habe sie mir ausgedacht.«

Mathilde musste ebenfalls lachen. »Dann pass nur auf, dass du nicht mal einen Japaner oder Chinesen zu Gast hast. Wer weiß, was du da geschrieben hast!«

Als Erstes wollte Mathilde den Eiffelturm sehen. Als sie davor stand und den Kopf in den Nacken legte, um an ihm hochzublicken, wurde ihr schwindlig. Noch nie hatte sie etwas so Hohes gesehen, das gleichzeitig so zerbrechlich aussah. Sie stiegen die Treppen bis zur mittleren Plattform hinauf, und als sie atemlos oben ankamen, wies Lucie mit dem Arm in alle Richtungen und erklärte ihr, wo die berühmten Bauwerke von Paris lagen, damit Mathilde eine Orientierung bekam.

»Dort liegt meine Wohnung, ein Stückchen weiter links hast du Notre-Dame und den Justizpalast, auf der anderen Seite der Seine liegen die Markthallen und natürlich der Louvre, da hinten auf dem Hügel, das Gebäude mit der weißen Kuppel, das ist Sacré-Cœur, und uns gegenüber liegen der Triumphbogen und die Place de l'Étoile.«

»Da will ich als Nächstes hin«, rief Mathilde.

Auf der Place de l'Étoile brach Mathilde in verblüfftes Lachen aus. Die Place Morny in Deauville war zwar genauso angelegt, auch von ihr gingen acht Straßen ab, nur war hier alles ungefähr hundertmal größer! Sie nahmen den Pferdebus bis zur Place de la Concorde und spazierten von dort aus Arm in Arm die Rue de Rivoli hinunter. Im berühmten Teesalon *Angelina* gönnten sie sich eine Tasse Tee und das allbekannte Gebäck mit Namen Mont Blanc: Baiser mit Schlagsahne und Maronencreme. »Diese Monts Blancs sehen ja aus wie die Roches Noires in Bonneville«, sagte sie zu Lucie, »aber sie schmecken entschieden besser als das Getier dort!«

Auf dem Rückweg zu Lucies Wohnung kamen sie an der Oper vorbei. Die Vorstellung sollte in Kürze beginnen, und die Damen und Herren der Gesellschaft trafen ein. Mathilde konnte sich gar nicht sattsehen an den eleganten Roben und blitzenden Diamanten.

Als sie an diesem ersten Abend ins Bett fiel, glaubte sie niemals Schlaf finden zu können, weil sie so viel Neues gesehen hatte. Aber vor Erschöpfung fielen ihr dann doch schnell die Augen zu.

Am nächsten Morgen musste Lucie früh zur Arbeit in die Schule, und Mathilde machte sich allein auf den Weg. An diesem ersten Tag hatte sie die Leinwände noch zu Hause gelassen. Sie wollte erst einmal überlegen, wie sie vorgehen wollte.

Sobald sie auf der Straße stand und einmal abgebogen war, hatte sie die Orientierung verloren. Die hohen Häuser und die Eingänge der Metrostationen, die vielen Menschen, der Verkehr, auf den sie achtgeben musste, all das verwirrte ihre Sinne. Als sie an einer endlos langen Mauer entlangging und an einem Eingang zum Friedhof von Montparnasse vorbeikam, ging sie hinein. Sie ging eine der zentralen Alleen entlang, bis sie ungefähr in der Mitte angekommen war, und drehte sich im Kreis, um Lucies Küchenfenster zu finden. Als sie es entdeckt hatte, glaubte sie einen kleinen Sieg errungen zu haben, weil sie nun wenigstens ansatzweise die Himmelsrichtungen im Kopf hatte. Sie setzte sich auf eine Bank und überließ sich dem berauschenden Gefühl, in Paris zu sein, der Hauptstadt Frankreichs, der Stadt des Lichts, der Künste, der Liebe.

Sie nahm den Zettel aus der Tasche, auf dem Lucie ihr die Namen von einigen der ungefähr zweihundert Kunstgalerien der Stadt aufgeschrieben hatte. Zwei von ihnen lagen auf dieser Seite des Flusses, auf dem linken Ufer. Die größte Ansammlung von Galerien gab es aber auf der anderen Seite, so viel wusste Mathilde immerhin. Sie beschloss, ihre Eroberung der Stadt damit fortzusetzen, dass sie einem der großen Boulevards hinunter zur Seine folgte. Dann würde sie weitersehen. Sie nahm den nördlichen Ausgang des Friedhofs und gelangte bald auf die Place Denfert-Rochereau, wo sie sich vor einem überlebensgroßen steinernen Löwen wiederfand. Sie überlegte, in welcher Richtung der Fluss liegen musste, dann wandte sie sich nach links und erreichte den Boulevard Saint-Michel. Von ihm hatte Lucie erzählt, er führte direkt auf die Seine und Notre-Dame zu. Na also, dachte sie, und machte sich auf den Weg.

Rechts und links der breiten Straße, die von Bäumen gesäumt war, lagen unzählige Cafés. Auf den Terrassen davor saßen Menschen müßig oder Zeitung lesend vor ihren Kaffeetassen oder ihren Weingläsern, obwohl es eigentlich zu kühl dafür war. Mathilde blieb vor Schaufenstern stehen, deren üppige Dekoration ihr den Atem verschlug. Sie begutachtete Kleider, Schuhe, Schirme, Reiseutensilien und Wäsche. Sie bewunderte kunstvoll gestapelte Türme von Orangen und Trauben und Käse sowie Fische auf Eis, die ihr völlig fremd waren. Obwohl sie doch von der Küste stammte! Am besten gefiel ihr ein Stand, der Blumen in Farben und Formen anbot, wie sie sie ebenfalls noch nie gesehen hatte. Staunend sah sie den Doppeldeckerbussen nach, auf denen schmale Leitern sich halsbrecherisch ins Oberdeck wanden. Von der Pariser Metro hatte sie ja schon gehört, aber diese Busse waren ebenso sehenswert.

An einer Straßenecke kam sie an den Schaufenstern eines Kunsthändlers vorbei. In der Auslage standen auf Staffeleien seltsame Bilder. Sie meinte einen Frauenkopf zu erkennen, der aber aus geometrischen Formen in leuchtenden Farben zusammengesetzt war. Sie trat näher, um durch das Fenster in die Ladenräume zu blicken. Sie waren riesig und fast leer. Kein Mensch war zu sehen. An den Wänden hingen weitere Bilder, die in ähnlicher Weise gemalt waren wie das im Fenster ausgestellte. Sie beschloss, dass sie hier nicht richtig war, und setzte ihren Weg fort.

Als sie zwei Stunden später das Wasser der Seine vor sich glitzern sah, war sie von den Eindrücken wie erschlagen. In ihrem Kopf drehte sich alles, und sie ließ sich erschöpft auf eine Bank am Ufer fallen. Sie hätte gern den Pont Neuf überquert, war aber zu müde, um sich auf die Suche nach ihm zu machen. Sie wusste nicht, dass diese Brücke, von der sie schon so viel gehört hatte, nur hundert Meter von ihr entfernt lag. Sie saß einfach nur da und ließ die Stadt auf sich wirken. Außerdem hatte direkt neben ihr ein Bouquinist seinen Stand, und sie beobachtete gebannt das Kommen und Gehen der Buchkäufer und lauschte den Gesprächen.

In diesem Augenblick, auf dieser Parkbank an einem eher trüben Herbsttag des Jahres 1923 in Paris, war Mathilde Pennickx vollkommen glücklich.

Sie kam gerade noch rechtzeitig nach Hause, um sich frisch zu machen. Denn Lucie wollte sie an diesem Abend ins Kino ausführen.

Sie gingen in einen der Säle auf den Champs-Élysées. Schon wieder kam Mathilde aus dem Staunen nicht heraus. Es mussten Hunderte von Leuten sein, die in dem großen Saal saßen. Die meisten Frauen waren nach der neuesten Mode gekleidet, und Mathilde schickte ein stummes Dankgebet an Mademoiselle Chanel, die ihr den Hut geschenkt hatte. Als das Licht ausging und das Klavier einsetzte, lehnte sie sich zurück, um ihren ersten Film zu sehen.

Danach gingen sie in ein Lokal ganz in der Nähe und tranken amerikanische Cocktails, die Side Car und Manhattan hießen und Mathilde beschwipst machten.

»Umso besser, dann bestellen wir gleich noch einen«, sagte Lucie.

Gegen Mitternacht waren sie wieder zu Hause.

»Ich habe das Gefühl, an diesem Tag mehr erlebt zu haben als in den letzten zehn Jahren meines Lebens«, sagte Mathilde. »Ich liebe Paris.«

19

Als Mathilde die Galerie in der Rue Laffitte betrat, erkannte Claude Davout sie sofort. Vor ihm stand die Frau, die für die meisten Bilder der Ausstellung von Roger Goulec Modell gestanden hatte. Er staunte nicht schlecht. Junge, Junge, dachte er. Diese Frau hat sich in den letzten … er überlegte kurz … in den letzten vier Jahren ganz schön herausgemacht. Auf den Bildern von damals war sie ganz nett anzuschauen gewesen, aber noch ein halbes Kind. Davout interessierte sich mehr für richtige Frauen. Und so eine hatte er gerade vor sich. Mathilde, so hieß sie, jetzt fiel es ihm wieder ein, auch wenn er ihren Nachnamen nicht kannte. Diese Mathilde war reifer, schöner und vor allem selbstbewusster geworden, stellte er fest.

»Guten Tag, Monsieur. Ich habe hier einige Bilder, die ich Ihnen zum Verkauf anbieten möchte.«

Davout hatte nicht nur ein untrügliches Gedächtnis für Bilder und Modelle, sondern er wusste auch genau, wie man Verkäufern den Wind aus den Segeln nahm und überzogene finanzielle Erwartungen von Anfang an bremste.

»Wie Sie sehen, hängen bei mir schon viele Bilder. Vielleicht sind Sie an einem Kauf interessiert, Madame …?«

»Pennickx, Mathilde Pennickx. Und ich möchte nicht kaufen, sondern verkaufen.«

Davout seufzte tief. »Nun gut, weil Sie es sind, Madame Pennickx. Dann lassen Sie mal sehen.« Dabei tat er so, als würde er ihr einen persönlichen Gefallen tun.

Mathilde fand ihn vom ersten Augenblick an unsympathisch. Aber weil sie an diesem Tag bereits mit mehreren garstigen Kunsthändlern erfolglos verhandelt hatte, machte sie gute Miene zum bösen Spiel.

»Wo kann ich Ihnen die Bilder zeigen?«, fragte sie und setzte ihr schönstes Lächeln auf.

»Gehen wir nach oben, dort sind wir ungestört.«

Sie gingen die Treppe hinauf. Hier stand ein großer Tisch, auf dem Mathilde die Leinwände eine nach der anderen ausrollte.

Meer, immer wieder Meer, dachte Davout gelangweilt. Und Apfelbäume.

»Ich nehme an, die Bilder sind in der Normandie entstanden?«, fragte er.

Mathilde reagierte überrascht. »Woher wissen Sie das?« Sie fragte sich, ob sie diesen Mann vielleicht unterschätzt hatte.

»Ach, wissen Sie, man hat da so seine Erfahrungen.«

Davout nahm ein anderes Blatt, das ein Kind von ungefähr drei Jahren vor einer großen Zeder im Garten zeigte. Eine ganz hübsche Arbeit, aber die Leute wollten keine Bilder von anderen Kindern. Sie wollten ihre eigenen Söhne und Töchter an den Wänden sehen. Beim nächsten Bild zog er anerkennend die Augenbrauen in die Höhe und stellte fest, dass Mathilde Pennickx diese Unachtsamkeit nicht entgangen war. Diese Frau war klüger, als er dachte, und die Sache begann ihm Spaß zu machen.

»Das sind Sie«, stellte er fest.

»Ja. Das Bild stammt von Caspar Williams. Sie werden ihn kennen.«

Davout seufzte. »Ich kenne so viele Maler.« Er betrachtete die Signatur unten links und seufzte noch einmal. Darunter hatte Caspar den Bildtitel notiert: *Madame Pennickx. Rückenansicht.* So viel Talent hätte er diesem Amerikaner, der schon seit Jahren nach Frankreich kam, um hier zu arbeiten, gar nicht zugetraut. Er musste in den letzten Jahren eine erstaunliche Entwicklung gemacht haben. Am meisten fesselte ihn allerdings das Motiv. Es zeigte Madame Pennickx an einem Tisch sitzend, wie sie einen Brief las. Das Bild war gut, das sah er sofort. Proportionen, Perspektive, Farben, Strich, alles war gelungen. Er würde das Bild gewinnbringend verkaufen können, daran bestand kein Zweifel.

»Na gut, weil Sie es sind. Dreihundert Francs.«

»Mehr nicht?«, fragte Mathilde. Ihr war seine Reaktion nicht entgangen, und sie war entschlossen, ihre Chance zu nutzen. »Sagen wir doch vierhundert.«

Davout sah sie amüsiert an. »Dreihundertfünfzig. Aber nur, weil ich ein Gentleman bin.«

Sie zeigte ihm noch einige weitere Arbeiten. Davout fand sie uninteressant, aber er hatte plötzlich eine Idee. Und dazu musste er sich diese Frau gewogen machen. Er kaufte ihr noch drei weitere kleine Arbeiten ab, ein Stillleben mit Austern, ein Meerbild und ein Boot mit gesetzten Segeln. Die Bilder würden im Magazin landen, das stand fest, aber er hoffte, dass seine Investition sich lohnen würde.

Er rieb sich die Hände, während er sagte: »Sehr schön, dann bekommen Sie siebenhundert Francs. Wenn Sie mir nach unten folgen würden, dann schreibe ich Ihnen einen Scheck aus.« Während er hinter ihr die Treppe hinunterging, überlegte er, wie er es am besten anstellen sollte. »Da wäre noch etwas …«, begann er.

»Ja?« Sie drehte sich zu ihm um.

»Nun, ich glaube, Sie sind im Besitz eines Gemäldes, für das ich in der Tat großes Interesse hege.«

»Was meinen Sie?«

»Das Bild hat schon einmal in meiner Galerie gehangen.«

Mathilde hatte immer noch keine Ahnung, worauf er hinauswollte. Aber ein Verdacht stieg in ihr auf. Und plötzlich sagte ihr auch der Name Davout etwas, der draußen über der Tür der Galerie stand.

»In Ihrer Galerie war die Ausstellung von Roger Goulec!« Als sie Rogers Namen aussprach, hatte sie das Gefühl, sich die Zunge zu verbrennen.

Davout nickte. »Ich fühle mich geschmeichelt, dass Ihnen mein Name nicht ganz unbekannt ist. Damals hing in der Ausstellung ein Bild, das Sie vor einer wilden Rose zeigt.« Er verbeugte sich leicht vor ihr. »Erlauben Sie mir, Ihnen zu sagen, dass Sie seit damals noch schöner geworden sind.«

»Wieso ausgerechnet dieses Bild?«, fragte sie, ohne auf das Kompliment zu reagieren.

»Weil es außergewöhnlich ist.«

»Gut, dann werden Sie mir auch einen außergewöhnlichen Preis dafür zahlen.«

Claude Davout verbeugte sich noch einmal. Er hatte doch gewusst, dass diese Frau eine harte Verhandlungspartnerin war.

»Sagen wir … zweitausend Francs.« Das war keine Frage, sondern eine Feststellung.

Davout versuchte gar nicht erst zu handeln. Er reichte ihr die Hand, um den Verkauf zu besiegeln. Er wusste, dass er für das Bild eine Käuferin hatte, die mindestens dreitausend zahlen würde.

»Darf ich fragen, wo das Bild ist?«

»Hier in Paris. In der Rue Froideveaux Nummer 38. Sie können es dort abholen lassen.«

Davout nickte. »Nun, Madame, dann werde ich den Scheck wohl auf zweitausendsiebenhundert Francs ausschreiben. Und, verzeihen Sie mir meine Offenheit, es war mir ein Vergnügen, mit Ihnen Geschäfte zu machen.«

»Ganz meinerseits«, entgegnete Mathilde.

Sobald seine Kundin die Galerie verlassen hatte, griff Davout zum Telefon und rief Jeanne de Barry an, um ihr das Bild anzubieten. Er nannte sie bei sich immer noch bei ihrem Geburtsnamen. Er hatte kein Verständnis dafür, wie eine junge Frau ihren Adelstitel für die Liebe aufgeben konnte. Wobei es mit der Liebe ja wohl auch nicht so weit her war.

»Hier spricht Davout. Ich habe etwas, das Sie ganz bestimmt interessieren wird«, begann er und erzählte von *Mathilde mit Rosen.*

»Woher haben Sie es?«, fragte sie atemlos.

»Die Frau war persönlich bei mir in der Galerie. Gerade eben.«

»Sie ist in Paris?« Am anderen Ende der Leitung war schweres Atmen zu hören. Hatte er also recht gehabt mit seiner Annahme, dass Jeanne de Barry immer noch eifersüchtig auf das ehemalige Modell ihres Mannes war. Er spürte förmlich, wie die Gedanken sich in ihrem Kopf jagten. Zu gern hätte er gewusst, was sich da abgespielt hatte!

»Sie scheint in finanziellen Schwierigkeiten zu sein«, sagte er. »Sie hatte noch weitere Bilder bei sich. Aber keines war so gut wie dieses.«

»Wie viel wollen Sie dafür?«

Davout wusste, dass er gewonnen hatte. Aber seinen Triumph wollte er auskosten. Jeanne de Barry hatte ihn mehr als einmal ihre Überheblichkeit spüren lassen. »Wollen Sie das Bild nicht vorher sehen?«

»Wie viel wollen Sie dafür?«, herrschte sie ihn an.

»Viertausend.« Er hatte eigentlich drei sagen wollen, aber für ihre letzte Unverschämtheit sollte sie bezahlen.

»Lassen Sie es sofort bringen. Sofort.« Bevor Davout antworten konnte, wurde am anderen Ende aufgelegt.

Davout warf wütend den Hörer auf die Gabel, doch dann ging ein Lächeln über sein Gesicht. Er hatte in fünf Minuten zweitausend Francs verdient.

An diesem Abend führte Daniel Molinet Mathilde aus. Er lud sie in eine große Brasserie an der Place de Clichy ein, die ganz im Norden der Stadt lag, und allein die Fahrt in der Kutsche bis dorthin war ein Erlebnis für Mathilde. Paris im abendlichen Lichterglanz der Leuchtreklamen und Gaslaternen war womöglich noch schöner als Paris am Tag. Sie fuhren den Boulevard de la Chapelle in westlicher Richtung, wo die Metro auf Stelzen oberhalb der Straße verlief. Als eine Bahn in einer Kurve über ihren Köpfen vorbeiglitt, ertönte ein wehklagendes Quietschen. Mathilde hielt sich erschrocken die Ohren zu, und Molinet lachte sie aus. Kurz darauf tauchten rechts die roten Flügel des Moulin Rouge auf. Das Glitzern der Leuchtreklamen, das sich auf dem nassen Pflaster spiegelte, war atemberaubend.

»Lass uns aussteigen und den Rest des Weges zu Fuß gehen«, bat Mathilde, und Molinet ließ die Kutsche anhalten.

Es regnete leicht, aber das störte Mathilde nicht. Daniel hielt einen Schirm über sie, und sie spazierten den Boulevard entlang. Es war Sonntagabend, und die Straße wimmelte von Vergnügungssüchtigen. Mathilde angelte mit einem kleinen Kran aus einem großen Becken ein Schweizer Taschenmesser. Weil sie so viel Glück hatte, erstand sie auch noch ein Los der Nationallotterie, zog aber eine Niete. Zum Trost erlaubte sie sich an einem Stand gleich nebenan eine Tüte duftende, noch warme Karamellbonbons und fing gleich an zu naschen, während sie an der langen Schlange der Kinobesucher vorbeischlenderten.

»Meine Güte, ist das schön!«, rief sie. »Dagegen ist Deauville der reinste Friedhof.«

»Ich nehme nicht an, dass du Muscheln essen willst«, sagte Daniel mit einem Lächeln, nachdem der Ober sie an einen der festlich gedeckten Tische geführt hatte. »Dabei ist das hier eine Spezialität.«

»Alles außer Muscheln«, sagte Mathilde.

»Wie wäre es dann mit einem Bressehühnchen auf Morcheln?«

Mathilde klappte die Speisekarte zu. »Das nehme ich. Obwohl ich nicht weiß, was Morcheln sind.«

Daniel musste lachen. »Das passt zu dir.«
Sie sah ihn fragend an.
»Dass du genau das bestellst, was du nicht kennst.«
Mathilde atmete geräuschvoll aus. »Das ist es ja gerade. Es gibt so viele Dinge, die ich nicht kenne und vielleicht nie kennenlernen werde. Aber ich gebe mir alle Mühe, dem entgegenzuwirken. Seit ich hier bin, komme ich kaum zum Schlafen, weil es so viel für mich zu sehen gibt.«
»Wie sieht es mit Champagner aus? Zur Feier des Tages.«
»Habe ich auch noch nie getrunken. Und ich weiß nicht, ob ich etwas zu feiern habe. Ich habe gestern Bilder für zweitausendsiebenhundert Francs verkauft. Das ist ein Viertel der Summe, die ich brauche. Aber dafür habe ich mein schönstes Bild weggegeben.« Sie senkte den Blick.
»Du hast sehr an ihm gehangen.«
»An dem Bild und an dem Maler«, entgegnete Mathilde und sah sich unruhig um.
Daniels Blick verdunkelte sich, und Mathilde merkte, dass sie ihn verletzt hatte. Das wollte sie nicht. Sie legte ihre Hand auf seine.
»Daniel, bitte …«
Er hatte sich schon wieder im Griff. »Hast du Angst, ihn hier zu treffen?«
»Um Himmels willen, nur das nicht!«, rief sie entsetzt aus und sah sich suchend im Raum um. Wenn sie geahnt hätte, dass Rogers Atelier nur einen Katzensprung entfernt war und dass die Brasserie auf seinem täglichen Weg lag, wäre sie sofort aufgesprungen und geflohen.
Daniel griff nach ihrer Hand, die auf dem weißen Tischtuch lag. »Willst du mir nicht von ihm erzählen? Es ist dieser Roger Goulec, nicht wahr?« Bei der Erwähnung des Namens konnte er eine gewisse Schärfe in der Stimme nicht vermeiden.
Ihr Blick flackerte. »Du kennst ihn doch gar nicht.«
»Nur aus deinen Erzählungen. Aber immer wenn es um

ihn oder um dieses Bild geht, wirst du ganz traurig oder aufgeregt, so wie eben. Ich würde gern wissen, was das für ein Mann ist, der dich so beeindruckt hat, dass ich bei dir keine Chance habe. Ich glaube, ich hasse ihn, ohne ihn zu kennen, weil er zwischen uns steht.«

Sie versuchte zu lächeln, aber es missglückte. »Das ist schon so lange vorbei.«

»Genau das glaube ich nicht. Dass es vorüber ist.«

Sie hob den Kopf, und ihre dunklen Augen wurden noch dunkler. »Lass uns nicht mehr von ihm sprechen. Es tut einfach immer noch weh. Und ich möchte diesen Abend nicht verderben, ja?«

Die Nacht ging viel zu schnell vorüber. Mathilde hatte sich rasch daran gewöhnt, dass man in Paris nicht nur in ein Lokal pro Abend ging, sondern erst ins Restaurant, dann in ein Café oder eine Bar oder ein Dancing. Paris bot so viele Möglichkeiten, sich zu amüsieren, dass die Pariser ihr immer ein wenig wie auf der Flucht vorkamen. Ständig waren sie auf der Suche nach dem noch schöneren Ort, den noch besseren Cocktails, der noch amerikanischeren Musik.

Nach dem Essen gingen sie in ein Tanzlokal, und Daniel erwies sich als temperamentvoller Tänzer. Er zeigte Mathilde die Schritte für die schnellen Rhythmen aus Amerika, die Musik kam von einer Blaskapelle, in der sogar ein Neger spielte. Mathilde war völlig außer Atem, als Molinet sie nach vier Tänzen wieder an den Tisch führte. Doch er ließ ihr kaum Zeit, einen Schluck Champagner zu trinken, bevor er sie wieder auf die Tanzfläche zog. Die Band spielte jetzt einen traditionellen Musettewalzer, und er nahm sie in die Arme und drehte sich mit ihr zu der ein wenig schwermütigen Melodie.

Sie lehnte sich leicht an Daniels Schulter und nahm seinen vertrauten Geruch wahr.

Er legte seine Lippen auf ihr Haar und sagte leise: »Ach,

Mathilde, warum kannst du diesen Mann nicht einfach vergessen. Ich liebe dich. Ich würde dich so gern glücklich machen. Wir beide passen doch so gut zusammen«, murmelte er und drückte dabei einen Kuss auf ihr dichtes Haar.

»Ich kann nicht. Bitte verzeih mir«, flüsterte Mathilde traurig.

Daniel hielt für einen Moment im Tanzen inne und sah sie an. »Vielleicht später? Wenn du über ihn hinweg bist? Ich kann warten.«

»Vielleicht«, gab sie zurück.

Die Tage und Nächte in Paris vergingen wie in einem Rausch. Mathilde war von früh bis spät auf den Beinen, um ihre Bilder anzubieten, und die Abende und Nächte verbrachte sie meist mit Lucie und ihrer Freundin Francine. »Ich treibe mich herum«, rief sie übermütig. »So würde das zumindest meine Mutter nennen.«

Als Mathilde Francine zum ersten Mal begegnet war, hatte sie geglaubt, eines der Modelle des englischen präraffaelitischen Malers Dante Gabriel Rossetti vor sich zu haben. Sie kannte seine Bilder, weil Marie-Anne sie so liebte und in fast jedem Brief eine Abbildung beilegte. Francine sah aus, als wäre sie direkt aus einem seiner Gemälde gestiegen. Sie hatte ein klassisches Profil mit gerader Nase und volle, schmollend aufgeworfene Lippen und rötliches Haar, das in schweren Wellen ihr blasses Gesicht umrahmte. Sie war von einer elegischen Melancholie umgeben. Mathilde wunderte sich kein bisschen, als sie erfuhr, dass Francine aus einer englischen Aristokratenfamilie stammte. Sie hatte etwas Elfenhaftes an sich, das sie durch lange, fließende Kleider betonte. Sie war die schönste Frau, die Mathilde je gesehen hatte, und sie weckte in jedem, der sie sah, unweigerlich den Instinkt, sie zu beschützen. Neben ihr sah Lucie aus wie eine Bauerntochter.

Wenn die drei Frauen spätabends eine Bar am Boulevard

Montparnasse betraten, folgten ihnen alle Blicke. Einigen Männern blieb der Mund offen stehen. Francine in ihrer überirdischen Schönheit zog alle in ihren Bann. Obwohl sie aussah wie eine Fee, hatte sie einen sehr herben Witz und konnte laut und übermütig lachen. Sie war Mathilde vom ersten Augenblick an sympathisch.

Eines Abends gegen Mitternacht gingen sie in eine Bar, in der ausschließlich Frauen waren. Der Raum war nur spärlich beleuchtet, und es roch nach einem süßlichen Tabak, der Mathilde unvertraut war. Von ihrem Tisch aus beobachtete sie Frauen, die mit anderen Frauen tanzten und sich dabei eng umschlungen hielten.

»Fühlst du dich unwohl?«, fragte Lucie sie. Sie folgten beide mit ihren Blicken Francine, die mit einer Frau tanzte, die in ein überaus kostbares Kleid gehüllt war.

Mathilde schüttelte den Kopf. Die Martinis, die sie im Laufe des Abends getrunken hatte, machten sie hemmungslos, und außerdem hatte sie schon so viele ungewöhnliche Dinge gesehen, seit sie in Paris war, da kam es hierauf auch nicht mehr an.

»Ich will einfach meine Sorgen vergessen und Paris erleben. Wer weiß denn, ob ich jemals wieder herkomme?«

Am nächsten Morgen war sie müde und hatte Kopfschmerzen. Sie stand auf und ging in die Küche hinüber, um sich einen Kaffee zu machen. Lucie stand am Tisch und hatte bereits ihren Mantel an.

»Wie schaffst du es nur, pünktlich zur Arbeit zu kommen?«, fragte sie.

Lucie lächelte. »Reine Übungssache. Trink einen Kaffee, dann geht es dir gleich besser.« Sie sah auf die Uhr. »Verflixt, ich muss los. Bis heute Abend.«

Damit war sie aus der Tür.

Mathilde schenkte sich einen Kaffee ein und stellte sich an das Küchenfenster, um auf den Friedhof hinauszusehen. In die Erinnerungen an den vergangenen Abend mischten sich die Sorgen um die Zukunft. Schließlich war sie nicht in Paris, um sich zu amüsieren, sondern weil sie Geld brauchte. Sie setzte sich an Lucies Küchentisch und schrieb Zahlen untereinander.

Die Galerie Davout war bisher die bei Weitem einträglichste Adresse gewesen. Danach hatte sie noch drei einzelne Bilder verkaufen können, für insgesamt fünfhundert Francs. Damit hatte sie gerade mal ein Drittel der Summe, die sie vermutlich brauchen würde, um die Villa in Deauville zu kaufen. In drei Tagen würde sie nach Hause fahren, und sie stellte sich die Frage, wo sie das restliche Geld hernehmen sollte. Den Gedanken, ihre Bilder in den Künstlercafés auf dem Montmartre anzubieten, hatte sie gleich wieder verworfen, als sie mit Lucie und Francine in einigen gewesen war. Dort saßen genug andere Leute herum, die versuchten, die Zeche mit ihren Arbeiten zu bezahlen. Niemand hatte dort auf sie und ihre Bilder gewartet.

Nachdem sie sich für den Tag fertig gemacht hatte, ging sie in den Louvre. Den Besuch im Museum hatte sie sich fest vorgenommen. Sie kannte mittlerweile so viele Maler persönlich, sie wollte sich ansehen, was ihre Vorgänger geschaffen hatten.

Während sie die berühmten Bilder betrachtete, stieg in ihr eine Ahnung auf, was all die Maler in Deauville suchten, wenn sie Tag um Tag vor ihrer Leinwand standen: Unsterblichkeit.

Als sie nach Stunden wieder auf der belebten Einkaufsstraße Rue de Rivoli stand, war sie noch ganz gefangen von dem, was sie gesehen hatte. Sie kniff die Augen gegen die hell scheinende Sonne zusammen. Ihre Strahlen ließen die Gebäude aus hellem Sandstein in einem sanften Orange leuchten, und darüber spannte sich ein hellblauer Himmel mit rosaroten Wolken. Das Bewusstsein von der Schönheit des Augenblicks durchfuhr sie. Fast wären ihr die Tränen gekommen.

Das schöne Wetter hatte die Menschen auf die Straße gelockt. Aber es waren viel mehr Frauen unterwegs, nur ganz wenige Männer waren dazwischen, und die meisten von ihnen waren schon älter. Die Generation der jungen Männer hatte der Krieg verschlungen. Deshalb saßen Frauen allein oder zu zweit in den Cafés. Die Jüngeren von ihnen hatten ihr Haar auf Schulterlänge abgeschnitten und eilten mit raschen Schritten die Trottoirs entlang, wobei sie ihre Hüften schwangen und ihre Beine unter den kniekurzen Kleidern zeigten. Die Männer, denen sie begegnete, trugen keine Bärte mehr wie vor dem Krieg. Auch die Spazierstöcke und die Monokel waren verschwunden. Paris war eine moderne Weltstadt, deren Bewohner den Krieg und mit ihm gleich vieles Alte und Überkommene hinter sich gelassen hatten.

Mathilde hatte Durst. Sie ging zögernd an der Terrasse eines Cafés vorüber, dann nahm sie all ihre Courage zusammen, ging die paar Schritte zurück und setzte sich an einen der kleinen Tische unter der Markise. Als der Kellner kam, wusste sie nicht, was sie bestellen sollte. Was trank eine Frau, die nachmittags allein in einem Pariser Café saß?

»Vielleicht eine heiße Schokolade zur Stärkung?«, fragte der Kellner zuvorkommend.

»Ja, gern«, gab sie dankbar zurück.

Die Schokolade schmeckte köstlich. Sie war heiß und süß und cremig, und auf der Schlagsahne schwebten Schokoladenraspel.

20

Jeanne stieß einen leisen Wutschrei aus, als sie Mathilde an dem Caféhaustisch sitzen sah. Sie war selbst auf der Suche nach einem freien Tisch im Café am Palais Royal. Es war eines ihrer Lieblingscafés, und dass diese Frau sich ausgerechnet hier breitmachte, steigerte ihre Wut ins Maßlose. Sie taxierte Mathilde, während sie sich einen Weg durch die eng gestellten Tische bahnte. Ein eher alltägliches Gesicht, ganz hübsch, mehr aber auch nicht, dachte sie. Einzig das Haar war besonders, dick und schwer und glänzend, aber wer trug sein Haar denn heute noch auf diese Weise? Die Kleidung war gewöhnlich bis auf den Hut, der aussah wie ein Modell von Chanel.

»Sie sind es tatsächlich«, entfuhr es ihr, als sie direkt vor dem Tisch stand.

»Wie bitte?«, fragte Mathilde. Sie hatte ihr Getränk mit halb geschlossenen Augen genossen und bemerkte erst jetzt die fremde Frau vor ihr. Sie war etwa in ihrem Alter und trug einen sündhaft schönen Nerzmantel. Darunter blitzte ein Chanel-Kostüm aus Jersey hervor, das gerade der allerletzte Schrei war. Außerdem trug die Frau mehrere Reihen Perlen um den Hals und um das Handgelenk. Mathilde zweifelte nicht eine Sekunde daran, dass sie echt und ein Vermögen wert waren. Die Frau starrte sie auf eine unverfrorene Art und Weise an. In ihren Augen glomm es gefährlich.

»Sie sind diese Mathilde«, stellte sie fest. »Ihren Nachnamen kenne ich nicht, aber er tut wohl auch nichts zur

Sache.« Ihr Lippen kräuselten sich vor Geringschätzung, als sie hinzufügte: »Sie haben da Schokolade im Mundwinkel.«

»Ich verstehe nicht«, sagte Mathilde. Sie zog ein Taschentuch aus ihrer Handtasche und sah hilfesuchend zu dem Kellner hinüber, der für ihren Tisch zuständig war.

Der Mann fing ihren Blick auf und kam an den Tisch.

»Lass uns in Ruhe, Pierre«, zischte die Frau ihn an. »Wir haben etwas zu besprechen.«

Jetzt reichte es Mathilde.

»Ich wüsste nicht, was ich mit Ihnen zu besprechen habe. Ich kenne Sie ja nicht einmal. Würden Sie bitte meinen Tisch verlassen. Ich bin verabredet«, brachte sie hervor, aber es klang nicht besonders bestimmt.

Die Frau dachte nicht daran zu gehen, sondern ließ sich auf dem Stuhl ihr gegenüber nieder.

Während Mathilde noch überlegte, wie sie auf diese Unverfrorenheit reagieren sollte, sagte die Fremde: »Ich bin Jeanne Goulec.« Dabei sah sie Mathilde aus hellblauen Augen provozierend an.

Mathilde wusste auf einen Schlag Bescheid. Die schöne Frau in der exquisiten Garderobe, die da vor ihr saß, war Rogers Frau. Ihr wurde schwindlig, und sie umklammerte ihre Tasse, bis die Knöchel ihrer Hand weiß hervortraten.

Jeanne hatte ihre Reaktion bemerkt und lächelte überheblich.

»Genau. Ich bin Rogers Frau. Ich habe Sie sofort erkannt, weil ich selbstverständlich die Bilder von Ihnen gesehen habe, die er gemalt hat. Im Übrigen habe ich vor einigen Tagen ein weiteres Bild gekauft, für das Sie Modell gestanden haben.«

»Sie meinen …«

»*Mathilde mit Rosen*. Genau.«

»Wie geht es Roger?«, fragte Mathilde. Es sollte harmlos klingen, aber sie konnte das unsichere Timbre in ihrer Stimme nicht verbergen.

Als sie die Genugtuung in Jeanne Goulecs Augen aufblitzen sah, bereute sie ihre Frage. Sie ahnte, dass man mit dieser Frau keine Vertraulichkeiten austauschte und dass es ihr Freude machen würde, sie zu demütigen.

Jeanne fühlte sich tatsächlich siegesgewiss. Seit Davout ihr erzählt hatte, dass diese Frau in der Stadt sei, hatte sie sich gefragt, ob Roger sich wohl mit ihr traf. Aber ihre unbedachte Frage, wie es ihm gehe, beruhigte sie. Die Frau ihr gegenüber hatte Roger seit längerer Zeit nicht gesehen – und sie hatte keine Ahnung davon, dass er sich scheiden lassen wollte. Jetzt musste sie nur noch dafür sorgen, dass es auch in Zukunft zu keiner Begegnung zwischen den beiden kam. Sie lächelte.

»Oh, Roger geht es sehr gut. Wir sind glücklich.« Jeanne legte ihre Hand, die in Handschuhen aus feinstem Ziegenleder steckte, auf ihre Perlenkette und spielte mit ihr, bevor sie weitersprach. »Mir liegt sehr viel am künstlerischen Erfolg meines Mannes. Als man mir zutrug, dass das Bild zu verkaufen sei, habe ich sofort zugegriffen. Er wird natürlich Ihr Gesicht übermalen und meines an die Stelle setzen.«

Mathilde wurde blass.

»Das wird Sie nicht weiter stören. Sie waren ja schließlich nur ein Modell unter vielen. Aber er möchte dieses Bild gern unserem Sohn schenken. Noch ist er ja zu klein, aber später wird er es zu schätzen wissen.«

Jeanne beobachtete Mathildes Reaktion ganz genau und kostete jede Sekunde ihres Triumphes aus.

Als der Kellner noch einmal an ihren Tisch trat, bestellte sie einen Cognac. »Am besten gleich zwei. Ich befürchte, Mademoiselle …« Sie sah Mathilde fragend an.

»Pennickx«, sagte Mathilde mit monotoner Stimme. »Madame Pennickx.«

»… Madame Pennickx hat eine kleine Aufmunterung nötig.«

Als der Kellner wieder gegangen war, sah sie Mathilde an. »Was wollen Sie in Paris?«

»Was geht Sie das an?«

»Ist auch egal, ob Sie es mir verraten oder nicht. Ich nehme an, dass Sie in finanziellen Schwierigkeiten sind. Deshalb verkaufen Sie Bilder.«

Mathilde wollte antworten, doch Jeanne schnitt ihr mit einer heftigen Bewegung ihrer behandschuhten Hand einfach das Wort ab.

»Sehen Sie, deshalb ist es für Roger auch viel besser, dass er mit mir verheiratet ist. Ich stamme aus einer wohlhabenden Familie. Mein Vater und ich unterstützen ihn. Wir haben ihn im Grunde erst bekannt gemacht und ihn mit Käufern und Kunsthändlern zusammengebracht. Mit Ihnen hätte er nie eine Zukunft gehabt. Jemand wie Sie hätte ihn doch nur unglücklich gemacht.«

Der Kellner brachte die goldfarbenen Cognacs in bauchigen Schwenkern. Jeanne hob ihr Glas an die Lippen und trank es aus. Mathilde nahm den starken Geruch des Alkohols wahr, und der Magen drehte sich ihr um. Sie hatte immer noch mit den Auswirkungen der letzten Nacht zu kämpfen. Sie nahm stattdessen einen Schluck von ihrem Kakao. Doch er schmeckte ihr plötzlich nicht mehr, und sie fühlte sich unglaublich elend.

Jeannes Stimme nahm einen vertraulichen Ton an. Mathilde zog instinktiv ihren Arm weg, weil sie befürchtete, diese Frau könnte sie berühren.

»Wissen Sie, ich habe Roger verziehen, dass er damals mit Ihnen diesen kleinen … Fehltritt begangen hat. So sind die Künstler. Das ist der Preis, den wir für ihr Genie zahlen müssen.«

»Ich glaube, das reicht jetzt«, sagte Mathilde steif. Sie fühlte, wie ihr die Tränen in die Augen stiegen. Aber vor dieser Frau wollte sie nicht weinen, lieber hätte sie sich die Zunge abgebissen.

»Warten Sie. Lassen Sie uns wie zwei erwachsene Menschen miteinander reden. Ich kann Ihnen helfen. Sagen Sie mir, wie viel Sie brauchen.«

Mathildes erster Reflex war, sofort aufzustehen und zu gehen. Diese Frau beleidigte ihre Selbstachtung. Doch dann begann sie zu überlegen. Wäre es nicht unklug, dieses Angebot, das all ihre Probleme auf einen Schlag lösen würde, abzulehnen? War ihr Stolz nicht unerheblich, wenn es um die Zukunft ihrer Tochter ging? Eine Bank würde ihr als Frau nie einen Kredit geben, aber Jeanne Goulec war dazu bereit. Und sie war offensichtlich so vermögend, dass es ihr auf zehntausend Francs mehr oder weniger nicht ankam. Mathilde sah, dass die Frau ihr gegenüber ungeduldig auf eine Antwort wartete. Sie hatte sich zwar lässig in ihrem Stuhl zurückgelehnt, trommelte aber nervös mit den Fingern auf dem Tisch.

Mathilde hatte sich entschieden. »Wieso wollen ausgerechnet Sie mir helfen?«, fragte sie.

»Weil ich etwas dafür will, was denken Sie denn?«

»Was muss ich tun?«

Jeanne Goulec lehnte sich zurück und machte eine kleine Pause, bevor sie sagte: »Sie verlassen Paris mit dem nächsten Zug.«

Lucie schäumte vor Wut, als Mathilde ihr von dem Zusammentreffen mit Jeanne Goulec berichtete. Sie saßen in einem Bistro am Boulevard Montparnasse, und jetzt hatte Mathilde doch einen Cognac getrunken, weil sie so aufgewühlt war.

»Diese kleine Intrigantin«, schimpfte Lucie. »Nur weil sie Geld hat, glaubt sie, sich alles erlauben zu können. Ich hoffe, du hast sie zum Teufel gejagt. Du lässt dich doch nicht erpressen!«

»Ich habe ihr Angebot angenommen«, sagte Mathilde und zog einen Briefumschlag aus der Tasche, in dem zehntausend Francs in kleinen Scheinen lagen, ein dickes Bündel.

»Ich bin mit ihr zu ihrer Bank gegangen, und sie hat mir das Geld gegeben. Ich war auch schon in eurer Wohnung und habe gepackt. Ich nehme morgen früh den ersten Zug.«

Lucie starrte sie an. »Das meinst du nicht ernst.«

»Doch. Ich kann mir Sentimentalität und eine noble Gesinnung nicht leisten. Ich habe eine Tochter zu versorgen, und ich will, dass sie eine Chance im Leben hat. Und Véronique verlässt sich auch auf mich. Ich habe keine andere Wahl. Oder hältst du die Idee, dass ich wieder heirate und mich unter die Fittiche eines Mannes begebe, für die bessere Lösung?«

»Sie hat recht, Lucie«, wandte Francine vorsichtig ein. »Sieh es doch mal so: Sie nimmt das Geld, und dafür kürzt sie ihren Parisaufenthalt um zwei Tage ab. Das ist zwar schade, aber nicht zu ändern. Im Gegenzug kann sie die Villa kaufen und hat hoffentlich ausgesorgt. Stell dir vor: Sie wird endlich ihr eigener Herr sein!«

Lucie ging etwas ganz anderes durch den Kopf: »Warum will diese Frau dich unbedingt aus der Stadt haben? Wovor hat sie Angst?«

»Ich glaube, sie will nicht, dass ich Roger wiedersehe.«

»Du glaubst, sie ist immer noch eifersüchtig? Nach so vielen Jahren?«

»Was ist das eigentlich für eine Geschichte mit diesem Mann? Wer ist er?«, fragte Francine.

Mathilde schüttelte traurig den Kopf und schwieg.

»Er heißt Roger Goulec, und er ist der Vater von Mathildes Tochter«, flüsterte Lucie in Francines Ohr. »Und ich befürchte, sie liebt ihn immer noch.« Dann nahm sie Mathilde in die Arme. »Warum kann ich dir nicht das Geld geben? Ich würde es ohne Zögern tun, wenn ich es hätte.«

»Ich habe das Geld dieser Frau genommen, aber ich werde es zurückzahlen. Jeden Centime. Das bin ich mir schuldig.«

»Wenn sie mir je unter die Augen kommt, kratze ich ihr die Augen aus«, sagte Lucie grimmig.

Den Rest des Abends verbrachten Mathilde, Lucie und Francine zu Hause. Ihnen war nicht nach Ausgehen zumute. Mathilde war in Gedanken versunken. Sobald sie wieder in Deauville war, würde sie zu Monsieur Béard gehen und ihm ein Angebot für sein Haus machen. Sie freute sich schon darauf, wie sein selbstgefälliges Grinsen in sich zusammenfallen würde, wenn sie ihm das Geld auf den Tisch zählte. Sie zweifelte nicht daran, dass die Summe ihn überzeugen würde. Oder sollte er inzwischen ein weiteres Angebot erhalten haben? Nein, das glaubte sie nicht. Sie war ja nur ein paar Tage weg gewesen. In diesen Tagen war in ihrem Leben viel passiert, aber sicherlich nicht im Leben von Richard Béard.

»Wo ist eigentlich die Rue Cambon?«, fragte sie plötzlich.

»Wie kommst du denn jetzt darauf?«, fragte Francine.

»Coco Chanel hat mich eingeladen, sie dort zu besuchen. Das werde ich jetzt nicht mehr schaffen.«

»Du kennst Leute!«, entfuhr es Lucie.

»Ich kenne sie gar nicht. Nur ihre Stellvertreterin in Deauville, die zugleich Véroniques Schwester ist.«

Es klopfte an der Tür, und die Concierge brachte ein Telegramm für Mathilde.

Mit zitternden Fingern riss sie den Umschlag auf.

Papa krank. Komm schnell. Pauline

Von Francine hatte sie sich bereits in der Wohnung verabschiedet, der Abschied von Lucie am Bahnsteig am nächsten Morgen war tränenreich.

»Das wird schon wieder«, versuchte Lucie sie zu trösten.

Mathilde schüttelte den Kopf. »Wenn meine Schwester ein Telegramm schickt, dann ist es wirklich ernst. Ich bete nur, dass ich noch rechtzeitig komme.«

»Ich besuche dich, sobald ich ein paar Tage freihabe.«

»Bring Francine mit.«

Sie stieg in den Zug. Dieses Mal hatte sie nur ihren kleinen Koffer zu tragen. Die unverkauften Leinwände hatte sie bei Lucie gelassen, die sich weiterhin um Käufer bemühen wollte.

Mit ihr im Abteil saß eine ältere Frau, die sie freundlich anlächelte.

Mathilde verspürte keinerlei Lust auf eine harmlose Plauderei und tat so, als würde sie lesen. Aber sie konnte sich nicht auf das Buch konzentrieren. Bei jedem Halt sah sie nervös auf die Uhr und zerrte ungeduldig an ihrem Taschentuch, bis die selbst gehäkelte Spitze riss. Die fragenden Blicke der älteren Frau ignorierte sie.

Mehr als einmal kamen ihr auf der Fahrt durch die verregnete Landschaft die Tränen. In erster Linie machte sie sich Sorgen um ihren Vater, aber dazwischen tauchte immer wieder die Frage auf, ob ihre Entscheidung, Jeanne Goulecs Geld anzunehmen, richtig gewesen war.

Eine schreckliche Erkenntnis durchzuckte sie plötzlich: Was, wenn sie Roger mit ihrer überheblichen Stimme davon erzählen würde? Wie würde sie vor ihm dastehen? Als Frau, die ihre Liebe für Geld verkauft. Als sie länger darüber nachdachte, stieg hilfloser Zorn in ihr auf. Hatte nicht auch Roger Anteil an ihrer Situation? War er etwa nicht der Vater von Amélie? Trotz allem blieb ein Gefühl der Erniedrigung zurück. Sie hatte sich an diese Frau verkauft, die sie mit ihrem Geld demütigen wollte. Sie konnte ihre Selbstachtung nur dadurch zurückgewinnen, dass sie ihr jeden Centime mit Zinsen zurückzahlte.

Ihre Reisegefährtin konnte sehen, wie sich Mathilde auf einmal aufrichtete und das Kinn reckte. Ihr schöner Mund wurde schmal, die traurigen Augen bekamen einen entschlossenen Ausdruck.

Mit dieser Frau sollte man sich besser nicht anlegen, dachte sie.

Sobald sie in Deauville aus dem Zug gestiegen war, hastete sie zum Ausgang. Niemand wusste, wann sie ankommen würde, deshalb holte keiner sie ab. Vor dem Bahnhof atmete sie tief durch und sog die würzige Meeresluft ein. Die hatte sie in Paris vermisst.

Gegenüber vom Bahnhof standen die Busse, die das Umland versorgten, und als sie einen Bus nach Honfleur entdeckte, der die Küstenstraße nahm und über Bonneville fuhr, stieg sie ein. Sie hatte zwar Sehnsucht nach Amélie, aber die Sorge um ihren Vater war größer.

Henriette hatte sie schon von Weitem gesehen und wartete in der offenen Tür auf sie, obwohl es kalt war.

»Bin ich zu spät?«, fragte Mathilde hastig.

Henriette schüttelte den Kopf, aber Mathilde sah, dass sie geweint hatte.

»Er hatte einen Herzinfarkt. Er ist sehr schwach. Die linke Körperseite ist gelähmt.«

»Wird er mich erkennen?«, fragte Mathilde ängstlich.

»Keine Sorge. Dich erkennt er immer.«

Mathilde ging in das Schlafzimmer ihrer Eltern. Sie hatte diesen Raum so gut wie noch nie betreten. Das Schlafzimmer der Eltern war verbotene Zone für die Kinder.

Im Halbdunkel des niedrigen Raumes erkannte sie ihren Vater, der auf der linken Seite des Bettes lag und schwer atmete. Pauline saß bei ihm. Als sie sie bemerkte, stand sie auf, umarmte sie kurz und verließ das Zimmer.

»Papa«, sagte Mathilde und streichelte seine Hände.

Es gelang Georges Martinet, nach der Hand seiner Tochter zu greifen.

»Ich habe auf dich gewartet«, flüsterte er. Seine Stimme klang fremd in Mathildes Ohren, sie war heiser, und seine Sprache war verwaschen. Der linke Mundwinkel hing ein wenig herab.

»Soll ich dir von Paris erzählen?«

»Du bist die Erste meiner Töchter, die es nach Paris geschafft hat. Ich bin stolz auf dich.«

»Ich habe das Geld für das Haus zusammen. Ich werde die Villa kaufen, Papa. Dann wird alles in Ordnung kommen. Du musst dir keine Sorgen machen.«

Unter großen Anstrengungen schüttelte er den Kopf, und Mathilde sah ihn fragend an.

»Geld ist nicht alles. Willst du mir nicht endlich sagen, wer der Vater von Amélie ist?«

»Der Vater von Amélie?« Mathilde geriet ins Stocken. Mit dieser Frage hätte sie niemals gerechnet. »Aber … Albert ist ihr Vater. Das weißt du doch.«

Der Druck seiner Finger um ihre Hand wurde ein klein wenig stärker. »Ich werde sterben, das ist nicht der Zeitpunkt für Lügen.«

Mathilde biss sich auf die Lippen.

»Er war hier, vor ein paar Tagen erst, während du in Paris warst.« Das Sprechen bereitete ihm mehr und mehr Mühe.

»Von wem sprichst du?«

»Von diesem Maler, Roger Goulec.«

Mathilde schrie auf und presste beide Hände vor den Mund. »Er war hier? Was hat er gewollt?«

»Er hat nach dir gefragt. Er ist es, nicht wahr? Er ist Amélies Vater.«

Ohne zu überlegen, sagte Mathilde Ja. Jetzt war wirklich nicht der Zeitpunkt, um sich und andere zu belügen.

»Kannst du das nicht auch in Ordnung bringen?«

Mathilde biss sich auf die Lippen. »Ich fürchte, nein, Papa.«

Mit letzter Kraft hob Georges Martinet den rechten Arm, der ihm noch gehorchen wollte, und malte mit dem Daumen ein Kreuz auf die Stirn seiner Tochter. Dann sank er erschöpft in die Kissen zurück.

Mathilde ging in die Küche, und Pauline nahm wieder den Platz am Bett ihres Vaters ein, damit immer jemand bei ihm war. Mathilde sah auf die Uhr.

»Gleich geht der Bus nach Deauville. Wenn ich mich beeile, schaffe ich es, Amélie abzuholen und heute Abend wieder hier zu sein.«

Sie küsste ihre Mutter zum Abschied und machte sich eilig auf den Weg.

Während sich der Bus durch die engen Kurven der Straße quälte, die nach Trouville und Deauville hinunterführte, hielt Mathilde unwillkürlich Ausschau nach Roger. Es war ja gut möglich, dass er immer noch hier war. Am Busbahnhof stand ein Mann in der Schlange zum Einsteigen, der ihm sehr ähnlich war, und ihr Herz setzte für einen Schlag aus. Dann erkannte sie, dass es nicht Roger war, und rief sich zur Ordnung. Sie musste sich beeilen, um Amélie abzuholen und den nächsten Bus zurück nach Bonneville zu erreichen.

Am frühen Abend kam sie wieder dort an. Der Zustand ihres Vaters war unverändert und blieb es vorerst. Doch zwei Wochen später in den frühen Morgenstunden hatte Georges Martinet einen zweiten Herzinfarkt und starb.

Die Tage bis zur Beerdigung vergingen wie im Flug. Mathilde fuhr ab und an zur Pension, wie sie es auch schon vor dem Tod ihres Vaters getan hatte, aber es waren nur zwei Gäste da, die wenig Arbeit machten, und Véronique kam ganz gut allein zurecht. Mathilde wollte so oft wie möglich bei ihrer Mutter sein, die seit dem Tod ihres Mannes vor Trauer ganz durcheinander war. Das Begräbnis war in vier Tagen geplant, und alle hofften, dass Marie-Anne rechtzeitig da sein würde. Sie und Richard wollten ein Schiff bis Le Havre und dann den Bus nehmen.

Am Tag der Beerdigung war Mathilde zu Tode erschöpft. Und enttäuscht, denn als sie sich schließlich gemeinsam mit ihrer

Mutter und Amélie auf den Weg in die Kirche machte, war Marie-Anne noch nicht da. Aber die Ankunft der Schiffe ließ sich nie so genau vorhersagen. Immer wieder sah Mathilde auf den Weg hinaus, der zum Haus führte. Schließlich war es so spät, dass sie wirklich los mussten.

»Vielleicht kommt sie direkt in die Kirche«, sagte Henriette.

Die hochschwangere Pauline wartete schon mit Jean-Pierre und ihrem Sohn am Eingang, gemeinsam mit den anderen Trauergästen. Das ganze Dorf war versammelt, aber die Trauergemeinde betrat die Kirche erst nach den Angehörigen. Zum Glück war es ein milder Tag ohne Regen. Gerade als sie in die Kirche einzogen, hielt eine Kutsche vor dem Gebäude. Mathilde war unendlich erleichtert, als sie Marie-Anne mit ihrem Mann und den beiden Kindern aussteigen sah. Sie nahmen sich kurz in die Arme, dann begann der Trauergottesdienst.

Der Pfarrer sagte, was er immer sagte, wenn einer der alten Fischer starb. Dass der Krieg die Familien verkleinert habe, dass die neuen Zeiten nicht nur Gutes brachten, dass Georges Martinet ein beliebtes und geachtetes Mitglied der Gemeinde gewesen sei. Er sprach von den Schicksalsschlägen, die er hatte ertragen müssen, vom Verlust des Bruders im Krieg und vom Tod Mélanies, der ihn und seine Frau so schwer getroffen hatte. Und davon, dass er seinen dritten Enkel, auf den er sich so gefreut habe, nun nicht mehr kennenlernen durfte.

Am folgenden Tag machte Mathilde einen langen Spaziergang mit Marie-Anne. Sie hatten sich das letzte Mal vor ungefähr zwei Jahren gesehen, als ihre Tante mit ihrer Familie in der Pension gewesen war. Die Zeit hatte ihre Spuren hinterlassen. Im Leben beider Frauen hatte sich vieles verändert.

Marie-Anne war rund und proper, ihre Wangen waren leicht gerötet. Sie lebte nur für ihre Familie und ging voll darin auf. Mathilde wollte es nicht gern zugeben, aber ein bisschen war sie enttäuscht von der Richtung, die Marie-Annes Leben genommen hatte. Von ihrem jugendlichen Ungestüm war nichts geblieben, sie lebte ein sehr traditionelles Leben als Hausfrau und Mutter, war Mitglied im Frauenklub und im Heimatverein des Stadtteils, in dem sie wohnten. Sie und Richard lebten mittlerweile in London, Richard war Geschäftsführer eines großen Kaufhauses geworden und Marie-Anne erwartete ihr drittes Kind. Ihr Bauch war schon ziemlich gerundet, und nachdem sie den beschwerlichen Weg von der Steilküste zum Strand hinuntergegangen waren und vor den Austernbänken standen, die nur zum Teil aus dem Wasser ragten, blieb sie stehen und rang nach Atem.

»Komm, wir ruhen uns dort ein bisschen aus«, sagte sie zu Mathilde.

Sie rafften die Röcke, dann gingen sie über den nassen Sand zu zwei abgerundeten Felsen, die nebeneinanderlagen. Um sie herum war der modrige Geruch nach in der Sonne faulendem Tang, und sie hörten das Knistern und Knacken der Miesmuscheln, die an den Felsen saßen und sich langsam öffneten und wieder schlossen.

»Puh, ist das warm!« Marie-Anne ließ sich schwerfällig auf den Stein fallen und nahm ihren breitkrempigen Hut ab, um sich damit frische Luft zuzufächeln. »Ich hatte vergessen, wie sehr die Sonne hier am Meer brennt. Dabei haben wir Oktober.«

»Sollen wir zurückgehen?«, fragte Mathilde.

»Gleich. Lass uns gern noch einen Moment hier sitzen bleiben. Ich war schon so lange nicht mehr hier. Was machen die Austernbänke? Meine Güte, wenn ich an die Arbeit denke!«

Mathilde folgte ihrem Blick. Ungefähr hundert Meter vor ihnen ragten die vordersten Bänke aus dem Wasser, und weiter hinten sahen sie die Begrenzungspfähle der im Wasser liegenden Austernbänke.

»Pauline und Jean-Pierre haben sie übernommen, aber einen Teil haben sie an eine Gesellschaft in Le Havre verkauft. Das Geschäft lohnt sich nicht mehr, und es ist zu viel Arbeit. Maman hat bisher geholfen, so gut sie konnte, aber ...«

»Sie ist alt geworden.«

»Für sie ist ein Leben ohne Papa nicht vorstellbar. Ich mache mir große Sorgen. Jetzt ist sie ganz allein im Haus.«

»Ist es nicht traurig, dass ich erst jetzt, wo Georges tot ist, wieder sein Haus betreten darf? Die Jahre, als ich euch nicht sehen durfte, waren die schlimmsten in meinem Leben.«

Für einen Moment hingen sie beide ihren düsteren Gedanken nach.

»Habt ihr überlegt, Henriette zu euch zu nehmen? Du oder Pauline?«, fragte Marie-Anne dann.

Mathilde schüttelte den Kopf. »Sie wehrt sich mit Händen und Füßen. Du weißt, dass man das in Bonneville nicht tut. Die Alten bleiben in ihren Häusern, bis sie sterben. Sie hätte gern, dass eine von uns zurückkommt, aber wie soll das gehen?«

»Was macht deine Pension? Ich bin schon ganz gespannt, wenn wir morgen hinfahren.«

»Du wirst dich wundern, was sich alles verändert hat«, sagte Mathilde und konnte den Stolz in ihrer Stimme nicht verbergen. Sie gab sich auch keine Mühe. Sie hatte allen Grund, stolz auf das Erreichte zu sein. »Es war wirklich hart, und bis vor ein paar Wochen wusste ich nicht, wie es weitergehen soll. Aber jetzt wird alles gut. Stell dir vor: Ich werde das Haus kaufen. Der Vertrag wird noch in diesem Monat unterschrieben. Es wird noch einmal hart werden, weil ich sparen muss, um das Geld zurückzuzahlen, aber das macht mir nichts aus. Wenn alles so gut weiterläuft wie bisher und ich meine Pension erweitere, habe ich meine Schulden in drei Jahren zurückgezahlt. Und mit Véronique habe ich das große Los gezogen. Sie weiß überall Bescheid, und ich vertraue ihr. Amélie ist geradezu vernarrt in sie und wickelt sie um den Finger. Du wirst sie ja morgen kennenlernen. Bestimmt magst du sie, da bin ich sicher. Mal sehen, vielleicht kaufe ich auch das Nachbarhaus. Es steht schon länger leer.« Sie kicherte, aber in ihren Augen stand Entschlossenheit. »Einige Leute in Deauville fürchten sich geradezu vor mir. Sie grüßen mich und sehen zu, dass sie schnell weiterkommen. Ich bin ihnen nicht geheuer.«

»Wo hast du denn eigentlich jemanden aufgetrieben, der dir so viel Geld geliehen hat?«, fragte Marie-Anne.

Mathildes Lächeln gefror, und Marie-Anne merkte, dass sie etwas Falsches gesagt hatte.

»Das tut nichts zur Sache. Ich will nicht darüber reden. Ich werde es zurückzahlen, und dann ist die Sache aus der Welt.«

»Du bist hart geworden«, sagte Marie-Anne und sah sie an, wobei sie die Augen gegen das Sonnenlicht zusammenkniff. »Ich kann mir gut vorstellen, dass du den Leuten Respekt einflößt.«

»Ist das ein Vorwurf?«, fragte Mathilde eine Spur zu scharf.

»Nein, aber es macht mich traurig«, sagte Marie-Anne. »Kommst du dazu, dich auch mal auszuruhen? An wen lehnst du dich an, wenn du Zuspruch brauchst?«

»Es ist nicht leicht, als Frau allein.«

»Liebe kann helfen. Und nur weil ein Mann dir wehgetan hat, heißt das nicht, dass alle Männer schlecht sind.«

»Mag ja sein, aber dazu muss man sie erst mal finden.«

»Und? Ist da niemand?«

Mathilde schüttelte den Kopf. Dann erzählte sie zögernd von Daniel. »Da war mal jemand, nach Roger, aber er konnte seinen Platz nicht einnehmen. Er ist ein guter Freund geblieben.«

»Und Roger? Hast du Neuigkeiten von ihm? Immerhin ist er der Vater von Amélie.«

Mathilde seufzte tief auf. »Ich habe von ihm in der Zeitung gelesen. Ich glaube, er ist mittlerweile ein anerkannter Maler.

Er war auch kurz vor Papas Tod hier in Bonneville. Das hat Papa mir erzählt.«

»Was wollte er?«

»Ich weiß es nicht.«

»Hast du dieses Bild noch?«

»Nein. Ich habe es verkauft, um das Geld für den Kauf der Villa zu haben.« Sie seufzte tief. »Und die Frau auf dem Bild gibt es sowieso nicht mehr. Wie du schon gesagt hast: Das Leben hat mich hart gemacht.«

Sie schwiegen und sahen dem Wasser zu, das langsam stieg und immer näher kam. Sie machten sich auf den Rückweg.

»Daran siehst du, wie sehr die Zeiten sich geändert haben«, sagte Mathilde plötzlich und musste lachen.

»Woran?«, fragte Marie-Anne.

»Wir haben auf den Steinen gesessen und keine Muscheln oder Krabben gesammelt.«

Teil 3

Die Witwe Pennickx

21

Spätestens zu Beginn der Sommersaison 1924 kannte jeder in Deauville Mathilde Pennickx und ihre Pension.

Wenn am Bahnhof Männer ankamen, die wie Maler aussahen und nach einer Unterkunft fragten, schickte man sie zu ihr. Die Pension *Chez Mathilde* war bekannt dafür, dass an den Wänden der Zimmer Gemälde von ehemaligen Gästen hingen.

Die Wirtin hatte offenbar auch viele einflussreiche Freunde, unter anderem Coco Chanel. Und einige dieser Maler, die bei ihr gewohnt hatten und wohnten, waren inzwischen recht erfolgreich, so hörte man.

Oft, vor allem an den Wochenenden, besuchten auch Gäste, die in anderen Häusern wohnten, ihren gedeckten Tisch, um an den fröhlichen Gesellschaften teilzunehmen, die hier gefeiert wurden. Die Pension hatte den Ruf, dass man hier außerordentlich freundlich empfangen wurde, und die Wirtin galt als schön und klug, aber unnahbar, was einige Männer anstachelte, ihr Glück bei ihr zu versuchen.

Mathilde wusste aber auch um die weniger charmanten Gerüchte, die in der Stadt über sie im Umlauf waren. Bösartige Zungen behaupteten sogar, sie würde Frauen lieben, weil sie immer wieder mit Lucie und Francine gesehen wurde und weil sie nicht verheiratet war. Sie scherte sich nicht darum. Sie arbeitete nach wie vor sehr hart, um die Pension am Laufen zu halten und die Gäste zufriedenzustellen.

Nachdem sie das Haus gekauft hatte, hatte sie die ehemalige Remise im Garten umbauen lassen und dort fließend Wasser und ein Klosett installiert. Seitdem war die Miete gestiegen. Und vor dem Sommer hatte Mathilde einen Billardtisch im Wohnzimmer aufgestellt. Wenn alle Fenster geöffnet waren, konnte man fast meinen, im Garten zu spielen. Es wurden Wettkämpfe ausgetragen, es wurde viel gelacht und getanzt.

Das Wohnzimmer hatte sie ihren Gästen überlassen. Sie selbst war in einen kleinen Anbau gezogen, der abseits der anderen Räume entstanden war und ebenfalls einen Ausgang zum Garten hatte. Hierher zog sie sich zurück, wenn sie allein sein wollte.

Es kam vor, dass sie jetzt mittellose Maler abwies. Und zweimal hatte sie sogar jemanden vor die Tür gesetzt, der auch nach drei Wochen nicht hatte zahlen können. Véronique hatte sie in dieser Haltung bestärkt. »Wir sind keine Samariter. Denken Sie an den Kredit, den Sie abzahlen müssen.«

Véronique ahnte, dass Mathilde geradezu besessen davon war, dieses Geld, das sie im vergangenen Jahr in einem Briefumschlag aus Paris mitgebracht hatte, so schnell wie möglich zurückzuzahlen. Sie hatte es damals auf den Tisch geschlendert, als sei es stinkender Schleim.

»Sie mögen die Person nicht, die Ihnen das Geld gegeben hat. Oder Sie haben Angst vor ihr«, hatte sie festgestellt.

Mathilde hatte nicht geantwortet, aber Véro hatte auch so Bescheid gewusst: Mathilde würde erst wieder ruhig schlafen, wenn sie schuldenfrei war.

Die Pension warf gutes Geld ab, seitdem sie die Preise erhöht und die Kosten für die Mahlzeiten reduziert hatten. Das Frühjahr hatte sich sehr gut angelassen, und der Sommer war komplett ausgebucht.

Mathilde gab keinen Sou mehr aus als nötig. Sie ließ ihre

Kleider in einem kleinen Atelier schneidern, das eine Witwe mit vier Kindern betrieb. Sie legte Wert auf gute Stoffe, denn darin kannte sie sich aus, aber ihre einzigen extravaganten Kleidungsstücke waren der Hut von Chanel und das Schultertuch von Roger.

Für Amélie war ihr allerdings nichts zu teuer. Ihre Tochter bekam Klavierunterricht und besuchte dreimal die Woche eine Privatschule in Deauville, wo man die Mädchen auf die reguläre Schule vorbereitete. Amélie ähnelte immer mehr ihrem Vater. Sie hatte seine hellblauen Augen mit den silbernen Einsprengseln, was einen verwirrenden Gegensatz zu ihren schwarzen Locken bildete. Sie hatte auch Rogers schmale Hände geerbt. Das trat immer deutlicher zutage, je älter sie wurde und je mehr sie ihren Babyspeck verlor. Manchmal ertappte Mathilde sich dabei, wie sie ihre Tochter ansah und dabei an Roger dachte. Und immer noch schmerzte sie diese Erinnerung.

Mathilde webte kaum noch, und wenn, dann nur noch für sich selbst. Nach dem Debakel mit Monsieur Parlat sah sie keinen Sinn mehr darin, ihre Erzeugnisse zu verkaufen. Sie hatte einsehen müssen, dass der Ertrag in keinem Verhältnis zum Aufwand und den Materialkosten stand. Wer viel Geld verdienen wollte, der musste große Stückzahlen herstellen, so wie Coco Chanel, die Hunderte von Näherinnen in verschiedenen Ateliers beschäftigte. Von solchen Dimensionen konnte Mathilde nur träumen. Sie konzentrierte sich lieber auf die Pension. Monsieur Parlat war übrigens Anfang des Jahres in Toulouse aufgespürt und festgenommen worden. Er hatte versucht, dort ein neues Geschäft aufzubauen, allerdings mit den gestohlenen Waren aus Deauville. Es hieß, dass er jetzt im Gefängnis saß. Mathilde versuchte gar nicht erst, eine Entschädigung zu bekommen. Die Erfahrungen nach dem Untergang von Alberts Boot hatten ihr gereicht. Gegen Gerichte und Versicherungen hatte man keine Chance, und als Frau schon dreimal nicht.

Sie machte sich schon lange keine Illusionen mehr darüber, wie man als alleinstehende Frau von der Welt behandelt wurde. Sie hatte ihre Jungmädchenträume aufgegeben und war hart geworden, vor allem gegen sich selbst. Sie war immer noch eine schöne, anziehende Frau, aber die Enttäuschungen, die das Leben ihr bereitet hatte, zeigten sich in feinen Linien um ihre Mundwinkel. Und wenn sie nachdachte, bildete sich eine steile Falte zwischen ihren Augenbrauen.

Dennoch versagte sie sich nicht alle Freuden des Lebens. Ab und zu ging sie zum Beispiel auf den Hippodrom und setzte kleine Summen beim Pferderennen. Sie hatte sich ein Opernglas gekauft, um die Pferde besser sehen zu können, nutzte es aber auch, um die anderen weiblichen Anwesenden und ihre Garderoben zu begutachten. Denn das Pferderennen war die allerbeste Gelegenheit für viele Frauen, sich und ihre zum Teil sehr extravagante Kleidung in Szene zu setzen.

In dieser Saison waren Tupfen der allerletzte Schrei, und eine Dame setzte dem allen die Krone auf, indem sie ein halb durchsichtiges weißes Kleid mit großen schwarzen Tupfen trug, dazu einen weißen Hut, der wie eine Kappe eng über ihrem dunklen Haar lag, und eine weiße Handtasche. An der Leine führte sie einen kräftigen Dalmatinerrüden, der ebenfalls schwarze Punkte auf seinem weißen Fell hatte. Mathilde nickte anerkennend, dann ließ sie ihren Blick weiter über die Menge auf den Besucherrängen schweifen. Er blieb an zarten weißen Spangenschuhen hängen, die ebenfalls dieses Jahr schwer in Mode waren. Mathilde träumte davon, ein Paar dieser höchst eleganten Schuhe zu besitzen. Sie war neugierig auf die Frau, die sie trug, und hob das Opernglas. Ihr Blick glitt über sehr weite Hosen, eine schmale Taille und einen blau-weiß geringelten Pulli aus feinstem Strick. Die Frau war Coco Chanel, die in diesem Augenblick, ebenfalls durch ein Opernglas, in ihre Richtung sah. Mathilde fühlte sich ertappt und ließ ihr Glas sinken. Coco Chanel tat das Gleiche, und die beiden Frauen begrüßten sich mit einem wissenden Lächeln.

Mathilde hatte sich in ihrem Leben eingerichtet. Sie musste derzeit keine Angst vor der Zukunft haben, und sie hatte ihre Tochter, die sie über alles liebte. In die Pension kamen manchmal Gäste, mit denen sie gern plauderte und denen sie Modell saß. Wenn es nach ihr ging, konnte alles so bleiben, wie es war. Nur manchmal überkam sie die traurige Gewissheit, dass sie zwar Zufriedenheit, aber nicht das große Glück gefunden hatte.

An einem der ersten richtig heißen Wochenenden nahm sie den Bus nach Bonneville. Sie bemühte sich, alle paar Wochen ihre Mutter zu besuchen, die nach dem Tod ihres Vaters sehr einsam geworden war. Henriette ging auf die sechzig zu, und die harte Arbeit am Wasser, im Sommer unter der unbarmherzigen Sonne, im Winter in der feuchten Kälte, hatte ihr zugesetzt. Ihre Gelenke waren schmerzhaft geschwollen. Sie lachte nicht mehr so oft wie damals, als sie jung gewesen war und Georges sich in sie verliebt hatte. Viele ihrer Freundinnen waren bereits tot, Ernestine Galoppeau war die letzte gewesen, sie war kurz nach Georges gestorben. Auch Yvonne, die Mutter von Bienaimé, weilte nicht mehr unter den Lebenden.

Mathilde setzte sich zu ihrer Mutter an den Tisch und half ihr beim Schälen der Äpfel für den Kuchen.

»Kann ich Amélie bei dir lassen?«, fragte sie nach einer Weile und sah aus dem Fenster. Amélie war draußen auf dem Hof und spielte.

»Aber das weißt du doch. Geh nur«, gab ihre Mutter zurück. »Ich laufe nachher mit ihr hinüber zu Pauline. Da kann sie mit ihren Cousins spielen.«

Mathilde überhörte den stummen Vorwurf, der in den

Worten ihrer Mutter lag: Amélie war zu oft allein, weil sie keine Geschwister hatte. Henriette war der Ansicht, dass es für Mathilde besser wäre, wenn sie wieder heiraten würde und einen Mann hätte, der sich um sie kümmerte. Dieses Alleinleben war doch nichts für eine junge Frau, und die Nachbarn kamen auf komische Gedanken. »Aber Mama, ich kann doch nicht einfach irgendeinen Mann heiraten!«, sagte Mathilde dann zu ihr, und ihre Mutter schüttelte sorgenvoll den Kopf.

Tief in Gedanken machte sich Mathilde auf den Weg zur Steilküste. Wie früher schenkte ihr das große, weite Blau Ruhe und Kraft. Wann immer sie hier war, besuchte sie ihre ehemaligen Lieblingsplätze, und das Gefühl, eins zu sein mit ihrer Umgebung, stellte sich wieder ein und machte sie für den Moment glücklich.

An diesem Sommertag führte ihr Weg sie an die Abbruchstelle. Wo früher das Haus gestanden hatte, war im letzten Winter ein weiteres Stück Land in die Tiefe gestürzt. Vorsichtig näherte sich Mathilde der Kante, um hinunterzusehen, und freute sich, als sie das Rot der Hortensienblüten dort unten erblickte. Die Pflanze wuchs einfach weiter, wohin der Sturm sie verschlagen hatte. Sie setzte sich für einen Augenblick, um auf das Meer zu sehen. Es war Hochwasser, die Roches Noires und die Austernbänke waren im Wasser verschwunden. Ganz weit draußen am Horizont konnte sie einige Boote ausmachen, aber sie waren zu weit entfernt, als dass sie hätte sagen können, ob es Männer aus Bonneville waren. Der Himmel über ihr war tiefblau, keine einzige Wolke war zu sehen. Sie erhob sich und folgte der Steilküste noch ein Stück, dann wandte sie sich landeinwärts. Sie ging schnell, und als sie bei den Menhiren ankam, war ihr heiß. Sie lehnte sich an den warmen Stein und schloss die Augen. Unvermeidlich kamen die Erinnerungen an ihr erstes Treffen mit Roger hoch, und dieses Mal schob sie sie nicht von sich.

Sie sah ihn vor sich, den Eifer, mit dem er ihr seine Malerei erklärt hatte, die Freude in seinem Blick, als er gemerkt hatte, dass ihr seine Bilder gefielen, sein Lachen, das so ansteckend gewesen war. Sie sah seinen Mund vor sich, in dessen Winkel ein Klecks Sahne geklebt hatte, sie meinte fast seine begehrlichen Blicke zu spüren. Weil ihr immer noch heiß war, öffnete sie den obersten Knopf ihrer Bluse und strich dabei zufällig über ihre Brust. Die Berührung jagte ihr einen lustvollen Schauer durch den Körper.

Auf einmal waren die lange verborgenen starken Gefühle wieder da. Sie war verwirrt und ging rasch weiter, um sich abzulenken. Ihr Weg führte sie zu dem See, der bei Hochwasser aus dem Fluss entstand. Sie sah sich um, ob jemand in der Nähe war, dann zog sie ihr Kleid aus und watete in ihrem Unterkleid ins Wasser. Es war noch kalt, aber das hatte ihr noch nie etwas ausgemacht. Sie ließ sich ganz hineingleiten und überließ sich den Berührungen der Wellen.

In diesem Augenblick spürte Mathilde deutlich, dass sie etwas sehr Wichtiges in ihrem Leben verloren hatte. Sie wusste auch, was es war, aber nur auf diesen langen Spaziergängen gestand sie sich ein, dass sie Roger immer noch verzweifelt vermisste.

Warum konnte er sie nicht endlich in Ruhe lassen? Warum gab es immer noch Momente wie diesen, in denen sie sich so verzweifelt nach ihm sehnte? Wann würde sie endlich Frieden finden?

Sie fuhr sich mit den Händen über ihr nasses Gesicht und schmeckte das Salz ihrer Tränen.

Jeanne war fassungslos, als ihr Vater ihr mitteilte, dass sie aus dem großen Haus am Boulevard Saint-Germain ausziehen müssten. Und zwar sofort.

»In einer Stunde kommt ein Möbelwagen für die wichtigsten Dinge. Was bis dahin nicht gepackt ist, bleibt hier. Leider kann dir niemand zur Hand gehen, denn das Personal habe ich bereits entlassen. Und bitte mach keine Szene. In diesem Fall wird es dir nicht helfen.«

Jeanne war es nicht gewohnt, dass man in diesem Ton mit ihr sprach. Sie wollte empört aufbegehren, hielt es aber angesichts seines harten Blicks für klüger, ihn nicht weiter zu provozieren. Gérard de Barry machte nicht den Eindruck, als könnten weibliche Tränen ihn jetzt erweichen. »Aber warum? Wo wollen wir denn hin?«, wagte sie dennoch zu fragen.

»Ein Freund hat mich eingeladen. Er hat ein Chalet in der Schweiz.«

»In der Schweiz?«

»Frag nicht, beeil dich lieber.« Gérard de Barry stand vor dem offenen Kamin und warf ganze Stapel von Papieren hinein, die aus seinem Schreibtisch stammten. Dann leerte er auch den Wandtresor und warf alle Unterlagen ins Feuer.

Jeanne stellte sich ihm in den Weg. »Ich tue nichts, bevor du mir nicht sagst, was los ist.«

»Ich muss sofort weg aus Frankreich. Die Polizei ist mir auf den Fersen.« Er lächelte. »Zum Glück habe ich Freunde bei der Sûreté, die mich gewarnt haben.«

»Aber warum sucht dich denn die Polizei? Papa!«

»Es gibt einige Leute, denen ich Geld schulde, das ich nicht habe. Viel Geld. Entweder tauche ich unter, oder ich gehe ins Gefängnis.« Die Worte klangen hart und kalt. »Und jetzt geh mir aus dem Weg. Ich habe noch viel zu erledigen.«

Jeanne verstand immer noch nicht, was los war, und er wurde deutlicher: »Ich bin pleite, das ist los.«

»Pleite? Aber wie ist das möglich?«

Gérard de Barry ließ ein hässliches Lachen hören. Während er immer noch zwischen dem Tresor und dem Kamin hin und her ging, erklärte er: »Letztlich hat mir die Aktiengesellschaft in London den Hals gebrochen. Die Leute haben Anteile gekauft wie verrückt, damit ich für sie Häuser baue.« Wieder stieß er ein bitteres Lachen aus. »Sie waren so gierig, sie haben mir die Anteile aus der Hand gerissen, ich konnte sie gar nicht schnell genug drucken lassen.«

»Und du hast dort nie ein Haus gebaut«, sagte Jeanne tonlos.

Wieder dieses Lachen, das alles andere als fröhlich war. »Oh doch. Ich habe gebaut, wenn auch nicht einmal ein Zehntel dessen, was ich angekündigt hatte. Und die Häuser, die fertig geworden sind, stehen zu dicht am Wasser. Beim letzten Hochwasser sind die Mauern abgesackt. Dann hat irgend so ein Idiot gemeint, er müsse sich seinen Besitz in London mal mit eigenen Augen ansehen, und stand vor einem verwilderten Grundstück, und seitdem wollen alle ihr Geld zurück.«

»Aber London ist doch nur ein kleiner Teil deines Geschäfts. Dir gehören doch halbe Straßenzüge hier in Paris! Was ist mit unserer Villa in Roquebrune? Die Anteile an der Rennbahn von Longchamps? Die Aktien?«

»Da irrst du dich. Ich habe in den letzten Monaten fast alles verkaufen müssen, um meinen Verbindlichkeiten nachzukommen und etwas Luft zu haben.«

»Also stimmt es, was die Leute sagen?« Jeanne meinte die Gerüchte über betrügerische Anleihen und ungedeckte Aktienverkäufe, die in der Stadt umgingen. »Aber du hast in den letzten Monaten zwei Feste gegeben, von denen Paris immer noch spricht! Du hast ein Vermögen dafür ausgegeben.«

»Um die Leute in Sicherheit zu wiegen. Wenn man kein Geld hat, muss man erst recht damit um sich werfen, damit niemand Verdacht schöpft. Und es hat auch noch mal funktioniert. Sie haben mir ihr Geld geradezu aufgedrängt. Jeder wollte der Erste sein, allen voran der Staatssekretär und der Polizeichef. Sie haben sich an den strahlenden Gérard de Barry gehängt, dem das Glück doch immer hold gewesen ist. Und jetzt wollen sie nicht gemeinsam mit mir untergehen.«

»Deshalb hast du auch die Bilder verkauft, nicht wahr? Die Monets und die Renoirs und die Pferdestudie von Géricault?«

»Auch die Möbel in diesem Haus.«

»Aber wo gehen wir hin? Wo werden wir wohnen?«

Ihr Vater warf ihr einen unbarmherzigen Blick zu. »Du bist immerhin verheiratet. Du könntest zur Abwechslung mal bei deinem Mann wohnen.«

»Roger hat sich von mir getrennt, das weißt du.«

»Dann spielst du eben die Hilflose. Das kannst du doch so gut.«

»Papa!« Sie war beleidigt.

»Wenn du das nicht willst, dann hast du nur eine Möglichkeit: Pack deine Sachen.«

Jeanne gab auf und ging in ihr Zimmer. Sie wollte nach dem Mädchen rufen. Dann fiel ihr ein, dass es bereits weg war. Also machte sie sich selbst daran, ihre Sachen in zwei Schrankkoffern zu verstauen. Sie nahm alles mit, was wertvoll war: den Schmuck und die Pelze und ihre Modellkleider. Hutschachteln und eine Schmuckschatulle trug sie selbst hinunter in die Eingangshalle. Dort war ihr Vater bereits dabei, zwei Männern Anweisungen zu geben, Kisten und Koffer auf einen Lastwagen zu verladen.

Bevor sie abfuhren, sah Jeanne sich noch einmal um und betrachtete das, was einmal ihr Zuhause gewesen war.

Sie hatte eine Niederlage erlitten, aber bald würde sie wieder ganz oben sein, das schwor sie sich.

Einem Journalisten der Sensationspresse war es gelungen, ein letztes Foto von Gérard de Barry zu schießen. Es zeigte ihn in einem mächtigen Lehnstuhl vor einem prunkvollen Schreibtisch, gekleidet in einen roten Morgenmantel aus chinesischer Seide, darunter ein helles Seidenhemd. Der Siegelring an der Hand blitzte ebenso rot wie der Orden der Ehrenlegion auf seiner Brust. Von den Kommentatoren des Bildes wurde das Tragen des Ordens so verstanden, wie es gemeint war: als eine letzte Beleidigung für den französischen Staat, dessen Würdenträger und hohe Beamte zu seinen Geschäftskunden gehört hatten.

Gérard de Barry hatte sich im Chalet seines Freundes in den Kopf geschossen, der Arm mit der Waffe hing schlaff herab.

Die Journalisten überschlugen sich mit der Berichterstattung. Immer mehr Details über de Barrys krumme Geschäfte kamen ans Licht. Die Verwicklungen in höchste Kreise der Politik wurden immer deutlicher. Obwohl unzweifelhaft feststand, dass de Barry ein Betrüger gewesen war, hatten hohe Beamte der Justiz sich bis zuletzt vor ihn gestellt, um ihre eigenen Einlagen zu retten.

Es kam zu Rücktritten und zu zwei weiteren Selbstmorden in der Provinz. Die sozialistische Presse jubelte, weil sie ihren Lesern wieder einmal Beweise für die Korruptheit der Beamten vorlegen konnten, die rechten Blätter schrieben, de Barry habe in seiner Raffgier etwas von einem Juden gehabt. Es gab sogar Artikel, die andeuteten, de Barry sei von Opfern seiner Machenschaften oder sogar von der französischen Polizei ermordet worden.

Als sich die Wogen etwas geglättet hatten, kehrte Jeanne nach Paris zurück. Die letzten Wochen waren demütigend gewesen. Der Freund ihres Vaters hatte sie zwar weiterhin in seinem Schweizer Chalet wohnen lassen, ihr aber gleichzeitig zu verstehen gegeben, dass er es für besser hielt, wenn sie ausziehe.

Der Tod ihres Vaters warf sie völlig aus der Bahn. Noch dazu hasste sie die Berge und den Schnee, und sie hatte keine Ahnung, was sie tun sollte. Schließlich mietete sie eine kleine Wohnung in der Nähe der Oper und war froh, dass sie nicht den Namen ihres Vaters trug, der in allen Zeitungen gestanden hatte.

Sie hatte schon in den letzten Wochen immer wieder einmal etwas von ihren Sachen verkaufen müssen. Jetzt blieb ihr noch etwas Schmuck, den sie nach und nach versetzte, um Geld zum Leben zu haben. Die meisten Freunde hatten sich von ihr zurückgezogen, und Graf Massimo hatte die Frechheit besessen, sich mehrfach verleugnen zu lassen, als sie ihn anrief.

Jeanne wusste genau, was das zu bedeuten hatte. Sie hatte einst selbst auf die unzähligen russischen Gräfinnen und Herzoginnen herabgesehen, die von ihrem früheren Leben am Zarenhof schwärmten und darauf bestanden, dass man sie mit dem ihnen gebührenden Respekt behandelte, auch wenn sie keinen Sou mehr besaßen und froh sein konnten, wenn sie eine Arbeit als Concierge oder als Näherin fanden. Wen das Glück und das Geld verlassen hatten, der konnte nicht länger auf die Solidarität seiner einstigen Freunde zählen. Weil alle eine panische Angst davor hatten, morgen selbst zu den Verlierern und Deklassierten zu gehören, mieden sie diejenigen, die es bereits getroffen hatte, als hätten sie die Pest.

Jeanne wusste das alles, aber sie wollte nicht darüber nachdenken. Nach mehreren unerfreulichen Erfahrungen verbot es ihr schließlich ihr Stolz, noch andere Bekannte um Hilfe zu bitten.

Sie verbrachte ihre Abende in den Bars der großen Boulevards, bis sie ein Engagement als Tänzerin in einem Cabaret bekam. Ihre Beine waren schön, und nach der Vorstellung konnte sie aufgrund ihrer guten Erziehung charmant mit den Gästen plaudern. Und sie hatte immer noch das, was sie von ihrer exquisiten Garderobe in Sicherheit hatte bringen können. Damit unterschied sie sich von vielen anderen Frauen, die auf der Suche nach einem Kavalier waren. Die Männer ließen sich blenden, sie ließ sich von ihnen einladen, und wenn sie großzügig genug waren, ging sie mit zu ihnen nach Hause. Die Tage verschlief sie. Sie mochte das Sonnenlicht nicht, das die Fältchen rund um ihre Augen zum Vorschein brachte.

Sie begann, Kokain zu nehmen. Ein Stammgast im *Petit Prince*, wo sie tanzte, hatte sie mit der Droge bekannt gemacht, und Jeanne hatte sehr schnell zu schätzen gelernt, dass mit dem weißen Pulver Sorgen und Hunger verschwanden und die Welt wieder schön wurde. Sie fühlte sich dann unbesiegbar.

22

Jeanne wühlte in ihren Sachen. Wahllos zerrte sie Kleider aus dem Schrank und ließ sie hinter sich auf den ungefegten Boden fallen. Sie blätterte Bücher auf und sah in Dosen und Schachteln nach. Eine neue Welle der Übelkeit überkam sie. Sie wischte sich die feuchte Haarsträhne aus dem Gesicht und griff nach dem Glas, das neben dem Bett auf dem Nachttisch stand. Gierig trank sie das Wasser und wischte sich einige Tropfen von den Wangen. Der Albtraum, der sie aus dem Schlaf geschreckt hatte, ängstigte sie immer noch, obwohl sie sich an seinen Inhalt nicht mehr erinnern konnte.

Sie blickte um sich, dann riss sie eine Schublade aus der Kommode. Mit einem Knall polterte sie auf den Fußboden, und Jeanne durchsuchte ihre Seidenunterwäsche. Sie brauchte etwas, das sie zu Geld machen konnte. Sie brauchte mehr Kokain, und die Hauswirtin hatte schon dreimal nach der Miete für diesen Monat gefragt. Ihr Kopf dröhnte. Gegen Morgen, wenn die Wirkung der Droge nachließ, konnte sie nicht mehr schlafen und hatte Angstzustände, die sich zu Panikattacken steigerten. Sie brauchte unbedingt Nachschub, so schnell wie möglich.

Sie hielt ein mit Brüsseler Spitze besetztes Negligé hoch, entdeckte dann aber, dass es zerrissen war, und warf es zur Seite. Sie wandte sich wieder ihrem Kleiderschrank zu und arbeitete sich von oben nach unten, bis sie schließlich auf Knien davor lag, um auch das Bodenfach zu durchsuchen. Ihre Finger ertasteten etwas Längliches, Raues. Sie zerrte es ungeduldig hervor. Es war eine Leinwand. Mit bebenden Fingern fing sie an, das Bild aufzurollen, und erkannte, dass es das Bild war, das sie von Davout gekauft hatte, *Mathilde mit Rosen*. Sie begann hysterisch zu lachen und konnte sich kaum beruhigen. Sie begriff nicht, wie das sein konnte: Sie hatte alles verloren, und ausgerechnet dieses Bild war ihr geblieben. Sie ließ sich neben dem Bild auf den Fußboden gleiten und dachte nach. Viertausend Francs hatte sie dafür gezahlt. Die Summe erschien ihr jetzt wie ein Vermögen. Mit so viel Geld würde sie sich ein paar Wochen über Wasser halten können. Sie erhob sich mühsam, rollte die Leinwand wieder auf und klemmte sie unter den Arm, wobei sie darauf achtete, sie nicht zu beschädigen.

Roger verließ sein Atelier nach einem langen, arbeitsamen Tag. Auf der Straße sog er tief die warme Luft ein, die ihm nach dem Geruch von Terpentin und Öl besonders frisch vorkam.

Als er die Anhöhe von Sacré-Cœur erreichte und unter sich die silbern glänzenden Dächer der Stadt liegen sah, umspielte ein Lächeln seinen Mund. Er ging bergab in Richtung der Seine. Er ließ sich durch die Straßen treiben, und es war mehr Zufall, dass er nach einer guten Stunde auf der Place Vendôme landete. Dieser Platz gehörte zu den schönsten von Paris, und unter den Arkaden mit den weißen Baldachinen lagen exklusive Geschäfte. Roger blieb stehen, um einen Blick auf die Siegessäule in der Mitte des Platzes zu werfen. Ganz oben thronte ein Standbild Napoleons. Als sich im Anschluss an den Krieg zwischen Preußen und Frankreich das französische Volk in der Kommune erhoben hatte, war die Statue abgerissen worden. Damals hatte man Rogers Kollegen Gustave Courbet vorgeworfen, an der Zerstörung beteiligt gewesen zu sein, und er hatte für sechs Monate ins Gefängnis gemusst. Nur wenige Jahre später hatte man die Säule dann wieder aufgebaut.

Roger umrundete den Platz und kam am Hotel *Ritz* vorbei. Hier um die Ecke musste auch Coco Chanel ihr Geschäft haben. Als er in die Auslagen der Juweliere und Modeschöpfer sah, stellte er fest, dass das hier nicht ganz seine Preisklasse war. Er lächelte einer Verkäuferin zu, die in diesem Augenblick ein paar Brillantohrringe aus dem Schaufenster nahm, die mehr kosteten, als er in einem ganzen Jahr verdiente. Aber wer wusste denn schon, wie das Leben so spielte? Die Ausstellung, zu der er soeben ging, war der beste Beweis dafür. Denn in der Galerie Barbazanges in der Rue du Faubourg Saint-Honoré wurde eine Sammlung von Bildern aus dem Besitz des berühmten Modeschöpfers Paul Poiret verkauft, der vor dem Krieg mit seinen fließenden Kleidern Millionen gemacht hatte. Noch heute sprach man in Paris von seinen legendären Festen. Auf einem hatte Isadora Duncan auf den Tischen getanzt, und es waren neunhundert Flaschen Champagner geköpft worden. Aber nach dem Krieg hatte Poiret nicht mehr an seine früheren Triumphe anknüpfen können. Er hatte die Zeichen der Zeit falsch gedeutet, und ein finanzieller Misserfolg war dem nächsten gefolgt. Und jetzt musste er Teile seiner üppigen Gemäldesammlung verkaufen.

Die Straßenlaternen wurden angezündet, und ein warmer Goldton legte sich über den Platz. Die Lichtreklamen und das Funkeln in den Auslagen ließen ihn zusätzlich strahlen. Das wäre ein schönes Motiv für ein Bild, dachte Roger und nahm den Anblick in sich auf.

Dann verließ er den Platz auf der gegenüberliegenden Seite und ging links die paar Schritte bis zur Rue d'Antin, wo der Eingang der Galerie lag. Er betrat die Ausstellung und ging langsam an den Bildern vorbei, blieb vor dem einen oder anderen stehen, um es genauer zu betrachten. Viele der ausgestellten Maler kannte er, viele waren berühmt. Er sah Picassos und Picabias. Ein Porträt erregte seine Aufmerksamkeit. Es zeigte das schmale, glatzköpfige Gesicht des Dichters

Max Jacob. Er trat näher heran und erkannte die Signatur von Modigliani. Dieser war vor einigen Jahren mit fünfunddreißig an Tuberkulose und Trunksucht gestorben. Roger schickte einen stummen Gruß an Michel Dudemer. Einige van Dongens hingen ein paar Meter weiter. Eine *Frau im Korsett* sah ihn aus riesigen dunklen Augen kokett an und reckte ihm ihre nackten roten Brustwarzen entgegen. Ihre Taille war sehr eng geschnürt. Sie war wohl eine Kokotte, denn sie trug Liebesbändchen um den Arm und an ihrem Unterkleid. Im nächsten Raum bemerkte er ein kleines Format von Fichet. Es zeigte das Meer bei Deauville. Für eine Sekunde hoffte er, ein Bild von sich selbst zu entdecken. Er wusste nicht, ob Poiret je eines seiner Werke gekauft hatte, aber unter den rund hundertfünfzig Bildern, die hier hingen, mochte ja vielleicht eines sein. Aufmerksam ging er weiter.

Der letzte Raum war sehr hoch, bestimmt fünf Meter, und statt Fenster gab es hier ein Oberlicht, durch das jetzt die Dunkelheit einfiel. Der Raum war durch Lampen ausgeleuchtet, aber nicht besonders hell. Roger brauchte einen Moment, um sich zu orientieren, dann blieb er wie angewurzelt stehen.

Direkt vor ihm hing *Mathilde mit Rosen*.

Der unvermutete Anblick war ein Schock für ihn. Es durchlief ihn heiß, und er streckte unwillkürlich die Arme nach hinten, wie um einen Sturz abzufedern. Erst glaubte er seinen Augen nicht zu trauen, dann fühlte er sich plötzlich um Jahre in die Vergangenheit zurückversetzt. Das Bild war so gehängt, dass Mathildes Gesicht auf der gleichen Höhe wie seines lag. Es war, als würde sie leibhaftig vor ihm auf einer Chaiselongue liegen. Die Erinnerungen waren schlagartig wieder da. Er hätte alles für möglich gehalten, aber nicht, dass er jemals wieder vor diesem Bild stehen würde. In seinem Kopf rasten die Gedanken. Wie kam es hierher? Es gehörte doch Mathilde!

Er trat näher und begutachtete die Pinselführung. Er konnte sich noch sehr gut daran erinnern, wie er die nackten Füße gestaltet und den Hautton mit der Farbe der hellen Rosenblätter verglichen hatte. Und er wusste auch noch, wie sehr es ihn beglückt hatte, dass sie wagemutig genug gewesen war, sich so von ihm malen zu lassen. Rasch sah er sich im Raum um: Außer ihm war niemand anwesend. Er konnte das Gemälde also in aller Ruhe betrachten. Er trat wieder zwei Schritte zurück, um es in seiner Gesamtheit anzusehen.

»Mathilde«, flüsterte er. Plötzlich waren auch seine Gefühle von damals wieder da. Eigentlich waren sie nie wirklich ganz verschwunden gewesen. Er sah Mathilde vor sich, wie sie sich vor dieser Rose ausstreckte, die ihr magische Kräfte verlieh. Er hörte ihre Stimme wieder, mit der sie ihm die Geschichten aus Bonneville erzählte und ihn in ihren Bann schlug wie einst Scheherazade. Er dachte daran, wie sie mutiger geworden war und ihn mit diesem seltsamen wissenden Blick angesehen hatte und wie ihre Lippen sich beim ersten Kuss angefühlt hatten. Ohne dass er es verhindern konnte, regte sich heftiges Begehren in ihm.

Wie um alles in der Welt hatte er das alles hinter sich lassen können?

»Mathilde«, flüsterte er noch einmal.

Er blieb einfach vor ihrem Bild stehen, starrte es an und war unfähig zu gehen. Es waren ja nicht nur die Gefühle für Mathilde, die ihn beim Anblick des Bildes überkamen. Es war auch die Gewissheit, dass dieses Bild genauso war, wie er alle seine Bilder haben wollte. Wie viele Jahre hatte er vergeudet, bis er wieder annähernd so hatte malen können? Wie viele Bilder hatte er in diesen Jahren nicht gemalt? Wie oft hatte er seine Malerei infrage gestellt?

Er wusste nicht, wie lange er so dagestanden hatte, als er plötzlich hinter sich eine Bewegung wahrnahm. Er tauchte auf wie aus einem Traum.

»Du stehst da wie ein Ochse vor dem Berg!« Die Stimme kannte er. Sie war lieblos und schneidend.

Er drehte sich unwillig herum und sah sich Jeanne gegenüber. Sie hing am Arm eines schwitzenden dicken Mannes, der mindestens zwanzig Jahre älter war als sie.

»Darf ich vorstellen, Chéri: Roger Goulec, Maler und mein Exmann. Und das hier ist Monsieur Ganache aus Lille, der geschäftlich in Paris ist.«

Roger sah sie an und versuchte die Veränderungen in ihrem Aussehen wahrzunehmen. Sie war abgemagert, das Kleid schlotterte ihr um die Schultern. Vor allem ihre Augen hatten sich verändert, sie waren leicht trübe. Und sie zappelte vor Nervosität.

»Chéri, lass mich doch bitte ein paar Minuten mit meinem geschiedenen Mann allein, ja? Wir haben etwas zu besprechen. Keine Angst, ich bin gleich wieder bei dir«, bat sie ihren Begleiter, der sich nur widerwillig umdrehte und den Raum verließ.

»Wie geht es dir?«, fragte Roger vorsichtig.

»Das interessiert dich doch gar nicht«, gab sie zurück. »Na, hat sie dich wieder in ihren Bann geschlagen?«, fragte sie höhnisch und wies auf das Bild. »Sie ist auch älter geworden, das kannst du mir glauben.«

»Ach, Jeanne, lass doch.«

»Und eine Heilige ist sie schon gar nicht.«

»Woher willst du das wissen?«

»Ich habe sie getroffen. Also ich weiß wirklich nicht, was du an ihr gefunden hast. Sie ist doch ziemlich gewöhnlich.«

»Das hast du nicht zu entscheiden.«

Jeannes Stimme nahm einen scheinbar unbeteiligten Ton an. Sie tat, als würde sie das alles nur im Rahmen einer harmlosen Plauderei interessieren, aber sie setzte jedes Wort wie eine Waffe ein. »Na, ich sage nur: Geld regiert die Welt. Sie war jedenfalls sofort bereit, das Bild«, sie wies auf das Gemälde, »zu verkaufen, als sie ein Angebot bekam. Sie hat um den Preis geschachert, das schon, es ging ihr aber wohl nur ums Geld. An dem Bild selbst schien sie nicht besonders zu hängen. Jedenfalls nicht auf eine so entsetzlich peinliche und sentimentale Art wie du.«

Roger atmete schwer. »Woher weißt du das alles? Hast du das Bild etwa gekauft?«

Sie nickte. »Über einen Mittelsmann. Ich wusste doch, wie sehr du es magst. Ich wollte dir eine Freude machen. Aber du musstest mich ja verlassen.«

»Spiel hier bitte nicht die Gekränkte. Die Rolle nehme ich dir nicht mehr ab.« Ihm fiel ein, was sie vorher gesagt hatte. »Du hast Mathilde gesehen? Wann und wo?«

»Sie war hier. In Paris. Irgendwann im letzten Herbst. Wir haben uns getroffen. Aber mach dir keine Hoffnungen, sie hat kein Interesse mehr an dir.«

Roger versuchte Ordnung in seine Gedanken zu bringen und sah Jeanne misstrauisch an. Mathilde war in Paris gewesen. Aber warum hatte sie das Bild verkauft?

»Wie ist das Bild später hierhergekommen?«

»Ich wollte es wieder loswerden, nachdem du nicht mehr bei mir warst. Ich hatte ja immer noch gehofft, du würdest ihr Gesicht durch meines ersetzen. Aber weißt du: So besonders ist das Bild nun auch wieder nicht. Würdest du nicht aus so sentimentalen Gründen daran hängen … Wie hast du es denn eigentlich entdeckt?«

»Zufällig. Gerade eben erst.«

In Jeannes Augen blitzte es gefährlich. »Meine Güte, dann war es wohl auch gerade eben erst, dass dich deine Gefühle überwältigt haben. Du Armer!« Ihre Stimme troff vor Sarkasmus.

»Lass das«, sagte er. »Du siehst auch nicht gerade aus, als ginge es dir blendend.«

Jeannes Begleiter, Monsieur Ganache aus Lille, näherte sich wieder. Er sah ein wenig gelangweilt aus. Er interessierte sich offensichtlich nicht für Kunst. Er warf einen Blick auf

Mathilde mit Rosen und sagte: »Das ist endlich mal eine richtige Frau. Nicht so mager wie du, meine Süße. Komm, lass uns was essen gehen.«

Der harmlose Satz ließ Jeanne explodieren. »Ich weiß gar nicht, was alle immer mit dieser Fischerin haben! So hübsch ist sie nun auch wieder nicht«, kreischte sie. »Ihr solltet sie jetzt mal sehen. So ein Leben mit einem Bastard ist nämlich kein Zuckerschlecken!« Sie sah die Männer triumphierend an.

Roger wurde weiß vor Wut. »Was weißt du, was ich nicht weiß?«, fragte er und machte einen Schritt auf Jeanne zu.

Sie wich zurück und prallte gegen den Bauch ihres dicken Begleiters.

Roger hob die Hand, als wollte er sie schlagen. »Was willst du damit andeuten? Sag es!«

»Aber Monsieur, ich muss doch bitten«, mischte sich der Mann ein wenig hilflos ein, doch Roger hörte nicht auf ihn.

Jeanne sackte kaum merklich in sich zusammen, doch dann zog sie sich am Arm ihres Liebhabers hoch und nahm die Schultern zurück. Ihr Blick bekam etwas sehr Hochmütiges, als sie sagte: »Du bist so dumm, Roger Goulec. In deiner Gutmütigkeit glaubst du alles, was man dir auftischt.« Sie zögerte einen Moment, dann fuhr sie fort: »Nicht ich war damals schwanger von dir, sondern … sie!« Dabei wies sie mit ausgestrecktem Arm auf das Bild. »Sie hatte dir einen Brief geschrieben, es war kurz nach deiner Ausstellung bei Davout. Ich war gerade auf dem Weg zu deinem Atelier, als der Postbote mir im Hausflur einen Brief an dich übergab. Ich wollte ihn dir ja geben, aber dann habe ich eher zufällig ihren Namen auf dem Umschlag gelesen und ihn geöffnet. Darin stand, dass sie ein Kind erwartet. Mir war sofort klar, dass das alles zwischen uns zerstört hätte. Du warst doch gerade auf dem Weg zum Erfolg. Außerdem hattest du ja mich. Im Grunde hat mich erst der Brief auf die Idee gebracht, dir vorzuspielen, ich sei schwanger. Es ging doch um deine

Zukunft. Mit ihr hättest du die nie gehabt.« Sie schwieg und sah ihn trotzig an.

Die drei standen sich wortlos gegenüber. Monsieur Ganache sah verständnislos von einem zum anderen, Jeannes Blick flackerte, und sie zitterte vor Wut. Roger sah aus, als würde er sich gleich auf sie stürzen. Er erinnerte sich an den Tag, an dem Gérard de Barry ihn zu sich gebeten und ihm erzählt hatte, Jeanne sei schwanger. Ihm wurde klar, dass Jeanne auch ihren Vater belogen hatte, um zu bekommen, was sie wollte.

»Aber warum das alles?«, fragte er verwundert. »Du hast mich doch im Grunde nie geliebt.«

Jeanne wusste darauf keine Antwort.

»Mathilde war schwanger von mir?« Rogers Stimme war jetzt nur noch ein Flüstern.

»Meine Güte, das kommt doch bei diesen Frauen immer wieder mal vor. Julie hat es doch mit Michel auch nicht anders gemacht.«

»Halt jetzt endlich den Mund«, presste Roger hervor, mühsam um Beherrschung ringend. »Frauen wie Mathilde oder Julie haben mehr Ehre im Leib, als du je haben wirst.«

»Wie redest du denn mit mir?«, rief Jeanne.

»Wie viele Leben willst du denn eigentlich noch zerstören? Mathildes, meines, von den vielen Männern gar nicht zu reden, die du in dich verliebt gemacht und dann abserviert hast. Ich wette, Monsieur Ganache ist der Nächste. Du hast ja sogar deinen Vater benutzt, um deine Ziele zu erreichen!«

Sie wollte aufbegehren, doch Roger ließ sie nicht zu Wort kommen.

»Aber wie ich sehe, bist du zur Zeit dabei, ausnahmsweise dich selbst zugrunde zu richten. Du tust mir leid.«

Der letzte Satz war zu viel. Jeanne hatte sich nicht länger unter Kontrolle. Sie riss sich von ihrem Begleiter los und stürzte sich mit ausgefahrenen Krallen auf Roger. »Ich hasse dich!« Er wehrte sie mit dem Ellenbogen ab, wie man eine lästige Fliege verscheucht, und wandte ihr den Rücken zu, um zu gehen, was sie nur noch wütender machte. Sie sah sich im Raum um, und weil sie nichts anderes entdecken konnte, streifte sie ihren silberfarbenen Riemchenschuh vom Fuß und schleuderte ihn mit aller Kraft gegen das Bild. »Da hast du deine Mathilde!«, kreischte sie.

Der spitze Absatz traf genau das Gesicht. Mit einem hässlichen Geräusch durchdrang er die Leinwand und riss ein Loch hinein. Dann prallte der Schuh von der Leinwand ab und fiel polternd vor dem Bild auf das gewienerte Parkett.

Aus den Nebenräumen kamen Menschen herbeigeeilt, die von dem Aufruhr angelockt wurden. Ein Mitarbeiter der Galerie bahnte sich seinen Weg durch die Menge.

»Was geht hier vor?«, rief er. Als er das zerstörte Bild sah, fuchtelte er mit den Armen und rief nach der Polizei.

Monsieur Ganache nutzte die allgemeine Verwirrung, um Jeanne am Arm zu packen und rigoros mit sich zu ziehen. Er nahm sich nicht einmal die Zeit, ihren Schuh aufzuheben.

Sie protestierte: »Mein Schuh!«, doch er hörte nicht auf sie.

»Komm jetzt, sofort. Ich will auf keinen Fall in Schwierigkeiten geraten. Es kann nicht mehr lange dauern, bis einer dieser Klatschreporter hier auftaucht. Ich habe schließlich eine Frau zu Hause!«

Roger war unfähig zu reagieren und starrte fassungslos auf das Loch in der Leinwand.

Der Angestellte trat zu ihm und nahm ihn am Arm. »Das ist Sachbeschädigung. Dafür werden Sie sich verantworten müssen. Ich habe schon nach der Polizei gerufen.«

»Machen Sie sich keine Mühe«, gab Roger zur Antwort. »Ich kaufe das Bild. Egal, wie teuer es ist. Bitte lassen Sie mich allein.«

Seine Stimme ließ keinen Widerspruch zu. Die Anwesenden zerstreuten sich und kommentierten flüsternd, was sie gerade gesehen hatten.

Roger blieb schwer atmend vor dem Bild zurück. Er versuchte zu begreifen, was Jeanne ihm gerade gesagt hatte. Mathilde war in Paris gewesen, und sie hatte das Bild verkauft. Und sie war damals schwanger von ihm gewesen. Ihm wurde heiß, als die Wahrheit in sein Bewusstsein drang. Das änderte alles auf einen Schlag. Er raufte sich die Haare und begann, in raschen Schritten vor dem Bild auf und ab zu gehen.

Er hatte in den letzten Jahren ein falsches Leben geführt, ein Leben, das nicht seines gewesen war. Einzelne Bilder tauchten vor ihm auf: die Hochzeit mit Jeanne, die viel zu pompös gewesen war und auf der seine Freunde gefehlt hatten; der Tag, als Jeanne ihm von ihrer angeblichen Fehlgeburt erzählt hatte; die Nacht, als er seine Bilder zerstört hatte; der letzte Streit mit Jeanne, als sie mit einem Glas nach ihm geworfen hatte ... Die vergangenen Jahre waren voller verpasster Gelegenheiten und falscher Augenblicke gewesen. Er hatte Mathilde verloren, er hatte beinahe seine Malerei verloren, und irgendwo gab es ein Kind, dessen Vater er war und das ohne ihn aufwuchs. Er hieb sich mit der Faust in die geöffnete Hand. Es war an der Zeit, dass er endlich seine Angelegenheiten in Ordnung brachte.

Er sah noch einmal zu dem Bild hoch, wie um sich von Mathilde zu verabschieden. Er wusste, was er zu tun hatte.

Noch in der Galerie bat er um einen Bogen Papier und schrieb ein kurzes Billett an Monsieur Hodebert, der seit einem Jahr die Galerie Barbazanges leitete. Er schrieb, dass er die Beschädigung des Bildes bedauere, und bestätigte sein Kaufangebot für *Mathilde mit Rosen*. Am liebsten hätte er das Bild gleich mitgenommen, aber der Mann in der Galerie lehnte das kategorisch ab.

»Erst das Bild zerstören und es dann ohne zu zahlen mitnehmen wollen«, schimpfte er. »Außerdem geht das Bild in die Versteigerung.«

In seinem Atelier machte sich Roger daran, systematisch alle Bilder zusammenzutragen, auf denen Jeanne zu sehen war. Er war sich seiner Sache plötzlich ganz sicher und arbeitete in aller Ruhe und planmäßig. Während er hin- und herging, wunderte er sich, wie viele Skizzen und Studien er in den letzten Jahren von ihr angefertigt hatte. Auf der anderen Seite war es auch verständlich, denn zumindest am Anfang ihrer Ehe war sie der Mensch gewesen, mit dem er am meisten Zeit verbracht hatte. Es war ganz natürlich gewesen, dass er sie zum Studienobjekt für jegliche Körperhaltungen gewählt und bei allen möglichen Verrichtungen festgehalten hatte. Aber jetzt wollte er jede einzelne Arbeit finden und vernichten. Jeanne hatte fast seine Fähigkeit zu malen zerstört, er legte einen beinahe abergläubischen Ernst darein, alle Zeugnisse, die an sie erinnerten, aus der Welt zu schaffen. Einige der Bilder waren verkauft worden, die waren für ihn unerreichbar. Er konnte nur hoffen, sie nie wiederzusehen.

Vor sich hatte er ein paar Skizzen, die er von Jeanne vor dem Schminkspiegel gemacht hatte. Es war ihm damals um die Unterschiedlichkeit der beiden Gesichtshälften gegangen. Er blätterte sie nicht einmal durch, er warf den ganzen Stapel ins Feuer, das er extra zu diesem Zweck angezündet hatte, obwohl es Sommer war. An den Wänden hingen zwei kleine Gemälde, die Jeanne während der Teestunde zeigten. Er nahm sie aus den Rahmen und warf die Leinwände ins Feuer, wo die Flammen sich fauchend in sie hineinfraßen. Dann kamen die größeren Formate an die Reihe, die hintereinander an den Wänden lehnten. Er musste sie zerschneiden, bevor er die einzelnen Stücke dem Feuer übergeben konnte. Als Nächstes durchsuchte er Schränke und Schubladen. Er fand ein Skizzenbuch mit Studien von Körperteilen. Weil er sich nicht sicher war, wer ihm dafür Modell gestanden hatte, warf er auch sie ins Feuer. Bei seiner Suche fiel ihm ein Buch in die Hand, in dem ein Brief von Jeanne lag.

Auch er wurde verbrannt. Nichts sollte ihn mehr an sie erinnern. Bei einer Farbzeichnung von Jeanne und ihrem Vater zögerte er. Gérard de Barry hatte er gemocht. Er war zwar arrogant gewesen und am Ende sogar kriminell, aber auch großzügig und humorvoll, und von den Toten sollte man schließlich nur Gutes sagen. Er wog das Blatt noch einmal in der Hand, dann beförderte er es in den Kamin.

Seine Beschäftigung zog sich schon über Stunden hin, weil er dazwischen immer wieder hatte warten müssen, bis die Leinwände ganz verbrannt waren. Es war mittlerweile unerträglich heiß in seinem Atelier geworden, trotz der hohen Decken. Er ging zum Fenster hinüber, um es zu öffnen, und bemerkte den ersten Streifen der Morgendämmerung über den Dächern.

Er schenkte sich Wasser aus der Karaffe ein und trank in großen Zügen. Er war fertig mit seiner Arbeit, musste jetzt nur noch darauf warten, dass auch die letzten Leinwände im Kamin zu Asche wurden. Die Bilderstapel auf dem Fußboden waren kleiner geworden, Schranktüren und Schubladen standen offen, es herrschte ein wildes Durcheinander. An den Wänden gab es einige kahle Stellen. Aber Roger fühlte sich wie befreit von einer drückenden Last.

Dieser Akt des Verbrennens kam ihm wie eine innere Reinigung vor. Er machte sich von Jeanne, von ihrem schädlichen Einfluss, von jeder gemalten Erinnerung an sie frei, um Raum für etwas Neues zu haben.

Behutsam nahm er die Aktstudie, die Mathilde schlafend zeigte, und hängte sie an die Wand ihm gegenüber. Er hatte plötzlich das Gefühl, dies sei das einzig Richtige und Wichtige: sie jeden Tag vor Augen zu haben.

23

Der Himmel war bedeckt, und die Landschaft lag in einem milchigen Dunst. Die Hitze war drückend und machte das Atmen schwer. Mathilde kannte diese Wetterlage. Die Sonne versteckte sich zwar hinter Wolken, aber wer sich nicht schützte, hatte abends einen tüchtigen Sonnenbrand. In Paris fand in diesen Tagen die Olympiade statt, die Athleten litten unter den Temperaturen, die zum Teil fünfundvierzig Grad erreichten. Dennoch konnte man jeden Tag in der Zeitung von neuen Rekorden lesen.

Mathilde war ans Meer gegangen und dann den Planches in Richtung Osten gefolgt. Eigentlich hätte sie zurück in die Pension gemusst. Es war Sonnabend, und mit dem Mittagszug würden neue Gäste aus Paris eintreffen. Aber Mathilde konnte sich nicht dazu aufraffen, nach Hause zu gehen. Sie fühlte sich zu erschöpft und lustlos. Sie beruhigte ihr schlechtes Gewissen mit dem Gedanken, dass Véronique ja da war. Sie würde sich bestens um alles kümmern. Es war nicht nötig, dass sie selbst anwesend war. Am Ende des Holzstegs angelangt, zog sie Schuhe und Strümpfe aus und ging im Sand weiter.

Obwohl sie jeden Tag so viele Menschen um sich hatte, fühlte sie sich einsam. Sie gab anderen Menschen für eine gewisse Zeit ein Zuhause, aber sie selbst vermisste ein Heim. Wenn sie an ihre Zukunft dachte, wurde sie traurig. Würde sie in fünf, in zehn, in dreißig Jahren immer noch allein sein, ohne Mann an ihrer Seite, ohne Liebe? Amélie war jetzt vier, und sie hatte die Hoffnung immer noch nicht aufgegeben, noch einmal ein Kind zu bekommen.

Bisher hatte sie dieses Gefühl, dass in ihrem Leben etwas Entscheidendes fehlte, wegschieben können.

Doch seitdem sich Véronique verliebt hatte, konnte Mathilde jeden Tag sehen, wie glücklich die Liebe einen machte. Sie sah, wie Véro geradezu aufblühte und summte und lächelte. Ihr Glück machte sie richtig hübsch, und es hieß Luc. Er war ein ehemaliger Jockey und dementsprechend klein, beinahe schmächtig. Nach einem Reitunfall konnte er keine Rennen mehr reiten und arbeitete als Stallaufseher und Trainer im Hippodrom von Deauville.

Als Mathilde Véro ein Kompliment über ihr neues Aussehen machte, sagte Véronique: »Das ist doch ganz natürlich. Ich war noch nie in meinem Leben etwas Besonderes, für niemanden. Außer vielleicht für meine Schwester. Aber seit ich Luc kenne, weiß ich, dass ich für ihn ein ganz besonderer Mensch bin, der wichtigste in seinem Leben. Das macht etwas mit einem, glauben Sie mir. Dieses Gefühl, geliebt zu werden, ständig in den Gedanken des anderen präsent zu sein. Wenn ich an ihn denke, dann fühle ich mich gleich viel hübscher und netter. Jeder müsste so jemanden haben.« Sie schwieg betroffen, als sie den letzten Satz ausgeplappert hatte. »Oh, ich bin dumm. Das wollte ich gar nicht sagen.«

»Ist schon gut«, sagte Mathilde. »Du hast ja recht. Und ich freue mich für dich.«

Das tat sie tatsächlich, aber es machte sie auch wehmütig. Luc hatte Véro schon seinen Eltern vorgestellt, und die beiden machten Zukunftspläne.

Das hatte Mathilde auch einmal getan. Sie hatte sich unverwundbar gefühlt und hätte die ganze Welt umarmen können. Dieses Gefühl war schon vor langer Zeit einer tiefen Traurigkeit gewichen.

Manchmal wuchs ihr die Rolle, immer die Starke zu sein,

einfach über den Kopf. Sie wünschte sich dann geradezu verzweifelt jemanden, an den sie sich anlehnen konnte.

Über diese Dinge grübelte sie nach, während sie die Touques überquerte und durch das Gewirr der Straßen an den Strand von Trouville gelangte. Sie hatte inzwischen ihre Schuhe wieder angezogen, aber jetzt drückten sie sie. Auch Trouville hatte eine Promenade und ein Kasino, allerdings war hier im Nachbarort alles ein wenig volkstümlicher als in Deauville. Eines der großen Hotels nannte sich *Roches Noires,* nach den vereinzelten schwarzen Felsen, die hier über den Strand verteilt waren. Claude Monet hatte das Hotel mit wehenden Fahnen davor gemalt. Heute allerdings hingen die Fahnen schlaff herunter, denn in der mörderischen Hitze ging kein Lüftchen.

Mathilde spürte plötzlich, wie heiß ihr war. Sie beschloss, noch ein paar Hundert Meter weiter zu gehen, wo keine Leute mehr waren, und die Füße ins Wasser zu halten. Am Ende der Bucht von Trouville begann die schroffe Steilküste. Bei Flut kam das Wasser bis an die Felswände heran. Aber jetzt zog sich das Wasser zurück, und der begehbare Sandstreifen wurde breiter. Würde sie noch ein paar Kilometer weitergehen, würde sie in Bonneville landen. Aber dafür fehlte ihr heute wirklich die Zeit, sie würde es nicht mehr zurück nach Deauville schaffen. Zudem sah sie sich an diesem Tag außerstande, ihre Mutter zu trösten. Sie brauchte selbst Trost.

Sie setzte sich auf einen Felsen, der noch im Wasser lag, und kühlte ihre Beine, so gut es ging. Dann machte sie sich auf den Heimweg.

Die nächsten Tage brachten sie an den Rand ihrer Kräfte. Eine unergründliche Traurigkeit übermannte sie immer wieder und raubte ihr die Tatkraft, die sie für die viele Arbeit benötigt hätte. Amélie hatte ein feines Gespür für ihre Anspannung und verlangte ständig nach ihrer Aufmerksamkeit. Die Pension war voller Gäste. Zudem fuhr sie beinahe jeden zweiten

Tag nach Bonneville, denn ihrer Mutter ging es nicht gut. Henriette weigerte sich zu essen, wenn niemand bei ihr war.

Als Mathilde an diesem Vormittag das Haus ihrer Eltern betrat, fand sie Henriette dort nicht vor. Mathilde rief erst im Garten und auf dem Hof nach ihr. Sie ging sogar zu dem kleinen Haus am Ende des Grundstücks, in dem Roger damals gewohnt hatte und das sie seitdem mied. Die Erinnerungen an die glücklichen Stunden, die sie dort mit ihm verbracht hatte, bedrückten sie. Als sie zwischen den Apfelbäumen auf das Haus zuging, konnte sie schon zwanzig Meter entfernt den betörenden Duft der verwilderten Rose riechen. In diesem Sommer blühte sie besonders üppig. Die Hitze schien ihr nichts auszumachen. Die Rosenköpfe hingen jetzt in der größten Mittagshitze zwar ein wenig schlapp herunter, doch Duft und Farbe waren intensiv wie selten. Sie näherte sich und pflückte eine Rose. Dann ging sie um das Haus herum, und ihr Blick fiel auf den Brunnen. Das Bild von Roger kam ihr vor Augen, wie er dort gestanden und sich gewaschen hatte, und sie dachte daran, wie sie das Muskelspiel seines Rückens und seine glänzende Haut betrachtet hatte. Dann erinnerte sie sich, warum sie gekommen war, und schüttelte die Erinnerung ab.

»Maman!«, rief sie. »Bist du hier irgendwo?« Doch sie erhielt keine Antwort.

Jetzt begann sie sich ernstlich Sorgen zu machen. Ihre Mutter verließ das Haus nur noch selten, und diese Hitze konnte alten Menschen gefährlich werden. Sie überlegte, ob sie zuerst zum Grab ihres Vaters oder ans Meer laufen sollte. Sie ahnte, dass ihre Mutter auf der Suche nach Georges sein könnte.

Sie entschied sich für den Weg ans Meer. In wenigen Minuten hatte sie die Steilküste erreicht und sah hinunter. Die Flut kam. Wenn ihre Mutter dort unten irgendwo war, dann musste sie sich beeilen. Voller düsterer Vorahnungen lief sie an der Küste entlang, wobei sie immer wieder ihren

Namen rief. Sie entdeckte Henriette schließlich in der Nähe der Austernbänke. Die Flut hatte sie schon beinahe eingeschlossen. Als sie Mathilde sah, freute sie sich und ließ sich wie ein Kind an die Hand nehmen.

Zu Hause räumte Mathilde dann schnell ein wenig auf und schälte Gemüse und Kartoffeln für eine Suppe. Henriette kochte schon lange nicht mehr, sie buk auch nicht mehr ihren wunderbaren Apfelkuchen. Der letzte war verbrannt, und sie hatte Salz anstelle von Zucker genommen. Beim Tischdecken fiel Mathildes Blick auf Rogers Bild, das sie alle in glücklichen Tagen bei der Apfelernte zeigte. Zwei Personen auf dem Bild, Mélanie und ihr Vater, waren inzwischen tot. Und Roger war aus ihrem Leben verschwunden. Es war nicht einmal sicher, ob in diesem Jahr jemand die Äpfel ernten würde. Es war doch niemand mehr da. Sie ließ sich von ihrer Trauer über das Verlorene und über die Dahingegangenen überwältigen. Kraftlos sank sie auf einen Stuhl und fing leise an zu weinen.

»Wann gibt es denn Essen?«, fragte ihre Mutter mit ihrer hohen Stimme hinter ihr.

Mathilde riss sich zusammen und spielte die Fröhliche, um ihre Mutter nicht noch mehr zu verwirren.

Nachdem sie sich von ihr verabschiedet hatte, ging sie noch bei Pauline vorbei, um mit ihr zu beraten, was sie tun sollten. Und dann ging sie auch noch zu Bienaimé und bot ihm Geld an, damit er etwas auf ihre Mutter achtete.

»Ich habe dir doch gesagt, du sollst zu mir kommen, wenn du Hilfe brauchst«, gab er mit seiner tiefen Stimme zur Antwort und legte die Münzen wieder zurück in ihre Hand. »Ich gehe jeden Morgen bei ihr vorbei, kannst dich drauf verlassen.«

Sie hätte fast den Bus verpasst und fühlte sich zu Tode erschöpft, als sie am Abend zur Pension zurückkam. Die Tür stand wegen der großen Hitze offen, aber es ging kein Wind, der Kühlung gebracht hätte. Sie wischte sich die zitternden Hände an ihrem Rock ab, dann atmete sie tief durch, bemühte sich um ein Lächeln und betrat das Haus.

Im Flur sah sie als Erstes Daniel Molinets braunen Koffer stehen. Sie erkannte ihn an dem Aufkleber des Hotels *Georges V* in Paris. Niemals hätte Molinet sich leisten können, dort zu wohnen, aber er kokettierte damit. Mathilde spürte grenzenlose Erleichterung bei dem Gedanken daran, dass er da war und ihr zur Seite stehen würde.

Als sie sich dessen bewusst wurde, regte sich ihr Gewissen. Daniel liebte sie immer noch, das spürte sie ganz deutlich, aber er hatte seit ihrem Aufenthalt in Paris nicht wieder über seine Gefühle ihr gegenüber gesprochen. Er war einfach nur da, ein guter Freund. Er gab ihr viel mehr, als sie bereit war zurückzugeben. Sie musste darüber nachdenken und mit ihm reden, nahm sie sich vor. Aber nicht jetzt. Jetzt gab es anderes zu tun.

»Véro?«, rief sie.

Véronique kam die Treppe heruntergerannt.

»Oh, bin ich froh, dass Sie da sind! Hier ist der Teufel los. In Paris soll eine Zeitschrift einen Preis für das beste Gemälde von einem Pferderennen ausgelobt haben, und am Wochenende ist doch bei uns das große Rennen. Deshalb sind vier zusätzliche Gäste gekommen, die nicht angemeldet waren. Ich habe schnell die beiden oberen Zimmer hergerichtet, die müssen sie sich teilen. Das habe ich doch richtig gemacht?«, fragte sie atemlos. Ihre Brust hob und senkte sich schnell unter ihrem hellblauen Kleid mit dem weißen Kragen, der Schweiß glänzte auf ihrer Stirn, die Wangen waren gerötet. Sie sah aus wie das blühende Leben.

»Ganz richtig. Vielen Dank. Und wo ist Monsieur Molinet?«, fragte sie und deutete auf den Koffer.

»Ach ja, der ist auch noch gekommen, nach all den anderen. Ich weiß nicht, wo ich ihn unterbringen soll, deshalb habe ich ihn erst mal auf einen Spaziergang geschickt. Ich habe ihm gesagt, dass Sie zu Ihrer Mutter gefahren sind, und er wollte zur Bushaltestelle gehen und sehen, ob er Sie abholen kann.«

»Und Amélie?«

»Ist mit Mister Blunt in der Remise. Sie wissen doch, wie gut die beiden sich verstehen. Sie hat ihre Staffelei mitgenommen und will auch ein Bild vom Rennen malen und an dem Wettbewerb teilnehmen.«

Mathilde nickte. Matthew Blunt war ein Stammgast aus Irland. Er kam zweimal im Jahr und wohnte immer hier. Matthew war ein Maler mit hoffnungslos wenig Talent. Er malte ausschließlich die Zeder im Garten und hatte noch kein einziges Bild verkauft. Zum Glück machte ihm das nichts aus, und als ehemaliger höherer Beamter im Postwesen bezog er eine ausreichend große Pension, um seinem Hobby frönen zu können. Er war ein liebenswürdiger, bescheidender alter Mann, und er hatte einen Narren an Amélie gefressen. Wenn er da war, war sie tagsüber oft mit ihm zusammen.

»Meine Güte, ist das heiß. Wie viele Gäste haben wir zum Abendessen?« Mathilde fächelte sich Luft zu.

»Zehn«, sagte Véronique.

Mathilde überlegte kurz. »Also gut, lauf und hol Brot und vom Metzger zwei schöne Hühner. Und Tomaten und Schnittlauch aus dem Garten. Beeil dich, dann können wir noch einen Apfelkuchen zum Nachtisch backen.« Sie überlegte kurz, ob sie etwas vergessen hatte. Heute musste eben alles ein wenig improvisiert werden.

»Véro?«, sagte sie.

»Ja?«

»Vielen Dank.«

Véro nickte und machte sich auf den Weg.

Mathilde hätte für ihr Leben gern ein kühles Bad genommen oder sich zumindest ein frisches Kleid angezogen und sich das Haar gerichtet, aber kaum war Véro aus dem Haus, stand Daniel vor ihr.

»Mathilde«, sagte er und lächelte sie an. »Da bist du ja. Ich habe dich schon am Bahnhof gesucht.« Er stutzte. »Was ist denn mit dir passiert? Du siehst etwas zerzaust aus.« Er kam auf sie zu und zog sie an sich, um sie auf die Wangen zu küssen.

Ohne zu wissen, wie ihr geschah, fing Mathilde an zu weinen. Sie hatte plötzlich das Gefühl, keinen Schritt mehr tun zu können, alle Kraft wich aus ihrem Körper, und sie fühlte sich unsäglich erschöpft.

»Was ist denn?«, fragte er erschrocken. »Habe ich etwas Falsches gesagt?«

»Entschuldige. Es tut so gut, dich zu sehen«, flüsterte sie unter Tränen.

»Ich habe gar nicht gewusst, dass du weinen kannst.«

Diese Bemerkung brachte sie noch mehr aus der Fassung. Immer glaubten alle, sie sei stark und würde keine Tränen kennen. Dabei war sie unglücklich und todmüde! Sie wurde von Schluchzern geschüttelt.

»Ist ja gut«, murmelte Daniel dicht an ihrem Ohr und streichelte ihr beruhigend über den Rücken. »Du ziehst dich jetzt mal für eine Stunde zurück.«

»Ich kann nicht«, schluchzte sie. »Das Haus ist voll. Ich muss mich um das Abendessen kümmern und …«

»Geschmortes Hühnchen mit Pommes de Terre Parisiennes aus dem Ofen, dazu Tomatensalat mit Schnittlauch, ich habe es gehört. Und hinterher Apfelkuchen. Ich bin ein guter Koch, wusstest du das nicht? Lass mich und Véro nur machen. Und wenn alles fertig ist, rufen wir dich zum Essen.«

Er geleitete sie zu ihrem Schlafzimmer, wo auch ihre große Zinkwanne stand, der einzige Luxus, den Mathilde sich in ihrem Heim gegönnt hatte. Molinet ließ ihr Wasser ein. »Ich bringe dir gleich ein Glas Limonade«, sagte er. Dann verließ er leise das Zimmer.

»Danke«, sagte Mathilde zum zweiten Mal innerhalb weniger Minuten. »Was soll ich bloß ohne dich tun?« Aber Daniel war schon zur Tür hinaus.

Später am Abend, als alle Gäste schlafen gegangen waren, saßen Mathilde und Daniel im Garten vor ihrem Zimmer zusammen und unterhielten sich leise. Die Hitze war endlich gewichen, die Nacht war lau und sternenklar. Im Gras summten die Zikaden, als würden sie nie wieder Gelegenheit dazu bekommen.

Daniel sah sie an. »Willst du darüber reden?«, fragte er.

»Worüber denn?«

»Warum du so traurig bist.«

Mathilde senkte den Blick. »Ich weiß es ja selber nicht.«

Er stand auf und trat hinter sie. Sie sah ihn fragend an. »Lass mich einfach machen«, murmelte er. Er begann, mit den Fingerspitzen ihre Kopfhaut zu massieren, und weil ihre Haarklemmen ihm dabei im Weg waren, löste er sie und kämmte ihr Haar mit den Fingern. Dann glitten seine Hände zu ihren Schultern und dem Nacken, der ihr schrecklich wehtat.

Mathilde genoss diese zärtlichen Berührungen über alle Maßen. Wie lange war es her, dass jemand sie gestreichelt hatte? Unter Daniels Berührungen entspannte sie sich spürbar. Sie ließ die Schultern hängen und lehnte sich im Stuhl zurück.

»Woher kannst du so etwas?«, fragte sie schläfrig und seufzte vor Wohlbehagen.

»Meine Mutter hat das früher bei mir gemacht.«

»Deine Mutter? Du hast nie von ihr gesprochen. Ich weiß so gut wie nichts von dir. Eigentlich nur deinen Namen und dass du in Paris lebst und Maler bist.« Sie kicherte. »Und ausgerechnet du bist der Mensch, dem ich meine geheimsten Gedanken anvertraue und von dem ich mich berühren lasse.«

»Du bist Stadtgespräch in Paris, weißt du das eigentlich?«, sagte er in die Stille hinein.

»Was sagst du da?« Mathilde setzte sich aufrecht hin.

Daniel setzte sich wieder ihr gegenüber auf den Stuhl. Er nahm ihre Hände und begann sie genauso zärtlich zu kneten und zu massieren wie eben noch die Schultern.

»Mich wundert das gar nicht weiter«, sagte er mit einem Lächeln. »Ich habe ja schon vor langer Zeit erkannt, dass du eine ganz besondere Frau bist.«

»Erzähl!«, forderte sie ihn auf.

»In der letzten Woche hat eine Ausstellung ihre Pforten geöffnet. Es geht um Bilder, die Paul Poiret gehört haben, dem Modeschöpfer. Er hat sich wohl übernommen, seine Mode kommt nicht mehr an, er hat Schulden.«

»Offensichtlich bin ich nicht die Einzige mit diesem Problem.«

Er lachte. »Gegen die Höhe der Außenstände dieses Herrn sind deine so groß wie ein Sandkorn in der Wüste.«

»Jeder, wie er kann«, gab sie zurück. »Was ist nun mit dieser Ausstellung? Was habe ich damit zu tun?«

»Dort hängt ein Bild, auf dem du zu sehen bist.«

»Oh, tatsächlich? Hat es einer meiner Maler doch geschafft. Wer denn?«

»Das Bild ist von Roger Goulec. Es zeigt dich auf einer Chaiselongue liegend unter einem Rosenbusch.«

Mathilde zuckte zusammen, eine Reaktion, die Daniel nicht entging.

»Oh, von diesem Bild sprichst du«, flüsterte sie. »Und ich dachte, du meinst eines der kleineren Formate, die ich in Paris verkauft habe.«

»Es ist dieses ganz besondere Bild, nicht wahr?«, fragte er in die Stille hinein. »Das dir so viel bedeutet und von dem du dich so schwer getrennt hast.« Er kannte die Antwort bereits.

Mathilde nickte. »Ich liebe dieses Bild, weil so viele Erinnerungen daran hängen.« Sie dachte nach, dann sagte sie plötzlich: »Aber soviel ich weiß, ist es wieder in den Besitz von Roger Goulec übergegangen. Seine Frau hat es gekauft. Wie ist es denn in die Hände von diesem Poiret gekommen?«

»Ich weiß es nicht. Aber das ist noch nicht alles.«

Sie sah ihn fragend an.

»Es hat einen kleinen Skandal gegeben, als jemand mit einem Schuh nach dem Bild geworfen hat. Die Leinwand ist beschädigt.«

»Wer tut denn so etwas?«, rief sie aus.

Er musste grinsen. »Eine Frau, wer sonst? Zumindest war es ein Damenschuh. Er ist in der Galerie zurückgeblieben. Die Frau muss auf einem Schuh nach Hause gegangen sein.«

»Das ist ja wie bei Aschenputtel«, sagte Mathilde. »Und das Bild … ist es beschädigt?«

»Es hat ein Loch. Aber keine Angst, so etwas lässt sich reparieren.«

»Roger …«, flüsterte Mathilde. Also hatte er ihr Gesicht nicht mit dem von Jeanne übermalt. Aber er hatte das Bild wieder verkauft, weil es ihm nichts mehr bedeutete. Wie sonst war es in die Verkaufsausstellung geraten? Und wer hatte es zerstören wollen? Gab es jemanden in Paris, der sie so sehr hasste? Sie bemühte sich, einen Sinn in dem Ganzen zu finden, aber es gelang ihr nicht. Verwirrt hob sie den Blick und sah in Daniels Augen, in denen sie Niedergeschlagenheit und Trauer las. Plötzlich tat er ihr leid. Sie wollte nicht, dass er ihretwegen litt. Dazu mochte sie ihn viel zu sehr. Hier war ein Mann, der sie aufrichtig liebte und der alles für sie tun würde. Und sie nahm seine Liebe nicht an, weil sie immer noch einem anderen nachtrauerte, der sie womöglich schon längst vergessen hatte. Das war doch alles Unsinn! Sie wollte endlich Frieden finden.

Sie streckte ihm beide Hände entgegen.

»Ach, Daniel, kannst du mich einfach in den Arm nehmen und festhalten?«

Er stand auf, hob sie aus dem Stuhl und trug sie ins Haus. Behutsam legte er sie auf das Bett und zog ihr die Schuhe aus. Dann legte er sich neben sie und nahm sie vorsichtig in seine Arme.

Mathilde fühlte sich in seinen Armen geborgen, und sie roch seinen Duft, der ihr schon seit langer Zeit vertraut war.

Sie drehte sich zu ihm herum und legte ihre Lippen zärtlich auf seine. Sie spürte, wie er zusammenzuckte.

»Bist du sicher, dass du das willst?«, fragte er.

»Ja«, sagte sie und schlang die Arme um ihn.

24

Nachdem Roger auch die winzigste Spur von Jeanne in seinem Atelier getilgt hatte, atmete er befreit auf. Er hatte nicht geschlafen, fühlte sich aber dennoch kein bisschen müde. Im Gegenteil, er spürte einen lange nicht gekannten Tatendrang, er hatte das Gefühl, keine Minute mehr verlieren zu dürfen. Er wusch sich Hände und Gesicht und entfernte Spuren von Farbe und Ruß. Dann fuhr er sich mit den Händen durch das Haar, um sie notdürftig zu ordnen, und verließ das Atelier. Schon während seiner schlaflosen Nacht hatte er über das merkwürdige Gespräch nachgedacht, dessen Zeuge er auf der Beerdigung von Michel Dudemer geworden war. Ferdinand und Lucie Fichet hatten über eine Mathilde gesprochen. Er hatte das Gefühl, dass sie eindeutig Mathilde Martinet gemeint hatten, und er war fest entschlossen, darüber Gewissheit zu bekommen. Und zwar gleich.

Fichet wohnte nur ein paar Straßen weiter, er lief bis zu seinem Haus und stürmte die Treppen hoch. Oben klopfte er energisch an die Tür. »Fichet, mach auf!«, rief er, doch niemand öffnete. Fichet war offensichtlich nicht zu Hause.

Roger war einen Moment lang ratlos, dann kam ihm die Idee, Lucie zu fragen. Er kannte ihre Adresse nicht und ging in das Café am Montmartre, wo sie nach Dudemers Beerdigung gewesen waren. Eines der Serviermädchen wusste, wo sie wohnte. Roger hielt eine Droschke an und nannte die Adresse. »Rue Froideveaux. Machen Sie schnell!«, trieb er den Kutscher an.

Lucie öffnete auf sein erstes Klopfen hin.

»Du?«, fragte sie erstaunt. »Wir haben uns seit Monaten nicht gesehen. Woher weißt du, wo ich wohne?«

Sie bemerkte, dass er übernächtigt und unrasiert war, aber offensichtlich stocknüchtern. Er kam an diesem Samstagmorgen jedenfalls nicht von einer durchzechten Nacht. Er sah eher aus, als tobe in seinem Inneren ein Sturm. Seine Augen waren dunkel umschattet, sie entdeckte einen rötlichen Farbklecks an der rechten Braue. Er sah verwirrt, gleichzeitig aber zu allem entschlossen aus – eine ziemlich anziehende Mischung, wie sie fand. Obwohl Männer ja eigentlich selten diese Wirkung auf sie hatten.

»Ist etwas passiert?«, versuchte sie es noch einmal.

Er gab keine Antwort auf ihre Frage. »Darf ich reinkommen?«, fragte er. »Es ist wichtig.«

Sie trat einen Schritt zur Seite und ließ ihn ein.

»Ich muss mit dir reden«, begann er, kaum dass er sich ihr gegenüber an den Tisch gesetzt hatte. »Über Mathilde.«

»Mathilde Pennickx?«

Er sah auf die Tischplatte vor ihm. »Ich weiß ja nicht einmal, wie sie jetzt heißt, ob sie geheiratet hat.« Seine Stimme wurde drängender. »Bei der Beerdigung von Michel Dudemer hast du mit Ferdinand über eine Mathilde gesprochen. Das war sie, nicht wahr?« Er sah sie mit einem schmerzverzerrten Gesichtsausdruck an. »Ist diese Mathilde die Frau, mit der ich damals in Deauville war? Du hattest dich damals mit ihr unterhalten, ich glaube, es ging um die Weberei.«

Lucie nickte, und er stieß heftig den Atem aus. Dann sah er sie an.

»Bitte erzähl mir alles, was du über sie weißt. Es ist wichtig für mich.«

In diesem Augenblick betrat Francine den Raum. Sie trug nur einen halb durchsichtigen Morgenmantel. Roger sah sie verwirrt an.

»Das ist Francine Legrand. Sie wohnt auch hier. Francine, das ist Roger Goulec.« Lucie wandte ihren Blick wieder Roger zu und sah ihn abwartend an.

»Sie sind Roger Goulec?«, fragte Francine gedehnt. »Dann will ich mal nicht weiter stören.«

»Wie meint sie das?«, fragte Roger verunsichert, nachdem Francine das Zimmer wieder verlassen hatte. »Und woher kennt sie meinen Namen?«

Lucie ließ sich von seiner Ungeduld rühren. Sie war sich sicher, dass seine Gefühle echt waren, und sie beschloss, ihm nun alles zu sagen.

»Mathilde war hier. Daher kennen Francine und sie sich.«

»Mathilde ist hier gewesen?«, rief er aus.

»Sie hat für ein paar Tage hier gewohnt. Das war im letzten September.«

Roger wusste nicht, was er darauf sagen sollte.

»Warum kommst du ausgerechnet jetzt?«, fragte Lucie.

»Weil ich einen Riesenfehler gemacht habe. Weil ich meine Gefühle verdrängt habe. Weil meine Frau mich betrogen hat. Weil ich gestern etwas sehr Wichtiges erfahren habe. Weil ... es einfach an der Zeit ist.«

»Du hast ihr sehr wehgetan, weißt du das?«

Er nickte. »Stimmt es, dass sie ein Kind hat?«

»Hm.«

»Bin ich der Vater?« Seine Stimme zitterte leicht.

»Amélie ist dir wie aus dem Gesicht geschnitten. Die gleichen Augen, die gleichen schmalen Hände.«

Unwillkürlich betrachtete er seine Hände, die auf dem Tisch lagen. »Amélie. Ich habe eine Tochter?«

»Mathilde hat nie verstanden, warum du nicht auf ihre Nachricht geantwortet hast. Sie hatte dir geschrieben, dass sie ein Kind von dir erwartet. Und du hast ihr zurückgeschrieben, du würdest Jeanne de Barry heiraten.«

»Ich habe Mathildes Brief nie bekommen.«

Lucie fuhr auf. »Aber wieso denn nicht?«

Sie sah, wie er die Kiefer fest aufeinanderpresste, sodass die Muskeln deutlich hervortraten.

»Jeanne hat ihn unterschlagen. Sie hat es mir erst gestern gestanden«, sagte er mühsam beherrscht.

»Jeanne … Weißt du auch, dass sie Mathilde Geld gegeben hat, damit sie aus Paris verschwindet?«

Er lachte bitter. »Nein, dieses Detail hat sie mir verschwiegen. Aber es passt zu Jeanne. Sie glaubt, mit Geld könne man alles kaufen, auch Gefühle. Aber wieso war Mathilde bei Jeanne? Sie hat sie doch gar nicht gekannt.« Er sah Lucie misstrauisch an. »Hast *du* ihr etwa von Jeanne erzählt?«

Lucie beruhigte ihn. »Sie haben sich zufällig in einem Café hier in Paris getroffen. Mathilde hat anfangs nicht gewusst, wen sie vor sich hat, aber Jeanne hat sie natürlich von deinen Bildern erkannt. Mathilde war in der Stadt, um Gemälde zu verkaufen. Sie hat Geld gebraucht. Sie betreibt eine Pension in Deauville. Viele von uns waren schon ihre Gäste. Bloß du nicht.«

»In Deauville. Und ich habe sie in Bonneville gesucht.«

»Du bist dort gewesen?«, fragte Lucie. »Meine Güte, wenn ich bedenke, wie oft sich eure Wege fast gekreuzt haben.«

»Es hätte ja doch nichts geändert. Schließlich ist sie verheiratet, das hat mir zumindest ihr Vater erzählt.« Er sah zu Lucie auf. »Hat sie einen guten Mann, einen, der sie verdient? Wer ist dieser Pennickx? Und warum brauchte sie überhaupt Geld?« Er hatte so viele Fragen, dass er sie am liebsten alle auf einmal gestellt hätte.

»Du hast die ganze Zeit geglaubt, Mathilde sei verheiratet? Aber ihr Mann ist im ersten Jahr ihrer Ehe mit seinem Boot untergegangen und ertrunken! Er war Fischer.«

Roger stöhnte auf. »Mein Gott, was hat sie alles mitgemacht. Hast du ihn auch gekannt? War er gut zu ihr?«

Lucie schüttelte den Kopf. »Als ich sie wiedergetroffen habe, lebte sie schon mit Amélie in Deauville. Aber sie hat nie schlecht von ihm gesprochen.«

Roger dachte nach. Eine wilde Freude durchzuckte ihn, als ihm klar wurde, dass Mathilde frei war. Aber war sie auch frei für ihn?

»Die größte Wunde hast du ihr geschlagen. Sie ist nie über dich hinweggekommen«, sagte Lucie vorsichtig. »Was wirst du jetzt tun?«

»Ich fahre zu ihr und bringe alles in Ordnung.«

»Wenn es dafür nur nicht zu spät ist.«

Er schreckte auf, und seine Augen nahmen einen Ausdruck an, der Lucie Angst machte. »Warum? Gibt es einen anderen?«

Lucie zögerte. »Genau weiß ich es nicht. Aber Daniel Molinet ist wohl mehr als ein guter Freund für sie.«

»Das Risiko muss ich eingehen.« Er stand auf und wandte sich zum Gehen. »Vielen Dank, dass du mir alles gesagt hast.« Er reichte ihr die Hand.

»Vielleicht hätte ich es schon früher tun sollen«, gab sie zurück. »Ich wünsche dir viel Glück. Euch beiden.«

Nachdem Roger sich von Lucie verabschiedet hatte, machte er sich auf den Weg in die Galerie Barbazanges. Er hatte Glück, denn er traf Monsieur Hodebert persönlich an und brachte sein Anliegen vor.

»Ich möchte das Bild gleich mitnehmen, bitte.«

»Aber die Ausstellung ist noch nicht zu Ende.«

»Ich weiß. Ich muss Sie bitten, eine Ausnahme zu machen.«

»Das Bild ist beschädigt. Mein Verwalter hat mir gesagt, Sie seien das gewesen.«

Roger schüttelte den Kopf. »Ich trage keine Damenschuhe.«

Der andere lächelte schmal. »Sie haben das Bild gemalt. Wieso haben Sie es weggegeben, wenn es für Sie so wichtig ist?«

»Ich kann Ihnen die Geschichte nicht in allen Einzelheiten

erzählen. Jedenfalls nicht jetzt. Ich habe es sehr eilig. Bitte verkaufen Sie mir das Bild. Wenn es nicht zu pathetisch klingen würde, würde ich sagen, ich brauche es, um mein Leben zu retten.«

Monsieur Hodebert gab auf. »Also gut. Weil ich ein Mann bin, der an die Kunst und an die Liebe glaubt. Aber später müssen Sie mir alles erzählen.«

Gemeinsam gingen sie in den hinteren Raum und hängten das Bild ab. Roger strich prüfend über das Loch in der Leinwand. Die klare Firnisschicht war rundherum abgeplatzt. Dort, wo sie fehlte, leuchteten die Farben nicht mehr ganz so intensiv. Aber das würde er ausbessern können. Mithilfe von Monsieur Hodebert nahm er das Gemälde aus dem Rahmen, rollte es auf und verschnürte es.

Zu Hause warf er wahllos ein paar Sachen in einen kleinen Koffer. Hauptsache, er hatte das Bild bei sich.

Schließlich hatte er alles erledigt, was getan werden musste. Als er sich an das hohe Fenster des Ateliers stellte und auf die Stadt hinaussah, auf die sich der Abend senkte, da war das der erste Moment seit sechsunddreißig Stunden, dass er zur Ruhe kam. Die schlaflose Nacht machte sich nun bemerkbar. Er aß ein wenig Käse und einen Apfel, dann legte er sich ins Bett, um am nächsten Morgen den ersten Zug nach Deauville zu nehmen.

Als Jeanne an diesem Tag in ihrer eigenen leicht schäbigen Wohnung die Zeitung aufschlug, fiel ihr Blick gleich auf die Meldung von der eifersüchtigen Geliebten, die ein Bild mit einem Schuh traktiert hatte. Ganz Paris amüsierte sich köstlich darüber. Obwohl niemand wusste, dass sie, Jeanne, das gewesen war, hatte sie das Gefühl, die Leute lachten über sie. Diese andere Frau, diese Mathilde, war ihr Unglück. Was sie auch tat, sie erwies sich als die Stärkere. Jeder Schlag, den sie gegen sie führte, kam als Bumerang zu ihr zurück.

Nachdem Monsieur Ganache sie aus den Räumen der Galerie gezerrt hatte, hatte er ihr noch auf dem Trottoir eine handfeste Szene gemacht. Er hatte ihr vorgeworfen, völlig verrückt geworden zu sein und durch ihren Wutausbruch seine Ehe aufs Spiel gesetzt zu haben. Als die ersten Passanten neugierig stehen geblieben waren, hatte er sie weiter bis in das Hotel gezogen, wo sie seit ein paar Tagen lebten. Dort angekommen hatte er seinen Koffer gepackt und war aus dem Zimmer gestürmt. Er war abgereist, ohne die Hotelrechnung zu bezahlen, und als Jeanne das Zimmer räumen wollte, hatte sie ein sehr unangenehmes Gespräch mit dem Direktor gehabt.

»Ich hasse dich«, sagte sie laut in Gedanken an Mathilde. Dann zerknüllte sie die Zeitung und warf sie in die Ecke.

Ihr Blick fiel auf den Nachtschrank, wo das silberne Döschen mit dem weißen Pulver stand. Sie klappte den Deckel hoch und prüfte die Menge, die noch darin war. Sie würde für die nächsten Tage reichen, und das gab ihr ein Gefühl der Sicherheit, aber sie wusste nicht, was sie noch verkaufen sollte, wenn ihr Vorrat zu Ende ging. Die Vorstellung erfüllte sie mit Panik.

Mühsam erhob sie sich und zog sich an. Ihr helles Kleid hatte einen Fleck auf dem Kragen, aber es störte sie nicht. Sie malte sich die Lippen blutrot an und verbarg ihr unfrisiertes Haar unter einem Hut. Dann ging sie auf die Straße hinaus. Jetzt, wo Monsieur Ganache nicht mehr da war, musste sie sich einen neuen Gönner suchen, der für ihren Lebensunterhalt aufkam.

Eher zufällig kam sie an ihrem ehemaligen Stadtpalais am Boulevard Saint-Germain vorüber. Sie blieb stehen, um sich ihrem Hass auf die neuen Besitzer hinzugeben. Kutschen warteten, um durch das zweiflügelige Tor in den Innenhof einzufahren, der üppig begrünt war. Ein Diener stand vor dem Tor und begrüßte die eintreffenden Gäste. Ein Auto mit offenem Verdeck hielt an, darin saß ein Ehepaar, das früher zu den Gästen ihres Vaters gehört hatte. Jeanne verzichtete darauf, sie anzusprechen. Sie hatte mehr als einmal erlebt, wie sie schroff zurückgewiesen wurde.

Als das Auto durch die Toreinfahrt fahren wollte, stellte Jeanne sich ihm aber in den Weg. Sie spie einen dicken Speicheltropfen auf das Trottoir neben die Wagentür, dann setzte sie ihren Weg fort.

An diesem Tag sollte das große Rennen stattfinden. Die Stadt brummte vor Spannung. Die Straßen waren überfüllt, vereinzelt war das Wiehern der nervösen Pferde zu hören, und weil es so heiß war, lag der Duft ihrer Hinterlassenschaften scharf in der Luft. An Renntagen interessierte sich kaum jemand in Deauville für das Meer. Die Planches blieben verlassen. Alles drängte zum Hippodrom, wo sich die Hitze auf den Zuschauerrängen staute.

In der Pension hatten sich alle für ein schnelles Frühstück versammelt. Die Maler, die an dem Wettbewerb teilnehmen wollten, waren schon lange auf der Rennbahn, auf der Suche nach Motiven. Véro räumte den Tisch ab. Sie trug ein neues Kleid und sah hübscher aus denn je. Daniel machte ihr ein Kompliment, und sie errötete. Dann verließ sie das Haus, um sich mit Luc zu treffen.

Mathilde, Daniel und Amélie waren die Letzten, die sich auf den Weg machten.

Die Rennen begannen am frühen Vormittag, bevor die größte Hitze einsetzte. Als sie durch das Tor gingen, das auf das Gelände des Hippodroms von Touques führte, umfing sie sogleich die fiebrige Stimmung, die immer vor großen Rennen herrschte. Vor den Wettschaltern hatten sich bereits lange Schlangen gebildet. Mathilde las Amélie die Namen der Pferde vor, und sie kommentierten die Anschläge vor den Wettbüros, als wären sie Experten. Sie entschieden sich, auf ein Pferd im Hauptrennen zu setzen, das in einer knappen Stunde beginnen sollte. Nachdem sie ihre Wettscheine gekauft hatten, schlenderten sie in Richtung der Tribünen. Dienstboten rannten ihren Herrschaften voraus, um Plätze für sie zu reservieren und den Champagner zu kühlen. Man sah wunderschöne Frauen in großer Garderobe und schneidige junge Männer in engen Reitkostümen, die Peitsche unter den Arm geklemmt. Zwischen den Menschen waren auch vereinzelt Pferde, die nervös die Nüstern blähten und ihre Hufe auf das Kopfsteinpflaster knallen ließen. Der Anblick ließ Mathilde nach Amélies Hand greifen.

»Meine Güte, ist hier heute ein Betrieb!«, rief sie.

»Ich will zu Véro und Luc«, bat Amélie.

Doch Mathilde ließ sie nicht allein fort. Es waren einfach zu viele Menschen unterwegs.

Als es so weit war, fanden sie freie Plätze ziemlich weit oben auf der Tribüne. Sie lagen in der Sonne. Bereits jetzt war es beinahe unerträglich heiß. Aber der Tumult, der nach dem Startschuss ausbrach, ließ sie die Hitze vergessen. Zu dem Getrappel der Pferdehufe gesellte sich das anfeuernde Geschrei der Menge. Jeder wollte sein Pferd als Sieger sehen. Die Jockeys trieben ihre Tiere mit der Peitsche an, Staub wirbelte in der Hitze auf und wallte über die Zuschauer, obwohl die Bahn vorsorglich mit Wasser besprengt worden war.

Mathilde riss die Arme hoch, als das Pferd mit der Nummer elf, auf das sie gesetzt hatten, nach der ersten Kurve in Führung ging. Den Hals weit nach vorn gestreckt raste es die Gerade entlang. In der folgenden Kurve lag es bereits eine halbe Länge voraus, die Verfolger waren ihm jedoch dicht auf den Fersen. Kurz vor dem Ziel holte ein anderes Pferd auf, auf den letzten Metern kam es zu einem erbitterten Kampf der beiden, dann siegte das Pferd mit der Nummer achtzehn.

»Wie schade!«, rief Mathilde, lachte dabei aber. Sie hatte sich lange nicht mehr so gelöst gefühlt wie heute. Es tat so gut, Daniel an ihrer Seite zu haben. Er hob sich gerade Amélie auf die Schultern, damit sie einen Blick auf ihren Favoriten werfen konnte. Der Jockey des Siegerpferds umarmte den schweißbedeckten Hals seines Tieres und küsste es.

»Ich habe Durst«, sagte Amélie.

»Komm, wir gehen eine Limonade holen«, sagte Daniel und stellte Amélie wieder auf den Boden.

Mathilde sah ihnen nach. Es sah so richtig aus, wie sie da nebeneinander hergingen. Amélie hatte ihre kleine Hand in die von Daniel geschoben, damit sie in der Menschenmenge nicht verloren ging. Er drehte sich in diesem Augenblick zu ihr um und warf ihr einen liebevollen Blick zu. Mathilde lächelte ihm zu. Die Zeit des Alleinseins war vorüber, dafür war sie unendlich dankbar. Die Erinnerung an die vergangene Nacht mit Daniel war noch ganz frisch, und heute Morgen, als sie aufgewacht war und ihn neben sich gespürt hatte, da war sie glücklich gewesen.

Gegen Mittag wurde die Hitze unerträglich. Es mussten an die vierzig Grad herrschen, die Sonnenstrahlen verbrannten die Haut, das Atmen fiel zunehmend schwer. Amélies kleines Gesicht war gerötet vor Erschöpfung. Mathilde beschloss, dass es genug sei, und ging mit ihr nach Hause, um sich auszuruhen. Daniel wollte noch bleiben, um Skizzen zu machen.

»Ich fühle mich so beschwingt und glücklich wie noch nie«, sagte er und schenkte Mathilde einen Blick, aus dem zärtliches Verlangen sprach. »Ich glaube, ich kann dieses Glück in einem Bild einfangen. Wer weiß, am Ende gewinne ich sogar diesen Wettbewerb!«

Der Zug kam mit neunzigminütiger Verspätung gegen elf Uhr in Deauville an. Roger stieg als Erster aus, weil er seine Ungeduld, nun, wo er Mathilde fast wiedergefunden hatte, nicht länger zügeln konnte.

»Verzeihung«, sagte er zu dem Mann, an dem er sich vorbeigedrängelt hatte. »Ich habe es sehr eilig.«

Er fragte am Kiosk vor dem Bahnhof nach der Adresse von Mathilde Pennickx. Ihm stieg der durchdringende Geruch nach schweißnassen Pferden in die Nase, und aus den Augenwinkeln bemerkte er einige Tiere, die aus einem Waggon ausgeladen wurden.

»Sie meinen die Malerpension?«, gab der Mann zur Antwort und warf einen wissenden Blick auf die Leinwandrolle unter seinem Arm. »Gehen Sie zur Place Morny, nehmen Sie die vierte Straße, dann die zweite links. Das Haus steht auf der linken Seite.«

Roger nahm sich kaum die Zeit, ihm zu danken, dann lief er los. Die Beschreibung war präzise gewesen, er fand das Haus auf Anhieb. Doch als er klopfte, öffnete niemand. Seine Enttäuschung war grenzenlos. So oft hatte er sich ausgemalt, wie es wäre, wenn Mathilde ihm die Tür öffnen würde. Er hatte die Möglichkeit, dass sie nicht zu Hause sein könnte, gar nicht in Betracht gezogen. Er überlegte, vor dem Haus auf sie zu warten, zumal ihm die Last seines Gepäcks in der Hitze zu schaffen machte. Doch dann trieb ihn die Ungeduld weiter. Er überlegte, wohin Mathilde gegangen sein könnte. Machte sie Besorgungen? War sie an den Strand gegangen, weil sie ihre einsamen Wanderungen immer noch so liebte wie früher? Mein Gott, sie war doch wohl nicht etwa zu ihren Eltern gefahren und würde erst spätabends zurückkommen? Er beschloss, die Leinwand und seinen Koffer in einem Hortensienbusch neben der Eingangstür zu verstecken und Mathilde zu suchen. Er hielt es keinen Augenblick länger aus, hier untätig herumzusitzen und auf sie zu warten.

Das Feuer brach am frühen Nachmittag in der Remise aus. Mister Blunt hatte es sich während der Mittagshitze in einem Sessel bequem gemacht und rauchte seine Pfeife. Amélie kam mit einem verschwörerischen Grinsen zu ihm herein.

»Maman denkt, ich schlafe«, flüsterte sie. »Ich bin aber gar nicht müde.«

Der alte Mann winkte sie zu sich heran, und sie setzte sich an den kleinen Tisch neben ihm, um ein Bild zu malen.

Mister Blunt nickte ein, die Pfeife rutschte ihm aus der Hand und entzündete die Zeitung, die in seinem Schoß lag. Er war im Nu hellwach und beförderte die brennenden Blätter in einer einzigen reflexhaften Bewegung auf den Fußboden. Ehe er aufstehen konnte, um die Flammen auszutreten, schlugen sie jedoch hoch und erfassten die Vorhänge vor dem Fenster. Innerhalb von wenigen Augenblicken stand das niedrige Zimmer in Flammen.

Amélie schrie auf und wollte hinauslaufen, doch in dem dichten Qualm fand sie sich nicht mehr zurecht. Sie lief in die falsche Richtung und schlug sich den Kopf an der Wand an. Mister Blunt glaubte, es sei seine Pflicht, das Feuer zu löschen, und kämpfte sich zum Badezimmer durch, aber dort fand er keinen Behälter, in den er Wasser hätte füllen können. Als er feststellte, dass sein Handeln sinnlos und gefährlich war, wandte er sich nach Amélie um, um mit ihr das Häuschen zu verlassen. Mittlerweile war der Qualm aber so dicht, dass auch er die Orientierung verlor.

»Amélie!«, rief er in Panik. »Wo bist du? Ich kann dich nicht sehen!« Er wurde von Husten geschüttelt und hatte Angst, sich übergeben zu müssen. Der Qualm brannte in seiner Lunge und den Augen. Er ließ sich auf die Knie nieder und tastete sich vorwärts, um Amélie zu suchen. »Amélie, wo bist du?«, rief er, zunehmend verzweifelt. Er fühlte, wie ihm schwindlig wurde. Wieder überfiel ihn ein Hustenanfall. Er krümmte sich und rang mühsam nach Luft.

Plötzlich war so etwas wie frische Luft zu spüren. Blunt atmete gierig ein, doch gleich darauf fühlte er einen unerträglich heißen Windzug, der ihn wie ein Peitschenknall traf. Das ist das Ende, dachte er und schloss ergeben die Augen. Er merkte, wie etwas seine Arme packte und ihn fortzog. »Amélie«, stöhnte er mit letzter Kraft.

»Was ist mit Amélie?«, hörte er eine Stimme über sich.

»Sie ist noch drinnen!«

Ohne zu überlegen, stürzte sich Roger ein weiteres Mal in die Flammenhölle. Das Gebälk des Holzgebäudes knackte bereits gefährlich, es würde nicht mehr lange dauern, bis das Dach einstürzte. Wenn er doch nur etwas sehen könnte! Wo sollte er seine Tochter suchen?

Als er nach einer ungeduldigen Wanderung durch Deauville wieder zu Mathildes Pension gekommen war, hatte er schon aus einiger Entfernung den Geruch von Feuer wahrgenommen. Beunruhigt hatte er seine Schritte beschleunigt. Vor dem Haus war alles in Ordnung gewesen, aber dann hatte er über dem Dach verbrannte Fetzen und Qualm aufsteigen sehen, die von hinter der Pension zu kommen schienen. Er war sofort um das Haus herum in den Garten gerannt und hatte das Nebengebäude entdeckt, aus dessen Seitenfenster die Flammen schlugen. Von drinnen hatte er jemanden um Hilfe rufen hören.

Im ersten Zimmer hatte er den alten Mann auf dem Boden liegend gefunden und ins Freie gezerrt. In diesem Raum, der mittlerweile in hellen Flammen stand, war niemand anderes gewesen. Dann konnte Amélie nur in dem anderen Raum sein, auf den das Feuer bisher noch nicht übergegriffen hatte. Er atmete tief durch, dann hielt er sich schützend den Arm vor das Gesicht und lief wieder in das Haus. Die Hitze nahm ihm sofort die Luft. Sie brannte in seinen Lungen und auf seinen Wangen. Seine Hose fühlte sich an, als würde sie brennen. Er stand in einem kleinen Flur und erkannte auf der linken Seite eine Tür. Gebückt warf er sich gegen das Holz und stand in einem kleinen Zimmer.

»Amélie?«, rief er und wunderte sich über seine krächzende Stimme, die ihm völlig fremd war. »Bist du hier irgendwo?« Seine Augen gewöhnten sich langsam an das Dunkel, und er konnte sie in der Ecke sitzen sehen. Sie hatte die Arme um die Knie geschlungen und sich so klein wie möglich gemacht. Jetzt hob sie den Kopf und sah ihn aus schreckgeweiteten Augen an. Mit zwei Sätzen war er bei ihr und hob sie hoch. Er wollte den Weg nehmen, den er gekommen war, doch in diesem Augenblick stürzte ein Dachbalken herab und versperrte den Ausgang. Funken und brennende Holzteile wurden in seine Richtung geschleudert.

»Wo ist das Fenster?«, rief er durch den Lärm und sah sich suchend um.

Amélie wies mit dem Finger hinter sich.

Er drehte sich um und packte den Fenstergriff. Der Knauf war aus Kupfer und glühend heiß, doch er bemerkte es nicht einmal. Er öffnete einen Flügel, setzte Amélie nach draußen und sprang hinterher. Dann griff er wieder nach ihrer Hand, und sie rannten bis zum Ende des Gartens. Dort ließen sie sich völlig erschöpft und hustend auf die Erde fallen.

»Amélie!«, sagte er. In seiner Stimme lag Erschütterung und Bewegung.

Amélie sah ihn an und griff vertrauensvoll wieder nach seiner Hand. »Ist Mister Blunt auch draußen?«, fragte sie.

Roger nickte.

Inzwischen kamen andere Menschen herbeigelaufen. Einige hatten bereits Eimer mit Wasser dabei. Ein paar Straßen weiter war die Feuerwehrglocke zu hören. Mit einem Zischen schoss eine Stichflamme aus der Remise. Sie traf auf die wenige Meter entfernt stehende Zeder und setzte sie in Brand. Kurz darauf war der Baum eine lodernde Fackel.

Roger kam nur langsam wieder zu Atem. Sein Kopf dröhnte, das Atmen fiel ihm schwer, und die Wunde in der Innenfläche seiner rechten Hand verursachte ihm höllische Schmerzen. Aber all das nahm er gelassen hin, solange er nur hier sitzen konnte, neben seiner Tochter, die völlig ruhig war und sich an ihn lehnte.

Roger hatte sie genau angesehen und ihren Kopf und die Arme abgetastet, sie hatte nicht einmal einen Kratzer abbekommen.

Die beiden saßen im Gras und betrachteten das Chaos um

sie herum, während sie langsam und bewusst ein- und ausatmeten und merkten, wie sie mit jedem Atemzug mehr zu Kräften kamen. Ein Stück entfernt entdeckten sie Mister Blunt. Er hatte sie auch gesehen und kam auf sie zu.

»Mein Gott!«, sagte er, als er bei ihnen war. »Was hätte passieren können, wenn Sie nicht da gewesen wären. Ich habe nichts für Amélie tun können.«

»Sie waren im falschen Zimmer«, tröstete Roger ihn. »Dort waren Rauch und Hitze von Anfang an viel stärker.«

»Aber Amélie war neben mir, als es anfing zu brennen.«

»Ich wollte raus, hab aber die falsche Tür genommen, weil alles so dunkel war«, meldete sich Amélie zu Wort.

Plötzlich hielt Roger inne und starrte auf die schwarzhaarige Frau, die zwischen den anderen herumlief und verzweifelt herumgestikulierte. Er konnte wegen des Lärms, der jetzt wegen des Feuers und der Rufe der Helfer im Garten herrschte, zwar nicht hören, was sie sagte, aber Roger nahm an, dass sie verzweifelt nach Amélie suchte.

»Mathilde«, flüsterte er.

»Da ist meine Mama«, sagte Amélie. Sie rief nach ihr, aber Mathilde konnte ihre Stimme nicht hören.

Doch dann fasste jemand Mathilde am Arm und wies in die Richtung, wo sie saßen.

Die folgenden Augenblicke sollten sowohl Mathilde als auch Roger niemals vergessen. Es war, als würde für sie beide der Lauf der Zeit angehalten. Für ein paar Sekunden gab es nur sie beide auf der Welt, und das Chaos um sie herum schien nicht zu existieren.

Mathildes Blick fiel zuerst auf ihre Tochter, die rußverschmiert neben Mister Blunt auf dem Rasen hockte. Sie verstand noch immer nicht, wie es zu dem Unglück gekommen war. Amélie sollte doch über die Mittagszeit in ihrem Zimmer sein, weil es draußen viel zu heiß war. Mister Blunt sah verstört und erschöpft aus. Er hatte die Ellenbogen auf die

Knie gestützt und hielt das Gesicht in beiden Händen verborgen. Er schüttelte den Kopf, als würde er die Welt nicht mehr verstehen.

Und dann sah sie den zweiten Mann. Amélie hatte sich dicht an seine Seite gesetzt und hielt seine linke Hand. Aus seinem vom Ruß ganz schwarzen Gesicht leuchteten hellblaue Augen hervor, das Haar war völlig verwuschelt und hing ihm ins Gesicht. Er lächelte verhalten, und sie konnte seine weißen Zähne blitzen sehen.

»Roger«, flüsterte sie. Ohne zu überlegen, ging sie langsam auf ihn zu. Er sah sie an, und in seinen Augen las sie eine ruhige Entschlossenheit, eine Sicherheit, die früher nicht da gewesen war. Er sah ihr entgegen, und sie spürte, dass er sich nicht noch einmal von ihr fernhalten lassen würde, von niemandem, egal, was passierte. »Roger?«, flüsterte sie noch einmal und fühlte eine Welle des Glücks in sich aufsteigen. Sie beschleunigte ihre Schritte, bis sie direkt vor ihm stand. Dann ließ sie sich auf die Knie nieder.

Roger sah Mathilde auf sich zukommen, immer schneller. In ihrem Gesicht las er ihre widersprüchlichen Gefühle: Fragen, Unverständnis, freudige Erwartung, Erstarrung, dann wieder Glück.

Sie hatte sich verändert, sie war älter geworden. Ihre Bewegungen hatten das leicht Mädchenhafte, Eckige verloren. Sie war elegant und selbstsicher geworden. Für ihn war sie die schönste Frau der Welt. Mit ihrer natürlichen Grazie war sie viel reizvoller als all die Damen der Gesellschaft, die er in Paris kennengelernt hatte. Einige Strähnen ihres Haars, das sie im Gegensatz zu früher hochgesteckt trug, hatten sich gelöst, als sei sie gerade aus dem Schlaf erwacht. Er registrierte, dass ihr schlichtes Kleid nicht hochgeschlossen war und einen kleinen Ausschnitt hatte und die obersten Knöpfe offen standen. Offensichtlich hatte sie sie in der Eile nicht richtig geschlossen. Ihre Augen waren dunkel wie Samt.

Hinter ihr stürzte ein weiterer Teil des Dachs mit ohrenbetäubendem Getöse ein. Die Männer, die am Löschen waren, warnten sich gegenseitig und wichen zurück. Doch Mathilde drehte sich nicht einmal zu ihnen um. Sie blickte immer noch unverwandt auf Roger. Sie fuhr sich mit dem Handrücken über die Stirn, um eine Haarsträhne und den Schweiß wegzuwischen, und die Anmut dieser Geste durchzuckte ihn mit ungeahnter Heftigkeit. Er wollte aufstehen und zu ihr gehen, doch ihr Anblick lähmte ihn. Er konnte sie nur unverwandt ansehen. Schließlich hatte sie ihn erreicht und kniete sich vor ihm hin.

Er streckte seine Hand nach ihr aus und berührte sanft ihre Finger. Ein Gefühl wie ein Stromstoß durchfuhr sie wie bei ihrer ersten Begegnung, und beide lächelten, ohne sich aus den Augen zu lassen.

Amélie hatte sie die ganze Zeit mit großen Augen beobachtet. Jetzt kroch sie zu Mathilde hinüber und schmiegte sich in ihre Arme. Einige Sekunden saßen sie stumm da.

Dann war der Zauber vorüber.

Ein Feuerwehrmann kam auf sie zu und scheuchte sie von ihrem Platz, weil die Zeder umzuknicken und auf sie zu fallen drohte.

»Wer ist hier verantwortlich?«, brüllte ein anderer. Der Garten war voller Menschen, Hitze, Qualm.

Roger nahm Mathildes Hand und drückte sie zärtlich. »Später«, sagte er. »Wir haben alle Zeit der Welt.«

»Wird jetzt alles gut?«, fragte sie.

»Ich verspreche es.«

Daniel ließ sich in den Schatten eines Baumes fallen und blätterte die Skizzen durch, die er während des Rennens gemacht hatte. Er hatte sich nicht für die Pferde interessiert, sondern nur für die Besucher. Ihre Reaktionen hatte er einfangen wollen, die Spannung während des Rennens, die Euphorie der

Wettsieger, die Enttäuschung, wenn das Pferd, auf das man gesetzt hatte, als Letztes ins Ziel ging.

Er war mehr als zufrieden mit seiner Arbeit. Er würde ein gutes Bild malen, das spürte er ganz genau. Er erhob sich wieder und machte sich auf den Weg in die Pension. Er konnte es kaum erwarten, mit Mathilde den Abend zu verbringen.

Bereits als er zwei Straßen von der Pension entfernt war, sah er den schwarzen Qualm zwischen den anderen Häusern. Jetzt fiel ihm auch ein, dass er die Feuerwehrglocken gehört hatte. Er begann zu laufen. Er näherte sich der Pension von der Gartenseite her, und das Erste, was er sah, war die Zeder. Nur noch der schwarz verkohlte Stamm und einige größere Äste waren von ihr übrig. Dann sah er, dass die Remise bis auf die Grundmauern abgebrannt war. Die Überreste qualmten noch.

»Was ist passiert?«, fragte er einen der Umstehenden.

»Alles abgebrannt, das sehen Sie doch. Aber die Zeder erholt sich wieder. Das ist eine Mittelmeerpflanze, die ist Feuer gewohnt. Für die Remise sieht es allerdings schlecht aus.«

»Ist jemand zu Schaden gekommen?«

»Nein. Ein alter Mann und die Tochter der Besitzerin waren da drin, aber es hat sie jemand rausgeholt. Muss ein ziemlich mutiger Mann gewesen sein.« Der Mann nahm in einer Art Respektbezeugung seinen Hut ab, damit war das Gespräch für ihn erledigt.

Daniel stürmte ins Haus. »Mathilde!«, rief er.

Ein Mann kam ihm entgegen. Er hatte ein rußgeschwärztes Gesicht, seine rechte Hand war notdürftig mit einem Taschentuch verbunden. Daniel sah ihn an und ahnte sofort, dass dieser Fremde nichts Gutes für ihn bringen würde. Dennoch konnte er nicht verhindern, dass er ihn sympathisch fand.

»Guten Abend. Mein Name ist Roger Goulec«, sagte er. »Und Sie sind …?«

Daniel wusste in dieser Sekunde, dass er verloren hatte.

Hier stand der Sieger vor ihm. Der Mann, dem Mathildes Herz gehörte und immer gehört hatte. Im Grunde hatte Daniel gewusst, dass sein Glück mit Mathilde nur geliehen war. Dass eines Tages genau dies passieren würde: Roger Goulec würde zurückkehren und seinen Platz einnehmen. Dass er es allerdings auf eine derart dramatische Weise tun würde ... Wider Willen musste er lächeln.

Roger Goulec sah ihn für eine Sekunde fragend an. Dann verstand er.

»Sie sind Daniel Molinet«, stellte er fest und streckte ihm mit einem entschuldigenden Blick auf seine Verletzung die linke Hand entgegen.

Daniel ergriff sie, und die beiden Männer sahen sich einen Augenblick lang schweigend an.

»Machen Sie sie glücklich. Sie hat es verdient«, sagte Daniel schließlich. Dann drehte er sich abrupt um und verließ das Haus. Es war ihm anzusehen, wie schwer ihm dieser Abschied fiel und dass er die Situation keine Sekunde länger ausgehalten hätte.

Roger öffnete vorsichtig die Tür und betrat leise Amélies Zimmer. Was er sah, ließ ihm vor Liebe das Herz stocken.

Mathilde hatte sich auf dem Bett ausgestreckt und hielt ein Buch in den Händen. Mit dem Rücken lehnte sie am Kopfteil. Vor ihr und an sie geschmiegt lag mit geschlossenen Augen Amélie.

Mathilde las mit leiser und einfühlsamer Stimme vor, sie konnte nicht sehen, dass Amélie schon eingeschlafen war. Amélies Wangen waren gerötet, eine Strähne ihres dunklen Haars fiel ihr feucht in die Stirn. Roger erkannte, wie ähnlich sie ihm war, und musste vor Bewegung schwer schlucken. Wenn er daran dachte, wie vertrauensvoll sie sich in seine Hände begeben hatte, damit er sie aus dem Feuer rettete, dann übermannte ihn die Rührung. Als habe sie gespürt, dass er ihr Vater war.

Mathilde hatte ihn immer noch nicht bemerkt. Sie sah erschöpft aus. Sie küsste ihre Tochter auf das Haar, dann schloss sie die Augen und seufzte tief.

Roger wagte nicht, sich zu rühren. Er sah die beiden Menschen an, die nun seine Familie waren. So leise wie möglich lehnte er die aufgerollte Leinwand, die er in der Hand gehalten hatte, gegen die Wand, dann zog er aus der Innentasche seines Jacketts das kleine Skizzenbuch, das er immer bei sich trug. Den Stift hatte er stets griffbereit in seiner Reverstasche. Er hatte Mühe, ihn zu halten, denn seine Hand brannte nach wie vor höllisch, aber der Drang zu zeichnen war stärker als der Schmerz.

Er begann zu zeichnen. Mit schnellen Strichen füllte er Blatt um Blatt mit den Gesichtern von Mathilde und Amélie. Zuerst hielt er die geschlossenen Augen fest, dann die Münder, die sich so ähnlich waren, dann die Rundungen der Wangen. Dann waren die Hände an der Reihe, mit denen Mathilde das Buch hielt, dann kam er wieder zu ihrem Gesicht zurück und malte die Kinnpartie und anschließend das Dekolleté. In kürzester Zeit hatte er sämtliche Blätter seines Skizzenblocks gefüllt. Es war wie damals: Der Rausch, der ihn in Mathildes Gegenwart umgab, war wieder da. Sie inspirierte ihn bei jedem Blick, den er auf sie warf. Sie war seine Muse wie am allerersten Tag.

Mathilde schlug die Augen auf, entdeckte ihn und lächelte ihn an.

Er ließ die Hand mit dem Stift sinken. »Ich bringe dir dein Bild zurück«, sagte Roger leise.

»Nein, du bringst mir viel mehr zurück. Du bringst mir mein Glück, mein Leben.«

Historische Anmerkungen

Wie immer habe ich mir große Mühe gegeben, die historischen Fakten korrekt wiederzugeben, und hoffe, dass mir dabei kein Fehler unterlaufen ist.

Einige Male habe ich allerdings bewusst Dinge verändert, damit sie in die Geschichte des Romans passen:

Bonneville ist ein fiktiver Ort. Er liegt zwischen Trouville und Honfleur, ungefähr dort, wo sich heute Villerville befindet.

Die Karawane der Austernfischer fand ursprünglich in Cancale in der Bretagne statt, in kleinerem Umfang aber überall an der Küste.

Das Hotel *Normandy* wurde, ebenso wie das Kaufhaus *Printemps*, 1912 in Deauville eröffnet. Die Personalpolitik des Hotels ist allerdings frei erfunden.

Auch Coco Chanel eröffnete eine Boutique in Deauville, und zwar 1913 mithilfe ihres englischen Freundes Boy Capel. Sie besuchte oft die Pferderennen auf dem Hippodrom. Im Frühling 1923 traf sie dort auf die Brüder Pierre und Paul Wertheimer, die fortan die weltweite Produktion und Vermarktung von Chanel N° 5 übernahmen.

Die Gemäldeausstellung von Bildern aus der Sammlung Paul Poiret fand vom 26. April bis zum 12. Mai 1923 statt, also ein Jahr früher als im Roman. Die ausgestellten Bilder sind in einem Katalog verzeichnet – natürlich bis auf den Fichet und *Mathilde mit Rosen*. Zu der Syphiliserkrankung von Michel Dudemer hat mich das Leben von Édouard Manet inspiriert.

LUST AUF MEHR UNTERHALTUNG?

Dann sollten Sie unbedingt umblättern.
Hier erwartet Sie eine exklusive Leseprobe.

Leseprobe aus dem Roman von
Philipp Andersen und Miriam Bach:
»Warte auf mich«, erschienen bei Pendo.

Kapitel 1

1.

Warten. Ihr schien es, als bestünde ihr Leben seit Monaten nur noch aus Warten. Warten auf das nächste Treffen mit ihm, die wenigen gestohlenen Stunden oder Tage, die sie miteinander hatten. Warten auf die Telefonate, immer spät in der Nacht, wenn er ungestört sprechen konnte. Und schließlich warten darauf, dass sich alles eines Tages änderte. Ohne auch nur die geringste Ahnung zu haben, ob das jemals passieren würde.

Doch sie wartete.

Ausgerechnet sie, die immer Rastlose, der nie etwas schnell genug gehen konnte. Immer zack, zack, höher, schneller, weiter, gehetzt und ohne jede Geduld, heute hier, morgen dort. Und jetzt also das Warten, stunden-, tage-, wochenlang, das gesamte Leben abgestellt auf ein paar Momente, diese wenigen Augenblicke, wenn sie in seinen Armen lag. Aber es machte ihr nicht einmal etwas aus. Denn in Wahrheit hatte sie schon eine kleine Ewigkeit auf ihn gewartet, viele Jahre auf den einen, der ihren grenzenlosen Durst, ihren quälenden Hunger nach dem stillte, was sie lange nicht hatte benennen können. Mehr. Sie hatte nach dem »Mehr« gesucht und es in ihm gefunden.

»Himmelfahrten« nannte er ihre gemeinsamen Fluchten, ihre heimlichen Treffen, bei denen nichts zählte außer ihren Gefühlen füreinander. Und es waren tatsächlich

Himmelfahrten, Momente, in denen sie den Rest der Welt vergaßen.
Aber kein Himmel ohne Hölle.

Sie kannte ihn schon einige Jahre, nur flüchtig zwar, aber sie wusste, wer er war. Zwei- oder dreimal hatte sie ihn auf der Buchmesse gesehen, als sie eine Zeit lang im selben Verlag veröffentlichten. Einmal hatte er ihr sogar einen seiner Romane signiert, den sie zu Hause ungelesen ins Regal gestellt und dann vergessen hatte. Er war ein arrivierter Autor, seine Bücher in den Bestsellerlisten, in zwei Dutzend Sprachen übersetzt. Sie selbst war auch nicht unerfolgreich, doch weit unterhalb seiner Wahrnehmungsschwelle und außerdem in einem vollkommen anderen Genre tätig; während er über die Vergangenheit schrieb, zog sie es vor, sich mit der Gegenwart, mit dem Hier und Jetzt, zu beschäftigen.
Sie mochte ihn nicht sonderlich. Arrogant und blasiert kam er ihr vor, ein selbstgerechter Schwätzer, der wie ein Pfau über die Messe stolzierte, immer umzingelt von Journalisten, Fans und Verehrerinnen. Es war wohl auch ein kleiner Stachel namens Neid, den sie in ihrer Brust verspürte, wenn dieselben Journalisten, die ihn zuvor in den Himmel gelobt hatten, ihr gegenüber eine gewisse Abfälligkeit an den Tag legten. Sie war noch ein halbes Kind gewesen, als sie ihren ersten Roman veröffentlicht hatte, und auch Jahre später musste sie darum kämpfen, dass sie als Schriftstellerin ernst genommen wurde. Und er war eben das Sinnbild dafür, der Sündenbock, auf den sie diese Ungerechtigkeit projizierte.

Dann der Abend, der alles veränderte: ein Verlagsjubiläum in München, dreihundert geladene Gäste. Darunter sie, Miriam Bach. Und natürlich auch er, Philipp Andersen, der Star des historischen Romans. Sie entdeckte ihn bereits zu Beginn der Feier, wie er im vorderen Teil des Festsaals saß, wichtig schwadronierend mit den Großen und Einflussreichen der Branche. Nicht ohne Genugtuung stellte sie fest, dass er anfing, in die Jahre zu kommen; seine dunklen Haare waren zwar voll, aber von weißen Strähnen durchzogen, und trotz seiner schlanken Statur zeichnete sich unter seinem Hemd ein deutlicher Bauchansatz ab, eine Lesebrille steckte in der Brusttasche seines Jacketts. Insgesamt war Philipp Andersen ein attraktiver Mann, keine Frage, aber eben einer, der seinen optischen Zenit vor gut und gern zehn Jahren überschritten hatte. Einer, dem Leben und Erfahrung unübersehbare Spuren ins Gesicht gezeichnet hatten, während sie selbst trotz ihrer neununddreißig Jahre immer noch mehr Mädchen als Frau zu sein schien. Nie hätte sie gedacht – niemals und nie! –, dass ausgerechnet dieser Abend eine schicksalhafte Wende in ihrem Leben bedeuten würde.

Und als sie zu späterer Stunde an der Bar stand, ein bisschen gelangweilt mit einer Kollegin plauderte und ihren Blick dabei beinahe abwesend durch den Raum schweifen ließ; als sie plötzlich bemerkte, dass Philipp Andersen sie von seinem Platz aus unverwandt ansah und ihr mit einer kleinen Geste bedeutete, dass sie zu ihm kommen sollte – da ging sie einfach zu ihm rüber.

Hätte sie um die Folgen dieser wenigen Schritte gewusst, sie hätte sich keinen Millimeter von der Bar weggerührt. Und wäre gleichzeitig, so schnell sie nur konnte, zu ihm gerannt.

2.
22. März

Plötzlich war sie da. Wie vom Himmel gefallen. Saß einfach neben mir, so nah, dass unsere Schenkel sich berührten, und hielt meine Hand, oder ich ihre, das ließ sich nicht unterscheiden. Wie war sie bloß auf diesen Stuhl geraten, auf dem doch eben noch mein alter Freund Christian gesessen und mir die Ohren vollgelabert hatte? Ich weiß es nicht mehr, so wenig, wie ich mich daran erinnern kann, wie wir uns begrüßt und über was wir als Erstes geredet haben. Ich weiß nur noch, dass wir uns von Anfang an duzten. Als würden wir uns seit einer Ewigkeit kennen. Und dass ich wahnsinnig gern mit ihr sprach, egal worüber, und wenn es der größte Blödsinn war.

Warum, zum Teufel, haben wir uns eigentlich geduzt? Herrgott, ich bin doch viel zu alt für so was! Das ist doch alles längst vorbei!

Wahrscheinlich waren es ihre Augen. Diese wasserhellen blauen Augen mit einem scharf konturierten, dunklen, fast schwarzen Ring um die Iris, mit denen sie mich von der Bar aus angeflirtet hatte. Huskyaugen. Noch nie hatte ich Augen gesehen, die so unglaublich traurig blicken konnten, um im nächsten Moment aufzuleuchten und zu strahlen, als hätte jemand ein Licht in ihr angeknipst. Und dann ihr Mund. Auch ihr Mund hatte diese Traurigkeit, wurde manchmal ganz klein und schmal, als wolle er sich selbst verschlucken, sogar wenn sie gerade einen Witz erzählte. Aber genauso wie die Augen konnte sich auch ihr Mund verändern, urplötzlich, von einem Moment zum anderen, wurde ganz weich und groß, blühte auf.

April, dachte ich. Eine Frau, in der Aprilwetter ist.

Bis Mittag hatte ich an meinem neuen Roman gearbeitet, und noch auf der Autobahn hatte ich mich gefragt, was ich eigentlich auf dieser Party sollte. Der Verlag, der sein hundertjähriges Jubiläum feierte, war ja gar nicht mehr mein Verlag, wir hatten uns nach meinem vorletzten Buch getrennt. Mein alter Verleger wollte immer dasselbe von mir, einen historischen Roman nach dem anderen. Aber ich bin nicht Autor geworden, um an einer Marketingstrategie entlangzuschreiben. Ich will Geschichten schreiben, die ich schreiben muss*! Doch wenn der Verlag mich trotz unserer Trennung zu diesem Festtag einlud, wäre es sehr unhöflich gewesen, die Einladung auszuschlagen. Außerdem war der Abend eine gute Gelegenheit, mal wieder ein paar Leute zu treffen. Präsenz zeigen, Backen aufblasen und wichtigtun. Schließlich brauchte ich bald neue Verträge.*

Und dann war sie plötzlich da, und all die wichtigen Leute, wegen derer ich gekommen war, interessierten mich nicht mehr. Ich schaute ihr in die Augen, schaute auf ihren Mund, ohne irgendetwas anderes von ihr wahrzunehmen, während unsere Hände miteinander sprachen, als würden sie uns vorauseilen, und ihr nackter Schenkel unter dem Saum ihres albernen goldenen Paillettenkleids, in dem sie zu Ehren des schwerhörigen Seniorverlegers und Sohn des Verlagsgründers »Happy birthday, Mr. Publisher« ins Mikrofon gehaucht hatte, immer höher an meinen Oberschenkel heraufrutschte und ich immer neugieriger wurde auf diese Frau, die ich nicht kannte und die mir doch so seltsam vertraut vorkam. Wie siehst du wohl aus, wenn nicht April in dir ist, sondern Mai oder August oder November?

3.

Alles, wirklich alles, was sie je über ihn gedacht hatte, war falsch. Er war witzig und charmant, ein brillanter Geist, ein Kindskopf, ein Spinner, ein vollkommen verrückter Mensch. Sie saßen da und redeten miteinander, die Minuten flogen wie Sekunden vorüber. Auf einmal – sie konnte nicht sagen, wie es dazu kam – hielt er ihre Hand, sie steckten tuschelnd ihre Köpfe zusammen und nahmen nichts mehr wahr von dem, was um sie herum geschah. Sie sah nur noch seine großen blauen Augen, die ihr wie ein Spiegel ihrer selbst erschienen, hörte sein tiefes Lachen, das wie ein Stromschlag durch ihren Körper zitterte, spürte und roch seine Nähe, genoss jedes einzelne seiner Worte. Wie er von seinen Büchern erzählte und sie nach ihren fragte, wirklich und aufrichtig interessiert wollte er alles von ihr und ihrer Arbeit wissen. Keine Spur von dem blasierten Wichtigtuer, für den sie ihn immer gehalten hatte, im Gegenteil, seine Neugier beschämte sie fast, weil sie ihm ganz offensichtlich Unrecht getan hatte. Denn jetzt saß er vor ihr und sagte ihr, dass er unbedingt mal etwas von ihr lesen wolle, er hätte Lust, in ihrer Seele herumzuspazieren, um zu sehen, was sich in ihrem Köpfchen verbarg. Genauso sagte er es, »in deiner Seele herumspazieren«, und es kam ihr nicht einmal kitschig oder überzogen vor.

Und dann waren da ihre Hände, die einander festhielten und sich gegenseitig streichelten als sei es das Natürlichste der Welt. Hier, auf diesem Fest, wo jeder es sehen konnte und es trotzdem vollkommen egal war.

»Was machen unsere Hände da?«, fragte sie irgendwann, ohne ihn auch nur eine Sekunde lang loszulassen.

»Lass sie doch«, erwiderte er lächelnd, »die spielen nur und vertragen sich schon.« Ihr Blick wanderte über seine schönen, schlanken Finger, die verästelten Adern, die leicht unter der Haut durchschimmerten, die vielen kleinen Sommersprossen, die sich vom Handgelenk aus Richtung Ellbogen ausbreiteten, und seine behaarten Unterarme, die aus den Ärmeln seines Hemds hervorlugten. Und den Ring, seinen Ehering am vierten Finger seiner linken Hand, natürlich bemerkte sie auch den.
»Bist du zum Spielen nicht viel zu verheiratet?«
Er lachte. »Viel zu verheiratet? Kann man denn weniger verheiratet sein?«
»Ich weiß nicht. Kann man?«
»Vielleicht. Dann bin ich jetzt gerade mal weniger verheiratet.«
»Und hast du eher mehr oder weniger Kinder?«, setzte sie das Spiel fort.
»Eher weniger. Eine Tochter. Aber die ist schon erwachsen.«
»Dann muss ich dich jetzt wohl fragen, wie alt du eigentlich bist.« Er zögerte, seine Hand zuckte kurz zurück, aber sie hielt sie fest. Würde er jetzt lügen? Sie schätzte ihn auf Mitte oder Ende vierzig.
»Fünfundfünfzig, fast sechsundfünfzig.«
»Oh.« Noch nie hatte sie mit einem Mann dieses Alters Händchen gehalten oder auch nur geflirtet, im Gegenteil, mit ihrem kindlichen Aussehen zog sie meist wesentlich jüngere an. Doch es war seltsam: Hatte sie zu Beginn der Feier noch mit leichter Häme gedacht, dass er langsam in die Jahre kam, schien er jetzt, während er ihr gegenübersaß, mit ihr sprach und seine Finger mit ihren verschränkt hatte, von Sekunde zu Sekunde jünger zu werden. Benjamin Button, er war ein Benjamin Button! Seine großen blauen Augen, mit denen er sie neugierig musterte, lachten,

in beiden Wangen bildeten sich jungenhafte Grübchen, ständig fiel ihm eine dicke Strähne seines vollen Haars in die Stirn, die er sich wieder und wieder aus dem Gesicht pustete, und selbst auf seiner Stupsnase entdeckte sie mehrere große Sommersprossen und dann noch eine direkt links über seinen vollen Lippen. »Dein Alter macht mir nichts aus«, sagte sie und kam sich im selben Moment unglaublich dämlich vor. Wie konnte sie so etwas sagen?
Aber wieder lachte er nur. »Das freut mich. Mir macht es auch nichts, dass du fast zwanzig Jahre jünger bist.«
Dann schwiegen sie beide, sahen sich einfach nur an, ließen ihre Hände weiter miteinander spielen und reden, sich alles erzählen, was ihnen auf dem Herzen lag, durch die Berührung Geheimnisse austauschen.
Irgendwann war es Mitternacht, und sie musste gehen, am nächsten Morgen wartete ein früher Termin auf sie. Doch sie konnte nicht. Sie wollte nicht, wollte seine Hand nicht loslassen und ihn dadurch verlieren. Nicht, ohne ihm zu sagen, in welchem Hotel sie wohnte, und ihn zu bitten, ihr später zu folgen.

4.
23. März

Kaiserhof«, hatte sie mir beim Abschied ins Ohr geflüstert, »ich warte auf dich.« Fünf Minuten nachdem sie fort war, verließ auch ich die Party. Das Hotel lag nur ein paar Minuten entfernt. Einigermaßen nervös huschte ich durch die Bar, aber ich sah in dem schummrigen Raum keine Frau, die ihr im Entferntesten glich, nur ein paar Geschäftsleute, die sich gegenseitig bei einem Absacker langweilten. Halb enttäuscht, halb erleichtert gab ich es auf. Alter Trottel, was hast du hier verloren? Du bist verheiratet, seit fast dreißig Jahren, glücklich *verheiratet, und streunst mitten in der Nacht durch Hotelbars wie ein ralliger Kater? Sieh zu, dass du ins Bett kommst, und zwar in dein eigenes!*

»Suchen Sie jemanden?«, fragte der Portier, als ich wieder in die Halle kam. »Nein«, sagte ich, »das heißt – doch. Eine Frau, die angeblich hier wohnt. Sie muss gerade zurückgekommen sein.«

Der Portier zog ein sehr professionelles Gesicht. »Ihr Name?«

Verflucht, ich wusste nicht mal, wie sie hieß! Dabei war sie, so hatte mir der Verleger beim Abschied zugeraunt, in ihrem Genre eine kleine Zelebrität. Zum Glück fiel mir wenigstens ihr Vorname ein. »Miriam …«, sagte ich und reichte dem Portier einen Geldschein. »Mitte dreißig. Blonde Locken, glaube ich …«

Der Portier runzelte kurz irritiert die Brauen, dann schlug er im Gästebuch nach und griff zum Telefon: »Da ist ein Herr, der nach Ihnen fragt«, sprach er diskret in die Muschel. »Herr …?« Ein fragender Blick in meine Richtung.

»Andersen.«

Ein paar Sekunden Hochspannung, während ich leise ihre Telefonstimme hörte, doch ohne etwas zu verstehen. Dann die Auskunft des Portiers: »Nr. 17.«

Das Zimmer lag im ersten Stock, doch da ich ziemlich eilig die

Treppe hinaufstieg, war ich ein bisschen außer Atem, als ich an ihre Tür klopfte.
»Sofort!«
Hinter der Tür Geraschel und Schritte. Als sie öffnete, holte ich tief Luft. Sie hatte sich schon ausgezogen, trug nur noch einen schwarzen BH und ein kleines bisschen schwarze Spitze unten herum.
»Komm rein«, sagte sie, als würde ich sie schon zum hundertstenmal mitten in der Nacht in einem Hotel besuchen, und tippelte auf ihren nackten Füßen zurück ins Zimmer. Vor dem Bett blieb sie stehen und drehte sich zu mir um.
»Du bist ja gar nicht blond«, sagte ich verwirrt.
»Wie bitte?«, lachte sie. »Warum sollte ich blond sein?«
»Ach nichts«, sagte ich, ging einen Schritt auf sie zu und strich über ihr glattes, braunes Haar. »Wahrscheinlich war es dein goldenes Kleid, weshalb ich …« Statt den Satz zu Ende zu sprechen, nahm ich ihr Gesicht zwischen die Hände.
Sie sah mich an, ein bisschen prüfend, ein bisschen spöttisch. »Was jetzt?«
»Was wohl?«
Ich hob ihr Kinn, und dann küssten wir uns. Doch seltsam, der Kuss fiel vollkommen leidenschaftslos aus. Wir küssten uns eher pflichtgemäß, weil es sich in dieser Situation eben gehörte, sich zu küssen, so wie es sich gehört, jemandem zur Begrüßung die Hand zu geben.
»Nur damit du es weißt«, sagte sie, als wir irgendwann aufs Bett sanken, »ich werde nicht mit dir schlafen.«
»Wie kommst du darauf, dass ich mit dir schlafen will?«, erwiderte ich. Statt einer Antwort warf sie einen kurzen Blick auf meine Hose. Ihr Mund lächelte, aber ohne ihre Augen.
»Oh Gott, bin ich müde.« Tatsächlich, jetzt gähnte sie auch noch.
»Willst du schon schlafen?«, fragte ich wie ein Idiot.
Sie gab keine Antwort, sondern kuschelte sich einfach unter ihre Decke, als wäre ich gar nicht da, und es dauerte keine Minute, bis

sie schlief. Was war das denn für eine Nummer? Lädt mich in ihr Zimmer ein und pennt hier einfach vor mir weg? Für einen Moment war ich beleidigt, ein Reflex meiner männlichen Eitelkeit, aber der Moment dauerte gerade einen Wimpernschlag. Tatsächlich war ich gar nicht beleidigt, nicht im Geringsten. Eher amüsiert. Eine Verrückte! Total durchgeknallt! Ihr Atem ging schon ganz gleichmäßig, und ihre Lider zuckten, als würde in ihr immer noch irgendwas kämpfen. Plötzlich, ohne jeden Grund, hatte ich das Gefühl, dass ich sie wahnsinnig gernhaben würde, wenn wir uns erst kannten … Doch dazu würde es wohl nicht kommen. Schade. Sehr schade. Ich stand auf und suchte meine Schuhe.

»Wenn du willst, kannst du ruhig bleiben«, murmelte sie im Halbschlaf. »Du bist doch genauso müde wie ich.«

»Meinst du das im Ernst?«

»Natürlich.« Blinzelnd schlug sie die Bettdecke zurück und rückte ein Stück zur Seite. »Komm, stell dich nicht so an.«

Einen Moment zögerte ich. Meine Nacht bei Maude *fiel mir ein, ein uralter Film von Truffaut, mit Jean-Louis Trintignant und Jeanne Moreau. Nein, so blöd wie Trintignant, der die ganze Nacht im Mantel und mit hochgestelltem Kragen an Maudes Bett auf seinem Stuhl hockte, war ich nicht! Also zog ich mich aus und legte mich zu ihr.*

Ohne sich umzudrehen, tastete sie mit einer Hand nach mir. »Oh, du bist ja nackt«, sagte sie. »Ganz *nackt.«*

Judith Lennox

Der italienische Geliebte

Roman. Übersetzung aus dem Englischen von Mechtild Sandberg. 560 Seiten. Piper Taschenbuch

In Italien erleben die englischen Schwestern Tessa und Freddie Nicolson eine ungetrübte Jugend. Doch als die 17-jährige Tessa sich zum ersten Mal leidenschaftlich verliebt, werden die Mädchen nach England ins Internat geschickt. Jahre vergehen, in denen die beiden Frauen ihren Weg machen. Im Gegensatz zu ihrer Schwester weiß Tessa, dass sie eines Tages nach Italien zurückkehren will. Denn sie hat ihre Jugendliebe nie wirklich vergessen …

»Ein herrlich opluenter Roman voller Leidenschaft, Intrigen, Dramen und Glückseligkeit.«
Freundin

05/2740/01/L

Jennifer Donnelly

Die Wildrose

Roman. Aus dem Amerikanischen von Angelika Felenda. 752 Seiten. Piper Taschenbuch

Die Herzen von Willa Alden und Seamus Finnegan schlagen für die unbezwingbaren Gipfel der Welt – und füreinander. Doch nach einer schicksalhaften Bergtour am Kilimandscharo ist nichts mehr, wie es war: Willa erleidet einen tragischen Unfall und ist fortan für ihr Leben körperlich gezeichnet. Voller Vorwürfe gegenüber Seamus wendet sie sich von ihm ab. Doch auch Seamus trägt eine Wunde davon – die Trennung bricht ihm das Herz. Jahre später kreuzen sich Willas und Seamus' Wege ein zweites Mal – und ihre Liebe wird auf eine harte Probe gestellt …

»Donnelly ist eine Meisterin – dieser Roman wird Ihren Puls rasen lassen!«
Washington Post

05/2702/01/R

Guillaume Musso

Nachricht von dir

Roman. Übersetzung aus dem Französischen von Eliane Hagedorn und Bettina Runge. 480 Seiten. Piper Taschenbuch

Als Madeline und Jonathan am Flughafen zusammenstoßen, denken sie nicht im Traum an ein Wiedersehen. Doch Zuhause angekommen stellen sie fest, dass sie ihre Handys vertauscht haben. Sie beginnen, das Telefon des anderen zu durchstöbern, und entdecken, dass ihre Leben schon seit Langem miteinander verknüpft sind – genau wie tiefe Wunden aus der Vergangenheit, die sie nun mit aller Macht einholen ...

Der Nr.-1-Bestseller aus Frankreich!

»Packend und gefühlvoll.«
Elle

05/2757/01/L

Nicolas Barreau

Das Lächeln der Frauen

Roman. Übersetzung aus dem Französischen von Sophie Scherrer. 336 Seiten. Piper Taschenbuch

Die junge Restaurantbesitzerin Aurélie hat Liebeskummer: Von einem Tag auf den anderen wurde sie von ihrem Freund verlassen. Unglücklich streift sie durch Paris und stößt in einer kleinen Buchhandlung auf einen Roman, der gleich in den ersten Sätzen nicht nur ihr Lokal, sondern auch sie selbst beschreibt. Begeistert von der Lektüre, möchte Aurélie den Autor des Buchs kennenlernen, doch der ist leider sehr menschenscheu, erfährt sie vom Lektor des französischen Verlags. Aber Aurélie gibt nicht auf ...

»Unglaublich komisch, verführerisch, witzig und romantisch!«
Christine Westermann,
Westdeutscher Rundfunk

05/2758/01/R

Sarah Harvey

Das Rosenhaus

Roman. Aus dem Englischen von Marieke Heimburger. 384 Seiten. Piper Taschenbuch

Als Lily mit ihrem Ehemann Liam von London nach Cornwall zieht, ahnt sie nicht, wie sehr diese Entscheidung ihr Leben verändern wird. In dem einsamen Haus an der Küste und der nebligen Kälte des südenglischen Winters entfremdet sie sich zunehmend von dem Mann, der einst ihre große Liebe war. Liam ist kaum noch zu Hause, lebt nur noch für seine Arbeit. Nach einem heftigen Streit scheint ihre Ehe kurz vor dem Aus. Doch ein dramatischer Unfall sorgt dafür, dass nichts mehr so ist wie zuvor …

»Wunderschöne Liebesgeschichte mit zuverlässigem englischen Humor und dermaßen sympathischen Figuren, dass man auf der Stelle nach Südengland ziehen will.«

Brigitte über Sarah Harveys Bestseller »Kann ich den umtauschen?«

05/2716/01/L

Kate Lord Brown

Das Haus der Tänzerin

Roman. Übersetzung aus dem Englischen von Elke Link. 528 Seiten. Piper Taschenbuch

Die alte Villa in den Hügeln von Valencia ist für Emma der perfekte Rückzugsort: Der verwilderte Garten duftet nach Orangenblüten, die Leute im Dorf sind hilfsbereit und schon bald eröffnet die gelernte Parfümeurin einen Blumenladen. Doch warum vermachte ihre verstorbene Mutter ihr dieses Anwesen? Immer mehr fühlt sich Emma von der geheimnisvollen Vergangenheit des Hauses angezogen. Und dann entdeckt sie ein zugemauertes Zimmer …

05/2739/01/R

Anita Shreve

Das erste Jahr ihrer Ehe

Roman. Übersetzung aus dem Amerikanischen von Mechtild Sandberg. 368 Seiten. Piper Taschenbuch

Ein Jahr in Kenia: Nur wenige Monate nach ihrer Hochzeit beschließen Margaret und Patrick, sich auf ein großes Abenteuer einzulassen. Sie wollen gemeinsam nach Afrika gehen, um dort als Journalistin und Arzt zu arbeiten. Doch sehr bald erkennt Margaret, wie wenig sie von diesem fremden Kontinent weiß – und wie wenig von ihrem Mann Patrick.

»Der exotische Reiz Afrikas und faszinierende Charaktere – Anita Shreves Roman wird Sie nicht mehr loslassen.«
Associated Press

»Shreve ist eine Meisterin des psychologischen Romans.«
Südhessische Woche

05/2759/01/L

Julie Kibler

Zu zweit tut das Herz nur halb so weh

Roman. Übersetzung aus dem Amerikanischen von Sonja Hauser. 320 Seiten. Piper Taschenbuch

Kentucky, Ende der 1930er: Isabelle will dem engen Korsett ihrer Familie entfliehen. Ausgerechnet der farbige Sohn der Hausangestellten eröffnet ihr eine neue Welt. Eine Welt allerdings, die sie nicht betreten darf. Doch Isabelle ist entschlossen, ihre verbotene Liebe zu leben, gegen alle Konventionen – und gegen den erbitterten Widerstand ihrer Familien …

»Feinfühlig geschrieben und mit Heldinnen, die einem sofort ans Herz wachsen.«
Grazia

»Warmherzig, bittersüß und lebensnah.«
BücherPick

05/2760/01/R